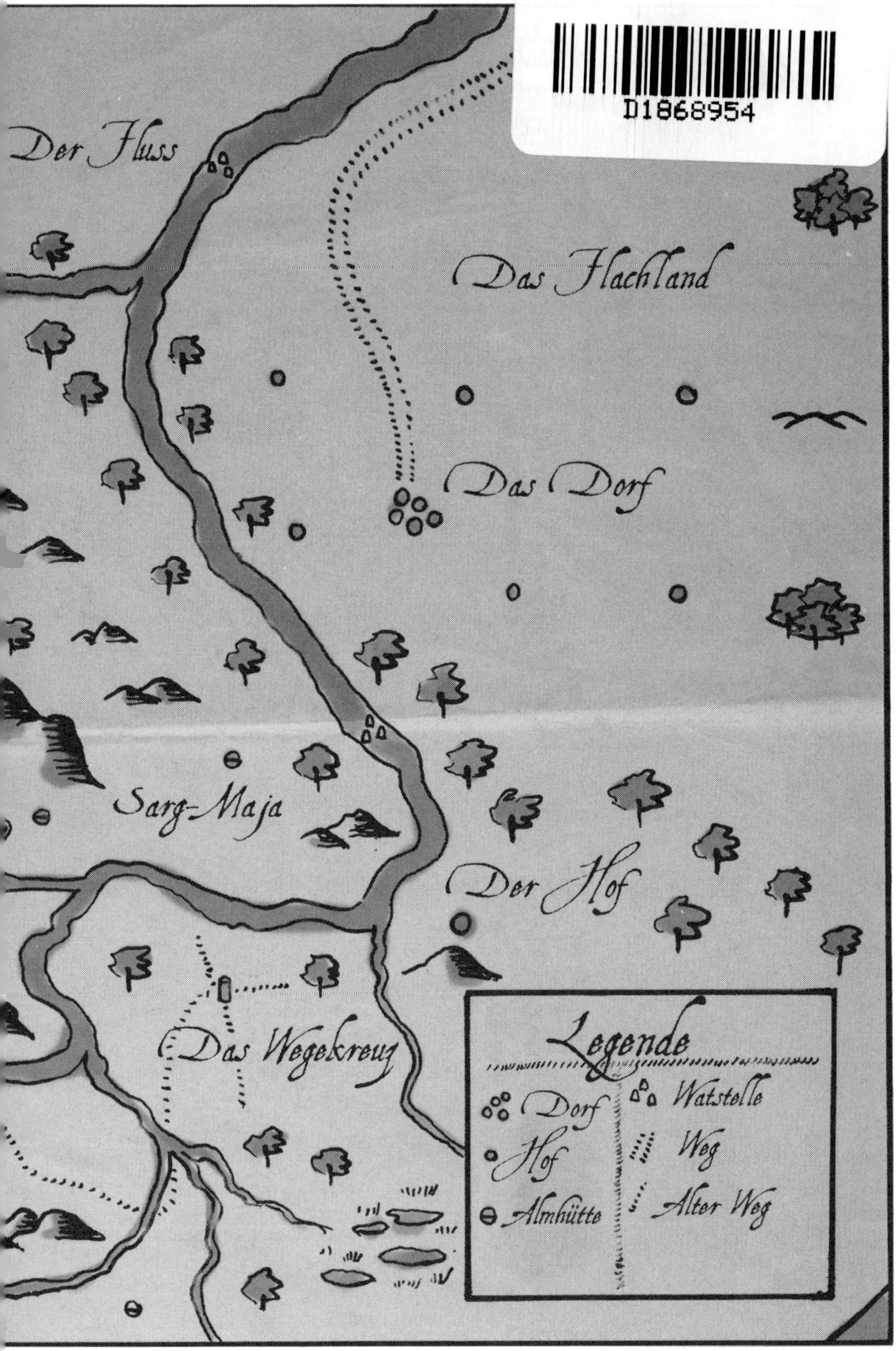
Der Fluss
Das Flachland
Das Dorf
Sarg-Maja
Der Hof
Das Wegekreuz
Legende
Dorf
Hof
Almhütte
Watstelle
Weg
Alter Weg

Dohlenwinter

1. Auflage 2014

ISBN 978-3-7641-7018-9

Originalausgabe erschien unter dem Titel *Ondvinter*
bei Natur & Kultur, Stockholm © 2009 by Anders Björkelid
Aus dem Schwedischen von Ulrike Brauns
Die Arbeit der Übersetzerin am vorliegenden Text wurde
vom Deutschen Übersetzerfonds gefördert.

Coverillustration und Umschlaggestaltung: Nele Schütz Design
Pergament im Innenteil: nortivision – Fotolia.com
Druck und Bindung: Print Consult, München
Das für dieses Buch verwendete Papier aus geprüfter nachhaltiger
Forstwirtschaft lieferte Salzer Papier, St. Pölten.

www.ueberreuter.de

ANDERS BJÖRKELID

DOHLENWINTER

Die Geschichte der Blütigen

Erster Teil

Aus dem Schwedischen
von Ulrike Brauns

ueberreuter

1

Der Kobold

Wir waren auf der Jagd, als es geschah.

Vater erlaubt uns nicht oft, jagen zu gehen. Meist zieht er allein los, nimmt Fallen, Pfeil und Bogen mit – manchmal auch den Speer – und lässt uns zurück, damit wir uns um den Hof kümmern.

»Wulf, du versorgst die Kühe«, sagt er dann für gewöhnlich. »Melk sie, treib sie auf die Weide und sieh zu, dass du sie alle wieder heimbringst. Und Sunia, du versorgst die Schweine und das Pferd. Ich bin in ein paar Tagen wieder da.«

Vater jagt Wölfe und Füchse. Einmal hat er sogar einen ausgewachsenen Bären erlegt. Aber er macht es nicht gern. Manchmal bitten ihn die Bauern aus dem Dorf, eins der wilden Tiere zu töten, das an ihrem Vieh Geschmack gefunden hat. Der Bär war ein solches Tier. Zuerst hatte er ein Kalb gerissen, als die Rinder auf der Weide waren. Danach holte er sich mehrere Färsen, und als die Männer aus dem Dorf versuchten, ihn zu vertreiben, verletzte er Ubbas Martin so schwer, dass dieser an den Wunden starb.

Daraufhin kamen ein paar von ihnen zu uns auf den Hof und baten Vater, den Bären zu töten. Sie kneteten dabei die Mützen in den Händen, sprachen sehr höflich mit ihm und boten ihm zum Dank ihre Hilfe beim Bestellen der Felder an. Aber Vater wollte keine Hilfe. Die will er fast nie. Dennoch nahm er sich den Speer, ging in den Wald und vier Tage später war der Bär tot.

Den Kopf des Tieres brachte Vater dem Dorfältesten, der

ihn auf einen Pfahl spießte und diesen vor seinem Hoftor aufstellte, damit alle sehen konnten, dass die Gefahr gebannt war. In den folgenden Tagen kamen viele Dorfbewohner zu uns auf den Hof und brachten Gaben für Vater. Säcke mit Mehl, Fässer mit Bier. Einer brachte sogar eine Kiste Pökelfisch von der Küste. Aber Vater lehnte alles dankend ab.

»Wir kommen mit dem aus, was wir haben«, sagte er.

Unseretwegen hätte er ruhig das eine oder andere davon annehmen können. Denn im letzten Winter war die Ernte nicht gut ausgefallen, noch dazu hatten sich Ratten in unseren Vorratsspeicher geschlichen und sich dort gütlich getan.

Einer der Männer, die Vater um den Gefallen mit dem Bären gebeten hatten, sagte zu uns:

»Euer Vater ist der beste Jäger im Dorf, das weiß jeder.«

Aber er ist nicht der beste Bauer, fügten wir in Gedanken hinzu.

Wenn wir Vater fragen, warum er nicht öfter jagt, schaut er immer nur finster.

»Ein Bauer hat keine Zeit zum Jagen«, antwortet er dann.

Dabei jagen die anderen Bauern im Dorf weitaus häufiger als Vater und ihre Ernten fallen um einiges besser aus. Wir glauben, sie lachen hinter seinem Rücken über ihn. In seiner Nähe würden sie das niemals wagen. Wir wissen zwar nicht warum, aber die meisten scheinen großen Respekt, ja sogar Angst vor ihm zu haben. Obwohl er ein Bauer ist wie sie, verbeugen sie sich vor ihm oder knicksen, wenn sie ihn treffen. Außerdem sprechen sie ihn mit »mein Herr« an und sehen ihm ungern direkt in die Augen.

Wenn Vater uns wirklich einmal losschickt, dann lässt er uns meist nur Vögel oder kleine Tiere jagen. Also Auerhühner, Birkhühner, Eichhörnchen oder Hasen. Wulf legt dann Fallen aus und Sunia benutzt stets Pfeil und Bogen. Aber bis es so weit ist, müssen wir lange bitten und betteln und oft genug tun wir das vergebens.

»Wir sind keine Jäger«, sagt er dann. »Wir sind Bauern. Ihr müsst lernen, wie man einen Hof bewirtschaftet. Ihr wisst doch, dass ihr den Hof eines Tages von mir erben werdet.«

Bloß ist Vater alles andere als ein guter Lehrer, wenn es um Felder, Wiesen und Viehzucht geht. Er richtet sich nicht wie die anderen Bauern nach Familientraditionen, die sie schon länger befolgen, als die meisten Menschen zurückdenken können. Die alle Zeichen der Natur deuten können und wissen, was ihre Vorväter gemacht hätten, wenn eine Saat nicht aufging. Wenn wir mit ihnen sprechen, können sie immer auf etwas zeigen und sagen, was es bedeutet.

»Seht ihr, was die Wühlmäuse diesen Herbst gemacht haben?«, fragen sie dann zum Beispiel. »Sie haben viele breite Gänge gegraben. Ein sicheres Zeichen dafür, dass uns ein harter Winter bevorsteht und wir gut daran tun, die Scheunen und Vorratsspeicher aufzufüllen.«

Vater probiert ständig etwas Neues aus. Auf dem Hof häufen sich Projekte, die er nie abgeschlossen hat und wohl auch nie abschließen wird.

Nur beim Jagen ist das ganz anders. Da weiß Vater sehr genau, wovon er spricht. Er zeigt Sunia, wie sie den Bogen halten muss, er erklärt Wulf, wie Fallen gelegt werden, und ihm kommen keine merkwürdigen Ideen, wie man etwas verbessern könnte. Er weiß, wie es geht, und will, dass wir seine Vorgaben ganz genau befolgen. In diesen Momenten macht es Spaß, Vater zuzuhören, und wir lernen schnell.

Manchmal also dürfen wir jagen gehen. Dann verdunkelt sich Vaters Blick und mit einem tiefen Seufzer sagt er:

»Vielleicht ist es trotz allem gut, wenn ihr übt. Es könnte ja wieder ein harter Winter kommen.«

Aber er begleitet uns nie.

Der Sommer war schon ein paar Wochen vorbei, als wir Vater endlich einmal wieder überreden konnten. Der Winter schien noch in weiter Ferne, doch die Laubbäume hatten sich bereits am Herbstwind blutig gescheuert und jetzt leuchteten die Baumkronen wie Feuerstätten. Unter den Bäumen schossen Pilze aus dem Boden und tief im Wald streiften die Bären umher, um sich den nötigen Speck für den Winterschlaf anzufressen.

Wir sollten einen Hasen fangen. Rund um unseren Hof steht der Wald dicht, Wacholderbüsche und Kriechfichten behindern die Sicht – dort Pfeil und Bogen zu benutzen, ist schwierig. Deshalb wollten wir Fallen auslegen. Es gibt mehrere Möglichkeiten, einen Hasen zu fangen. Entweder legt man die Fallen an Orte, von denen man schon weiß, dass dort häufig Hasen entlangkommen. Oder man sucht nach ihren Spuren oder ihrer Losung. Oder man ködert sie mit Gemüse.

Wir machten es so, wie wir es von Vater gelernt hatten. Zunächst versuchten wir, wie ein Hase zu denken. Dazu schlossen wir die Augen und stellten uns vor, ein Hase zu sein. Wir brauchten nichts weiter zu sagen. Wir wussten, dass wir dasselbe dachten. Wir waren ein Hase, der etwas zu fressen suchte, aber unentdeckt bleiben wollte, damit ihn kein Raubtier holte. Er würde irgendwo fressen, wo man ihn nicht direkt sah. Gleichzeitig brauchte er selbst einen guten Überblick, damit kein Feind sich unbemerkt anschleichen konnte. Außerdem musste es dort still sein. Es durfte keinen rauschenden Bach geben, der das Geräusch eines herannahenden Jägers übertönte.

Wir öffneten die Augen und wussten beide, wo dieser Ort war. Westlich vom Hof, ein Stück den Weg hinauf, gab es eine Lichtung, auf der das Gras hoch und saftig stand. Von unten grenzten die Felder daran und man konnte gut erkennen, ob sich jemand von dort näherte. Weiter oben lagen große Felsblöcke. Wer von dort kam, musste zwangsläufig darüberklettern.

Wir sind Zwillinge, am selben Tag von derselben Mutter geboren. Wer von uns beiden älter ist, wissen wir nicht, und Vater will es uns nicht verraten. Wulf ist der Größere, aber nur ein paar Fingerbreit. Sunia ist die Stärkere, aber sie gewinnt nicht immer, wenn wir miteinander kämpfen. Wir sehen uns nicht besonders ähnlich, finden wir.

Wulf ist dünn und sehnig. Er hat eine lange, gerade Nase und einen kleinen, schmalen Mund. Er ist stets fröhlich und lacht laut und lang, wenn Sunia etwas Lustiges sagt. Wenn er wütend ist, erkennt man das nur daran, dass seine Ohren rot werden und seine Augen ganz dunkel, sonst verzieht er keine Miene.

Sunia ist stämmiger und breiter. Sie ist muskulös, ihr Gesicht kantig und ihre Nase kurz und stumpf. Sie denkt, bevor sie spricht, und schweigt lieber, als etwas Unnötiges zu sagen. Doch wenn sie wütend wird, schimpft und faucht sie schlimmer als eine raufende Katze.

Unsere Haut ist hell, fast durchsichtig, unsere Haare kohlrabenschwarz und schulterlang. Wulfs Haare sind glatt, dünn und fein, Sunias sind dick und an den Spitzen gelockt.

Unsere Mutter haben wir nie kennengelernt. Vater erzählt uns nichts von ihr, aber wir sind fast sicher, dass sie kurz nach unserer Geburt gestorben ist.

Seit dem Frühjahr zählen wir dreizehn Lenze.

Bis zur Lichtung waren wir fast eine Stunde unterwegs. Je tiefer wir in den Wald kamen, desto steiler wurde es. Hier am Hang waren die Felsbrocken viel größer und lagen immer dichter. An manchen Stellen war das Geröll zu so etwas wie Mauern aufgehäuft worden. Sie waren alt und verfallen, stammten wahrscheinlich aus einer Zeit, in der der Wald nicht so weit ins Tal reichte und die Menschen auch die Hänge hatten bestellen können. Seither musste viel Zeit vergangen sein, denn die niedrigen Mauern waren kaum noch zu erkennen und Baumwurzeln schlängelten sich darüber und darunter.

Der Wind wehte vom Berg über die Lichtung, was uns nur zugutekam. Denn wenn sich wirklich ein Hase im Gras verbarg, konnte er uns so nicht wittern, weil wir uns von unten näherten.

Wir trennten uns und jeder ging auf seiner Seite der Lichtung weiter. Wir mussten uns nicht absprechen, wir wussten, was der andere tun würde. Wulf schlich nördlich der Lichtung in den Wald und platzierte die Fallen, wo er Fluchtwege eines aufgeschreckten Hasen vermutete. Währenddessen legte Sunia einen Pfeil auf und wartete mit gespannter Sehne.

Andere Jäger hätten sicher ein Signal gebraucht, als Zeichen, dass sie bereit waren. Doch Sunia spürte, wann Wulf fertig war. Genau in dem Augenblick schoss sie den Pfeil im hohen Bogen über die Wiese. Zielen musste sie nicht, sie wollte gar nichts treffen. Durch die Luft sauste ein Heuler, ein stumpfer Pfeil mit kleinen Hohlräumen, die im Flug heulten und pfiffen. Wenn ein Hase auf der Lichtung war, setzte er sich hoffentlich auf die Hinterbeine, um nachzusehen, woher das Geräusch kam. Dann war es ein Leichtes für Sunia, sich anzuschleichen und ihn in Wulfs Richtung zu scheuchen.

Aber es war kein Hase, der seinen Kopf aus dem Gras reckte. Es war ein Wiesel.

Die Dorfbewohner essen diese mageren, kleinen und pfeilschnellen Räuber nicht, die sich ihrerseits von Mäusen, Fröschen und anderen Kleintieren ernähren. Wieselfell ist jedoch sehr fein und eignet sich gut als Besatz für Handschuhe oder Mützen. Deshalb rannte Sunia schnell auf die Lichtung, um das Wiesel in eine von Wulfs Fallen zu treiben. Pelzjäger verkaufen Wiesel- und Hermelinfelle auf dem Markt im Dorf und Sunia wollte es ihnen gleichtun.

Das Wiesel entdeckte sie schnell und verschwand sofort wieder im Gras. Doch Sunia konnte genau sehen, wo es lief, weil die Halme sich dort bogen und wippten. Sie trieb es beharrlich auf die andere Seite der Lichtung.

Im Schatten der Bäume verlor sie es aus den Augen. Sie war sich sicher, dass es in einen Wacholderbusch geflohen war, aber im schummrigen Licht des Waldes verschmolz das braune Fell mit Tannennadeln und totem Laub und überall gab es Löcher, in denen es sich verstecken konnte. Wulf stieß zu ihr und dann versuchten wir gemeinsam, es erneut aufzuscheuchen, aber vergeblich wie es schien. Gerade als wir aufgeben wollten, hörten wir einen Schrei, der uns durch Mark und Bein fuhr, gefolgt von zornigem Schnattern.

»Meine Falle«, flüsterte Wulf und lief voran.

In einer Grube zwischen zwei dicken Buchenwurzeln saß das Wiesel, ein Hinterbein in Wulfs Falle gefangen. Es war über sein Bein gebeugt und versuchte, den Riemen durchzukratzen, der es gefangen hielt. Als wir angerannt kamen, hörte es damit auf und sah uns mit seinen kleinen rabenschwarzen Augen an.

»Was steckt in dem Knoten, ihr Menschenlümmel?«, zischte es uns an. »Ich bekomm ihn ums Verrecken nicht auf!«

Wir blieben wie festgewachsen stehen. Die Stimme klang nicht menschlich, aber die Worte waren klar und deutlich. Sie passten nicht zu dem Mund, der sie hervorbrachte. Die spitzen, kleinen Raubtierzähne und der schmale Kiefer waren nicht zum Sprechen gedacht. Trotzdem hörten wir beide, dass das Wiesel sprach.

»Meine Haare«, stotterte Wulf endlich. »Ich binde immer Haare von mir in die Falle.«

Das stimmte, so hatte Vater es uns beigebracht, obwohl es keinen anderen Jäger im Dorf gab, der Haare in seine Fallen knüpfte.

Das Wiesel lachte. Ein unangenehmer Ton, viel zu wild und fast bestialisch. Dass das Tier klein und hilflos war und in einer Falle saß, machte das Ganze nicht weniger unheimlich. Als es das Maul mit all seinen Zähnchen öffnete, um noch lauter zu lachen, lief es uns eiskalt den Rücken hinunter.

»Eine Koboldfalle!« Das Wiesel hörte auf zu lachen und sah uns aus schmalen Augen an. Obwohl es nur dunkle Tieraugen waren, schien sich dahinter etwas zu verbergen. So, als wäre das Wiesel nur eine Maske, die man abnehmen konnte, wenn man denn wusste, wie.

»Heutzutage wissen nicht mehr viele, wie man die macht. Seid ihr also von Geblüt, ihr Lümmel? Werdet ihr vom Bund geschützt?«

Wir wussten nicht, was wir darauf antworten sollten. »Geblüt« und »Bund«, das Wiesel meinte offenbar etwas Bestimmtes mit diesen Worten, die uns nichts sagten. Eines verstanden wir aber wohl doch.

»Heißt das, du bist ein Kobold?«, fragte Wulf.

Wieder lachte das Wiesel.

»Ihr wisst nicht mal, was ihr gefangen habt?« Es legte den Kopf auf die Pfoten und sah uns mit einem Ausdruck an, der vielleicht ein Lächeln darstellen sollte. Der Schwanz zuckte dabei schnell vor und zurück.

»Habt ihr mich für ein gewöhnliches Wiesel gehalten? Wolltet ihr meinen Pelz? Eure Augen müssen sich verschlechtert haben. Es gab mal eine Zeit, als solche wie ihr solche wie mich zum Spaß gejagt haben. Ihr seid also nicht hinter Kobolden her? Dann können wir uns vielleicht einigen.«

Wieder wussten wir nicht, was wir sagen sollten. Natürlich kannten wir Geschichten von Menschen, die Kobolden begegnet waren. Oft erzählten sie von dem Unglück, das denen widerfahren war, die sich mit den Unterirdischen eingelassen hatten. Allerdings wurden die Kobolde in den Geschichten oft als menschenähnlich beschrieben. Als klein zwar, aber mit Kleidern und Schuhen nach Menschenart. Wir nickten schweigend, unschlüssig, was wir sonst hätten tun können. Das Wiesel lächelte wieder, wenn es denn nun ein Lächeln sein sollte, und leckte sich über die Zähne.

»Ausgezeichnet! Ich mache euch einen Vorschlag: Ihr löst den Knoten und lasst mich frei. Und zum Ausgleich … zum Ausgleich schenke ich euch etwas. Was meint ihr?«

Wulf beugte sich sofort über die Falle und löste den Knoten. Das Wiesel sprang davon und sauste den nächstbesten Baumstamm empor, bevor es in einiger Höhe innehielt, in die Rinde gekrallt, das Fell gesträubt. Es blickte uns wild an und für einen Moment war uns, als wäre das Ganze nur ein Traum gewesen. Hatte dieses Tier wirklich mit uns geredet? Doch dann öffnete sich sein Maul und es sprach erneut:

Wenn du alles verloren hast,
wenn Schnee und Feuer sich mischen,
wird das Kaisermesser dich schützen
vor den Hunden des Winterkönigs.

Wenn dir alles genommen wurde,
wenn du ganz allein bist,
werden weiße Stämme dich verbergen
vor den Männern des Winterkönigs.

Es sang diese Worte fast, und als es fertig war, klappte es die Schnauze zu und stürzte in den Wald, den Hang hinunter.

»Warte«, rief Wulf. »Was ist mit dem Geschenk?«

»Das habt ihr bekommen«, rief das Wiesel zurück. »Und

ihr seid sehr gut entlohnt worden. Dieses Geschenk ist euer beider Leben wert.«

Und schon war es verschwunden. Sunia sah Wulf an, der die Schlinge zwischen den Fingern drehte.

»Davon erzählen wir Vater nichts«, sagte Wulf.

»Nein«, stimmte Sunia zu.

Gleichzeitig dachten wir beide: Wir werden mit jemand anderem darüber sprechen.

Dann legte Wulf die Falle erneut aus. Die Jagd war nicht vorüber, wir hatten noch immer einen Hasen zu fangen.

2

Die Sarg-Maja

»Sie ist nicht zu Hause«, rief Wulf enttäuscht. Er stand auf der Rückseite von Majas Hütte, lugte durchs Fenster hinein. »Ihr Stock steht nicht an der Tür, sie muss unterwegs sein«, fügte er hinzu.

Sunia wartete ungeduldig vor der Hütte auf Wulf.

»Wahrscheinlich sammelt sie Kräuter«, sagte er. »Da bleibt sie wieder ewig fort und folgen können wir ihr nicht, sie hinterlässt ja keine Spuren. Ich glaube, nicht mal Vater könnte sie finden.«

»Bösensschiet«, zischte Sunia.

Wulf kicherte belustigt.

»Gut, dass Vater dich nicht hören kann«, sagte er. »Du fluchst wie die Armen im Dorf. Dann müssen wir eben warten, bis sie zurück ist. Das ist doch nicht so schlimm.«

»Aber ich will jetzt mit ihr sprechen«, ärgerte sich Sunia und starrte auf den Boden.

Schon vier Tage waren vergangen, seit uns der Kobold in die Falle gegangen war. Längst hatten wir uns abermals auf den Weg zur Sarg-Maja machen wollen, doch Vater hielt uns mit immer neuen Aufgaben in Trab. Vieles musste auf dem Hof in Ordnung gebracht werden, bevor die Kälte kam. Und alle Zeichen deuteten darauf hin, dass uns ein strenger Winter bevorstand. Vor Majas Hütte war uns aufgefallen, dass sich die Äste der Eberesche vor lauter Beeren bogen – Vorbote eines langen und kalten Winters, sagten die Alten im Dorf. Vater gefiel es zwar nicht, wenn wir ihrem Gerede über Zeichen und Omen lauschten, doch weil auch ihm Vorsicht über Nachsicht ging, wollte er lieber für die Wintermonate gerüstet sein.

Deshalb dauerte es, bis wir das nächste Mal zur Sarg-Maja gehen konnten. Aber irgendwann entschied Vater, dass mal wieder ein Ausflug ins Dorf anstand. Wir brauchten neue Winterkleider, außerdem musste das Pferd neu beschuht werden und Vater hatte mehrere Felle, die er gegen Wolfsfallen eintauschen wollte.

»Darum könnt ihr euch kümmern«, sagte er zu uns. »Ich sehe doch, wie es euch drängt, den Hof zu verlassen. Am besten nutzt ihr diese Gelegenheit und verschafft euch Auslauf. Denn ist der Winter erst da, sitzen wir hier wieder fest und können nirgendwo mehr hinflüchten, wenn wir einander auf die Nerven gehen.«

Bei der Sarg-Maja vorbeizulaufen, war ein Umweg, trotzdem konnten wir selbst von dort aus noch vor Einbruch der Dunkelheit das Dorf erreichen. Bereits wenige Stunden später hatten wir den Hügel erklommen, auf dem ihre Hütte stand, nur um enttäuscht feststellen zu müssen, dass Maja wieder nicht zu Hause war. Selbst wenn Sunia darüber wütender war als Wulf, hatten wir doch beide sehr gehofft, Maja diesmal anzutreffen und von ihr hereingebeten zu werden, damit wir uns eine Weile an ihrem Feuer wärmen und ihr von unserem Erlebnis mit dem Kobold erzählen konnten.

Die Hütte der Sarg-Maja lag ähnlich abgeschieden wie unser Hof. Im Dorf hatten wir hin und wieder die Leute reden hören, Vater solle Maja doch heiraten, schließlich seien sie beide ausgeprägte Einzelgänger. Höchstwahrscheinlich hielten sie die beiden obendrein für ähnlich sonderbar. Fast alle zum Dorf gehörigen Höfe standen dicht beieinander auf dem

Flachland am Fuße des Berges. Nur der Hof der Sarg-Maja und der von Vater lagen an den bewaldeten Hängen.

Aber natürlich war das mit dem Heiraten völliger Humbug. Zunächst einmal war die Sarg-Maja schon äußerst betagt und Vater, wenn nicht gerade jung, trotzdem noch nicht sonderlich alt. Sein Alter konnte man ihm nicht recht ansehen, aber manchmal sprach er mit den Greisen im Ort, als würde er sie bereits seit ihrer Geburt kennen. Ganz so alt wie Maja war er aber nicht.

Maja hatte langes kreideweißes Haar und ein eingesunkenes Gesicht. Es warf mehr Grate und Täler als die Berge, in denen sie lebte. Ihre Haut war dunkel und dick wie gegerbtes Leder, Arme und Beine wirkten wie dürre Äste. Trotzdem war sie stark und zäh, und sie hatte ein schnelles und scharfes Mundwerk. Außerdem wusste sie mehr über Zauberei, Spuk und die Unterirdischen als jeder andere im Ort.

Was der andere Grund dafür war, dass sie und Vater niemals zusammengepasst hätten, selbst wenn sie gleich alt gewesen wären. In gewisser Hinsicht waren sie absolute Gegensätze. Sie schnaubten immer, wenn sie übereinander sprachen, so als ginge es ihnen schon gegen den Strich, den jeweils anderen bloß zu erwähnen.

Wir hingegen hatten Maja immer gemocht. Vor ein paar Jahren waren wir sehr neidisch auf die anderen Kinder der Gegend gewesen. Sie hatten oft viele Geschwister, wohnten in der Nähe ihrer Freunde und hatten Großeltern, dic sich um sie kümmerten, falls die Eltern mal keine Zeit für sie aufbringen konnten. Damals war Maja auf den Hof gekommen und hatte Vater gebeten, ihr mit dem Brennholz zu helfen. Wir hatten sie im Scherz gefragt, ob sie nicht unsere Großmutter sein wollte, doch sie hatte ganz ernsthaft bejaht.

Seither hatte sie immer mal wieder nach uns gesehen und wir waren im Gegenzug so häufig zu ihr gegangen, wie wir konnten. Aber sehr oft vergebens, weil sie mal wieder nicht zu Hause, sondern auf einer ihrer Sammelwanderungen war. Dann strich sie durch die Berge, um Kräuter und Pilze zu sammeln, die sie später zu Salben und Sud verarbeitete. Die Leute aus dem Dorf munkelten, dass sie sogar in den Särgen der Toten nach Zutaten für ihre Heilmittel suchte, weshalb sie eben die Sarg-Maja genannt wurde. Trotzdem wandten sich alle, ohne zu zögern, an sie, sobald Volk oder Vieh krank war, und Maja selbst hatte nichts gegen diesen Spitznamen.

»Es ist sogar ganz hilfreich, wenn sie sich ein wenig vor mir fürchten«, erklärte sie uns. »Auch ein einsames Mütterchen muss sich ja gegen Eierdiebe und Rumtreiber wehren. Und mit meinem Stock kann ich sie nicht länger vertreiben.«

Schweigend wandten wir uns von Majas Hütte ab. Das Pferd hatten wir am Waldrand festgebunden, wo es stand und friedlich graste. Kaum betraten wir den Pfad, der uns durch Majas Hanggarten mit den vielen Ebereschen zu ihm führen würde, scheuchten wir einen Schwarm Dohlen von den beerenschweren Ästen auf. Die Vögel stoben auf wie eine einzige, laut krächzende Wolke aus schwarzen Federn, flogen und flatterten durch die Luft und verschwanden dann in den Bergen. Hier und da verloren ein paar Vögel den Anschluss, brachen die Formation, fanden jedoch letztendlich wieder zurück zum Schwarm und vereinten sich zu einer geschlossenen schwarzen Masse, die einem einzigen großen Lebewesen glich.

»Es gibt ganz schön viele Dohlen diesen Herbst«, murmelte Sunia.

»Ja, da hast du recht«, sagte Wulf. »Viele Vogelbeeren und viele Vögel. Vielleicht sind viele Dohlen ja auch ein Zeichen dafür, dass der Winter hart wird.«

»Ich kann sie jedenfalls nicht ausstehen«, sagte Sunia und lief weiter.

Bald erreichten wir das Törchen im Gartenzaun. Maja hatte an beiden Seiten Weidenäste zusammengeflochten, sodass sich nun ein breiter, niedriger Bogen darüberspannte. Als wir hindurchtraten, fiel Wulf etwas auf.

»Wieso hängt denn da oben, genau über dem Törchen, ein Fangeisen?«, fragte er.

Es war groß, aus schwarzem Stahl, und setzte sich aus zwei breiten, gezackten Bügeln zusammen, die in der Mitte von einer dünnen Feder aufgespannt wurden.

»Das müsstest du doch wissen«, antwortete Sunia. »Maja hängt über alle Türen und Tore etwas aus Stahl. Weil Stahl alles Schlechte abwehrt, sagt sie. Nicht einmal das Böse kann einen Raum betreten, der durch Stahl geschützt wird.«

»Das habe ich nicht gewusst«, erwiderte Wulf. »Wann soll sie das denn erzählt haben?«

»Das erzählt sie doch pausenlos, aber du hörst ja nicht zu, weil du selbst so viel redest.«

Sunia klopfte Wulf auf die Schulter und Wulf nickte. Wir wussten beide, dass es die Wahrheit war. Wenn jemand anderes zu Wulf gesagt hätte, er würde reden, ohne zuzuhören, hätten wir beide protestiert. Aber wenn wir einander so etwas sagten, machte das nichts. Es stimmte schließlich. Sunia war die, die zuhörte, und Wulf der, der redete. So war das einfach. Und so war es auch gut. Jemand musste zuhören und jemand musste reden und es war nicht immer leicht, beides gleichzeitig zu bewältigen. Und weil wir zwei waren, konnten wir das. Wenn Wulf mal etwas nicht mitbekommen hatte, machte das nichts – denn Sunia hatte es bestimmt gehört und sich gemerkt.

»Komm jetzt«, sagte Wulf. »Wir müssen hinunter zur Furt, bevor es zu dunkel wird, sonst schaffen wir es mit dem Pferd nicht mehr über den Fluss.«

Erst sehr spät am Abend erreichten wir das Dorf. Wir führten das Pferd auf den Hof der Björnsons und fragten, ob wir wie üblich in der Scheune übernachten durften. Messer-Mats Björnson saß mit all seinen Kindern in der warmen Stube und aß zu Abend und für einen kurzen Augenblick hofften wir, hereingebeten zu werden. Doch Gerd, Mats' Frau, brachte uns sofort in die Scheune, ganz wie wir es gewohnt waren. Nur wenige Dorfbewohner hießen uns oder unseren Vater bei sich in der Stube willkommen, wenn wir mal ins Dorf kamen. Zu uns war zwar niemand unfreundlich, aber sich mit uns an einen Tisch zu setzen, traute sich offenbar auch niemand. Gerd reichte jedem von uns eine Schale mit Suppe und dazu ein Brot, das wir uns teilen sollten.

»Im Stall liegen Decken, die ihr in die Scheune mitnehmen könnt«, sagte sie. »Morgen früh bringe ich euch Frühstück und komme die Schalen holen.«

In der Scheune war es dunkel. Zwar hing an einem Nagel an der Wand eine Laterne, doch wir wagten es nicht, sie zu entzünden. Wenn wir durch eine Ungeschicklichkeit das Stroh in Brand steckten, wäre der gesamte Futtervorrat des Messerhofs dahin. Also blieben wir im Finsteren sitzen, aßen die Suppe und warteten darauf, dass unsere Augen sich an die Dunkelheit gewöhnten.

Als wir gerade aufgegessen hatten, hörten wir die Dohlen wieder. Dem vielstimmigen Krächzen nach zu urteilen, waren es diesmal noch mehr Vögel als bei Majas Hütte. Sie kamen aus den Bergen angeflogen und ließen sich auf den Dächern des Messerhofs nieder. Schon bald war die Scheune von dem Geräusch scharrender Vogelkrallen erfüllt, denn die Dohlen schienen auf dem Schindeldach nach geeigneten Schlafplätzen zu suchen. Unter den Dachbalken hing ihr Einschlafgekrächze wie dichter Rauch, der sich allmählich auflöste, weil Dohle für Dohle wegdöste.

»Ich kann sie nicht ausstehen«, wiederholte Sunia ihre Worte von vorhin. »Es sind viel zu viele und sie sind viel zu laut.«

»Solange sie laut sind, ist alles gut und schön. Erst wenn sie schweigend fliegen, wird es gefährlich, denn dann ist der Unwinter über uns gekommen.«

Wir schnellten von unserer Schlafstatt hoch und klammerten uns aneinander. Die Stimme kam aus der Tiefe der Scheune und plötzlich hörten wir sogar jemanden schwer atmen. Ungeschickt nestelten wir nach unseren Messern, während unsere Herzen aufgeregt im selben schnellen Takt schlugen. Sunia bekam ihr Messer als Erste zu fassen. Im gleichen Moment erhob sich der Mond über die Baumkronen und warf sein Licht durch die Fensterluken, die Klinge glänzte in seinem milchigen Schein.

»So ist es gut«, sagte die Stimme, sie schien vom Heuboden herzukommen. »Zieht Stahl, er schützt euch vor dem Meisten. Die Menschen nehmen vor seiner Schärfe Reißaus, die Wesen brennt und bindet er. Was für eine Freude das Jungvolk einem alten Mütterchen macht, wenn es seine Ratschläge befolgt.«

Und daran erkannten wir sie.

»Maja«, riefen wir, steckten die Messer wieder weg und kletterten zu ihr. Maja setzte sich auf und schob das Heu beiseite, mit dem sie sich zugedeckt hatte. Lachend zupfte sie uns an den Ohren und wuschelte uns durchs Haar.

»Da versucht das Altvolk, im warmen Heu zu schlafen, und schon kommt das Jungvolk herbei und macht Lärm. Jetzt müsst ihr euch aber ganz schnell beruhigen, denn die guten Menschen, denen dieser Hof gehört, wissen nicht, dass ich heimlich ihre Gastfreundschaft ausnutze. Und ich möchte gerade nichts von ihnen und ihren Leiden hören. Wenn sie erfahren, dass ich hier bin, heißt es doch nur wieder: ›Bitte, Maja, hilf mir, mein Fuß tut so weh.‹ Oder: ›Maja, ich habe solche

Bauchschmerzen.‹ Kommt zu mir, dann wärmen wir uns gegenseitig, und ihr könnt mir berichten, was euch alles widerfahren ist, seit wir uns das letzte Mal gesehen haben.«

Also legten wir uns zu der Sarg-Maja ins Heu und erzählten ihr von der Jagd auf das Wiesel, das sich als Kobold entpuppt, und davon, was es zu uns gesagt hatte. Maja nickte und summte. An der Stelle mit der Falle, aus der sich der Kobold nicht selbst hatte befreien können, schnalzte sie erst mit der Zunge und kicherte dann.

»Euer alter Vater ist ganz schön gewieft. Er bringt euch Dinge bei, von denen ihr gar nichts versteht und nicht einmal wisst, dass ihr sie noch brauchen werdet. Manchmal wirkt er so starrköpfig und saumselig, aber das Böse soll meine Zunge holen, wenn er nicht doch dabei ist, sich und euch vorzubereiten.«

»War das denn wirklich ein Kobold?«, wollte Wulf wissen. »Ich dachte, die sehen aus wie kleine Menschen.«

»Ganz bestimmt war das ein Kobold«, antwortete Maja. »Und wie die Dinge aussehen, liegt zu einem Großteil daran, wer sie anschaut. In Wald und Wiese tummelt sich so einiges, das diejenigen nicht sehen, die nicht wissen, woran man es erkennt.«

»Aber was hat er denn gemeint?«, bohrte Wulf weiter. »Er wollte uns ein Geschenk geben und dann sagt er einfach unbegreifliche Sachen. Wer ist dieser Winterkönig? Und was für Hunde soll er haben?«

»Hierzulande nennt man den Winter auch den Winterkönig. Das hast du, Sunia, sicher schon einmal gehört, nicht wahr?«

Sunia nickte.

»Manche behaupten, es sei ein Mensch – oder zumindest etwas, das einem Menschen ähnele. Es wird gesagt, der Winterkönig reite auf den Schneestürmen. Andere meinen sogar, dass ›Winterkönig‹ nur eine weitere Bezeichnung für das Böse selbst sei«, erklärte Maja.

»Und seine Hunde?« Wulf blieb hartnäckig.

»Wölfe«, flüsterte Sunia. »Das sind ganz sicher die Wölfe, nicht wahr, Maja? Nennt man sie nicht auch die Hunde des Winters?«

»Die meisten halten sie für Wölfe«, gab Maja zu. »Aber ich glaube, der Kobold bezieht sich auf etwas anderes. Es gibt alte Geschichten, in denen diese Hunde erwähnt werden. Mir selbst haben Kobolde mit großer Furcht in der Stimme von den Hunden des Winterkönigs erzählt, und dabei muss man wissen, dass die Unterirdischen sich nicht vor den Tieren des Waldes fürchten. Davon abgesehen sind die Dohlen, die du so wenig leiden kannst, Sunia, die Vögel des Winterkönigs. In einer Sage heißt es, dass der Winterkönig vor seinen Ausritten die Dohlen in seinen Dienst stelle. Dann werden sie still und berichten nur ihm von den Dingen, die sie beobachten. Und genau aus diesem Grund sagt man: Wenn die Dohlen verstummen, droht der Unwinter.«

»Und all das andere, wovon er gesprochen hat?«, fragte Wulf weiter. »Was bedeutet das? Wieso hat er uns das überhaupt gesagt? Und was meinte er mit ›Geblüt‹? ›Ihr seid von Geblüt‹, waren seine Worte.«

»Das ist ganz typisch für Geschenke von den Unterirdischen«, erklärte Maja. »Man versteht sie erst, wenn man sie verstehen soll. Früher oder später wird euch die Bedeutung klar werden. Oder auch nicht. Das kann man bei Kobolden nie wissen.«

»Und ›von Geblüt‹?«

»Das solltet ihr besser euren Vater fragen.«

Und mehr wollte Maja nicht sagen, ganz egal wie sehr wir drängelten. Sie machte sich eine Kuhle im Heu, legte sich hin und wir kuschelten uns von beiden Seiten an sie. Das war warm und schön, und sie roch so gut. Auf dem Dach trippelten dann und wann ein paar Dohlen. Außerdem hob der Herbstwind draußen an und blies und pfiff durch die Ritzen der Scheune.

Als wir am nächsten Morgen erwachten, war die Sarg-Maja bereits fort. Gerd kam mit dem Frühstück zu uns, und nachdem wir aufgegessen hatten, verließen wir den Hof. Wir brachten das Pferd zum Dorfschmied, einem großen starken Kerl mit aufgedunsenem roten Gesicht. Lars Hök hieß er. Es gelang uns, bei ihm drei große Wolfsfallen gegen die Felle einzutauschen, die Vater uns mitgegeben hatte. Wir ließen das Pferd dort, damit Lars es neu beschlagen konnte, und gingen zum Markt, um uns nach Winterkleidern umzusehen.

Dabei war Markt eigentlich ein zu großes Wort. Die Bauern hatten nur ein paar Karren auf die Wiese geschoben, die mittig zwischen allen Höfen lag. Dort präsentierten sie Waren, die sie gegen andere Güter tauschen wollten, an denen es ihnen gerade mangelte. Ein Stück weiter flussabwärts lag die Stadt mit einem richtigen Marktplatz, auf dem man fast alles ertauschen konnte. Hier im Dorf bekam man fast nur Körbe, Fässer, Felle und Hackfrüchte. Doch manchmal hatten wir Glück und es wurden ein paar alte, geflickte Sachen dargeboten, nachdem sie einmal in einer Familie von Kind zu Kind weitervererbt worden waren. Solche Kleidungsstücke taugten dann jedoch nur als zusätzliches Futteral unter dem Wintermantel.

Diesmal war das Glück nicht auf unserer Seite. Auf keinem der Karren gab es Kleider und niemand konnte uns an jemanden weitervermitteln, der vielleicht doch welche hatte. Deshalb verließen wir den Markt und gingen im Dorf von Hof zu Hof, um dort weiterzufragen. Das dauerte, schließlich waren es über dreißig Höfe. Die Sonne stand schon hoch am Himmel, als wir endlich aufgaben. Zwar lagen noch einzelne Höfe verstreut in der Umgebung, doch uns blieb keine Zeit mehr. Wenn wir uns nicht bald auf den Heimweg machten, mussten wir das letzte Stück im Stockfinsteren hinter uns bringen.

In der Schmiede erwartete uns Lars Hök mit zwei Stoffbündeln.

»Darin sind sicher Winterkleider für euch«, sagte er. Und es stimmte.

In jedem Bündel befanden sich ein langes Hemd, eine Hose, Handschuhe und Strümpfe. Alles aus warmer, gewalkter Wolle. Wir verstanden nicht, wie sich unser Schicksal so unerwartet zum Besseren hatte wenden können. Doch als wir unseren Dank an Lars Hök richten wollten, schüttelte der nur den Kopf.

»Ich verstehe das genauso wenig wie ihr. Ich führe nur aus, worum ich gebeten wurde. Kurz nachdem ihr gegangen seid, tauchte eine Frau auf und gab mir diese Kleiderbündel. ›Die sind für Attas Kinder‹, hat sie dazu gesagt. ›Aha‹, habe ich geantwortet, ›und von wem, wenn ich das fragen darf?‹ Doch darauf erwiderte sie erst mal nichts, sondern schaute mir nur streng in die Augen. ›Ich werde herausfinden, ob sie die Kleidungsstücke erhalten haben‹, sagte sie, so als ob sie fürchtete, ich würde sie selbst behalten. ›Atta‹ hört man nicht gerade oft, aber so heißt euer alter Herr doch, nicht wahr?«

»Wie sah sie denn aus?«, wollten wir wissen. »Und wo ist sie dann hingegangen? Hast du sie schon einmal gesehen?«

Daraufhin kratzte der Schmied sich verlegen an der Wange.

»Um ehrlich zu sein, ich kann mich nicht daran erinnern. Kaum war sie da, war sie schon wieder weg. Ich muss wohl mit dem Kopf woanders gewesen sein.«

Mehr konnten wir aus ihm nicht herauskriegen, denn Lars Hök wirkte selbst zutiefst verstört darüber, dass ihm nichts weiter einfallen wollte. Also blieb uns nichts anderes übrig, als die Stoffbeutel und Wolfsfallen auf das Pferd zu laden und uns zu verabschieden.

Der Heimweg war wesentlich weniger beschwerlich als das Stück von Majas Hütte bis ins Dorf. So mussten wir den Fluss nicht kreuzen und es war nicht so steil. Trotzdem hatten wir einen langen Marsch vor uns und würden nicht vor Sonnenuntergang zu Hause sein.

Am Waldrand blieben wir noch einmal stehen und blickten hinunter. Stoppelfelder erstreckten sich in alle Richtungen um den Ortskern, den die Wohnhäuser der Höfe bildeten. Zwischen dem Dorf und dem Bogen, den der Fluss ein Stück entfernt in das Flachland ritzte, lagen noch ein paar vereinzelte Häuser. Wohnte in einem von ihnen die Frau, die die Kleidungsstücke für uns abgegeben hatte? Das konnten wir uns kaum vorstellen. Lars Hök kannte schließlich so gut wie alle Bewohner des Dorfes. Fluss und Flachland erstreckten sich bis zum Horizont. Wir waren nie dort gewesen, aber wir wussten, dass dahinter die Stadt lag, an einem großen See. Und wenn man auch die hinter sich ließ, erreichte man irgendwann das Meer und die Burg des Vogts. Die Welt wirkte mit einem Mal riesig und geheimnisvoll. Wer war diese Frau, die wir nie gesehen hatten, die aber Vaters Namen kannte? Er selbst verwendete ihn nie und wenn die Bauern über ihn sprachen, nannten sie ihn überwiegend »Herr«.

Wir machten auf der Ferse kehrt und begaben uns in den Wald. Vielleicht wusste Vater ja etwas darüber. Vielleicht hatte er die Kleider ja für uns bestellt und einfach nur vergessen, uns davon zu erzählen.

Der Heimweg wirkte diesmal länger als sonst. Während der letzten Viertelmeile kroch die Dunkelheit aus dem Wald und legte sich über den Pfad. Die Herbstkälte drang durch unsere Sachen, weshalb wir uns näher am Pferd hielten, um ein bisschen seiner Wärme zu stehlen und nicht über Steine oder Wurzeln zu stolpern. Als wir endlich, verfroren und müde, die Lichter aus der Stube zwischen den dunklen Bäumen schimmern sahen, sehnten wir uns nur noch danach, endlich in das warme Haus zu treten, am Feuer warme Suppe zu löffeln und Vater zu schildern, was wir erlebt hatten.

Wulf lud die Wolfsfallen und Kleiderbündel vom Pferd. Und während Sunia das Tier in den Stall brachte, trug Wulf alles zum Haus. Schon auf der Türschwelle begegnete er Vater und allein dessen Körperhaltung verriet, dass etwas nicht stimmte. Dabei sah Wulf nicht mehr als Vaters schwarze Silhouette vor dem hellen Feuerschein aus der Stube, trotzdem erkannte er, dass Vater bis in die letzte Faser angespannt war, was wirklich selten vorkam.

»Wulf«, sagte er. »Geh zu deiner Schwester, ihr schlaft heute im Kuhstall.«

»Wie bitte?«, fragte Sunia, die gerade ebenfalls beim Haus angekommen war.

»Und was ist mit den Sachen?«, fragte Wulf.

»Nehmt sie mit«, sagte Vater. Er gab sich große Mühe, zu lächeln. »Wie ich sehe, wart ihr erfolgreich. Aber lauft jetzt hinüber und legt euch schlafen, dann könnt ihr mir morgen alles erzählen.«

Als er sich umdrehte, um wieder in die Stube zu gehen, bemerkten wir, dass er nicht allein war. Auf Vaters Stuhl am Tisch saß jemand, den Rücken zur Tür gewandt. Der Feuerschein spielte auf dem zotteligen schwarzen Haar des Gastes und auf seiner kräftigen Hand, die auf der Lehne ruhte.

»Hast du Besuch, Vater?« Wulf klang überrascht.

Statt zu antworten, schaute Vater uns nur noch einmal kurz an, bevor er die Tür hinter sich schloss. Diesen Blick bekamen wir nicht oft zu sehen. Darin lag ein Glühen, das auch von der Feuerstelle in der Stube hätte stammen können. Zeigte sich dieser Blick, wussten wir, dass kein weiteres Wort von uns Vater mehr umzustimmen vermochte.

Noch immer sehr hungrig und um ein Vielfaches verwirrter als zuvor, gingen wir in den Kuhstall und kletterten auf den Heuboden. Dort aßen wir den kümmerlichen Rest unserer Wegzehrung und lauschten den Kühen, die sich in ihren Stellplätzen bewegten.

Und dann überlegten wir flüsternd, was wir als Nächstes tun konnten.

3

Der Fremde

»*Saviudans!*«

»Was hat er gesagt?«

Regen trommelte dumpf gegen die Decke des Holzschuppens. Wir lagen zusammengekauert auf den Holzscheiten und lauschten angestrengt dem, was auf der anderen Seite der Wand gesprochen wurde. Den Holzschuppen hatten wir mit Vater im vergangenen Sommer gebaut, vorher war an der Stelle eine Tür gewesen, eine Tür direkt zur Stube. Als wir uns sicher waren, dass Vater heute Abend nicht mehr nach uns sehen würde, hatten wir uns hierher geschlichen. Nun pressten wir mal die Ohren, mal die Augen gegen die kleinen Schlitze der vernagelten Tür und versuchten zu verstehen, was dahinter vor sich ging.

»Ich glaube *Saviudans*«, wiederholte Sunia.

»Aber …«, flüsterte Wulf beinahe gekränkt zurück, »das bedeutet doch gar nichts.«

»Das ist vermutlich eine andere Sprache. Eine Sprache, die man außerhalb des Dorfs spricht.«

»Eine andere Sprache? Es gibt keine andere Sprache als unsere. Wir haben doch schon Leute aus dem Flachland getroffen. Und einmal waren Männer des Vogts im Dorf, die kamen ja sogar aus der Stadt und haben keineswegs so gesprochen wie die beiden.«

»Es gibt aber Orte, die noch weiter entfernt sind. Maja hat erzählt, dass man dort anders spricht. Außerdem gibt es alte Sprachen, die bei den meisten in Vergessenheit geraten sind.«

Wulf blieb einen Moment lang still und dachte nach. Er hatte geglaubt zu wissen, wie die Welt funktionierte. Jetzt fühlte er sich plötzlich klein und unbedeutend. Die Welt, die an den Holzschuppen grenzte, wirkte mit einem Mal regendunkel und voller Merkwürdigkeiten. Und aus diesem großen Unbekannten hatte sich nun ein winziges Teilchen gelöst und den Weg in unsere Stube gefunden, um mit Vater zu sprechen.

»Ich kann den anderen sehen«, flüsterte Sunia. »Er sitzt mit dem Rücken zu uns. Es sieht zumindest aus wie ein ›Er‹.«

»*Vatafrius*«, sagte Wulf. »Jetzt habe ich *Vatafrius* verstanden.«

»Und was heißt das?«

»Das weiß ich doch nicht.«

»Na, da hast du es«, sagte Sunia. »Sie sprechen eine fremde Sprache.«

Dann schielten wir beide wieder durch die Schlitze und beobachteten Vater. Er saß nicht, sondern ging in der Stube auf und ab. Das Feuer war mittlerweile heruntergebrannt, der Schein der Glut glitt über Vaters Gesicht, wohin er sich auch bewegte. Der Fremde hingegen befand sich ganz im Dunkeln. Nur ab und zu zog er an einer krummen Pfeife, deren Tabaksglut dann schwach eine stumpfe Nase und ein paar zottelige Haarsträhnen beleuchtete. Ansonsten konnten wir nur seine Stimme hören. Eine heisere und dunkle Stimme, die dem Raum die fremden Worte förmlich aufzwängte.

»*Sa sahs jah so frisahts?*«

Darauf antwortete Vater, indem er mit den Armen ausschlug und zum Fenster schritt. Dort blieb er eine Weile stehen und blickte in den Regen und die Nacht.

»*Keliken*«, sagte er dann und nickte Richtung Decke.

Wir verstanden nach wie vor kein einziges Wort, aber Vaters Körpersprache konnten wir wie üblich lesen. Etwas musste sich oben auf dem Dachboden befinden und zwar etwas, nach dem der Fremde gefragt hatte. Und noch etwas ließ sich sehr deutlich erkennen: Vater wollte darüber nicht sprechen.

Der Fremde fuhr fort, obwohl es offensichtlich war, wie widerwillig Vater ihm zuhörte. Die tiefe, heisere Stimme wurde fast flehend, während Vater wieder ungeduldig aus dem Fenster starrte, mit zusammengebissenen Zähnen. Manche der fremden Wörter wiederholten sich Mal um Mal: *Vatabluf, Unbaurgs, Sokautsjo.*

Dann stand der Fremde plötzlich auf. Immer noch mit dem Rücken zu uns zog er ein langes Schwert unter dem Mantel hervor. Wulf schnellte hoch und hätte fast geschrien, wenn Sunia ihm nicht rechtzeitig die Hand über den Mund gelegt hätte. Schnell gab sie ihm ein Zeichen, dass er einfach weiter zusehen sollte. Also nahmen wir wieder unsere Plätze an den schmalen Spalten ein und beobachteten den Fremden, der nun hinter Vater am Fenster stand. Der Fremde hielt ihm das Schwert hin, beide Hände an der Klinge, das Heft auf Vater gerichtet. Er wiederholte denselben Satz wieder und wieder. Es klang wie eine Aufforderung, aber weil unsere Herzen jetzt laut und heftig schlugen, konnten wir kein Wort mehr hören. Und selbst wenn, hätte das auch keinen Unterschied gemacht, wir hätten ja doch nichts verstanden.

Schließlich wandte Vater sich vom Fenster ab, nun lastete sein Blick auf dem Fremden und dem Schwert.

»*Ne*«, sagte er, schüttelte den Kopf und drehte sich wieder zum Fenster.

Der Fremde schien aufzugeben. Er verstaute das Schwert unter dem Mantel und steuerte mit bestimmten Schritten die Haustür an, riss sie auf und verschwand in der Nacht. Wir hörten wie sich seine Schritte entfernten, feste Stiefel auf feuchtem Gras. Schon bald ließen sie sich nicht mehr von dem Prasseln des Regens unterscheiden, aber weil kurz darauf ein Schwarm Dohlen empört zu krächzen begann, wussten wir, dass der Fremde den Pfad genommen hatte, der den Berg hinaufführte.

Erst da löste Vater sich vom Fenster und schloss die Tür, die der fremde Gast weit offen gelassen hatte. Die Glut war mittlerweile fast erloschen, sodass wir nur noch mit Mühe in der dunklen Stube ausmachen konnten, wie Vater sich auf den Stuhl am Tisch sinken ließ. Trotz des Regens meinten wir, ihn tief seufzen zu hören.

So leise es ging, kletterten wir von dem Holzstapel und schlichen zurück auf den Boden des Kuhstalls. Dort lagen wir noch lange wach und lauschten dem Regen. Wir hofften beide, dass Vater zu uns hinauskommen und das alles erklären würde, doch nichts dergleichen geschah.

Irgendwann schliefen wir vor Erschöpfung ein.

4

Fragen ohne Antworten

Am nächsten Morgen weckte Vater uns zeitig. Er stand vor dem Kuhstall und schlug mit einer Harke gegen die Wand.

»Aufwachen da oben! Die Sonne steigt bald über die Bäume und wir haben viel zu tun.«

Schlaftrunken kletterten wir hinunter und schlurften hinter ihm her in die Stube. Unter Schweigen bereitete Vater das Frühstück. Er stellte Brot, Honig und kaltes Pökelfleisch auf den Tisch. Das Brot war hart und dunkel, selten gelang es Vater besser, aber Honig und Fleisch schmeckten gut. Wir hatten nur zwei Bienenvölker, deren Erträge aber immer durchaus zufriedenstellend waren. Und das Pökeln lag Vater definitiv besser als das Backen.

Wir bedienten uns, behielten beim Essen aber Vater im Auge. Wir warteten darauf, dass er sich zu uns setzte und mit uns sprach. Auf die ein oder andere Weise mussten wir doch eine Erklärung für den nächtlichen Besuch bekommen, wobei wir natürlich nicht verraten durften, dass wir vom Holzschuppen aus gelauscht hatten.

Irgendwann setzte Vater sich wirklich zu uns an den Tisch. Noch sagte er nichts, aber wir konnten ihm ansehen, dass er es vorhatte.

Vater handelt selten besonders schnell. Manchmal, wenn er wieder eine seiner verrückten Ideen zur Landwirtschaft hat, kann er zwar reden wie ein Wasserfall und arbeitet so geschwind wie nie, aber für gewöhnlich denkt er sehr lange nach, bevor er etwas tut. Und dann macht er es so langsam, dass er sich jederzeit unterbrechen kann, um bei Bedarf noch ein bisschen weiter nachzudenken. Jetzt saß er also bei uns, den Blick auf den Tisch gesenkt, das Fleisch vor sich und ging sich durch den Bart. Bis er endlich zu uns aufsah.

»Ihr fragt euch sicher, wer das gestern war«, setzte er an.

Wir nickten nur. Wir wollten ihn durch Nachfragen nicht unterbrechen.

»Ein alter ... Freund«, sagte er und wirkte unsicher, wie er fortfahren sollte. »Ein sehr alter Freund. Ein Mann, den ich schon lange vor eurer Geburt gekannt habe. Lange bevor ich in dieses Dorf gezogen bin.«

Wir waren mucksmäuschenstill. Vater sprach so selten von der Zeit, bevor er hergekommen war und den Hof gebaut hatte. Wir wussten natürlich, dass er im Dorf weder aufgewachsen noch richtig heimisch war. Im Dorf gab es keine Verwandten von uns und die Dorfbewohner schienen nicht zu finden, dass Vater wirklich hierhergehörte. Aber es war uns bisher nicht gelungen, aus ihm herauszukitzeln, was er vorher getan und wo er davor gelebt hatte.

»Er war bei mir, um über etwas zu sprechen, was vor vielen, vielen Jahren geschehen ist. Ich habe damals etwas getan, was ich nicht hätte tun dürfen. An einem Ort weit weg von hier. Wir waren damals zu dritt ... Und wir haben so gehandelt, wie wir gehandelt haben, damit ... Damit wir so leben können, wie wir jetzt leben.«

»Auf einem Hof im Wald?«, fragte Wulf verwirrt. Sunia brachte ihn sofort mit einem Blick zum Schweigen, dabei fanden wir beide, dass das, was Vater da erzählte, äußerst eigenartig klang.

»Ich glaube nicht, dass ihr das verstehen könnt. Ihr wisst nicht, wie das war ... Sehr wenige erinnern sich heute überhaupt noch daran.«

Er verfiel in Schweigen und schaute zum Fenster hinaus.

Draußen war ein klarer Tag angebrochen. Der Regen hatte sich verzogen, über dem Flachland und an den unteren Berghängen hatte der Morgennebel sich bereits gelichtet. Es versprach, warm zu werden, die Sonne tanzte schon vereinzelt in den langen, tiefen Schatten, die der Wald auf den Hof warf. Doch Vater schien etwas zu sehen, das in noch viel weiterer Ferne lag. Etwas, das sich nur in seinem Gedächtnis abspielte. Wir warteten stumm darauf, dass er weitersprach.

Vater sieht uns sehr ähnlich. Seine Haare sind genauso kohlrabenschwarz und seine Haut genauso hell wie unsere. Während Sonne und Wind die Haut der Bauern aus dem Dorf dunkel und lederig machen, können sie Vaters Haut nichts anhaben. Sie ist hell und glatt wie unsere. Zwar hat sein Gesicht ein paar scharfe Linien, die Nase und Mund einrahmen und ihn grimmig wirken lassen, aber Zeichen des Alters wie kleine Fältchen an Augen oder Mund sucht man vergeblich. Sein Bart ist noch genauso dunkel wie sein Haupthaar und beide schneidet er stets kurz – knapp einen Fingerbreit.

Wir beide haben helle Augen. Eisblau. Die Farbe müssen wir von unserer Mutter geerbt haben, denn Vaters Augen sind hellbraun, fast bernsteinfarben, und sie sehen direkt durch einen durch, wenn man versucht zu schwindeln. Niemand sonst im Dorf hat solche Augen.

»Gestern bekam ich also Besuch«, setzte Vater irgendwann erneut an. »Ich habe ihn wirklich lange nicht gesehen. Er wollte … Er meint, es ist an der Zeit, dass ich zurückkehre. Er glaubt, ich habe … ich habe die Sache damals nicht zu Ende gebracht.«

»Welche Sache denn?« Wieder konnte Wulf sich nicht zurückhalten.

»Ich habe ihm gesagt«, fuhr Vater fort, ohne sich von Wulf

ablenken zu lassen, »dass all das hinter uns liegt. Dass wir … Dass zumindest ich das erreicht habe, was ich erreichen wollte. Es ist so viel passiert, an das wir uns wirklich nicht wieder erinnern müssen. Ich habe die Vergangenheit begraben. Ich habe alle Bande gekappt und gefährlich ist nur, sie wieder zu verknüpfen.« Während er sprach, wurde er immer aufgebrachter. Den nächsten Satz schrie er fast: »Ich will mit der Vergangenheit nichts mehr zu tun haben!«

Dann verstummte er und schaute uns so überrascht an, als hätte er vergessen, dass wir dort bei ihm saßen.

»Mehr gibt es nicht hinzuzufügen«, sagte er leise und senkte den Blick auf die Tischplatte. »Und wir werden nicht wieder davon sprechen. Der Winter steht vor der Tür und wir haben noch viel zu tun. Vergessen wir …«

»Aber die Sprache! Was für eine Sprache habt ihr gesprochen?«, platzte es aus Wulf heraus, ohne dass er über die Folgen nachgedacht hatte.

Vater wurde ganz still, sein Körper eigenartig steif. Wir hielten die Luft an.

»Ihr habt uns belauscht.« Es war keine Frage, Vater stellte es einfach geradeheraus in den Raum. Seine Stimme klang schwarz, weshalb wir beide am liebsten im Boden versunken wären.

»Dann machen wir jetzt Folgendes«, sagte er schließlich. »Dies war das letzte Mal, dass wir darüber geredet haben. Ihr werdet mich nicht wieder davon sprechen hören und ich will euch nicht wieder davon sprechen hören. Der Gast von gestern Abend wird nie wieder hierher zurückkehren. Wir vergessen letzte Nacht. Und wir vergessen dieses Gespräch.«

Wieder wurde es still in der Stube.

»Aber …«, setzte Wulf nach einer Weile an.

»Dann wäre das abgemacht«, unterbrach Vater ihn und erhob sich schnell. »Und jetzt wartet ein langer Arbeitstag auf uns. Ein Bauer darf nicht ruhen.« Damit scheuchte er uns zur Tür hinaus.

»Wulf, die Hütte muss winterfest gemacht werden, es wird höchste Zeit. Am besten fängst du umgehend damit an. Sunia, das Scheunendach ist undicht. Such auf dem Dachboden nach Holzschindeln und bessere die Stellen aus. Und jetzt schwingt die Hufe. Das Böse liebt die Faulen.«

Er selbst ging pfeifend mit einem Eimer in den Kuhstall, um das Melken zu übernehmen. Verwirrt starrten wir einander an. Wulf wollte etwas sagen, doch Sunia schüttelte nur den Kopf. Wir wussten beide, dass sich zu diesem Zeitpunkt keine weitere Frage lohnen würde. ›Später‹, nickten wir einander zu und zogen los, um unseren Aufgaben nachzugehen. Vater dachte vielleicht, die Sache wäre damit erledigt. Wir hingegen waren noch nicht bereit, sie wirklich ruhen zu lassen.

Aber wenn wir geglaubt hatten, es würde leichter werden, mit Vater zu sprechen, nachdem ein paar Tage verstrichen waren, dann hatten wir uns mächtig getäuscht. Zunächst einmal hielt uns die Arbeit auf dem Hof so in Schach, dass sich zwischendurch keine wahre Möglichkeit bot, auf das Geschehene zurückzukommen. Und sobald wir nur so aussahen, als wollten wir Vater etwas fragen, das nichts mit einer unserer Aufgaben zu tun hatte, schüttelte er bloß den Kopf. Oder er wuschelte uns durchs Haar und gab vor, es nicht bemerkt zu haben. Es gelang uns nicht ein einziges Mal, überhaupt eine Frage zu stellen.

Irgendwann mussten wir einsehen, dass Vater wirklich Ernst machte und vermutlich weiterhin so tun würde, als hätte der Fremde unseren Hof gar nicht besucht.

Tagsüber fanden wir nie genug Zeit, uns über das Geschehene auszutauschen, aber abends schlichen wir uns unbemerkt davon und berieten uns flüsternd.

»Warum will er denn bloß nicht darüber sprechen?«, fragte Wulf.

»Vielleicht hat es ja mit Mutter zu tun«, schlug Sunia vor. »Vielleicht sogar mit ihrem Tod. Kann doch sein, dass er nicht daran erinnert werden möchte. Oder aber es geht um etwas, vor dem er uns schützen will.«

»Möglich. Manchmal sagt er ja auch, wir sollen nicht alles glauben, was die Sarg-Maja erzählt. Oder die Alten im Dorf. Trotzdem gibt es so viel, was ich einfach nicht verstehe.«

»Mach doch eine Liste. Du kannst besser schreiben als ich. Darauf schreiben wir alles, was wir nicht verstehen, und werden sehen, ob es so begreiflicher wird – oder uns etwas einfällt, wie wir an Antworten kommen können.«

Vater hat uns Lesen und Schreiben beigebracht. Im Dorf gibt es sonst niemanden in unserem Alter, der schreiben kann. Und von den Erwachsenen konnte es nur Ubbas Martin, aber der ist ja nun tot. Manchmal sendet der Vogt einen Erlass ins Dorf und dann kommen die Dorfbewohner zu Vater, damit er ihnen vorliest, was darin steht. Eigentlich hatte Vater uns das gar nicht beibringen wollen, aber Wulf konnte nicht aufhören, die Buchstaben auf den handschriftlichen Mitteilungen aus der Stadt anzustarren. Für ihn steckte eine ganz ungemeine Magie in diesen schön geschwungenen Kringeln auf dem Papier, die offensichtlich eine so tiefe Bedeutung trugen. Schlussendlich gab Vater Wulfs Drängen nach und brachte uns beiden Lesen und Schreiben bei. Aber Wulf war immer besser darin gewesen. Sunia hatte es eher gelernt, weil sie musste. Und nun war es Wulf, der die Vorgänge auf dem Hof aufzeichnete. Vater hatte immer Buch darüber geführt, wann gesät und wann geerntet wurde, wann die Jahreszeiten sich änderten und welche wilden und zahmen Tiere sich auf dem und um den Hof herum bewegten. Und nach unserem zehnten Geburtstag hatte er Wulf diese Aufgabe übertragen, der fortan Tag für Tag niederschrieb, was sich auf dem Hof zutrug.

Wulf nahm den Gänsekiel zur Hand, spitzte ihn mit einem kleinen Messer an und tunkte ihn dann ins Tintenfass.

»Was soll denn alles auf die Liste?«, fragte er Sunia.

»Ich möchte wissen, wer der Fremde war. Vater meint zwar, es reicht, uns zu sagen, dass sie sich vor langer Zeit mal kannten, aber ich will mehr über ihn erfahren. Wie heißt er? Woher kommt er?«

»Dann schreibe ich ›Fremder‹ auf. Und ich grüble immer noch über diese Sprache. Ich habe Vater noch nie eine andere Sprache sprechen hören. Wieso beherrscht er sie? Worüber haben sie gesprochen?«

»Und worum ging es ganz am Schluss?«, fuhr Sunia fort. »Der Fremde schien etwas gefragt zu haben, woraufhin Vater gesagt haben muss, dass es sich oben auf dem Dachboden befindet.«

»Und es gibt noch so viel mehr, was wir nicht verstehen. Maja meinte, wir sollen uns von Vater erklären lassen, was dieses ›Geblüt‹ bedeutet. Und das können wir ihn schlecht jetzt fragen, er wird uns wohl kaum etwas erklären, was wir von der Sarg-Maja und einem Kobold gehört haben.«

»Überhaupt war das merkwürdig, was der Kobold da zu uns gesagt hat. Ich frage mich immer noch, was das bedeuten soll.«

»Mir macht es Angst«, murmelte Wulf, die Nase tief über dem Papier. »Es klingt wie eine Prophezeiung. ›Wenn du alles verloren hast.‹ Das gefällt mir ganz und gar nicht.«

»Ich finde das, was Vater getan hat, viel schlimmer«, erwiderte Sunia.

»Was meinst du?«

»Er hat immer gesagt, wir sollen nichts auf das Gerede über die Unterirdischen geben. Und dann zeigt sich plötzlich, er hat uns insgeheim beigebracht, wie wir Fallen bauen, mit denen man Kobolde fangen kann. Vermutlich verfügt kaum jemand im Dorf über dieses Wissen. Irgendwie scheint uns Vater glauben machen zu wollen, dass es gewisse Dinge nicht gibt. Dennoch möchte er uns gleichzeitig davor schützen.«

Wulf dachte darüber nach, während er die Liste betrachtete, die er bisher zusammengestellt hatte. Sie sah wie folgt aus:

Fremder
Sprache
Dachboden
Geblüt
Die Worte des Kobolds
Koboldfalle

Wir starrten beide auf die Liste. So aufgeschrieben wirkten unsere Fragen nur noch rätselhafter. Wie würden wir je Antworten darauf finden, wenn Vater weiterhin so tat, als hätte der Abend niemals stattgefunden? Es war hoffnungslos.

»Wenigstens eine Sache können wir vielleicht selbst klären«, sagte Sunia.

»Das mit dem Dachboden«, stimmte Wulf zu.

In dem Moment rief Vater nach uns. Es war an der Zeit, das Abendessen vorzubereiten. Wulf faltete die Liste klein. Der Dachboden musste warten, aber wenn Vater das nächste Mal den Hof verließ, würden wir hinaufklettern, um herauszufinden, was er dort versteckte.

5

Spuren im Schnee

In den folgenden Tagen schielten wir, wann immer wir im Vorraum zur Stube waren, zur Dachbodenluke hinauf. Aber Vater ließ uns keine Möglichkeit, auch nur einmal hinaufzuklettern und uns dort umzusehen. Stattdessen sollten wir die Butter salzen und in Formen füllen, Käse herstellen, Fleisch trocknen, eben Vorratsspeicher und Erdkeller so gut wir vermochten auffüllen.

Die meiste Zeit verwandten wir darauf, verzinkte Behälter, die in kochendem Wasser standen, mit all dem Gemüse zu befüllen, das wir bisher noch nicht geerntet und gegessen hatten. Die Behälter sollten wir dann mit Deckeln versehen und mit Bienenwachs versiegeln. Auch dies war eine von Vaters Erfindungen. Seine Hoffnung war, so das Gemüse und die Hackfrüchte haltbar zu machen, damit wir den ganzen Winter über frisches Essen hatten. Schon vergangenen Winter hatten wir ein paar Gläser auf ähnliche Weise befüllt und waren von dem Ergebnis nicht gerade überwältigt gewesen. Doch Vater war absolut begeistert und wollte einen neuen Versuch wagen. Während wir also Behälter um Behälter mit Radieschen, Steckrüben und Erbsen füllten, besserte Vater den Zaun aus.

Aus irgendeinem Grund war es ihm wichtig, die Umzäunung des Hofs zu verstärken. An die lückenhaften Stellen flocht er neue dünne Zweige und ersetzte morsche Pfähle, damit der Zaun sich nirgendwo neigte. Wir fragten uns, ob es ihm nicht doch um mehr als nur das Ausbessern ging. Ob er nicht doch fürchtete, dass ihn etwas aus seiner Vergangenheit heimzusuchen drohte. Wir sprachen ihn nicht darauf an, aber Sunia unterstützte ihn heimlich, indem sie hier und da ein paar kleine Fallen und alte Messer im Zaun versteckte.

»Egal ob das, was Maja sagt, nun stimmt oder nicht, es kann jedenfalls nicht schaden«, sagte sie.

Die Tage kamen und gingen. Der erste Frost war aufgetreten, doch ihm folgten ein paar ungewöhnlich warme Tage. Fast schien es, als hätte der Sommer es sich noch einmal anders überlegt und wäre zurückgekehrt. Die Bäume standen nackt da, und wäre der Boden nicht von Herbstlaub bedeckt gewesen, hätte man meinen können, es handele sich um die erste Wärme des Frühlings, der die Äste kitzeln und ihnen bald ihre sanfte, grüne Pracht entlocken würde.

Aber die Nächte waren kalt. Vogelzüge überspannten den Himmel auf ihrem Weg nach Süden und die Dohlen flatterten in kreischenden Gruppen durch den Wald auf der Suche nach Futter.

Und dann geschah etwas, das alles verändern sollte.

Bleigraue Wolken bedeckten den Himmel. Der laue Wind mischte sich mit der kalten Luft, die vom Berg kam, und wir warteten eigentlich nur noch auf den Regen oder sogar den ersten Schnee. Vater hatte uns in den Wald geschickt, um Elchbrot zu sammeln – eine dicke, blassgelbe Flechte, die an den Stämmen der Kiefer wuchs. Wenn uns im Winter das Essen ausging, nutzten wir getrocknetes Elchbrot und kochten daraus einen Brei, den niemand von uns wirklich mochte. Durch das Kochen nahm die Flechte eine unangenehme gelbgrüne Farbe an, außerdem schmeckte sie bitter und scharf. Aber mehr als einmal hatte uns der Vorrat an Elchbrot durch Zeiten gerettet, in denen wir sonst hungrig geblieben wären.

Dort, wo die Kiefern hoch im Schatten des Berges standen, wuchsen und gedeihten die Flechten am besten. Und genau dort im Halbdunkel kratzten wir nun mit unseren Messern Elchbrot von den Stämmen in große Körbe aus Birkenrinde, als Sunia Wulf zischend ein Zeichen gab. Sofort hielt er inne und wir lauschten mit gespitzten Ohren.

Am Rande der Kieferngruppe bewegte sich etwas. Es hörte sich an, als würde etwas Großes durch die Wacholderbüsche und Kriechfichten schleichen, bemüht, dabei kein Geräusch zu machen. Wir wichen leise zurück, die Messer noch in den Händen. Sofern das ein Bär oder ein Wolf war, würde er sich hoffentlich nicht für uns interessieren, wenn wir ihn nicht weiter störten. Doch ohne Vorwarnung stürzte aus dem dunklen Gestrüpp etwas direkt auf uns zu, ein zotteliger Schemen mit gelben Augen. Wir drückten uns mit den Rücken gegen den dicken Stamm einer Kiefer und hielten die Messer vor uns, bereit.

Aber zum Einsatz kamen sie nicht. So schnell, dass wir gar nicht sehen konnten, wie, wurden uns die Messer aus den Händen geschlagen und wir von der Kreatur gegen den Baumstamm gepresst. Es war kein wildes Tier, das vor uns stand und uns ins Gesicht keuchte. Es war ein Mann. Als er zu sprechen begann, erkannten wir ihn – es war der Fremde mit der heiseren Stimme.

Er trug einen bodenlangen Pelzmantel, der eigentlich nur aus sehr nachlässig aneinandergenähten Fellen unterschiedlicher Tiere bestand. Sein Haar war lang und verfilzt. Er sah aus wie ein zotteliges Tier, und während er uns gegen den Stamm drückte, stieß er völlig unverständliche Wörter hervor, die genauso gut Tierlaute hätten sein können. Wir wanden uns, um uns zu befreien, aber der Fremde hielt unsere Arme so fest umklammert, dass wir uns unmöglich von ihm losreißen konnten.

Aber das Unheimlichste an ihm war definitiv sein Aussehen.

Das Haupthaar und der dünne Bart waren kohlrabenschwarz, die Haut hell und die Augen bernsteinfarben. Wir hatten das Gefühl, einem sonderbar verzerrten, wütenden Abbild unseres Vaters gegenüberzustehen. Er starrte uns wild an und schüttelte uns bei jedem seiner Worte.

Dann verstummte er. Ganz so, als würde er eine Reaktion von uns erwarten. War all das, was er da von sich gegeben hatte, etwa eine einzige Frage gewesen? Wollte er eine Antwort? Wenn ja, dann konnten wir nichts tun. Wir hatten doch kein einziges seiner Worte in dieser fremden Sprache verstanden. Noch dazu hatten wir gar nicht richtig zuhören können, weil wir so verzweifelt versucht hatten, uns aus seinem Griff zu befreien und seinem Blick auszuweichen, in dem ein fürchterlich durchdringender Ausdruck lag.

In diesem Moment stolperte der Mann rückwärts. Irgendetwas sauste durch die Luft und traf ihn wieder und wieder. Harte Schläge erschütterten seinen Körper und trieben ihn weg von der Kiefer und uns.

Wir sanken erleichtert zu Boden und schauten Vater dabei zu, wie er wieder und wieder einen langen Knüppel auf den Fremden schmettern ließ. Vater ging ruhig und bestimmt vor, hob und senkte die Arme, als würde er nichts weiter als eine eintönige Erntebewegung ausführen. Bloß sein Gesicht war zu einer zornigen Grimasse verzerrt und die Augen glühten förmlich.

Der Fremde taumelte in das Gebüsch, aus dem er gekommen war, verharrte und hielt sich die Schulter, die Vater am häufigsten getroffen hatte. Nun keuchte Vater, blieb stehen, den Knüppel immer noch bereit.

»Ich habe letztes Mal schon Nein gesagt«, fauchte er. »Du lässt dich hier nicht noch einmal blicken und mit meinen Kindern sprichst du auch nie wieder!«

Sein Ton duldete keine Widerrede. Der Fremde schaute

uns an. Er wirkte, als würde er noch immer auf eine Reaktion von uns warten. Und dann schien ihn eine plötzliche Eingebung zu treffen, woraufhin er Vater ungläubig anblickte.

»Du hast ihnen nicht mal unsere Sprache beigebracht?« Es klang wie eine Anschuldigung. »Sie können kein *so Razda*. Du hast ihnen alles vorenthalten.«

Vater schwieg, machte aber mit dem Knüppel in der Hand einen Schritt auf ihn zu, weshalb der Fremde sich hastig umwandte und verschwand. Das Letzte, was wir von ihm sahen, war ein Blick so voller Skepsis und Ohnmacht, dass wir fast Mitleid mit ihm bekamen.

Vater warf den Knüppel weg und kam mit schnellen Schritten zu uns. Er ließ sich auf die Knie fallen, um sich davon zu überzeugen, dass wir unverletzt waren.

»Nun ist alles gut«, sagte er. »Er wird nicht zurückkehren. Er wird niemals zurückkehren.«

Wir wollten ihn dazu zwingen, auf all unsere Fragen zu antworten, aber keiner von uns beiden brachte auch nur ein einziges Wort über die Lippen. Vermutlich lag das zu gleichen Teilen an der Erleichterung darüber, den bedrohlichen Pranken des Fremden entkommen zu sein, als auch an der Angst vor dem fürchterlichen Zorn, der auf Vaters Gesicht zu sehen gewesen war, während er ihn verjagt hatte. Nun zog Vater uns auf die Beine, schob jedem einen seiner Arme unter und brachte uns nach Hause. Wir waren so erschüttert von dem, was geschehen war, dass nicht einmal Wulf etwas sagte, bevor wir auf dem Hof angelangt waren.

Nach diesem Ereignis war Vater nur noch schweigsamer. Er tat zwar nicht länger so, als wäre alles beim Alten, trotzdem wollte er nicht über das Geschehene sprechen.

»Irgendetwas geht hier vor und er scheint die Kontrolle zu verlieren«, sagte Sunia.

»Wie meinst du das?«, fragte Wulf.

»Ich glaube, er hat Angst. Ich glaube, er weiß, dass er nicht länger außer Acht lassen kann, was der Fremde gesagt hat. Und genau das macht ihm Angst.«

»Also Vater hat mit Sicherheit keine Angst. Er geht allein auf die Jagd nach ausgewachsenen Bären und Wölfen. Er kann besser hören und sehen als alle Tiere des Waldes. Außerdem hast du doch gesehen, wie er den Fremden vertrieben hat, dabei war der ja selbst ziemlich stark und schnell.«

Aber Wulf klang nicht so, als wäre er von dem überzeugt, was er da von sich gab, und wir fragten uns, was um alles in der Welt so schrecklich sein konnte, dass selbst Vater sich davor fürchtete.

»Er sah aus wie wir«, sagte Sunia. »Niemand im Dorf sieht aus wie wir.«

Und dann kam der erste Schnee.

Eigentlich nur eine leichte Puderdecke, aber die Temperatur fiel sofort so tief, dass glitzernder Raureif Bäume und Büsche überzog. Der Wald sah mit einem Mal gefroren aus und der Atem stand uns wie Rauchwolken vor den Mündern, während wir auf dem Dach des Kuhstalls standen und dort das letzte Loch abdichteten.

Wulf summte dabei ein altes Kinderlied, das Vater uns häufig vorgesungen hatte, als wir noch klein waren. Fünf sinnlose Verse, in denen es um eine Elster ging:

Die Elster steht im Ring aus Stein
Ein Wolf verletzte sie am Bein
Ihr Nest scheint gefroren zu sein
Genau da kommen die Dohlen herein
Ja, dann kommen die Dohlen herein.

Vom Dach aus betrachtet, erstreckte sich der Boden wie eine glatte, weiße Decke zwischen den frostüberzogenen Wäldern und stoppeligen Feldern. Vater hatte den Hof verlassen und stand über etwas gebeugt ein paar Schritte hinter dem Zaun. Er fuhr mit der Hand über den Schnee und selbst von hier aus konnten wir erkennen, dass er besorgt aussah.

»Vielleicht streicht ein Fuchs umher und hat es auf die Hühner abgesehen«, schlug Wulf vor.

Vater erhob sich und steuerte mit schnellen Schritten den Hof an.

»Ich hole den Speer und gehe für ein paar Tage in die Berge«, rief er zu uns hinauf. »Sorgt ihr derweil dafür, dass alle Vorbereitungen abgeschlossen sind, bis ich wieder zurückkehre. Ich schätze, der Winter schlägt bald richtig zu.«

»Was hast du denn dort im Schnee gefunden?«, wollte Sunia wissen.

»Wolfsspuren. Hier schleicht ein einzelner Wolf herum. Ich will nicht, dass er sich eins unserer Tiere holt, wenn die Kälte kommt.«

Kurz darauf beobachteten wir, wie er allmählich bergauf im Wald verschwand, einen Rucksack auf dem Rücken und den Jagdspeer in der Hand. Sofort schoss uns der gleiche Gedanke durch den Kopf.

»Der Dachboden!«, sagten wir wie aus einem Mund und kletterten rasch vom Kuhstall.

Der Dachboden war nicht groß. Vater hatte unter dem First des Wohnhauses einen Boden eingezogen, über den wir gerade noch aufrecht gehen konnten, während Vater dort bereits den Kopf einziehen musste. Hier verwahrte er alles, wofür es auf dem Hof gerade keine Verwendung gab. Neben eigenartigen, selbst gemachten Geräten, die nie so funktionierten, wie Vater sich das vorgestellt hatte, sammelten sich alte Karten über die Äcker mit Kommentaren und Vorschlägen zur Verbesserung der Fruchtfolge, außerdem stapelweise Bücher mit Aufzeichnungen über die Bestellung des Hofes aus den Tagen, bevor Wulf diese Aufgabe übernommen hatte.

Wir durchstöberten den engen Raum eine Weile. Er war schmutzig, überall hingen alte Spinnweben und irgendwann mussten die Ratten hier gewesen sein, denn ein paar der alten Blätter waren angenagt und noch dazu lagen eindeutige Kotspuren auf dem Boden. Nachdem wir uns mehrfach die Köpfe an der Schräge, aneinander und an Vaters Krempel gestoßen hatten, mussten wir uns eingestehen, dass die einzige Versteckmöglichkeit für etwas Geheimes eine große Kiste war, die an der hinteren Wand oberhalb der Stube stand. Sie war aus dicken Eichenbrettern gezimmert und mit grüner Farbe lackiert worden. Kräftige Eisenbeschläge verstärkten sie und die dicke Staubschicht auf dem Deckel deutete darauf hin, dass sie sehr lange nicht geöffnet worden war. Und natürlich war sie verschlossen.

Das Schlüsselloch war winzig, dafür schien das Schloss umso massiver zu sein, denn es bewegte sich nicht das geringste bisschen, als wir daran rüttelten. Eine Weile lang suchten wir nach einem Schlüssel, aber mussten recht schnell einsehen, wie aussichtslos diese Suche war. Bevor wir wieder hinuntergingen, klemmte Wulf sich jedoch wenigstens einen Stapel der Hofaufzeichnungen unter den Arm.

»Vielleicht steht da ja irgendetwas drin«, erklärte er. »Könnte doch sein, dass Vater etwas über seine Vergangenheit aufgeschrieben hat. Oder darüber, was er hier versteckt hält.«

Sunia sah skeptisch aus.

»Aber du weißt doch, dass er da nur Dinge vermerkt hat, die mit dem Hof zu tun haben. Damit er die Ansätze und ihre Ergebnisse vergleichen kann.«

Wulf war zwar ihrer Meinung, nahm den Stapel aber dennoch mit.

Enttäuscht verließen wir das Haus, um unsere Tätigkeiten auf dem Hof wieder aufzunehmen. Wulf kletterte erneut auf das Dach des Kuhstalls und Sunia lief in den Stall, um nach dem Pferd zu schauen. Dann plötzlich rief sie nach ihm.

»Wulf, komm mal her! Das musst du dir ansehen.«

Also stieg Wulf vom Dach und fand Sunia schließlich in der Nähe des Zauns, genau an der Stelle, an der Vater gehockt hatte, bevor er aufgebrochen war.

»Von was sind die wohl?«, fragte sie und zeigte auf den schneebedeckten Boden.

Wulf sah sich die Spuren genauer an, von denen Vater gesprochen hatte. Die Schneeschicht war so dünn, dass man die Abdrücke klar und deutlich erkennen konnte. Sie stammten von sehr großen Tatzen mit vier Zehen, zwei davon mittig vorgelagert, dann auf jeder Seite noch eine, die ein wenig nach hinten versetzt war. Vor jeder Zehe erkannten wir noch eine Vertiefung, typisch für Krallen. Aber etwas stimmte nicht, das war offensichtlich.

»Das war kein Wolf«, sagte Wulf. »Dafür sind die Abdrücke viel zu groß.«

»Und noch dazu diese Krallen«, sagte Sunia. »Siehst du, wie die sich beim Gehen in den Boden gebohrt haben? Kein Wolf hat solche Krallen.«

»Vater kann sich unmöglich geirrt haben. Das muss auch ihm aufgefallen sein.«

»Aber weiß er, wovon diese Spur stammt, und hat es uns einfach nicht erklären wollen, oder ist er genauso ratlos wie wir?«

»Er hat den Speer mitgenommen, als würde er sich auf die Jagd nach einem Bären machen. Das hat mich verwundert, aber ich habe ihn nicht danach fragen wollen.«

»Er hätte sowieso nicht darauf geantwortet.«

Wir blieben eine Weile dort stehen und betrachteten die

Spur, die ein Stück am Zaun entlangführte und sich dann Richtung Berg verlor. Viel mehr konnten wir nicht tun. Die Spur war nur ein weiteres Rätsel, zu dessen Auflösung wir Vater irgendwie bewegen mussten.

»Oder aber wir sprechen mit Maja«, schlug Wulf vor.

Maja schien jedoch immer noch nicht von ihrer Sammelwanderung zurückgekehrt zu sein. Sunia war bereits am nächsten Tag zu ihr gelaufen, nur um daraufhin äußerst niedergeschlagen wieder auf dem Hof einzutreffen. Sie musste Wulf nicht einmal erzählen, dass sie die Hütte leer vorgefunden hatte, das wusste er schon. Wir wussten fast immer, was im jeweils anderen vor sich ging. Sunias Enttäuschung war immens gewesen und Wulf hatte fast im gleichen Maße darunter gelitten.

Vater kam an diesem Tage nicht zurück, genauso wenig am nächsten. Was uns aber nicht weiter beunruhigte, Vater war schon wesentlich länger fort gewesen, wenn er erst zum Jagen aufgebrochen war. Das Tier, das die Spuren im Schnee hinterlassen hatte, war vielleicht größer als ein Wolf, aber sicherlich nicht größer als ein Bär. Und Vater konnte sogar den wildesten Bären bezwingen, ohne sich dabei selbst in Gefahr zu bringen.

Am dritten Tag bekamen wir Besuch. Es war kein neuer Schnee gefallen und der Schnee, der auf dem Boden gelegen hatte, war vom Wind zu kleinen Verwehungen vor Bäumen, Felsbrocken und Steinen zusammengeschoben worden. Über den gefrorenen, kahlen Boden auf dem Pfad, der vom Dorf heraufführte, kam Jon Mårdson dahergelaufen. Er trug das Fell eines Wolfs, den Vater erlegt hatte, um die Schultern und blieb mitten auf dem Hof stehen, als er uns am Schleifstein erblickte, wo wir Äxte wetzten.

»Ist er nicht daheim?«

»Vater ist in den Bergen und jagt«, sagte Wulf.

»Aha. Aber ihr werdet mir doch wohl trotzdem etwas anbieten, nach diesem weiten, beschwerlichen Weg.« Ohne eine Antwort abzuwarten, ging er in die Stube und setzte sich dort an den Tisch.

Jon Mårdson war der Eidam des Dorfältesten. Er kam oft zu uns, wenn die Dörfler Hilfe von Vater brauchten. Manchmal begleiteten ihn andere Männer, aber meist kam er allein. Es schien ihm zu gefallen, derjenige zu sein, der Vater aufsuchte. Er blieb gern, um sich zu unterhalten, interessierte sich für alles, was Vater unternahm, und rühmte dabei oft seine sonderbaren Ideen und Einfälle. Vater hingegen wurde bei den Besuchen von Jon Mårdson stiller und verschlossener als er für gewöhnlich war. Ihm war sicher bewusst, dass Mårdson nur darauf brannte, ihm irgendwelche nützlichen Hinweise zu entlocken. Dass er stolz war wie ein Gockel, weil er sich einbildete, eine besondere Verbindung zu Vater zu haben, zu dem alle anderen im Dorf aufschauten und den die meisten sogar ein wenig zu fürchten schienen.

Jon Mårdson hingegen machte sehr deutlich, dass er selbst keine Angst vor Vater hatte. Sobald er den Hof betrat, verhielt er sich so, als wäre er bei uns zu Hause, und hatte lange Vaters Namen verwendet, wenn er mit anderen über ihn redete. Letzteres hatte er dann irgendwann eingestellt. Als Vater nämlich herausfand, dass Jon Mårdson im Dorf herumlief und von ihm als ›Atta‹ sprach, knöpfte er ihn sich vor und verbat sich das.

»Diesen Namen darfst du nicht verwenden. Du weißt nicht, woher er kommt, und genauso wenig verstehst du, was du damit heraufbeschwörst. Deshalb hörst du damit umgehend auf.«

Vater hob weder die Stimme noch sah er Jon Mårdson direkt an, trotzdem lag Schärfe in seinen Worten und mit einem Mal war klar, dass Mårdson mindestens genauso große Angst vor Vater hatte wie alle anderen Dorfbewohner. An jenem Tag war Mårdson nicht mehr lange geblieben und er hatte seither nie wieder Vaters Namen in den Mund genommen. Oder zumindest war uns nichts dergleichen zu Ohren gekommen.

Widerwillig servierten wir ihm Brot und Bier und ließen sein Gerede über den Alltag im Dorf über uns ergehen. Wie gewöhnlich kreiste alles, was er von sich gab, darum, wie viel besser die Dinge laufen würden, hörten nur mehr auf ihn und seine Ratschläge. Zwischen den Zeilen verstanden wir jedoch, dass die Bauern sich alle auf einen strengen Winter einstellten. Die Alten verwiesen auf die Farbe des Himmels, die Beeren der Eberesche und den Pelz der Eichhörnchen. Alles deutete auf beißende Kälte und tiefen Schnee hin.

»Maja sagt, dass der Unwinter kommt, sobald die Dohlen verstummen«, pflichtete Wulf bei.

»Die Sarg-Maja etwa? Auf die hört ihr mal besser nicht. Sie meint es ja sicher gut und kennt sich wirklich mit Kräutern aus, aber sie ist alt und die Abgeschiedenheit hat sie sonderbar gemacht. Im Dorf sagt man, sie habe sich schon als kleines Mädchen vom Kuckuck betören lassen, weshalb sie zwischen Wahrheit und Unwahrheit nicht unterscheiden kann.«

Wulf verstummte daraufhin bloß und starrte Jon Mårdson sauer an, der jedoch völlig unbekümmert weiteraß. Sunia hingegen wurde richtig wütend.

»Das kann sie sehr wohl!«, fauchte sie. »Außerdem weiß sie viel mehr als alle Dorfbewohner zusammen.«

Darüber lachte Jon Mårdson nur und wuschelte ihr durchs Haar. Als das nicht half, fügte er hinzu:

»Daran ist ja nicht die Sarg-Maja selbst schuld, sondern das Einsiedlerleben, das sie führt. Es ist doch durchaus verständlich, dass man ein bisschen eigen wird, wenn man so abgeschieden lebt.«

»Vater und wir leben genauso abgeschieden«, sagte Sunia. »Sprichst du auch so von uns?«

Jon Mårdson hörte auf zu lachen und aß schweigend weiter. Als er fertig war, bedankte er sich, stand auf und ging. Im Türrahmen wandte er sich noch einmal um.

»Richtet eurem Vater aus, dass ein paar Wölfe durchs Dorf streichen. Wir würden uns sehr über seine Hilfe freuen. Niemand hat sie bisher verfolgen können, geschweige denn wirklich einen von ihnen gesichtet, aber die Spuren führen bis nah an die Wohnhäuser und es scheint sich um mehrere Tiere zu handeln.«

»Sind es sehr große Tatzenabdrücke?«, fragte Wulf. »Mit Krallen, die auffallend lang wirken?«

Jon Mårdson zuckte daraufhin nur mit den Schultern.

»Sagt ihm einfach, dass wir bereit sind, eine stolze Summe für ein paar Wolfsfelle zu zahlen, bevor der Winter strenger wird.«

Und mit diesen Worten verließ er uns. Aus irgendeinem unbestimmten Grund waren wir uns sicher, dass die Spuren, von denen er gesprochen hatte, denen ähnelten, die wir gefunden hatten, als Vater losgezogen war. Die Tiere mussten entweder äußerst unerschrocken oder aber sehr ausgehungert sein, denn Wölfe liefen um diese Jahreszeit selten so tief ins Tal, geschweige denn so nah ans Dorf. Noch dazu schien es sich nunmehr um ein ganzes Rudel zu handeln. Besorgnis bahnte sich ihren Weg in uns wie ein kleiner Schneeball, der ins Rollen gekommen war und langsam größer wurde. Wir wünschten uns nichts sehnlicher, als dass Vater bald nach Hause kommen würde.

Aber Vater blieb fort.

Sieben Tage nachdem er aufgebrochen war, machte Sunia sich erneut auf die Suche nach der Sarg-Maja. Es wurde zwar von Tag zu Tag frostiger, aber bisher bildete sich nur eine dünne Eisschicht auf den Pfützen und Trinkstellen. Neuschnee war bisher keiner gefallen und von Maja gab es nach wie vor nicht die geringste Spur. Es wirkte sogar so, als wäre sie gar nicht wieder in ihrer Hütte gewesen, seit wir sie im Dorf getroffen hatten. Als Sunia zurückkehrte, fand sie Wulf in der Stube vor, wo er verzweifelt versuchte, seine Enttäuschung im Zaum zu halten. Er hatte sich mit den Aufzeichnungen vom Dachboden an den Esstisch gesetzt, aber große Probleme, sich darauf zu konzentrieren, denn auf den Seiten reihten sich nur endlose Vermerke zu Wetter, Wind und Feldern aneinander, weshalb er bald aufgab.

Weitere zwei Tage verbrachten wir unruhig auf dem Hof und warteten ungeduldig auf Vater, bis wir es am zehnten Tag einfach nicht mehr aushielten und selbst in die Berge gingen, um ihn zu suchen. Es war ein klarer, kalter Tag, doch über dem Flachland türmten sich die Wolken zu einer massiven weißen Mauer auf. Sie schien sich nicht zu nähern, sondern zu verharren und dort einen Sturm und ein ausgewachsenes Schneeunwetter auszubrüten.

Wir bemühten uns nach Kräften, Vater zu finden. Wir wussten, welche Pfade er für gewöhnlich einschlug, und suchten angestrengt nach den kleinsten Hinweisen, die uns verraten konnten, wohin er als Nächstes gelaufen war. Aber der Boden war hart und kalt und der Schnee so gut wie weggeblasen, sodass sich nirgendwo eine Spur verbarg. Irgendwann mussten wir uns geschlagen geben und umkehren. Wir waren enttäuscht, dabei hatte keiner von uns beiden wirklich ernsthaft damit gerechnet, dass wir etwas finden würden. Vater beherrschte die Kunst, sich absolut unauffällig durch Wald und Wiesen zu bewegen. Es war schon bei günstigeren Bedingungen äußerst schwer, eine Spur von ihm zu finden.

Müde und hungrig erreichten wir den Waldrand. Vor uns erstreckten sich die Felder, in deren Mitte unser Hof lag, still und einsam. Wir waren den ganzen Tag unterwegs gewesen, weshalb wir uns nun erst einmal um die Tiere kümmern wollten, bevor wir selbst etwas essen konnten.

Da griff Sunia fest nach Wulfs Arm. Wortlos deutete sie zum Hof.

»Vaters Speer«, rief Wulf, als er endlich selbst sah, wohin sie zeigte.

Der Speer lehnte an der Wand neben der Haustür. Drinnen brannte zwar kein Feuer, aber der Speer konnte nur eins bedeuten. Vater war wieder zu Hause!

Wir rannten Hals über Kopf die Böschung hinunter. Keuchend und schnaufend rissen wir die Tür auf und stürzten in die Stube. Hier war es schummrig und kalt.

»Vater!«, rief Wulf. »Vater, wir sind wieder da!«

Wir entdeckten ihn auf der Schlafstätte bei der Feuerstelle, wo er ausgestreckt, aber noch komplett angezogen lag und schwer atmete.

»Er ist wohl eingeschlafen«, sagte Wulf und reckte die Nase in die Luft. »Was riecht hier denn so?«

Sunia ging zu Vater und rutschte fast aus. Der Boden war glatt und nass, jemand hatte sich hier übergeben. Es roch sauer, mehrere große Pfützen verteilten sich über den gesamten Holzboden. Sunia versuchte, möglichst nicht hineinzutreten auf ihrem Weg zu Vater. Wulf folgte ihr mit geringem Abstand.

Vaters Gesicht war blass und glänzte, und als Sunia ihn an der Wange berührte, zog sie schnell die Hand zurück.

»Er glüht ja. Schnell, Wulf, hol eine Kerze!«

Wulf hastete davon, suchte eine Wachskerze, kam zurück, zündete sie an und hielt sie so, dass wir Vater betrachten konnten. Im flackernden Kerzenschein sahen wir, dass er schweißüberströmt war. Die Wangen wirkten eingefallen, die Haut noch heller als gewöhnlich. Die Augen bewegten sich ruckartig unter den Lidern.

Wir versuchten, ihn zu wecken. Sprachen ihn an. Schüttelten ihn. Irgendwann gab er endlich ein Geräusch von sich, einen fürchterlich rasselnden Laut und schlug die Augen auf. Sein Blick war trüb, er schien uns nicht wirklich zu erkennen, griff aber trotzdem nach uns. Mit Händen, die fast kraftlos geworden waren.

Mit einem tiefen Seufzer zog er sich hoch. Der Mantel, den er sich umgeworfen hatte, rutschte weg und legte seinen Hals frei.

Unterhalb des Kehlkopfes verlief eine kreideweiße Linie, breit wie ein Finger. An ihren Kanten pulsierten die Adern, waren groß und dunkel hervorgetreten. Die Haut hatte sich bis zum Kinn und weit hinunter auf die Brust schwarz verfärbt.

Vater versuchte, etwas zu sagen, doch seine Kehle füllte sich mit Schleim, weshalb er sich zurück auf die Pritsche sinken ließ und die Augen schloss. Kurz darauf war er wieder eingeschlafen, seine Atemzüge waren schwer und rasselnd, seine Augen flatterten unter den Lidern hin und her in wilden Fieberträumen.

6

Das Grab

Vater ist tot.

Für den Rest unserer Tage werden wir uns daran erinnern, wie wir beide ein Grab aus dem gefrorenen Boden in der Nähe der Felder heben, nördlich vom Hof. Der Frost ist schon tief in den Grund vorgedrungen, aber irgendwann stoßen wir doch endlich auf losere Erde und können einen Hohlraum unter der gefrorenen Schicht graben – eine selbst gemachte Katakombe, ein Bauerngrab mit Aussicht auf die Ländereien, die er so sehr liebte. Vorsichtig legen wir seine Leiche hinein. Vater wiegt so erschreckend wenig. Die Krankheit, die in ihm wütete, hat ihn ganz ausgemergelt. Obwohl wir versucht haben, seine Gesichtszüge zu glätten, sieht er nach wie vor aus, als beiße er vor Schmerzen die Zähne zusammen. Und das sonderbare weiße Mal verläuft selbst nach seinem Tod wie eine Schlinge um seinen Hals. Wir weinen nicht länger, keiner von uns hat noch Tränen über. Wir sind völlig erschöpft, leer an Gefühlen und Gedanken.

Nachdem wir Vaters Leiche auf den Boden gebettet haben, füllen wir das Grab mit Erde. Dann bleiben wir noch eine Weile dort stehen und schauen auf die Stelle, die Vater nun vor der Welt verbirgt. Wir markieren sie nicht. Zum einen, weil es unwahrscheinlich ist, dass wir je vergessen werden, wo sich das Grab befindet. Zum anderen wollte Vater verhindern, dass jemand es finden kann. Das war nur eines der Dinge gewesen, um die er uns gebeten hatte, als es auf sein Ende zuging.

Gerade bringen wir es jedoch nicht fertig, darüber nachzudenken. Schweigend gehen wir zurück ins Haus. Die Sonne steht tief im Nordwesten über dem Berg, aber noch ist es nicht dunkel. Wir sitzen stumm am Tisch, warten, bis die Dunkelheit sich hereingeschlichen hat und wir einander nicht länger sehen können. Dann gehen wir schlafen. Wir kriechen ins selbe Bett und pressen uns eng aneinander, so benommen, dass wir fast vergessen, zwei einzelne Menschen zu sein.

Wir verschmelzen zu einer einzigen Sohntochter, die verlassen in der Dunkelheit liegt und ihren Vater vermisst.

7

Die Kiste

Am nächsten Morgen erwachten wir mit einem Gefühl der Leere. In der Stube war es kalt und dunkel. Wir blieben noch eine Weile liegen, zusammengekauert in einander Wärme, und wünschten uns inständig, dass die vergangenen beiden Tage nur ein Traum gewesen waren. Irgendwann siegte jedoch der Hunger und zwang uns aus dem Bett. Wir begriffen, dass wir weiterleben und diesen Winter allein überstehen mussten, ganz ohne Vater.

Sunia stand auf und machte Feuer, während Wulf das Essen auf den Tisch stellte. Wir aßen schweigend und versuchten, das Frühstück so lange wie möglich hinzuziehen. Keiner von uns schaffte es nämlich, sich Gedanken darüber zu machen, was wir danach tun sollten.

Als wir gestern aufgewacht waren, lebte Vater noch, aber schon da hatten wir verstanden, wie wenig Zeit ihm blieb. Was immer ihm da widerfahren war, es machte ihn kränker, als alles, was wir jemals gesehen hatten. Das Fieber ließ ihn förmlich vor unseren Augen schmelzen und das weiße Mal an seinem Hals schien die Ursache dafür zu sein. Von dort ausgehend konnte man fast dabei zusehen, wie die Krankheit durch die Adern floss und sich im ganzen Körper verteilte. Erst hielten wir die Verletzung für eine infizierte Wunde oder einen Biss, bei dem irgendein fremdes Tier sein Gift abgegeben hatte. Wir wollten die Stelle reinigen, machten Kräuterwickel, die wir von Maja gelernt hatten. Dann suchten wir ihn nach einer Öffnung ab, damit wir das Gift aussaugen konnten.

Aber das Mal war keine Wunde. Vaters Haut barg weder Kratzer noch tiefere Löcher. Sie sah aus wie eine alte Narbe, die sich einmal um seinen gesamten Hals legte. Blass, blank und verhärtet. Während die Krankheit in seinem Körper wütete, wurde sie immer weißer und härter, und schlussendlich war es das Mal, das ihn tötete. Ausgemergelt und völlig geschwächt wurde Vater von einer Schlinge seiner eigenen Haut erwürgt.

Irgendwann mussten wir das Frühstück beenden. Kaum hatte Sunia alles abgeräumt, fiel Wulfs Blick auf Vaters Aufzeichnungen vom Dachboden, die noch immer auf dem Tisch lagen. Bisher hatte die Sorge ihn daran gehindert, zu begreifen, was dort geschrieben stand, aber als er sie nun zu sich zog, verstand er die Aufzeichnungen plötzlich als das Zeugnis einer besseren Zeit. Zwischen den Eintragungen zu Wetter und Wind lebte Vater noch und eine tiefe Ruhe legte sich über Wulf, während er Zeile für Zeile las, wie die Saat aufging, wie die Entwässerungsgräben für das Schmelzwasser angelegt worden waren, wie die Jahreszeiten kamen und gingen. Eine ganze Weile saß er so da, versunken in die kleinen Einzelheiten und Wechsel, die unser Leben mit Vater bestimmt hatten.

Doch dann blätterte er sich immer schneller durch die Bögen. Sein Blick glitt nur noch einmal kurz über jede Seite, bevor er sie weglegte und die nächste vom Stapel nahm. Sunia merkte sogleich, dass etwas geschehen war. Die lähmende Sorge hatte sich in große Verwunderung gewandelt.

»Was hast du gefunden?«, fragte Sunia und setzte sich neben Wulf. »Hat er etwas über den Fremden oder die Sprache geschrieben, in der sie sich unterhalten haben?«

»Nein«, antwortete Wulf, aber er hörte trotzdem nicht auf,

weiter Blatt für Blatt zu betrachten. »Er hat *nur* Notizen zum Hof gemacht. Zu absolut *gar nichts* anderem. Auf all diesen Bögen geht es nur um die Bestellung genau dieser Felder hier.«

Sunia nahm wahllos eins der Blätter in die Hand.

»Aber das wussten wir doch schon. Das hast du bereits nach dem ersten Blick darauf erkannt.«

»Schau es dir mal genau an.« Wulf klang fast ein bisschen aufgebracht. »Siehst du nicht, wie viel das ist?« Er riss Sunia das Blatt aus der Hand.

»Vater hat viel kleiner und enger geschrieben als ich. Und nie mehr als nötig. Das zum Beispiel sind seine Abkürzungen für die Jahreszeiten.« Er tippte mit dem Finger auf vier Buchstaben, die sich hier und da in den Spalten der Bögen wiederholten.

Sunia konnte noch immer nicht folgen. Sie starrte intensiv auf die Schriftzeichen und fragte sich, welches Geheimnis sie wohl noch vor ihr verbargen, das bisher nur Wulf entschlüsselt hatte.

»Siehst du denn nicht, wie wenig Papier er gebraucht hat, um die Beobachtungen festzuhalten?«, fragte Wulf ungeduldig. »Er hat sogar Vorder- und Rückseiten benutzt, die Notizen sind extrem knapp. Ein Blatt reicht bei ihm für fast ein Jahr. Und jetzt guck doch mal, wie viele Bögen das sind!«

Endlich dämmerte es Sunia. Sie versuchte, zu schätzen, wie viele Bögen wohl auf dem Tisch lagen.

»Das müssen ja über hundert Seiten sein.«

»Sogar noch mehr. Sicher drei-, vielleicht sogar vierhundert. Und das hat Vater alles selbst geschrieben, auf allen Bögen ist dieselbe Handschrift, sie ändert sich nie. Die ersten Seiten sind leider fast unleserlich. Die Ratten müssen sich daran vergangen haben, außerdem ist die Tinte verblichen, trotzdem kann man aber erkennen, dass Vater auch diese geschrieben haben muss.«

»Wie lange hat er denn dann hier gewohnt?«, fragte Sunia und klang fast ängstlich.

»Wie lange hat er denn überhaupt gelebt?«, fragte Wulf. »Wie alt war Vater? Maja hat immer von ihm gesprochen, als wäre er älter als sie. Ich fand das irgendwie lustig, weil ich dachte, dass sie so ihren Respekt für ihn ausdrücken will, obwohl sie ja sonst fast nie mit ihm einer Meinung war.«

»Wir müssen die Kiste auf dem Dachboden aufmachen«, sagte Sunia.

Sunia hatte sich das Lederband mit dem Schlüssel um den Hals gehängt. Den Schlüssel selbst hatten wir noch nie zuvor gesehen, das Lederband hatte Vater jedoch seit wir denken konnten um den Hals getragen. Und weil wir diesen Anblick so sehr gewöhnt waren, hatten wir irgendwann aufgehört, uns zu fragen, ob wohl etwas daran befestigt war. Sehr spät am vorangegangenen Abend hatte Vater das Lederband abgenommen und es uns gegeben. Seine Hände hatten dabei so heftig gezittert, dass wir ihm helfen mussten, den Knoten zu lösen.

Vater hatte fast ununterbrochen geredet. Sooft er konnte, immer wenn er wach war, bis zum Schluss, sprach er mit uns. Ihm zuzuhören, war entsetzlich. Seine Stimme klang fremd, von der Krankheit angefressen. Uns war klar, dass er uns etwas Wichtiges mitteilen wollte – und ihm schien bewusst zu sein, dass ihm nicht mehr viel Zeit dafür blieb. Aber Stimme und Kraft versagten ihm allzu oft den Dienst. Gelang es ihm doch, etwas zu formulieren, dann trübte ihm meist das Fieber so stark den Geist, dass fast all seine Worte sinnlos aneinandergereiht über seine Lippen sprudelten und von uns unverstanden wieder versiegten.

Den Schlüssel drückte er Sunia in die Hand. Es war ein winziger Schlüssel von spangrüner Farbe mit einem kompliziert geformten Bart.

»Ich habe mich geirrt«, flüsterte Vater. »Auf dem Dachboden. Öffnet sie. Sie kehrt zurück. Bringt alles zu Atlevis, in das Dorf nordwestlich des Berges. Den Bund. Das Messer. Er weiß, was zu tun ist. Sagt ihm, dass alle drei Teile gebraucht werden. Er muss das dritte wiederfinden. Sie kommt mit dem Winter.«

Mit diesen Worten sank er zurück auf sein Lager. Das war das Meiste, was er an diesem Tag am Stück von sich gegeben hatte, und es musste ihn über alle Maßen erschöpft haben. Wir wagten nicht, auch nur einen Schritt von seiner Seite zu weichen. Und so blieben wir bei ihm, Sunia hielt den Schlüssel in der Hand und Wulf einen Lappen, mit dem er Vater gelegentlich den Schweiß von der Stirn trocknete.

Plötzlich setzte Vater sich noch einmal auf. Sein Blick irrte umher, aber Vater suchte offenbar nicht nach einem von uns, sondern nach jemand anderem. Sein Gesicht verzerrte sich vor Anstrengung, während er versuchte, weitere Worte über die aufgeplatzten Lippen zu bringen.

»Es wird euch verschlucken … wenn ihr erst davon umgeben seid … werdet nicht so … werdet etwas anderes. *Seid immer etwas anderes!*«

Wieder war ihm viel Schleim in den Hals gestiegen und er hustete eine blutige Masse hervor, dann sackte er erneut in sich zusammen.

Das war das Letzte, was Vater je zu uns sagte.

Und nun standen wir also abermals vor der Kiste auf dem Dachboden. Noch vor wenigen Tagen hatten wir darauf gebrannt, zu erfahren, was sich darin verbarg. Jetzt erfüllte uns nichts als Abscheu vor ihrem Inhalt, denn auf irgendeine sonderbare, uns unverständliche Weise, hatte er Vater umgebracht. Alles hing zusammen: der Fremde, der nach dem gefragt hatte, was Vater dort versteckte, die Spuren im Schnee, Vaters plötzliche Erkrankung. Wir wollten die Kiste längst nicht mehr öffnen, aber wir wussten, dass uns nichts anderes übrig blieb. Irgendetwas Bedrohliches nahte und Vater wollte, dass der Inhalt der Kiste auf die andere Seite des Bergs zu jemandem gebracht wurde, der Atlevis hieß.

»Wir sollten so schnell wie möglich losziehen«, sagte Wulf. »Vielleicht finden wir jemanden, der unsere Fragen beantworten kann.«

»Über dem Flachland braut sich ein Unwetter zusammen«, sagte Sunia und steckte den Schlüssel in das kleine Schloss. »Wenn es nicht bis zu uns zieht, begeben wir uns schon morgen in die Berge.«

Sie drehte den Schlüssel und öffnete dann den Deckel der Kiste. Wir beugten uns gleichzeitig darüber, um hineinzuschauen.

Zuoberst lagen mehrere gefaltete Kleidungsstücke. Sunia nahm sie nacheinander heraus und hielt sie in das schwache Licht, das durch das schmutzige Fenster hereinfiel. Es waren ein langer roter Mantel mit halbrunden Messingknöpfen und dunklem Pelzbesatz, ein hellblaues langes Hemd oder eine Art Tunika, in die bis zur Taille eine Knopfleiste eingenäht war, außerdem ein breiter roter Gürtel und hohe Lederstiefel. Allem hatte die Zeit schwer zugesetzt, der Stoff zerfiel fast unter Sunias Fingern, und die Stiefel waren starr und an mehreren Stellen war das Leder gerissen.

»Wer trägt denn solche Kleider?«, fragte Wulf. Doch keiner von uns beiden wusste darauf eine Antwort. Die Kleider wirkten nicht nur alt, wie aus einer anderen Zeit, sondern außerdem sehr fremdartig. Die Farben, so ließ sich selbst jetzt noch erahnen, mussten wesentlich intensiver gewesen sein als alles, was wir bisher im Dorf gesehen hatten. Von den kunstvollen Nähten und kostbaren Verzierungen ganz zu schweigen.

Unter den Kleidungsstücken kamen drei Gegenstände zum Vorschein: Ein Schwert, das in einer dunklen glatten Scheide steckte, ein schmales langes Messer und ein kleines Holzkästchen, das glänzend rot lackiert war.

Wir nahmen alle drei Dinge heraus und stopften die Kleider sofort wieder zurück in die Kiste. Irgendetwas sagte uns, dass Vater Mantel, Stiefel, Gürtel und Hemd nur aus Nostalgie aufbewahrt hatte. Einst musste er sie getragen haben, wichtig waren sie für uns jedoch nicht mehr. Zudem befanden sie sich in einem so jämmerlichen Zustand, dass sie uns nicht mehr von Nutzen sein konnten. Wir verschlossen die Kiste und verließen den Dachboden.

Vor den Fenstern der Stube herrschte ein graudiesiger Tag. Wulf zündete die Kerzen im dreiarmigen Leuchter an und stellte ihn auf den Tisch, doch selbst den drei Flammen gelang es nicht wirklich, gegen die Dunkelheit anzuleuchten. Sunia legte die drei Gegenstände aus der Kiste vor uns auf die Tischplatte, dann setzten wir uns beide hin, um sie genauer zu betrachten.

Sunia nahm zunächst das Schwert in die Hand und zog es aus der Scheide. Beide waren leicht gebogen. Das Schwert hatte eine kurze Parierstange, die mit Blumenranken verziert war, und ein Heft, das sich leicht zur Krümmung der Klinge neigte und zum Ende hin so abrupt abknickte, dass das Schwert, von der Seite betrachtet, aussah wie ein einfach gezeichneter Pferdekopf. Die Schwertscheide war aus Holz gefertigt und mit aufwendig verziertem Leder bespannt. Sie war von Alters wegen stark nachgedunkelt, aber das Schwert glitt völlig problemlos heraus und die Klinge schimmerte matt im Kerzenschein. Sunia fuhr vorsichtig mit dem Finger darüber, zog ihn aber schnell zurück.

»Noch immer scharf«, sagte sie.

Das Schwert war offenbar für den einhändigen Gebrauch gedacht und Sunia hantierte etwas unbeholfen damit herum, bis die Waffe plötzlich lebendig zu werden und zu einer Verlängerung ihres Armes geworden zu sein schien. Sunia stand auf und schwang das Schwert mehrmals mit solcher Wucht durch die Luft, dass es sogar pfiff. Dann starrte sie überrascht auf ihre Hand und wurde blass.

»Was hast du?«, fragte Wulf beunruhigt.

»Ich weiß, wie man es benutzt«, sagte Sunia heiser, die Stimme voller Unglauben. »Es fühlt sich an, als würde ich dieses Schwert schon mein Leben lang führen.«

»Ist es verhext?«, flüsterte Wulf. Als Kinder hatten wir Märchen über verhexte Schwerter geliebt. Doch Sunia schüttelte nur den Kopf.

»Das glaube ich nicht. Das hier ist kein Märchen. Ich weiß, wie ich es halten muss, weil Vater uns das von klein auf beigebracht hat.«

»Wir hatten doch noch nie Schwerter auf dem Hof.«

»Nein, aber Vaters Sicheln. Er hat sie extra anfertigen lassen, als wir sechs Jahre alt waren. Kannst du dich nicht daran erinnern, wie sehr Lars Hök über all die komischen Vorgaben geflucht hat, die er von Vater bekommen hatte? Unsere Sicheln sahen ganz anders aus als gewöhnliche Sicheln. Sie waren viel länger, weniger gekrümmt und hatten mehr Gewicht – weißt du nicht mehr, wie sehr wir geklagt haben, weil sie so schwer waren?«

»Dafür hatte Vater nur ein Schnauben übrig«, fügte nun Wulf hinzu. »Und behauptet, dies sei eine seiner Ideen – weil man damit dann sowohl Getreide ernten, als auch Gestrüpp entfernen könne. Dann habe man Sichel und Axt in einem.«

»Unsere Sicheln lagen genauso in der Hand wie dieses Schwert hier. Und es ähnelt ihnen, was wir von keinem anderen Schwert behaupten könnten.«

»Stimmt. Die Männer des Vogts tragen gerade Schwerter«, pflichtete Wulf Sunia bei. »Gerade Schwerter, die noch dazu viel breiter sind.«

Sunia legte das Schwert wieder auf den Tisch und setzte sich. Ihre Hände zitterten.

»Ich will unseren Vater zurückhaben«, sagte sie unter Schluchzen. »Je mehr wir über ihn herausfinden, desto fremder wird er mir. Er hat mehrere Jahrhunderte lang gelebt, eine fremde Sprache beherrscht und obendrein hat er uns, in unserer gesamten Kindheit, während er uns beigebracht hat, wie man einen Hof bestellt, auf etwas ganz anderes vorbereitet. Ich will diesen Fremden nicht, ich möchte unseren Vater von früher in Erinnerung behalten.«

Sie vergrub das Gesicht in den Armen und weinte leise. Wulf legte ihr tröstend die Hand auf die Schulter.

Wir teilten denselben Gedanken. Vater war immer ein schlechter Bauer gewesen, ein sonderbarer Mann mit großen Plänen, die sich in den meisten Fällen nicht hatten umsetzen lassen oder die einfach nicht aufgegangen waren. Am Leben im Dorf schien er nie wirklich teilgenommen zu haben, trotzdem wurde er auf seine Weise respektiert, und wenngleich wir uns oft während peinlicher Unterhaltungen mit echten Bauern über ihn geschämt hatten, so hatten wir ihn doch geliebt. Er war ausgeglichen, freundlich und geduldig gewesen und zudem zu jeder Zeit vollkommen zufrieden mit seinem Leben.

Doch nun war es, als würde ein anderer Mann ihn aus unseren Erinnerungen verdrängen. Ein Mann, der zwar genauso aussah, aber mehr auch nicht. Ein düsteres und schicksalbehaftetes Geschöpf, das aus dem Nirgendwo aufgetaucht war und dessen Vergangenheit dunkle Schatten bis in die Gegenwart warf. Jemand, der mit allem, was er tat, einen geheimen Plan verfolgte. Er hatte uns so viel beigebracht – und wir fragten uns unwillkürlich, ob er uns dadurch ganz nebenbei auf etwas völlig anderes vorbereitet hatte. Woher sollten wir sonst wissen, wie man Kobolde fängt? Wie man alte, fremde Schwerter hält und benutzt? Wir hatten beide das überwältigende Gefühl, ihn ein weiteres Mal zu verlieren. Und obwohl uns nichts anderes übrig blieb, als weiterzumachen, brannten die Kerzen fast ganz herunter, bevor wir es wagten, uns den anderen beiden Gegenständen zuzuwenden.

Irgendwann nahm Wulf dann doch das Messer in die Hand. Es war fast so lang wie sein Unterarm, die Klinge zweischneidig und der Griff mit vielen Ornamenten dekoriert. Eine dazugehörige Scheide gab es nicht und die Klinge machte einen beschädigten Eindruck. Eine Verfärbung schimmerte über die gesamte Länge im Metall der Schneide, so als wäre es extrem starker Hitze ausgesetzt worden. Sie glänzte in allen Farben des Regenbogens und verlief in Wellen von der Spitze bis zum Griff. Als Wulf mit dem Finger darüberfuhr, spürte er, dass der Stahl an diesen Stellen eiskalt war. Ganz so, als wäre das Messer in ein kaltes Feuer gehalten worden, das für immer seine Spur darauf hinterlassen hatte. Der Griff war nicht davon betroffen, man konnte das Messer problemlos halten, aber sobald man einen Finger auf die Verfärbung legte, wurde die Fingerbeere langsam immer tauber, bis ein stechender Schmerz in den gesamten Arm ausstrahlte.

Dieses Phänomen war so eigenartig, dass Wulf eine ganze Weile dort saß und die Klinge wieder und wieder berührte. Gleichzeitig befasste Sunia sich mit dem rot lackierten Kästchen und öffnete den Deckel. Es war flach, fast quadratisch und darin lag etwas, das aussah wie ein Stück Rinde. Als Sunia es herausnahm, fühlte es sich jedoch ganz anders an als erwartet. Es war weich und warm, fast lebendig. Sunia fuhr mit den Fingern darüber, konnte aber nicht mal für sich selbst in Worte fassen, was sie da spürte. Das Stück war geschmeidig wie Birkenrinde, aber viel dunkler und trug das gleiche Muster wie die Stämme von jungen Kiefern. Hier und dort klebten kleine Stückchen getrockneten Mooses, was darauf hindeutete, dass es sich wirklich um Rinde handelte. Trotzdem war es für Sunia unfassbar, wie eigenartig es sich anfühlte.

So verging die Zeit – Wulf betastete vorsichtig mit den Fingerspitzen das kalte Messer und Sunia streichelte mit der Handinnenfläche über die sonderbare, weiche Wärme des Rindenstücks. Als uns bewusst wurde, was wir da machten, lächelten wir das erste Mal seit Vaters Tod, tauschten die Sachen und widmeten uns nun schweigend mit gleicher Hingabe dem jeweils neuen Gegenstand, drehten und wendeten ihn in den Händen und befühlten auch diesen genau.

»Hier hat jemand etwas aufgezeichnet«, sagte Wulf schlussendlich und hielt Sunia das Rindenstück hin.

»Das habe ich gar nicht gesehen«, erwiderte Sunia. »Ich war wie gebannt davon, wie es sich anfühlt. Findest du nicht auch, dass das irgendwie lebendig wirkt?«

»Es fühlt sich an wie Haut«, sagte Wulf und fand damit die Bezeichnung, auf die Sunia nicht gekommen war. Ja, das war der einzige passende Vergleich. Aber nicht wie gewöhnliche Haut. Oft hatten wir als Kinder unter einem der großen Bäume gestanden, mit den Händen den Stamm gestreichelt und uns gewünscht, dass er auf die gleiche Art und Weise lebte wie wir. So viele der Bäume standen schon so lange Jahre in den Wäldern, dass sie einiges gesehen haben mussten. Wenn sie doch nur hätten sprechen können, wenn sie von all dem hätten berichten können, was sie erlebt hatten. Ein kurzes Menschenleben konnte auf etwas so Altes und Solides wie eine gewaltige Buche oder Eiche doch nur lächerlich wirken. Und das Rindenstück fühlte sich genauso an. Als wäre ein uralter Baum zum Leben erweckt worden, als wäre die Rinde richtige Haut geworden, warm und weich wie die eines Menschen und gleichzeitig rau, zäh und fremd.

Sunia sah sich die Oberfläche noch einmal genauer an. Auch sie erkannte nun, dass dort etwas aufgezeichnet war.

Eine einfache, fast verblichene Linie führte bogenförmig darüber. Sie setzte mittig an und endete abrupt an einer der Kanten. Es sah so aus, als wäre dort ein Stück abgerissen worden. Sunia fuhr prüfend über den Strich.

»Ist das Blut?«

»Auf der anderen Seite geht es noch weiter«, sagte Wulf. »Und ich finde, das sieht eher aus wie Tinte.«

Sunia drehte es um, zum Vorschein kamen mehrere dünne Linien, die sie vorhin wohl einfach übersehen hatte. Da war ein Strich, der sich hin und her schlängelte, mehrere kleine Zacken und unförmige Ringe.

»Das ist eine Karte, oder?«, fragte sie. »Die Zacken sind Felsen oder Hügel, das Runde sind sicher Inseln und die anderen Striche hier Küstenlinien und Wege. Aber da scheint ein Stück zu fehlen.«

Wir warfen noch einen prüfenden Blick in das Kästchen, doch es war leer.

»*Alle drei Teile werden gebraucht*«, murmelte Sunia. »Das waren doch Vaters Worte. *Sagt ihm, dass alle drei Teile gebraucht werden*. Vielleicht meinte er damit Kartenteile.«

»Da könnten wirklich zwei Stücke fehlen«, sagte Wulf, der nun die Rinde genauer betrachtete. »Wenn das hier die eine Ecke ist, dann könnte hier eine weitere Ecke anschließen und unten drunter ein Stück, das beide zu einem großen Ganzen verbindet.«

Sunia griff nach dem Schwert und schob es zurück in die Scheide. Dann stellte sie sich ans Fenster und blickte hinaus in den Tag, der allmählich zur Dämmerung verblasste.

»Ich schätze, wir müssen so schnell wie möglich aufbrechen«, sagte sie resigniert.

»Aber wie soll das gehen?«, fragte Wulf. »Wer kümmert sich um die Tiere? Und wie sollen wir den Weg über den Berg finden? Und wann kommen wir zurück?«

Er sprach es nicht aus, dabei dachten wir dasselbe: Wollten wir wirklich zurückkommen? Unser gesamtes Leben lang war dieser Hof unser Zuhause gewesen und genauso lang hatten wir gewusst, dass wir ihn eines Tages von Vater übernehmen und dann bestellen würden, so wie er es getan hatte. Dieser Hof war sein großer Traum gewesen und das Bauernleben so etwas wie seine Berufung. Er hatte das uns gegenüber so oft betont, dass er dabei fast verzweifelt wirkte. So, als hätte er damit gerechnet, dass wir ihm widersprechen und den Hof bei der erstbesten sich bietenden Gelegenheit verlassen würden.

Dabei hatten wir nie ein anderes Leben als dieses gewollt. Sicher waren Vaters Einfälle und Projekte stets ausgefallen und eigenartig gewesen, aber trotz allem hatte er uns hier ein Zuhause geschaffen, und wir hatten uns nichts anderes als dieses Leben vorstellen können.

Doch nun hatte sich alles gewandelt. Vaters Traum war eine Lüge gewesen. Wie sollten wir weiter hier wohnen und arbeiten, wo wir fast gewiss sein konnten, dass unsere gesamte Kindheit nur Teil eines umfassenderen Plans war, den wir womöglich nie verstehen würden? Aber was sollten wir stattdessen tun? Wir kannten doch nichts als das Dorf mit seinen Bewohnern. Denn schon das Dorf auf der anderen Seite des Berges, von dem Vater gesprochen hatte, lag für uns in der Fremde. Und alles, was dahinter lag, war Teil einer umso größeren, umso unbekannteren Welt, die wir noch nie gesehen hatten. Andere Dreizehnjährige träumten vielleicht von weit entlegenen Orten – von fernen Ländern und exotischen Städten –, aber uns machte allein die Vorstellung davon schon Angst.

»Jetzt ist es jedenfalls schon zu spät«, sagte Sunia, den Blick auf die sich senkende Nacht gerichtet. Wind war aufgekommen und pfiff um die Ecken des Hauses. Die Temperatur fiel und wie zur Antwort knackten die Wände.

Uns blieb nichts anderes übrig, als den nächsten Tag abzuwarten. Vielleicht würde uns da ja etwas einfallen.

Doch keiner von uns beiden glaubte wirklich daran. Schweigend aßen wir zu Abend und als wir bald darauf zum Schlafen unter die Decken krochen, peitschte der Wind schon schwere Schneeflocken gegen die Fensterscheiben.

8

Feuer und Schnee

Wulf erwachte mit einem Ruck und saß kerzengerade im Bett. Er wollte sich gerade zur Seite wenden, um Sunia zu wecken, da erkannte er, dass sie bereits am Fußende saß und in die Dunkelheit hinausstarrte.

»Hör mal«, flüsterte sie.

Zuerst war es nicht leicht, zu verstehen, was vor sich ging, doch dann warf sich ein Windstoß mit solcher Wucht gegen das Haus, dass die Wände wackelten. Alle Geräusche klangen merkwürdig gedämpft und selbst die Gedanken wirkten taub und weit entfernt. Wir mussten nicht erst aus dem Fenster schauen, um zu wissen, dass der Schnee draußen bereits hoch lag und es immer weiter schneite.

Wulf schlug die Decke zurück und spürte die Kälte, die schon durch die Wände gekrochen war. Unwillkürlich begann er zu zittern und ahnte, schließlich war es stockfinster, dass ihm der Atem wie weiße Federbäusche vor dem Mund stand. Schnell wickelte er sich wieder in die Decke und tastete sich zur Feuerstelle vor, um Feuer zu machen.

»Es geht nicht«, flüsterte Sunia und jetzt erst bemerkte Wulf, wie verängstigt sie war. »Irgendetwas stimmt nicht. Ich konnte nicht einmal eine Kerze anzünden.«

Wulf versuchte es dennoch, aber ganz gleich wie oft er Feuerschlegel und Feuerstein gegeneinanderschlug oder wie stark und ausdauernd er auf die Asche der Feuerstelle blies, es ließ sich einfach kein Feuer entfachen. Einzelne Funken flogen in kleinen glühenden Bögen durch die Dunkelheit, aber nicht einmal der trockene Zunderschwamm wollte sich entzünden lassen. Schließlich gab Wulf auf und kam entmutigt zurück zu Sunia.

»Hör mal«, flüsterte sie erneut.

Und plötzlich nahm er noch etwas anderes als die Geräusche des Schneesturms wahr. Da draußen in der Dunkelheit der Nacht hatte die Panik von den Tieren Besitz ergriffen. Die Kühe muhten unruhig im Kuhstall, das Pferd wieherte in seinem Unterstand und die Schweine brüllten außer sich vor Furcht in ihrem Verschlag.

»Das kann nicht nur am Unwetter liegen, dass sie solche Angst haben«, sagte er. »Irgendetwas muss da draußen herumstreichen.«

Sunia nickte, aber das konnte Wulf im Dunkeln nicht erkennen.

»Ich werde mal nach dem Rechten sehen«, sagte sie mit angespannter Stimme und erhob sich vom Bett, um sich anzuziehen. Sie tastete nach den Wintersachen, die wir von der unbekannten Frau bekommen hatten, und zog sie über das Nachtgewand. Dann schwang sie sich noch den dicken Mantel um die Schultern und war bereit, hinauszugehen.

»Nimm irgendetwas mit«, sagte Wulf, der einfach nur dort gestanden hatte, während sie sich ankleidete, und sich dabei feige und machtlos vorgekommen war. »Du brauchst etwas, womit du dich verteidigen kannst.«

»Aber was denn? Pfeil und Bogen sind nutzlos bei diesem Sturm. Und die Sicht ist für den Speer viel zu schlecht.«

»Was ist mit dem Schwert aus der Kiste? Nimm doch das.«

Sunia zögerte einen Moment, dann trat sie zum Tisch, band sich das Schwert um und verschwand hinaus. Wulf spürte wie Wind und Schnee durch die offene Tür hineindrängten. Dann schlug sie zu und er blieb allein in der Dunkelheit zurück.

Schon als die Tür hinter ihr zufiel, wusste Sunia nicht mehr, wo sie war.

Hier draußen war es finster und der Schnee wirbelte wild umher. Aber der Mond musste hoch oben am Himmel stehen, denn der Schnee hatte einen blassen Widerschein und verwandelte die Nacht in ein einziges Wirrwarr weißer Flocken, die vom zornmütigen Wind hierhin und dorthin getrieben wurden. Nur der Boden unter Sunias Füßen fühlte sich echt an, alles andere war ein albtraumartiges Schneegestöber. Sunia wurde schwindelig, sie musste sich hinhocken und sich mit den Händen abstützen.

Der Schnee lag bereits knietief und dort, wo sie hockte, schützte er sie ein wenig vor dem beißenden Wind. Verloren auf ihrem eigenen Hof, versuchte Sunia angestrengt, ihre Gedanken zu ordnen und ihre Furcht zu zähmen.

Die Tür ist immer noch genau hinter mir, sagte sie sich. *Ich habe mich nicht gedreht, also müsste der Pferdestall genau vor mir und der Kuhstall rechts von mir liegen.*

Sie lauschte angestrengt nach Geräuschen, doch hier draußen dröhnte der Wind so sehr in ihren Ohren, dass alles, was sie drinnen noch hatte auseinanderhalten können, in seinem Tosen unterging. Kurz entschlossen lief sie nach rechts, führte dabei die Hand an der Hauswand entlang, um die Orientierung nicht zu verlieren. Es war nicht leicht, voranzukommen. Die Füße brachen durch die Schneedecke, der Wind griff nach Sunia und warf sie launisch vor und zurück. Einmal schleuderte er sie mit solcher Wucht gegen das Haus, dass sie mit dem Gesicht gegen das Fenster gepresst wurde. Sie fragte sich, ob Wulf sie wohl durch die Scheibe sehen konnte, und versuchte, ihm gestikulierend mitzuteilen, wohin sie unterwegs war. Aber sie konnte rein gar nichts hinter dem Glas erkennen und als der Wind sie endlich wieder freigab, hielt sie weiter stockend auf den Holzschuppen zu, dabei spürte sie wieder Panik in sich aufsteigen. Irgendetwas stimmte nicht – etwas wesentlich Schwerwiegenderes als der Schneesturm und die extreme Unruhe der Tiere. Aber ihr gelang es nicht, die Gedanken so weit zu ordnen, dass sie die Zusammenhänge verstand. Die Kälte war, wie es schien, geradewegs in ihren Schädel eingedrungen und hatte ihren Verstand gezwungen, sich zum Schutz zurückzuziehen und klein zu machen.

Kaum hatte sie den Holzschuppen erreicht – durch den Handschuh spürte sie, dass die stabile Holzwand von einfachen Planken abgelöst wurde –, bog sie nach links ab und versuchte, so gerade wie möglich zu gehen. *So muss sich jemand fühlen, der in einen Abgrund stürzt, ohne zu wissen, wie tief er ist*, dachte sie. Doch schon bald tauchte ein dunkler Schatten vor ihr auf und sie prallte gegen die Wand des Kuhstalls. Einen Moment verharrte sie dort, versuchte, wieder zu Atem zu kommen, ehe sie sich bis zur verschneiten Stalltür vorkämpfte, diese unter großer Kraftanstrengung einen Spaltbreit öffnete, gerade weit genug, um sich hindurch ins Innere zwängen zu können.

Endlich musste sie sich nicht mehr gegen diesen unsichtbaren Widerstand stemmen und fühlte sich auffallend leicht. Im Kuhstall konnte sie sich ganz normal bewegen. Nach dem tosenden Sturm war die nun herrschende Dunkelheit angenehm still und leise. Die Kühe hatten sich beruhigt und Sunia hörte sie nur schwer atmen und schnaufen. Sie versuchte, ein Licht zu entzünden, was noch immer unmöglich war. Deshalb tastete sie sich langsam zu den Kühen vor und untersuchte sie nacheinander mit den Händen.

Schnell wurde ihr klar, dass sie sich getäuscht hatte. Die Tiere hatten sich keineswegs beruhigt. Ja, sie waren verstummt, aber nur, weil sie vor Schreck erstarrt waren. Ihre großen Herzen schlugen so schnell wie die von kleinen Vögeln, die Augen, das spürte sie, waren kugelrund und weit aufgerissen und jeder einzelne Muskel war angespannt und hart wie Stahl.

Vergeblich versuchte sie, die Kühe zu beruhigen. Mit Worten, mit Gesang, doch die Tiere schienen ihre Gegenwart nicht einmal wahrzunehmen. Sunia fragte sich mit zunehmender Sorge, was eine solch furchteinflößende Wirkung auf sie haben konnte. Was war so laut oder roch so stark, dass die Kühe es trotz des brüllenden und beißenden Schneesturms sogar noch im Stall wahrnahmen?

Sie erreichte den hintersten Stellplatz und unternahm einen halbherzigen Versuch, wenigstens diese Kuh zu besänftigen. Als sie jedoch gerade die Hand auf das Maul gelegt hatte und den warmen Atem auf ihrer Haut spürte, fiel ihr wieder ein, dass dieser Platz eigentlich leer war.

Sie riss die Hand zurück, als hätte sie in eine Brennnessel gefasst. Aus der Dunkelheit vor ihr kam ein leises Knurren, Sunia stolperte rückwärts und fiel hin. Sie rechnete damit, dass sich etwas auf sie stürzen würde, um sie mit scharfen Krallen in Stücke zu reißen, aber nichts dergleichen geschah.

Sie kam auf die Knie und krabbelte weiter weg. Jetzt verstand sie, warum die Kühe so panisch waren. Dort drüben lag etwas Großes auf der Lauer, etwas, das schwer atmete, manchmal knurrte, sich aber darüber hinaus nicht weiter rührte. Sunia ging nicht im Geringsten davon aus, dass dieser Eindringling hier im Stall nur Schutz vor dem Sturm suchte. Sie war vielmehr davon überzeugt, und dabei konnte sie sich selbst nicht erklären, woher diese Gewissheit kam, dass, was immer es war, nur auf ein Kommando wartete, einen Befehl. Irgendwo dort draußen in der stürmischen, kalten Nacht legte jemand eine Falle aus und es bedurfte nur eines Zeichens, eines Signals von jemandem – dem Rudeloberhaupt? Dem Anführer? –, und schon zog sich die Schlinge zu.

Sunia schob die Stalltür auf und ließ sich erneut vom Sturm verschlucken. Sie wandte sich in die Richtung, in der das Haus liegen musste, machte den ersten Schritt und stieß fast mit einer finsteren Gestalt zusammen, die plötzlich aus dem Schneegestöber vor ihr aufgetaucht war.

Sie schrie laut auf, weshalb sich sofort eine Hand über ihren Mund legte. Sunia spürte erst warmen Atem an ihrem Ohr, dann hörte sie jemanden flüstern.

»Still! Sie werden dich sonst hören!«

Es war Wulf.

Wulf hatte lange in der dunklen Stube gestanden und auf Sunias Rückkehr gewartet. Doch selbst die Zeit schien eingefroren, denn Wulf hatte das Gefühl, dass mehrere Ewigkeiten vergingen, während er allein den fremden Geräuschen lauschte, die der Sturm durch die Ritzen der Wände presste. Dann hielt er es einfach nicht mehr aus und entschied, Sunia zu folgen.

Nun suchte auch er im Dunklen nach den Winterkleidern, die er dem Besuch der Unbekannten bei Lars Hök verdankte. Er zog sie schnell an, verwundert darüber, wie gut sie ihm passten. Ärmel und Hosenbeine hatten genau die richtige Länge, außerdem saßen die Sachen locker genug, um zu wärmen, aber nicht so locker, dass sie sich aufplusterten und es schwer machten, sich darin zu bewegen. Zuletzt schlang er sich in einen dicken Wintermantel mit Kapuze.

Einen Augenblick verharrte er, die Hand bereits auf der Türklinke, dann wandte er sich noch einmal um, ging zurück in die Stube und nahm das Messer vom Tisch. Das merkwürdige Messer aus der grünen Kiste vom Dachboden. Da es keine Scheide hatte, wickelte er es in ein Stück Stoff und steckte es sich unters Hemd, vorsichtig, um nicht versehentlich gegen die sonderbare, kalte Klinge zu kommen.

Dann öffnete er die Tür und trat hinaus in Nacht und Schnee.

Der eiskalte Wind traf ihn so heftig, dass es ihm das letzte bisschen Luft aus der Lunge presste. Und noch bevor es Wulf gelang, sich das Halstuch über den Mund zu ziehen, sog er so unfreiwillig und tief die eiskalte Luft ein, dass er erst einmal warten musste, bis der Schmerz in seiner Kehle nachließ, bis er versuchen konnte, sich zurechtzufinden.

Genau wie Sunia kurz zuvor fühlte auch er sich komplett orientierungslos an dem Ort, den er eigentlich am allerbesten auf dieser Welt kennen sollte. Wulf fehlte jedoch die nötige Geistesgegenwart, sich wie seine Schwester von der Hauswand den Weg weisen zu lassen. Stattdessen lief er einfach geradeaus, wollte quer über den Hof zum Kuhstall. Im einen Moment stapfte er noch durch den knietiefen Schnee, im nächsten Moment stolperte er an einer Stelle, an der der Sturm ein Tal in die Schneedecke geblasen und sie auf Knöcheltiefe abgesenkt hatte. Angestrengt versuchte Wulf, sich in der fremden Umgebung zu orientieren, doch nachdem der Wind ihn ein paarmal heftig hin und her geschleudert hatte, musste Wulf sich eingestehen, dass er nun gar nicht mehr wusste, wo er war. Ein paar entsetzliche Augenblicke lang sah er sich selbst über den Hof irren, zufällig durch das Tor im Zaun hinaustreten und dann im Wald verloren gehen. Doch dann rammte er mit dem Schienbein etwas Hartes und sank mit einer sonderbaren Mischung aus Schmerz und Erleichterung neben dem Brunnen in die Knie.

Der Brunnen bot sogar einigermaßen Schutz vor dem beißenden Wind, sodass Wulf eine ganze Weile dort hocken blieb, während er versuchte, sich zu orientieren. Er blickte sich nach dem Schwingbaum um, mit dessen Hilfe man das Wasser im Eimer aus dem Brunnen heraufbeförderte, und fand ihn schließlich. Tausende Male hatte er hier gestanden und Wasser geholt und trotzdem konnte er nicht mehr sagen, in welche Richtung die Stange wies. Richtete sie sich auf den Pferdestall oder aufs Haus oder vielleicht sogar auf den Kuhstall? Panik breitete sich in seiner Brust aus und gleichzeitig fand er die ganze Situation einfach nur lächerlich. Er musste doch wissen, wo und wie der Brunnen stand!

Und dann endlich gelang es ihm, das Schneegestöber und das Heulen des Windes auszublenden und eine Sommererinnerung heraufzubeschwören: Sunia saß auf den Stufen zum Wohnhaus, Vater fütterte die Hühner und Wulf holte Wasser aus dem Brunnen. Sofort wusste er wieder, wo er war und konnte gar nicht nachvollziehen, wieso er sich gerade noch so verloren gefühlt hatte. Der Schwingbaum zeigte genau aufs Wohnhaus, das hieß, der Kuhstall befand sich links vom Brunnen. Wulf richtete sich aus, presste die Fersen gegen die Brunnenkante und lief dann, so gerade er konnte, in den Sturm.

Diesmal war er vorsichtiger. Er blickte sich oft um und versuchte anhand seiner Spuren Kurs zu halten, die trotzdem sehr schnell im Gestöber verschwanden. Er kam zwar nur langsam voran, aber er merkte deutlich, dass sich so das Gefühl der Verlorenheit im Zaum halten ließ – und damit auch die Angst. Wenn er sich nur einigermaßen gerade über den Hof bewegen konnte, würde er den Kuhstall sicher nicht verfehlen, es war ja trotz allem das größte Gebäude auf dem Grundstück. Von neuer Zuversicht gestärkt, bahnte er sich seinen Weg durch den Schnee.

Bis ein Schatten vor ihm kreuzte. Er tauchte ohne Vorwarnung in den wild tanzenden Flocken auf und war schon wieder fort, bevor Wulf richtig verstanden hatte, was da gerade geschehen war. Mit einem Schlag verflog jedes Gefühl von Sicherheit und Schutz und verschwand in der Nacht. Das war zweifellos nicht Sunia gewesen, sondern ein ausgewachsener Mann. Wer streifte denn da auf dem Hof herum? Bei diesem Wetter? Wulf war sich nicht ganz sicher, aber er meinte etwas gesehen zu haben, das golden auf schwarzem Stoff glänzte, und außerdem – so unglaublich das auch klingen mochte –, dass der Mann barhäuptig gewesen war. Er rührte sich nicht vom Fleck und fürchtete, dass sein wilder Herzschlag selbst den Sturm übertönte. Vorsichtig schaute er sich um, doch die Sicht betrug in alle Richtungen höchstens eine Elle. Der Mann konnte längst den Hof verlassen haben und im Wald verschwunden sein oder aber sich noch ganz in der Nähe aufhalten, für Wulf gab es nicht den geringsten Anhaltspunkt.

Langsam setzte er sich wieder in Bewegung, blieb aber fast sofort wieder wie angewurzelt stehen. Nicht weit vor ihm schimmerten zwei blutrote Lichtpunkte durch das Schneegestöber. Erst waren sie noch klein und kaum auszumachen, aber je näher sie kamen, desto größer wurden sie. Bald konnte er sogar zwei dunkle Gestalten unterhalb der Lichter erkennen und schlagartig begriff Wulf, dass da zwei Männer mit Fackeln schnurstracks auf ihn zusteuerten.

Ohne nachzudenken, ließ er sich hinfallen und robbte sich hinter die nächstgelegene Schneewehe. Dort blieb er reglos liegen, das Gesicht dem Boden zugewandt, während langsam Schneeflocken in seinem Nacken schmolzen und sich den Weg unter seine Kleider suchten. Außer dem Heulen und Pfeifen des Windes hörte er nur, wie die harten Flocken auf ihn niederprasselten und ihn unter einer weißen Decke begruben. Irgendwann wagte er es, den Kopf langsam zu heben und vorsichtig durch die vereisten Fransen seiner Haare zu linsen. Direkt vor seiner Nase, vielleicht einen Fuß entfernt, stand ein schwarzer Stiefel.

Jeder Muskel in Wulfs Körper zuckte und er musste mit aller Macht das Bedürfnis unterdrücken, aufzuspringen und davonzurennen. Der Besitzer des Stiefels schien ihn nicht bemerkt zu haben, aber er hatte sich auch zur Seite abgewandt. Wulf hob den Kopf nervös höher und erkannte, dass die beiden Fackelträger in seiner Nähe stehen geblieben waren, um sich abzusprechen. Es war sicher nur eine Frage der Zeit, bis sie ihn entdecken würden.

Wulf konnte kaum ausmachen, wie sie aussahen. Immerhin bestätigte sich seine erste Beobachtung, beide Männer waren barhäuptig, ihr schwarzes Haar flatterte im Wind. Ihre Kleidung war ebenfalls schwarz, nur von der Brust wurde der blutrote Fackelschein von goldenen Stickereien zurückgeworfen. Die Kleidung war auffällig dünn, weshalb Wulf das unheimliche Gefühl beschlich, in einem Traum gelandet zu sein. Ein Traum, in dem die Menschen in ihren Nachtgewändern auf dem Markt im Dorf herumspazierten – oder in ihrer besten Festtagsgarderobe durch den Wald liefen. Die beiden Männer gehörten nicht hierher, in knietiefen Schnee auf einen Hof am Bergeshang. Sie wären besser im Prunksaal eines Herrensitzes oder Schlosses aufgehoben. Aber nicht nur ihre Kleidung wirkte fehl am Platze, sondern auch ihre Haltung. Sie standen kerzengerade in dem tosenden Wind und so wie Wulf das sah, konnte ihnen auch der Schnee, der ihnen unaufhörlich ins Gesicht gepeitscht wurde, nichts anhaben.

Das Auffälligste waren jedoch die Fackeln. Wulf sah, dass mit ihnen irgendetwas nicht stimmte, aber er konnte sich nicht erklären, was genau. Sie leuchteten rot – in dunklem Karmesinrot – und zwar völlig gleichmäßig. Die Flamme flackerte nicht und wirkte vom Wind gänzlich unbeeinträchtigt. Noch dazu, und das begriff Wulf erst, nachdem er eine der Fackeln eine ganze Weile angestarrt hatte, brannten sie, ohne dazu das Holz zu brauchen. Beide Fackeln bestanden aus ganz geraden, blank polierten Stöcken, die nicht das geringste bisschen Ruß oder das kleinste Brandmal aufwiesen.

Wulf keuchte ungläubig dort hinter seiner Schneewehe. Sofort riss der Wind ihm unbarmherzig das Geräusch von den Lippen und sauste damit davon, aber da war es schon zu spät. Seelenruhig drehten die Männer ihre Köpfe und schauten zu ihm hinunter. Ihre Mienen waren finster und versteinert. Während der eine auf Wulf zuschritt, steckte der andere die Fackel in den Schnee, zog das Ende eines Seils aus dem Ärmel seines Mantels und spannte es zwischen den Händen.

Das reichte, um Wulf aus seiner Starre zu lösen. Er warf sich nach hinten und wirbelte dabei eine Wolke von Schnee auf. Die Männer verschwanden hinter einer weißen Wand und Wulf nutzte die Gelegenheit, so weit in die Dunkelheit zu springen, wie er vermochte. Dann stapfte er, so schnell es eben ging, in eine Richtung, die ihn hoffentlich an den Männern vorbei und geradewegs zum Kuhstall führen würde. Zwischendurch schlug er immer wieder Haken oder lief ein paar Schritte rückwärts in seiner eigenen Spur, nur um dann mit einem großen Satz wegzuspringen und eine neue Spur anzufangen. Obwohl sein Herz so sehr schlug, dass ihm die Schläfen zu bersten drohten, versuchte er sich an alle Kniffe und Finten zu erinnern, die er bei Tieren beobachtet hatte, wenn sie vor ihren Jägern flüchteten. Die beiden Männer hatten zwar nichts konkret Bedrohliches getan, trotzdem wusste Wulf: Wenn sie ihn schnappen würden, wäre es aus. Tief in sich spürte er, dass hier etwas ganz gewaltig falschlief. Und alles, die Männer, der Sturm und die aufgebrachten Tiere in den Ställen, hing damit zusammen.

Erschöpft prallte er schließlich gegen eine Holzwand, sackte in sich zusammen und hoffte inständig, dass sie zum Kuhstall gehörte. Und dann beobachtete er, wie Sunia eine knappe Armlänge von ihm entfernt die Tür aufschob und anfing, sich über den Hof zu kämpfen. Fast hätten seine Beine ihm den Dienst versagt, aber dann gelang es ihm doch, sich aufzurichten und hinter ihr her zu stolpern. Beinahe wäre er auf sie gefallen, aber sie schien ihn nicht zu erkennen und schrie laut auf. Verzweifelt presste er ihr eine Hand auf den Mund und flüsterte atemlos:

»Still! Sie werden dich sonst hören!«

Wulf und Sunia hielten sich so lange fest umklammert, bis sie endlich verstanden, was nicht stimmte. Mit weit aufgerissenen Augen starrten sie einander an. Keiner von beiden konnte wirklich fassen, dass das wahr sein sollte.

»Das liegt am Unwetter«, sagte Wulf. »Das liegt nur am Unwetter.«

Sunia nickte. Das musste die Erklärung sein. Sobald der Sturm sich verzogen hatte, würde alles wieder so sein wie sonst.

Ihr ganzes Leben lang hatten sie einander nie erzählen müssen, was sie erlebt hatten. Auf irgendeine wundersame Weise, die beide nie ganz verstanden hatten, die für sie aber immer selbstverständlich gewesen war, hatten sie stets gewusst, was im anderen vor sich gegangen war – Gedanken und Gefühle – wenn sie mal getrennter Wege hatten gehen müssen. Und nun standen sie sich schweigend gegenüber, während um sie herum der Sturm tobte, und warteten darauf, wieder wie automatisch zu erfahren, was der andere in der kurzen Zeit erlebt hatte, in der jeder für sich gewesen war. Aber nichts geschah, weshalb sie irgendwann ungeschickt und ohne wirklich zu wissen, wie das gehen sollte, anfingen, zu erzählen.

Es war eine Katastrophe. Noch nie hatte Sunia etwas so Klobiges und Vages wie Worte dazu verwenden müssen, sich Wulf verständlich zu machen. Noch nie hatte sie sich so einsam gefühlt.

»Da ist irgendetwas im Kuhstall«, sagte sie und hätte am liebsten aus lauter Missmut angefangen zu weinen, als sie bemerkte, wie Wulf in seinem Versuch, sie zu verstehen, die Stirn in Falten legte.

»Ich habe es nicht gesehen«, fuhr sie fort. »Es war dunkel, die Laterne ließ sich nicht anzünden. Aber am hintersten Platz lag etwas Großes. Ich habe seine Schnauze berührt und gehört, wie es atmete und knurrte. Ich glaube … Ich glaube, das oder etwas Ähnliches hat die Spuren hinterlassen, denen

Vater gefolgt ist. Und ich glaube außerdem … dass es auf irgendetwas wartet.«

»Es sind Männer auf dem Hof«, sagte nun Wulf. »Ich habe zwei gesehen, vielleicht sogar einen dritten. Sie tragen keine Winterkleider, nicht einmal Handschuhe oder Kopfbedeckungen. Sie sind gekleidet wie … feine Leute, nicht wie Jäger oder Soldaten. Sie haben Fackeln mit roten Flammen. Rotes Feuer, das brennt, ohne zu brennen.«

Als er sah, wie fragend Sunia dreinschaute, biss er sich auf die Lippe.

»Ich weiß auch nicht, was das zu bedeuten hat«, sagte er. »Nur, dass sie gefährlich sind, da bin ich mir sicher. Sie sind gefährlicher als alles andere, was mir … was uns bisher begegnet ist. Ich glaube, sie haben Vater umgebracht.«

Und dann sagten sie beide, weil sie nicht mit Sicherheit wussten, ob der andere es verstand, aber so sehr wollten, dass der andere es verstand, so wie es sonst immer gewesen war:

»Ich habe Angst.«

In diesem Augenblick legte sich der Wind und es wurde still. Es wirkte fast so, als würde der Sturm den Atem anhalten. Im Wald wütete das Unwetter nach wie vor und rüttelte an den Baumkronen, aber auf dem Hof sanken die Schneeflocken mit einem Mal langsam und fast träumerisch zu Boden. Wulf und Sunia standen nah beieinander und schauten dabei zu, wie der Hof allmählich wieder zu dem Ort wurde, den sie kannten. Nacheinander wurden die Gebäude wieder sichtbar. An ihre Wände schmiegte sich die schneeweiße Decke und der Mond tauchte alles in trübes Licht, wenn sich nicht gerade am Himmel rasende Wolkenfetzen dabei abwechselten, nebelige Schatten zu werfen.

Der Hof war umgeben von roten Lichtern.

Zwar konnten weder Sunia noch Wulf erkennen, wer die Fackeln hielt, aber sie ahnten, dass es sich dabei um die Männer handeln musste. Es dauerte einen Moment, bis die Augen sich wieder daran gewöhnt hatten, weiter als nur ein paar Ellen sehen zu können, aber dann ließen sich auch die Männer in der Dunkelheit ausmachen. Sie standen in regelmäßigen Abständen immer zu zweit um den gesamten Hof am Zaun und ein paar waren auch zwischen den Gebäuden. Sie trugen schwarze Mäntel, die ihnen bis zu den Knien reichten, eine große, aufwendige Goldstickerei bedeckte die gesamte Brust. In der einen Hand hielten sie die Fackel mit dieser unnatürlichen, roten Flamme, die andere verbargen sie hinter dem Rücken. Der Feuerschein fiel auf dunkle Haare und blasse Gesichter und färbte sie rot. Keiner der Männer bewegte sich.

Sunia griff nach Wulf und zog ihn mit sich durch den Schnee Richtung Wohnhaus. Doch sie waren kaum mehr als ein paar Schritte rückwärts gestolpert, da schrie einer der Männer ein kurzes Kommando. Der Laut klang fremd und unmenschlich, gar nicht wie ein richtiges Wort, aber seine Bedeutung zeigte sich sofort, denn schon warf sich etwas Großes und Schweres von innen gegen die Tür des Kuhstalls und drückte sie auf.

Heraus kam, was auf dem leeren Stellplatz verharrt hatte. Ein Hund. Aber er glich keinem Hund, den Sunia und Wulf je zu Gesicht bekommen hatten. Er war größer als ein Wolf und viel kräftiger, und mit seinem gelbweißen zotteligen Fell und dem kurzen Schwanz erinnerte er an einen riesigen Vielfraß oder einen kleinen Bären. Das Tier senkte den Kopf und knurrte die Geschwister an, dunkel, aus tiefster Kehle, bevor es mit gewaltigen Sprüngen auf sie zustürzte, das Maul weit aufgerissen.

Sunia kam nicht mal auf die Idee, das Schwert zu ziehen. Und Wulf hatte das Messer völlig vergessen. Stattdessen klammerten sie sich aneinander, kniffen die Augen zu und stellten sich darauf ein, dass sich gleich spitze Zähne und scharfe

Krallen in ihr Fleisch bohren würden. Aber dann schrie eine wohlbekannte Stimme direkt neben ihnen:

»Lauft! Lauft fort, so schnell ihr könnt!«

Als sie die Augen öffneten, sahen sie die Sarg-Maja.

Maja, die an ihnen vorbeirannte. Die Haare standen ihr zu Berge und sie hatte weit ausgeholt mit ihrem Stock. Maja, die völlig furchtlos auf die Bestie zulief, um sie beide zu beschützen. Für einen kleinen Augenblick hatten die Zwillinge ein Gefühl von Sicherheit, wie Kinder, die von ihren Eltern aus einem Albtraum geweckt und mit Worten wie »keine Sorge« und »es wird schon nichts Schlimmes passieren« beruhigt wurden.

Dann sahen sie, wie der Hund nun auf Maja zuhielt. Wie groß er war. Wie winzig sie war. Und sofort war beiden klar, wie dieser Kampf ausgehen würde.

»Lauft«, rief Maja noch einmal.

Da endlich kam Bewegung in die beiden. Sunia zog Wulf mit zum Wohnhaus, wo sie sich, so schnell der Schnee es zuließ, an der Wand entlangpressten zum Holzschuppen und dem dahinterliegenden Zaun. So konnten sie wenigstens verhindern, dass ihnen einer der Fackelträger in den Rücken fiel. Über die Schulter bekamen sie mit, wie der Hund sich auf Maja stürzte. Stark und unnachgiebig hatte sie sich vor ihm aufgebaut und schaute ihm direkt in die Augen. Es gab nicht viele Tiere im Dorf, die der Sarg-Maja nicht aus dem Weg gingen, wenn dieser Blick sie traf, aber dieser Hund zögerte nicht einmal. Mit einem gewaltigen Satz war er über ihr und riss sie in einer Wolke aufgewirbelten Schnees zu Boden, und das Letzte, was Wulf und Sunia erkennen konnten, war, wie sich die scharfen Zähne in Majas Kehle bohrten.

In diesem Moment kehrte der Sturm zurück, setzte genauso plötzlich wieder ein, wie er verstummt war. Ganz so, als wäre er weit in den Himmel geschleudert worden und nun mit einem gewaltigen Getöse wieder heruntergekracht. Der Wind peitschte den Schnee so unbarmherzig durch die Luft, dass er fast undurchdringlich schien. Die Geschwister kämpften sich weiter an der Hauswand entlang, dem Zaun entgegen, weg vom Hof, ohne überhaupt zu wissen, was sie als Nächstes tun sollten.

Zwei rote Punkte tauchten im Schneegestöber auf. Diesmal wusste Wulf, was das zu bedeuten hatte, und zog seine Schwester sofort in Deckung auf den Boden. Dabei kamen die Fackeln gar nicht näher, sondern teilten sich, jede für sich ging weiter, verharrte dann kurz und schien daraufhin zu wachsen. Beide Flammen breiteten sich aus, erst in langen, senkrechten Linien, dann immer wilder und kontrollierter, bis plötzlich nur zu wohlbekannte Formen blutrot durch Schnee und Dunkelheit flackerten.

»Die stecken das Haus in Brand!«, rief Sunia verzweifelt. Wulf bedeutete ihr eilig, still zu sein, zog sie schnell mit, durch zwei große Feuer hindurch, die einmal Kuhstall und Holzschuppen gewesen waren. Bald würden die Flammen auf das Wohnhaus überspringen und Wulf war sich sicher, dass andere schwarz gekleidete Männer auch bei den noch verbliebenen Gebäuden des Hofs Feuer legten. Und sie beide konnten nichts dagegen ausrichten. Wulf stand nur eines ganz klar vor Augen: Sie mussten fort. Fort, bevor die Männer oder der Hund nach ihnen suchen würden. Sie kämpften sich weiter vorwärts, versuchten, den Windböen zu trotzen, die sie zu Boden werfen wollten, und stapften an den Flammen vorbei. Den Flammen, die an den Fackeln gedarbt hatten und sich nun hungrig über Sunias und Wulfs Heim hermachten.

Ein herzzerreißendes Geräusch, eine Mischung aus einem Schrei und einem Muhen, drang zu ihnen, während sie sich dem Zaun näherten.

»Die Tiere«, keuchte Sunia und Wulf ermahnte sie erneut,

still zu sein, nur diesmal war er damit zu spät. Vor den Flammen, die am Kuhstall wüteten, zeichnete sich eine dunkle Silhouette ab, die sich nun zu ihnen umdrehte. Die Zwillinge erkannten den Widerschein des roten Feuers in den Augen des Mannes. Sunia warf einen Blick zum Holzschuppen, doch von dort näherte sich bereits eine weitere dunkle Gestalt.

Diesmal hatte Wulf jedoch einen Plan. Er sank auf die Knie, hielt seinen Mantel so, dass sich eine Mulde bildete und schaufelte Schnee hinein. Als sich die nächste Windböe auf sie stürzte, schleuderte Wulf den Schnee in die Luft. Sunia hatte verstanden, was er vorhatte, und kaum wurden die beiden Männer im weißen Gestöber verdeckt, warfen die Geschwister sich auf den Boden und robbten sich im Schutze des Schnees bis zum Zaun.

Mit Gesichtern, die sie sich an der frostigen Schneedecke wund gescheuert hatten, und eiskaltem Schnee unter den Kleidern kletterten sie über den Zaun. Sie sahen sich nicht um, sondern kämpften sich weiter vorwärts. Erst als sie einen Baum erreicht hatten und ganz sicher am Waldrand angelangt waren, hielten sie inne. Hinter ihnen brannte der Hof lichterloh, mittlerweile hatten alle Gebäude Feuer gefangen. Sunia und Wulf lauschten angestrengt, ob sie noch etwas anderes als den Wind in den Bäumen hören konnten. Lebten noch ein paar der Tiere? Hatten sich wenigstens einzelne befreien und den Flammen entkommen können oder waren sie alle im Stall verbrannt?

»Maja«, sagte Wulf. »Ist es möglich, dass sie …«

Sunia biss die Zähne zusammen und schüttelte den Kopf.

»Ich habe gesehen, wie dieses Untier ihr die Kehle durchbissen hat. Sie ist tot.«

»Wenn sie nicht aufgetaucht wäre …«

Unwillkürlich stellten sich beide vor, wie es gewesen wäre, wenn die weißen Fänge und spitzen Krallen sie anstelle von

Maja durchbohrt hätten. Und dann versuchten sie, das Gefühl zu verdrängen, dass dies vielleicht sogar besser gewesen wäre.

»›Wenn du alles verloren hast …‹«, setzte Sunia an. »Das waren die Worte des Kobolds gewesen. Noch treffen sie nicht zu, noch habe ich dich. Noch haben wir einander.«

Doch Wulf schaute mit schreckgeweiteten Augen zum Hof.

»Das Kistchen mit der Karte!«, keuchte er. »Vaters Kästchen, das rote Kästchen.«

Und bevor Sunia ihn hätte aufhalten können, rannte er zurück zum Haus.

»Warte hier auf mich!«, rief er noch, dann hatten ihn Nacht und Sturm bereits verschluckt.

Und so blieb Sunia wie versteinert dort stehen, ohne zu begreifen, was da gerade geschehen war. Bis sie ein weiteres Mal die wortlosen Schreie der schwarzen Männer durch das Heulen des Windes hören konnte. Ihr erster Impuls war, Wulf zu folgen, aber weil aus dieser Richtung nun das allzu bekannte Knurren zu hören war, mehrstimmig, wandte sie sich panisch um und floh geradewegs in den Wald.

9

Gejagt

Ich war allein.

Wulf war fort und zum ersten Mal in meinem Leben war ich wirklich allein. Von all den Dingen, die mir durch den Kopf kreisten – Majas Tod, die Männer mit den Fackeln, der weiße Hund, der brennende Hof –, erschreckte mich dieser eine Gedanke am allermeisten. Ich war allein.

Das war mir völlig fremd. Ich wusste nicht mal, was ich mit einem Gefühl anstellen sollte, das ich nicht mit Wulf teilte. Unser ganzes Leben lang hatte es immer nur ein »wir« gegeben. Nicht so extrem, dass wir die Gedanken des anderen lesen konnten oder immer derselben Meinung gewesen wären, aber wir hatten immer gewusst, dass es den anderen gab. Wir hatten immer gewusst, was der andere spürte, mochte oder sich wünschte. Immer. Und selbst jetzt, als ich versuchte, zu begreifen, was eigentlich vor sich ging, wollte ich einfach nicht glauben, dass da kein »wir« durch den dunklen Wald floh, und musste damit klarkommen, nur noch ein »ich« zu sein.

Jetzt wurde mir bewusst, dass diese Veränderung bereits mit dem Sturm eingesetzt hatte. Zu dem Zeitpunkt waren wir aber von den ganzen Geschehnissen schon viel zu durcheinander gewesen. Die Dunkelheit, der Wind und all die Geräusche hatten uns abgelenkt.

Oder … all das hatte *mich* abgelenkt. Ich musste mir eingestehen, dass ich schon da nicht mehr gewusst hatte, wie es in Wulf aussah. Vielleicht hatte er ja längst geahnt, was passiert war. Lange vor mir. Vielleicht hatte er ja sogar noch in der Stube versucht, mir das zu erklären, ohne dass ich es verstanden hatte, weil er gar nicht wusste, wie das gehen sollte. Und genau da meldete sich die Einsamkeit zurück. Unausweichlich schlich sie sich in mein Bewusstsein und löste eine Furcht aus, für die ich keine Worte fand. Ich war noch derselbe Mensch wie zuvor. Ich sah die Dinge noch im selben Licht, hatte dieselben Gedanken. Aber gleichzeitig war ich mir plötzlich fremd. Was war ich denn ohne Wulf? Was waren wir denn jeder einzeln?

Der Sturm presste sich zwischen den Baumstämmen hindurch. Er wirbelte und strömte umher wie reißende Fluten, suchte sich immer neue Wege, immer neue Möglichkeiten, sich auf mein Gesicht zu stürzen. Ich hatte mich heillos verlaufen. Ich konnte weder sagen, wie lange ich schon gerannt, noch wohin ich überhaupt unterwegs war. Eigentlich hatte ich den Hang hinunter gewollt, vielleicht ins Dorf oder irgendwo ins Flachland, aber kaum war ich stehen geblieben, um mich zu orientieren, hatte ich das grauenhafte Gebell der weißen Hunde gehört und war lieber sofort weitergerannt. Allmählich bekam ich das Gefühl, dass sie mich gar nicht jagten, sondern vor sich hertrieben. Dass irgendwo dort in der Nacht etwas auf mich wartete und ich Schritt für Schritt genau in die Falle lief.

In einer Senke, ganz in der Nähe eines Eschenhains, stieß ich auf eins dieser alten, steinernen Begrenzungsmäuerchen. Es war erstaunlich gut erhalten und schlängelte sich nach links, den Hang hinauf und dann weiter außer Sichtweite. Der Schnee war in die Senke geweht worden und lag hoch aufgetürmt an der Steinmauer, doch als ich hinaufgeklettert war, sah ich, dass der Boden auf der anderen Seite fast frei von Schnee war. Irgendwo hinter mir bellten die Hunde. Ich sprang von der Mauer und ging einen Augenblick lang in die Hocke.

Der schneefreie Boden brachte mich auf eine Idee. Ich machte ein paar große Schritte in den Wald, weg von der Mauer, und achtete darauf, dabei deutliche Spuren zu hinterlassen. Dann brach ich einen langen, stabilen Ast von einem umgestürzten Baum, den ich nutzte, um einen langen Satz zurück zur Steinmauer zu machen. Ich landete an einer Stelle, an der kein Schnee lag, meine Stiefel machten fast keine Spuren auf der hartgefrorenen Erde. Ich befand mich nun vielleicht vier, fünf Ellen von der Stelle entfernt, von der meine Spur in den Wald abbog, und folgte nun so schnell wie möglich dem Verlauf der Mauer den Hang hinauf. Ich lief leicht gebeugt im Schutze der Steinwand. An den Stellen, an denen selbst auf dieser Seite Schnee lag, nutzte ich wieder den großen Ast, um darüberzuspringen. So hinterließ ich fast keine Fußspuren und hoffte, die Hunde durch die vielen Sprünge so sehr verwirren zu können, dass sie meine Witterung verloren.

Ich folgte der Begrenzungsmauer ein gutes Stück den Berg hinauf, wo sie abrupt endete. Hier standen die Fichten dicht, weshalb ich mich recht geschützt umsehen konnte.

Aber mir kam nichts bekannt vor, hier war ich noch nie gewesen. Der Fichtenwald stand auf einem Bergkamm, der sich weit, bis hoch zur Bergkuppe erstreckte, und auf beiden Seiten befanden sich lichte Laubwälder. Das kam mir sehr gelegen. Zwischen den Fichten war ich kaum auszumachen, ich hingegen konnte gut erkennen, ob sich jemand durch die Laubwälder näherte. Ich kam mir vor wie eine Feldherrin, die vor ihrem Fort auf der Lauer lag. Der Bergkamm war mein Festungswall, von hier konnte ich jeden Eindringling abwehren.

Das war zumindest das, was ich mir einzureden versuchte. Als wir noch kleiner waren, hatte Wulf sich immer Geschichten über uns einfallen lassen. Märchen, die uns die Arbeit erleichterten. Spiele, durch die wir uns geborgen fühlten, wenn wir Angst im Dunkeln hatten. Gerade hätte ich mich allzu gern in einem solchen Spiel verloren, darüber vergessen, wie ausgeliefert und einsam ich mich fühlte, und etwas um mich herum erschaffen, das ich steuern konnte.

Doch Wulf war stets besser darin gewesen, sich Dinge einfallen zu lassen. Seine Worte vermochten es, ganze Fantasiewelten um uns entstehen zu lassen, und ich hatte bloß zuhören und mich hineindenken müssen. Jetzt spürte ich nur, wie die Wirklichkeit meine sichere Traumwelt mehr und mehr bedrängte und sich dann wie der Sturm gegen die Fichten warf, um sie durchzuschütteln. Unruhe wuchs in mir und schnürte mir von innen die Kehle zu. Wo war Wulf? Würde ich ihn je wiedersehen? Und wenn ja, was würden wir dann tun? Tränen wollten in mir aufsteigen, doch ich schluckte wieder und wieder gegen sie an und lief mit bestimmten Schritten auf dem Bergkamm hin und her. *Ich habe das feindliche Land im Blick*, dachte ich. *Ich gebiete über diese Festung und niemand wird sie erobern.*

Aber ich war eine schlechte Feldherrin. Meine Burg war nicht mehr als eine einzelne Mauer – die nichts umschloss und deren Enden ich nicht einmal erahnen konnte. Während ich vor und zurück lief, in dem Versuch, meine innere Unruhe mit den Stiefeln klein zu treten, war es schwarz gekleideten Gestalten gelungen, sich unbemerkt durch den Fichtenwald zu nähern. Jetzt erst erblickte ich sie zwischen den Baumstämmen. Sie kamen aus beiden Richtungen. Matt golden schimmerte es von Manschetten und Brust. Diesmal trugen sie keine Fackeln, sondern hielten Seile zwischen den Händen gespannt. Sie kamen langsam und zielstrebig auf mich zu, so als hätten sie alle Zeit der Welt. Ihr Anblick riss meinen kleinen Traum von einer Festung ein und schon überfielen Wirklichkeit und Panik mich erneut.

Wie ungerecht! Dabei hatte ich doch Finten gelegt, Kniffe und Tricks angewandt, um sie zu täuschen, und sogar einen

Ort gefunden, an dem ich mich hätte verteidigen können. Und jetzt war ich doch nichts als ein Beutetier, kurz davor, in die Falle zu gehen, ohne auch nur eine Möglichkeit zur Flucht. Das Schwert an meiner Seite kam mir gar nicht in den Sinn, aber selbst wenn, hätte ich damit vermutlich auch nichts ausrichten können. Auf jeder Seite von mir zählte ich acht dunkle Gestalten und obwohl sie unbewaffnet schienen, von den Seilen einmal abgesehen, bestand kein Zweifel daran, wer wem überlegen war. Wenngleich ich damit sicher nur das Unvermeidbare aufschieben würde, rannte ich dennoch los, stürzte aus dem Fichtenwald, den Bergkamm hinunter.

Ich hörte, dass die Schwarzgekleideten hinter mir das Tempo erhöhten.

Im Zickzack bewegte ich mich zwischen den Stämmen hindurch. Hier war der Schnee nicht so fest, ich wirbelte mit jedem Schritt mehr davon auf. Unter dem Schnee lag eine dicke Schicht gefrorenen Herbstlaubs, das sich ebenfalls lockerte und rutschig war. Mehrfach rutschte ich aus und musste mitansehen, wie meine Verfolger immer näher kamen, bevor es mir gelungen war, mich wieder aufzurappeln. Sie bewegten sich wie goldschwarze Gespenster zwischen den Bäumen und schienen nie den Halt zu verlieren, geschweige denn gegen den Wind ankämpfen zu müssen. Ich hingegen spürte nur zu deutlich, wie mir die Kälte in die Glieder kroch und die wenige verbliebene Kraft aus mir verdrängen wollte.

Irgendwann konnte ich einfach nicht weiter. Ich sank hinter einem großen Ahornbaum zu Boden, lehnte mich mit dem Rücken gegen den Stamm und wartete darauf, gefunden und gefangen genommen zu werden. Ich schloss die Augen und hoffte auf einen schnellen Tod, erinnerte mich aber unweigerlich daran, wie elendig Vater verendet war, und ahnte, dass mir das gleiche Schicksal bevorstand. Als ich die Augen öffnete, um mir die Welt noch ein letztes Mal anzusehen, entdeckte ich ein kleines Stück entfernt einen Birkenhain. Die Stämme wirkten wie bleiche Lücken im wütenden Schneesturm, fast unsichtbar, und sie weckten eine leise Hoffnung in mir.

Wenn dir alles genommen wurde,
wenn du ganz allein bist,
werden weiße Stämme dich verbergen
vor den Männern des Winterkönigs.

Der Kobold erschien vor meinem inneren Auge. Das Wiesel, das mit dieser unmenschlichen Stimme sprach. Die schwarzen Augen, die Wulf und mich anblinzelten. Hinter mir wurde das Knirschen von Stiefeln im Schnee immer lauter, weshalb ich meine letzten Kräfte zusammennahm und mich zwischen den Birken hindurchschleppte.

Ich stürzte in eine Senke, eine kleine, schalenförmige Lichtung, wo der Schnee nicht tief lag und der Wind nicht so stark wütete. Schnell schob ich mich auf die Knie und schaute mich um. Die Birken bildeten einen Kreis um mich, aber hier gab es nichts, wo ich mich hätte verstecken können. Trotz wackliger Beine gelang es mir, richtig auf die Füße zu kommen. Auf der Suche nach einem Unterschlupf blickte ich mich weiter um. Ich musste mir bei dem Sturz den Kopf gestoßen haben, denn meine Stirn brannte und schmerzte und aus meiner Nase tropfte warmes Blut in den Schnee.

Noch bevor ich mich richtig sammeln konnte, war ich umzingelt. Meine Verfolger waren hinter der Birkenformation aufgetaucht. Blasse Gesichter starrten zwischen den Stämmen hindurch. Keiner der Männer verzog eine Miene und wegen ihrer dunklen Kleider sah es fast so aus, als würden sie gefrorene Masken tragen.

Und mit einem Mal überkam mich eine sonderbare Ruhe. Mit steifen Fingern zog ich Vaters Schwert und machte mich bereit für meine Feinde. Genau wie beim letzten Mal musste ich unmittelbar an die Sicheln denken und daran, wie Büsche und Heu durch meine Hiebe fielen. Der Gedanke, dass Vater Wulf und mir heimlich beigebracht hatte, wie man dieses Schwert benutzt, hatte mich anfangs erschreckt. Jetzt war in mir nur Dankbarkeit. Was auch immer als Nächstes passieren würde, ich war davon überzeugt, wenigstens ein paar der Männer mit in den Tod zu nehmen.

Doch dann waren sie mit einem Mal verschwunden. Verwirrt wandte ich mich um, hierhin und dorthin, versuchte herauszufinden, ob irgendeine List dahintersteckte, ob sie mich aus dem Hinterhalt überraschen wollten, aber nichts dergleichen geschah. Ich wartete ein paar Augenblicke ab, bevor ich mich bis zu den Birken vorwagte und zwischen den Stämmen hindurchspähte. Schon ein gutes Stück entfernt verloren sich ein paar dunkle Gestalten im Schneesturm. Sie gingen langsam, blieben oft stehen und schienen den Boden nach Spuren abzusuchen. Und während ich ihnen nachblickte, ohne recht zu verstehen, was gerade vor sich ging, tauchte einer der Männer direkt vor mir auf. Er trat ganz nah an den Kreis aus Birken heran, blieb genau vor mir stehen und schaute mich an. So verharrten wir eine ganze Weile, Auge in Auge, und ich wagte nicht einmal, auch nur mit einer Wimper zu zucken. Auf seinem Gesicht zeigte sich eine Spur Unsicherheit. Er legte die Stirn in Falten, schien sich wirklich anzustrengen, aber sah weiter direkt durch mich hindurch. Und dann war auch er verschwunden, verschluckt vom Schneegestöber, auf der Suche nach der Beute, die entwischt war.

Erschöpft sank ich zu Boden und rutschte bis zur Mitte der Senke. Dort rollte ich mich um einen großen Stein zusammen und hatte das Gefühl, von ihm würde noch ein wenig Sommerwärme ausstrahlen. Im Wald außerhalb des Birkenkreises tobte weiterhin der Sturm, doch zwischen den hellen Bäumen fiel der Schnee gemächlich. Weiße Flocken schwebten herab und hüllten mich langsam in eine weiße Decke. Eine Weile starrte ich in den Nachthimmel, an dem hin und wieder der Mond flüchtig zu sehen war. Irgendwann schloss ich schließlich die Augen und war einfach nur dankbar, als der Schlaf kam und mich von all dem fortführte.

10

Das Wegekreuz

Ich erwachte und das überraschte mich. Mein ganzer Körper fühlte sich taub an und die Kälte hatte sich tief in meine Beine verbissen. Der Schmerz war fast unerträglich. Aber ich lebte noch und das war mehr, als ich zu hoffen gewagt hatte. Mir war es gelungen, vom brennenden Hof zu fliehen und mich durch den Schneesturm zu kämpfen. Ich war den weißen Hunden und den schwarz gekleideten Männern entkommen. Und dann war ich eingeschlafen, mitten im Wald, in dieser eisigen Kälte. Und ich hatte überlebt.

Das war ein kleiner Triumph und eigentlich ein Anlass zur Freude, wenn ich nicht gleichzeitig so viel verloren hätte. Meinen Vater, mein Zuhause, meinen Bruder – alles, was mein bisheriges Leben ausgemacht hatte. Und obwohl ich lebte und tief in mir drin jubelte, war mir, als wäre ein anderer, großer Teil von mir gestorben.

Wulf zu verlieren, war das Schlimmste von alledem. Oder, genauer gesagt, nicht zu wissen, ob ich ihn verloren hatte. Noch nie hatte ich mich so hilflos gefühlt. Da lag ich also im Schnee, hörte, wie der Frost in den Ästen der Bäume knackte, und musste mir selbst eingestehen, dass ich keine Ahnung hatte, ob Wulf noch lebte oder tot war. Vielleicht wäre es besser gewesen, ich hätte ihn sterben sehen. Jetzt war da nur eine neue und beängstigende Ungewissheit, mit der ich gar nicht umgehen konnte. Mein Leben lang hatte ich immer gewusst, was Wulf fühlte, wo er sich befand, ob es ihm gut ging. Und wenn ich mir doch einmal Sorgen gemacht hatte, musste ich nur in mir selbst nachspüren und schon wusste ich, dass mit ihm alles in Ordnung war. Jetzt schloss ich die Augen und suchte nach diesem Gefühl, aber da war nichts. Wulf konnte schier überall sein. Lebendig oder tot. Auf freiem Fuß, so wie ich, oder aber gefasst und gefangen genommen.

Ich schlug die Augen auf. Der Sturm war weitergezogen, Sonnenlicht funkelte auf dem Schnee. Um mich herum verbarg sich der Wald unter weißen Verwehungen und als ich mich aufrichtete, rutschte eine ganze Schneedecke von mir. Ich stellte mich hin, stampfte hart auf den Boden und wirbelte mit den Armen, damit mir wärmer wurde. Und obwohl ich mich streif gefroren fühlte, schien ich keine Erfrierungen zu haben. Ich untersuchte sorgfältig Finger und Zehen, dann kniff ich mir in die Wangen und drückte auf der Nase herum. Nirgendwo war das Gefühl vollends fort, alles bloß taub.

Das war mir genauso unbegreiflich wie diese wundersame Weise, auf die ich den schwarz gekleideten Männern entkommen war. Und als ich hierrüber nachdachte, fiel mir auch ein, was ich in der zurückliegenden Nacht geträumt hatte.

In dem Traum befand ich mich vor einem großen Kamin. Die Flammen tanzten freudig auf den Holzscheiten und ich kroch näher, bis ich die Hände an die Steine legen und spüren konnte, wie mir die Wärme in die Glieder fuhr. Dann senkte ich auch das Ohr dagegen und konnte das regelmäßige Schlagen eines Herzens tief im Innern des Feuers hören. Die Wärme und der Herzschlag wiegten mich in den Schlaf und ich fühlte mich sicher und geborgen. In diesem Traum waren sämtliche Müdigkeit und alle Sorgen aus mir gewichen.

Nun blickte ich hinunter auf die Stelle, an der ich geschlafen, zu dem Stein, gegen den ich mich gepresst hatte. Er sah ungewöhnlich aus, hatte vier absolut gleiche, gerade Seiten und als ich mit der Hand die Schneekrone hinunterschob – wo sich mein Blut mit den Flocken vermischt hatte –, sah ich, dass er dort geformt war wie eine Schale. Je länger ich ihn betrachtete, desto klarer wurde mir, dass dies kein Werk der Natur sein konnte. Wind und Wetter hatten zwar über die Jahre ihre Spuren an ihm hinterlassen, aber vor noch viel längerer Zeit mussten Menschenhände diesen Stein bearbeitet, Muster und Bilder in dessen Seiten geschlagen und die Kuhle in die Oberseite geschliffen haben.

Der Stein reichte mir bis kurz über die Hüfte, die Seiten maßen vielleicht zwei Handbreit. Den Rand der Schale hatte wohl einst eine gemusterte Schlaufe geziert, mittlerweile waren davon aber nur noch Fragmente übrig, die nun eher an Seilstücke erinnerten. Der Boden der Schale war rissig und zerklüftet.

Auf den Seiten mussten einmal vier unterschiedliche Reliefs zu sehen gewesen sein, doch nur eins hatte der Witterung standgehalten. Auf diesem Bild war eine Mauer zu erkennen, vielleicht eine Stadtmauer, in deren Mitte sich ein riesiges Tor befand: Eine bogenförmige Öffnung, die so breit und tief war, dass man hätte meinen können, ein noch viel größeres Tor wäre in der Erde versunken und würde gerade noch aus dem Boden ragen. Über Mauer und Tor schwebte ein gewaltiger Raubvogel mit ausgebreiteten Flügeln. Der Raubvogel war um einiges größer als die Mauer, was vermuten ließ, dass es sich bei der Abbildung um ein Wappen oder ein Fahnenbild handeln musste. Vielleicht hatte der Stein zu irgendeiner Zeit als Wegweiser gedient und ein bekannter Vogt oder Jarl, zu dessen Zeichen Raubvogel und Tor gehörten, residierte in der Richtung, in die das Relief deutete.

Vielleicht gehörte dieser Ort ja zu einem alten Weg? Ich schob erst mit den Füßen grob den Schnee zur Seite, dann mit den Händen und recht schnell kam gepflasterter Boden zum Vorschein. Zwischen manchen Pflastersteinen hatten sich die Wurzeln der Birken hochgedrückt, viele fehlten auch einfach, aber alles in allem schien die gesamte Senke kreisförmig mit grob gehauenen Steinwürfeln ausgelegt worden zu sein. An vier Stellen führten die Steine überdies von der Senke weg und zwar genau in die Richtung, in die jeweils eine flache Seite des Mittelsteins wies. Das waren sicher einst Wege gewesen. Ich musste die Nacht auf einem Wegekreuz verbracht haben, ganz eng an einen Wegweiser gepresst.

Diese Entdeckung überraschte mich so sehr, dass ich meine eigentliche Lage kurzzeitig vergaß. Ich hatte noch nie zuvor einen gepflasterten Weg gesehen. In Geschichten über alte Zeiten hatte ich davon gehört, aber in meiner Vorstellung hatten sich diese Wege immer in weiter Ferne befunden, in fremden Königreichen, in denen es an exotischem Wunderwerk nicht mangelte. Und nun stand ich hier auf einem Stück Erde, das vor vielen Jahren von Menschen genutzt worden sein musste, zu einer Zeit, in der die unwirtlichen Hänge des Berges rund ums Dorf möglicherweise Teil eines großen, mächtigen Reiches gewesen waren. Ich kehrte zu dem Stein in der Mitte des Wegekreuzes zurück, setzte mich davor und betrachtete sehr lange das Bild. Vielleicht zeigte es ja den Weg zu einer großen und mächtigen Stadt mit Ringmauer, Verteidigungsanlagen und Soldaten, die sie bewachten wie der Raubvogel das Tor. Lange dachte ich darüber nach, ob ich wohl den Überresten des Weges folgen konnte, auf die das Bild ausgerichtet war. Er führte hinunter ins Flachland und würde mich womöglich bis zum Dorf bringen. Dort könnte ich Schutz suchen, unter bekannten Gesichtern.

Aber der Weg war stark abschüssig und lag unter einer hohen Schneedecke verborgen. Außerdem fragte ich mich sicher nicht zu Unrecht, wie man mich wohl im Dorf aufnehmen würde, nun da Vater tot war. Wulf und ich waren dort immer aufgefallen, herausgestochen – die sonderbaren Kinder aus dem Wald. Was würden die Leute jetzt von mir halten, einer einsamen Waisen, die um Essen und Schlafstatt betteln musste? Davon abgesehen löste dieses Bild etwas bei mir aus. Etwas, das mit diesem verstörenden Tor zu tun hatte, ein unbestimmtes Gefühl der Furcht und Abscheu. Ohne genau zu verstehen, woher dieses Gefühl kam, war mir sonderbar klar, dass ich keinen Weg verfolgen wollte, an dessen Ende ich unter Umständen von dieser breiten Öffnung verschluckt werden würde. Nach Süden, in die Richtung des Hofes, zog es mich genauso wenig. Vielleicht war Wulf dort noch irgendwo, aber dann sicher auch die Hunde und die Männer mit den Seilen.

Also schlug ich den Weg ein, der den Berg hinaufführte und am verfallensten war. Es gab nur noch wenige Pflastersteine. Baumwurzeln, Regen und die üblichen Frühlingsfluten hatten ihr Bestes getan, die verbliebenen Steine unter sich zu verbergen. Sosehr mich der Gedanke, den Weg ins Tal zu nehmen, beängstigt hatte, so sicher fühlte ich mich auf dem Weg, der in die Berge führte. Obwohl von dem Weg kaum noch etwas übrig war, konnte ich ihn gut erkennen, da die Schneedecke darüber merkwürdig dünn war, viel dünner als im Rest des Waldes. Trotz der erheblichen Steigung hatte ich das Gefühl, bergab zu gehen. Überall glitzerte das Sonnenlicht auf dem Schnee. Auf den Bäumen und auf dem Boden. Die Kälte war nicht mehr so beißend, sondern sorgte für reine Luft und einen klaren Verstand mit messerscharfen Gedanken. Müdigkeit und Steifheit waren schnell wie weggeblasen, weshalb ich hoffte, heute ein gutes Stück hinter mich zu bringen. Vielleicht käme ich ja sogar noch vor Einbruch der Dunkelheit an.

Und ich verharrte keinen Augenblick, um mir darüber Gedanken zu machen, *wohin* ich eigentlich unterwegs war. Dem Weg in die Berge zu folgen, war so leicht und einfach, wie im Fluss zu liegen und sich von ihm treiben zu lassen.

Doch das änderte sich schon bald.

Erst wurde der Schnee tiefer, was den Marsch anstrengender machte. Und dann fiel es mir immer schwerer, den Wegverlauf zu erkennen. Ich wurde langsamer, stapfte achtsam vorwärts, auf der Suche nach Markern, bis ich eine schmale, glatte Fläche vor mir entdeckte, die sich zwischen den Bäumen hindurchschlängelte. Doch ich hörte nicht auf, mich umzusehen und schon bald vermutete ich Pfade und Wege, egal wohin ich auch blickte. Und schließlich musste ich mir eingestehen, dass ich vollends die Orientierung verloren hatte.

Und erst da schaute ich wieder richtig auf. Wald wie Wetter hatten sich komplett gewandelt. Blasskalter Schnee türmte sich fest zwischen gefrorenen Stämmen auf und schien sie zu erdrücken. Es war diesig, der Himmel grau und man konnte nicht erkennen, ob die Wolken hoch oder tief hingen, oder ob vielleicht sogar der Himmel selbst jede Farbe verloren und sich wie ein Schleier um die dunklen, kahlen Äste der Bäume gelegt hatte. Die Kälte war plötzlich überall. Sie presste sich gegen mein Gesicht und scheuerte es wund, sie kroch mir unter die Kleider und drückte sich bei jedem Atemzug tief in meine Lunge.

Allein in dieser kalten, farblosen Welt überfiel mich alles, was geschehen war, von Neuem und zeigte mir schonungslos, wo ich mich befand. Ich wusste nicht, wohin ich unterwegs war. Ich hatte kein Ziel und keinen Ort, an den ich zurückkehren konnte. Ich hatte seit dem Vorabend nichts gegessen und auch nichts Essbares bei mir. Und obwohl ich den Mantel fest um mich schlang, schien die Kälte mir auch noch das letzte bisschen Wärme abzuringen. Ich war nicht mal gerüstet, ein Feuer zu machen.

Wobei das sicher der Mühe nicht wert gewesen wäre, der Frost wirkte heftig genug, jede Flamme im Keim zu ersticken, ehe sie überhaupt auf etwas Brennbares hätte übergreifen können. Vielleicht waren es ja nur die roten Feuer der schwarz gekleideten Männer, die in diesem Winter brennen konnten.

Ein Stück vor mir stob ein Schwarm Dohlen aus einem Eschenhain. Wie schwarzes totes Laub, das von den Ästen geblasen und durch die Luft gewirbelt wurde. Sie flogen hin und her, wechselten immer wieder die Richtung. Der Schwarm schwoll an und zog sich dann schnell zusammen wie Rauch im Wind. Es war ein beachtlicher Schwarm, tausende Flügel schlugen in der Luft, während die vielen Vögel über den grauen Himmel zogen. Und es war das einzige Geräusch, das zu hören war. Jede Dohle flog stumm neben ihren Schwestern und schlussendlich stürzten sie sich im Sinkflug auf mich, sodass ich mich schnell ducken und mir die Hände zum Schutz vors Gesicht schlagen musste. Doch der Schwarm passierte mich, brach auf und steuerte hoch über den Baumspitzen das Flachland an.

Der Winterkönig stellt vor seinen Ausritten die Dohlen in seinen Dienst, hatte Maja gesagt.

Sie bleiben stumm, weil sie nur ihm erzählen, was sie beobachten konnten, dachte ich. *Dann ist das hier also der Unwinter.*

Ich machte lustlos ein paar kleine Schritte vorwärts, aber je tiefer die Kälte in mich eindrang, desto größer wurde meine Hoffnungslosigkeit. Ich ließ mich auf die Knie sinken. Wohin ich auch blickte, überall sah ich nur Schwarz und Weiß. Schwarze tote Baumstämme und Äste. Weißer, leichenblasser Schnee. Einzig der Himmel brach das Bild und dabei war er nur grau. Ich fragte mich, ob es überhaupt je Farben gegeben hatte. Mir war klar, dass es so sein musste, aber egal wie viel Mühe ich mir gab, mir kamen beim besten Willen keine in den Sinn. Erinnerungen an den Frühling, Sommer, Herbst. Bilder, die normalerweise überladen waren von Farben, wirkten fahl und sehr weit weg, verwässerte Gedanken, deren Sinn ich nicht länger verstand. Menschen, die ich kennen müsste. Gesichter, die mir etwas bedeuten sollten.

Die Dohlen kehrten zurück. Ohne einen Laut ließen sie sich in den Bäumen um mich herum nieder. Sie hockten wie große, dunkle Trauben auf den Ästen. Dicke Klumpen aus Federn, Schnäbeln und Krallen, die mich aus hellen Augen anstarrten. Ich versuchte, den Frostnebel zu vertreiben, der sich über meinen Verstand gelegt hatte, und zurückzustarren. Hatten es die Vögel auf mich abgesehen? War da noch etwas anderes, das mich durch die Vogelaugen betrachtete?

In der Ferne zwischen den Bäumen entdeckte ich eine Gestalt, die sich näherte. Zunächst war es nichts als eine kleine Silhouette, die aber schnell größer wurde. Ich konnte den Blick nicht von ihr abwenden – sie war das Einzige, was sich in diesem steif gefrorenen Wald bewegte. Die Schritte waren entschlossen und unbeschwert, so als könnte der Schnee ihr nichts anhaben. Sie kam nicht gerade auf mich zu, sondern lief unregelmäßige Schlaufen, näherte sich mir aber dennoch unbeirrbar. Irgendwann war sie nah genug, dass ich ihr Aussehen erahnen konnte. Es war ein Mann mit dunklen Kleidern, sein Gesicht war blass und das Haar kohlrabenschwarz.

Jetzt haben sie mich doch gefunden, dachte ich. Aber es war ein entfernter Gedanke. Nichts, das mich betraf. Ich rührte mich nicht, kniete weiter im Schnee und behielt den Mann im Blick.

Ich schaffte es nicht, den Kopf anzuheben, weshalb ich nach einer Weile sein Gesicht nicht mehr sehen konnte, sondern nur noch seinen Unterleib und seine Hände. Er trug Handschuhe aus dunklem Leder und einen enormen Bärenfellmantel um die Schultern. Damit hatte ich nicht gerechnet und grübelte angestrengt, was das bedeuten konnte. Aber der Verstand war langsam, fast unbeweglich, die Gedanken viel zu weit weg, nicht greifbar, deshalb gab ich auf.

Der Mann ging vor mir in die Hocke und schaute mich fragend an. Seine Haare und Augen hatten die gleiche Farbe wie meine und ihn umfing etwas Zeitloses, was mich an Vater erinnerte. Er sah streng aus, hatte eine schmale Nase und dünne Lippen, der Mund saß sehr weit unten in seinem Gesicht und dunkle Augenbrauen warfen Schatten über seine Augen.

»Baur, us-wakjanu thu tho us-drusts?«, fragte er. Und als ich nicht darauf antwortete:

»Mädchen, hast du den Weg geweckt?« Aber ich verstand immer noch nicht, wovon er sprach.

Er streifte seine Handschuhe ab und legte mir kurz die Hände ans Gesicht. Dann rieb er sie schnell aneinander und blies darauf, bevor er sie mir abermals an die Wangen legte. Sogleich kehrte die Wärme in mich zurück und breitete sich vom Gesicht ausgehend im ganzen Körper aus. Ich spürte, dass ich Arme und Beine wieder bewegen konnte, und wollte am liebsten sofort etwas sagen – erklären, was geschehen war. Doch das Einzige, was ich hervorbrachte, waren Tränen und heftiger Schüttelfrost.

Der Mann beugte sich über mich und zog mich auf die Füße. Dann hängte er mir den Bärenfellmantel um und führte mich ein Stück fort, an eine Stelle, an der der Schnee nicht so tief war und die Kälte nicht ganz so streng. Ich schaute mich um und stellte fest, dass die Dohlen verschwunden waren. Ich hatte sie nicht wegfliegen hören, aber ein paar Äste wippten noch leicht als Beweis ihrer Flucht.

Der Mann legte mir beide Hände auf die Schultern und sah mich an, freundlich, aber gleichzeitig auch streng.

»Weine ruhig«, sagte er. »Weine die Kälte aus dir heraus. Aber dann möchte ich Antworten auf meine Fragen haben. Und wenn du geantwortet hast und ich zufrieden bin mit deinen Auskünften, bringe ich dich zur Bergherrin.«

11

Die Bergherrin

Nach einer Weile versiegte der Tränenstrom und auch der Schüttelfrost verging. Trotzdem spürte ich, dass die Kälte wieder zurückgekehrt war, und als ich auf den Boden schaute, reichte mir der Schnee plötzlich wieder fast bis zu den Knien. Aber ich fühlte mich nicht gelähmt wie vorher und auch meine Gedanken waren noch meine eigenen. Der Mann sah mir die Frage an, ohne dass ich sie aussprechen musste.

»Der Weg ist wieder eingeschlafen«, sagte er. »Es ist nicht gut, sie ohne Not zu wecken.«

Dann verstummte er abrupt und blickte mich forschend an.

»Weißt du, wovon ich spreche, Mädchen?«

Ich schüttelte den Kopf.

»Ist dir kalt?«

Ich nickte. Der Mann holte ein Lägel aus Ziegenfell hervor und reichte es mir. Die Flüssigkeit war lauwarm, brannte aber wie Feuer in Hals und Bauch. Ich konnte richtig spüren, wie die Wärme in mir zurückkam, und während ich trank, musterte ich den Fremdling aus den Augenwinkeln.

Er war gekleidet wie ein Jäger – jemand, der vom Wald lebt und nicht vom Bestellen der Felder. Er trug einen großen Wandersack und seine Kleidung war zwar abgetragen, aber ordentlich geflickt. Eine große Pelzmütze wärmte ihm den Kopf. Ich war mir nicht ganz sicher, aber ich vermutete, sie war aus Marderfell. Als er das Lägel hervorgeholt hatte, war mir außerdem aufgefallen, dass er ein Schwert an der Seite trug. Obwohl er wirkte, aussah und sich zudem bewegte wie ein erfahrener Mann der Berge, Pelzjäger oder Holzfäller, war seine Haut glatt und gänzlich unangegriffen von Wind und Wetter. Er war eine sonderbare Erscheinung, seine Gesichtszüge erinnerten sowohl an Vaters als auch an die der schwarz gekleideten Männer.

Ich gab das Lägel zurück und der Mann trank selbst ein paar Schlücke, bevor er es sich wieder über die Schulter hängte. Diesmal erhaschte ich einen richtigen Blick auf das Schwert. Das Heft war krumm, gar nicht unähnlich dem Schwert unseres Vaters. Der Mann setzte sich wieder auf seine Handschuhe und schaute mich aufmerksam an.

»Und jetzt möchte ich Antworten auf meine Fragen. Ich möchte, dass du die Wahrheit sagst, denn ich merke, ob du lügst oder nicht. Hast du mich verstanden?«

Ich nickte.

»Wie heißt du?«

»Sunia.«

Völlig unerwartet hellten sich die Gesichtszüge des Mannes auf, sein Mund verzog sich zu einem breiten Grinsen. Weil ich ihn nur verständnislos betrachtete, wandelte sich sein Grinsen in ein leises, glucksendes Lachen.

»Für einen Augenblick dachte ich, das war ein blitzgescheiter Kommentar, aber du weißt wirklich nicht, was du da gerade gesagt hast, nicht wahr?«

Vermutlich reichte ihm mein verwunderter Gesichtsausdruck als Antwort, denn er fuhr fort:

»Dein Name ist ein Wort auf *so Razda*, der Alten Sprache. Du hast sie anscheinend nie gelernt. Ich wollte streng sein, wollte, dass du mir die Wahrheit sagst, und dann sagst du genau das. Denn ›Wahrheit‹ ist die Bedeutung deines Namens.«

»Das hat Vater nie erwähnt«, flüsterte ich.

Wulf und ich hatten immer über unsere Namen gerätselt. Niemand sonst im Dorf hieß so wie wir. Wir waren davon ausgegangen, dass Vater sich die Namen ausgedacht hatte, dass sie nur eine weitere seiner Erfindungen waren. Wulf erinnerte an Ulv – so hießen ein paar Männer im Dorf und der Name bedeutete nichts weiter als Wolf, aber kein anderer Name, den wir kannten, ähnelte im Mindesten Sunia.

»Wie heißt dein Vater?«, wollte der Mann wissen.

»Wir haben ihn immer nur Vater genannt, andere manchmal ›Atta‹. Aber den Namen mochte er nicht. Er schien, keinen Namen haben zu wollen. Meist sprachen ihn die Leute mit ›Herr‹ an.«

Darüber musste der Mann wieder lächeln.

»Du bist ein sonderbares Mädchen«, sagte er. »Du bist von Geblüt, das ist nicht zu übersehen, und dennoch sprichst du unsere Sprache nicht. Du kannst Wegekreuze aus ihrem Schlummer wecken und dabei verstehst du nicht einmal, was das bedeutet. Und du kennst deinen Vater, aber hast keine Ahnung, wie er heißt.«

Er legte mir eine Hand auf die Schulter.

»›Atta‹ ist kein Name, Mädchen, sondern ein Titel. Und ›Atta‹ bedeutet Vater. Einst stand das Wort auch noch für etwas anderes, aber die Zeiten sind lange vorbei.«

Erneut lächelte er über meine offensichtliche Verwunderung, doch dann erstarb sein Lächeln, sein Gesicht nahm wieder diesen finsteren, strengen Ausdruck an.

»Gib mir das mal«, forderte er und deutete auf das Schwert, das an meiner Seite hing. Ich hatte fast vergessen, dass ich es überhaupt bei mir trug, und starrte es nur überrascht an. Da wurde der Fremde ungeduldig.

»Lass mich einen Blick darauf werfen«, forderte er erneut und zog es dann selbst aus der Schwertscheide, bevor ich mich überhaupt bewegen konnte.

Er hielt es mit beiden Händen vor sich und betrachtete es genau – die kleinen, gepunkteten Linien des Heftes, die Blumenranken der Parierstange, die Krümmung der Klinge. Dann nahm er es in eine Hand und schlug mehrfach damit in die Luft. Ohne ein Wort reichte er mir das Schwert und ich schob es zurück in die Scheide.

»Wessen Schwert ist das?«, fragte er dann.

»Es gehörte Vater«, sagte ich. Der Mann schaute mich fragend an, weshalb ich noch etwas hinzufügte: »Er ist tot.«

»Ich kenne dieses Schwert«, sagte er und sah betrübt aus. »Aber ich war mir sicher, dass sein Besitzer schon seit vielen Jahren nicht mehr lebt. Wann ist dein Vater gestorben?«

»Am Tage vor dem gestrigen«, antwortete ich und wunderte mich, dass es nicht viel länger her war. Wir hatten doch nicht erst vor zwei Tagen an Vaters Totenbett gestanden? War wirklich erst gestern der Hof niedergebrannt und Wulf verschwunden?

»Wie ist dein Vater gestorben?«, fragte der Mann.

»Er wurde krank. Eigentlich ist er losgezogen, um Wölfe zu jagen, und dann kehrte er krank zurück. Er hatte ein weißes Mal am Hals und ich glaube, das hat ihn getötet.«

Während ich das erzählte, legte sich ein dunkler Schatten über das Gesicht des Mannes. Er schaute sich besorgt um und fuhr sich mit der Hand an die Kehle. Dabei murmelte er etwas, das ich nicht verstand, was aber ganz nach einem Schimpfwort klang. Oder einer Drohung. Dann legte er mir die Hände auf die Schultern und schob mich vor sich her.

»Ich weiß nicht, wer dein Vater war, Mädchen, aber aus irgendeinem Grund ist er mit einem Galgenmann aneinandergeraten. Wenn sich Galgenmänner im Wald herumtreiben, ist es nicht sicher, hier zu stehen und zu reden. Ich bringe dich jetzt sofort zur Bergherrin und da wirst du fürs Erste bleiben. Und nun Beeilung.«

Mit diesen Worten setzte er sich in Bewegung und zwar so schnell, dass der Schnee nur so um seine Stiefel stob und es mir schwerfiel, mit ihm Schritt zu halten.

Wir liefen lange, ohne ein Wort zu sprechen. Ich hatte ordentlich damit zu tun, den Anschluss nicht zu verlieren, und mein Begleiter war in Gedanken versunken, marschierte mit in sich gekehrtem Blick stramm durch den Wald. Hin und wieder blieb er stehen, schaute über die Schulter, bis ich ihn eingeholt hatte, und dann ging es auch schon weiter.

Um uns wurden die diffusen Schatten der Bäume immer länger, je tiefer die Sonne sich hinter der grauen Wolkendecke senkte. Allmählich erklommen wir den Berg, mussten jedoch oft gravierende Umwege machen, um steile Felsen, große Flächen mit dichtem Kriechfichtenbewuchs oder hoch aufgetürmten Geröllawinen auszuweichen. Die Kälte scheuerte wie ein Reibeisen an Wangen und Stirn, war aber diesmal nicht so betäubend und auslaugend. Wieder und wieder beobachtete ich Dohlen, die in großen Gruppen über den Berg schwärmten.

Als der Mann das nächste Mal kurz stehen blieb, diesmal neben zwei stattlichen, gestürzten Kiefern, und einen Blick hinter uns den Hang hinunter warf, gelang es mir endlich, keuchend eine Frage zu stellen.

»Stimmt es, dass die Dohlen Spione des Winterkönigs sind? Ist das hier der Unwinter?«

Darüber musste der Mann nun wieder lächeln, das erste Mal, seit wir losgewandert waren.

»Aha, der Winterkönig! Du bist also vertraut mit dem Aberglauben und den alten Geschichten. Weißt du auch, wofür der Name steht? Und woher er kommt?«

Ich schüttelte den Kopf. Bei mir hatte der Name Angst ausgelöst und die Vorstellung einer dunklen Gestalt heraufbeschworen, die Bauern in ihren Häusern einschloss, die Saatgut einfror und kleine Vögel mit Pfeilen aus Frost tötete. Eigentlich hätte ich erwartet, dass der Mann mir nun etwas erklärt, doch stattdessen sagte er nur:

»Vielleicht hast du recht und dies ist der Unwinter. Allerdings ist es dann erst ein sehr milder Vorbote, eine sanfte Brise, die von dem Sturm erzählt, der da kommen wird. Noch greift er nur nach dem Körper und friert dem Unvorsichtigen die Hoffnung in der Brust ein, aber es wird noch schlimmer werden. Viel schlimmer. Ich habe den ersten Unwinter erlebt, vor langer Zeit, weit weg von hier. Hoffen wir, dass es nicht so wird wie damals.«

Mehr sagte er nicht und mir wollte einfach nichts einfallen, was ich noch fragen konnte. Deshalb liefen wir auch schon bald weiter. Über Felsen, gefrorene Bäche – er ging voran und ich folgte ihm, so schnell ich konnte. Während ich ihm angestrengt hinterherstapfte, wurde mir nur zu deutlich bewusst, wie sehr Wulf mir fehlte.

Wulf war es, der sonst die Fragen stellte. Wenn wir etwas wissen wollten oder jemanden trafen, war es immer Wulf, der wusste, wie man die Leute zum Reden brachte. Ich hatte mich darauf verlassen können und einfach nur zuhören müssen. Mir war zwar klar gewesen, wie gut Wulf das Fragenstellen beherrschte, aber ich hatte nicht gewusst, wie schwierig das eigentlich war. Und nun folgte ich einem völlig Fremden, der mich an einen unbekannten Ort brachte, und spürte deutlich, wie viel ich eigentlich wissen wollte und musste. Gleichzeitig war mir aber sehr bewusst, dass keine Antwort ausreichen würde. Denn jede Antwort weckte nur wieder neue Fragen und ich war nicht schnell genug, sie überhaupt erkennen, geschweige denn formulieren zu können, bevor es zu spät war – bevor wir schon wieder unterwegs waren oder der Mann entschieden hatte, bereits genug gesagt zu haben.

Bei der nächsten Rast fand ich jedoch die Ruhe, meine Gedanken zu sammeln. Wir hatten uns unter einen gefrorenen Wasserfall gesetzt, wo der Mann erneut das Lägel zückte und außerdem ein paar Streifen getrockneten Fleischs hervorholte. Das Fleisch war hart und zäh und schmeckte nach Blut. Da erst merkte ich, wie hungrig ich war. Mir wurde fast schwindlig von dem bisschen Kraft, das die Fleischstreifen mir spendeten.

Der Wasserfall war ungefähr zweimal so hoch wie ich und ein einziges Wirrwarr aus Eiskuppeln, Zapfen und glatten Wänden. Dunkle Widerspiegelungen verloren sich in den vielen Schichten des gefrorenen Wassers und trotzdem konnte man hören, wie der Fluss darunter weiterrauschte, ständig in Bewegung. Ich folgte dem Flussverlauf mit meinem Blick. Auch an anderen Stellen hangabwärts verharrte er in vereisten Formationen. Ganz weit unten schlängelte er sich aus dem Wald und verschwand Richtung Flachland, woraus ich schloss, dass wir hier an unserem Fluss standen. Dem Fluss, der sich zum Fuße des Berges hin verbreiterte und nahe dem Hof vorbeifloss, sich durch das Flachland fraß, an der Stadt vorbeiströmte und schließlich ins Meer mündete. Ich war noch nie so hoch oben in den Bergen gewesen. Wohin ich auch schaute, in alle Himmelsrichtungen breitete sich der Wald aus, still und gewaltig. Irgendwo dort musste Wulf sein – lebendig oder tot – und ich konnte mir nicht vorstellen, wie ich ihn je wiederfinden sollte.

»Wie hast du mich gefunden?«, fragte ich den Mann, der nachdenklich in den Himmel starrte, während er mit den Zähnen ein Stück vom Trockenfleisch riss.

»Ich bin dem Weg gefolgt. Ich habe gespürt, dass das Wegekreuz geweckt wurde, das hat mich neugierig gemacht. Als ich ankam, war schon niemand mehr dort, und der Ort war schon fast wieder entschlummert. Nur einer der Wege schien noch nicht ganz zu schlafen und dann habe ich deine Fußspuren im Schnee entdeckt.«

Er spülte den Bissen mit einem Schluck aus dem Lägel hinunter.

»Du hast nicht gewusst, dass du das Wegekreuz geweckt hast, nicht wahr?«

Ich schüttelte den Kopf.

»Dann hast du Glück gehabt. Man braucht dazu Blut. Und die richtige Einstellung. Du musst wirklich wollen, dass ein solcher Ort erwacht, damit er das auch für dich tut. Und wenn du dann den Weg nicht findest, spielt der Rest auch keine Rolle mehr. Es gibt heutzutage nicht mehr viele, die wissen, wie diese Wege verlaufen.«

Ich musste an das Blut denken, das mir aus der Nase in die steinerne Schale getropft war, und an die fürchterliche Angst, die ich gespürt hatte, als die schwarz gekleideten Männer mich umzingelt hatten. Und dann war da plötzlich nur noch Gelassenheit in mir gewesen.

Der Mann lachte. Wenn er das tat, verschwand jede Spur von Schärfe und Strenge aus seinem Gesicht und machte freundlichen Lachfältchen und Grübchen Platz.

»Wie gesagt, du musst wahnwitzig viel Glück haben. Da laufen Galgenmänner durch den Wald, es herrscht todbringender Nachtfrost und dir gelingt es, über das einzige Wegekreuz dieser Region zu stolpern und es zudem noch zu wecken, ohne zu wissen, wie.«

»Ein Kobold hat mir geholfen«, sagte ich.

Schon sah der Mann wieder düster drein und schnaubte.

»Was du nicht sagst. Denen solltest du besser nicht trauen, die Unterirdischen führen immer irgendetwas im Schilde.«

Und dann sagte er nichts mehr, sondern setzte sich wieder in Bewegung. Wir überquerten den zugefrorenen Fluss und stiegen dann weiter den Berg hinauf, bis wir eine Lichtung erreichten. Hier musste ein Waldbrand gewütet haben, denn auf dem fast ebenen Boden standen nur junge Bäume und kleine Büsche. Wir kreuzten die Lichtung, vor uns ragte der Berg in den Himmel hinauf, hinter uns erstreckte sich gut sichtbar das Flachland.

Das Tageslicht schwand mehr und mehr und der Horizont verlor sich im grauen Dunkel. Ich ließ den Blick über den Wald streifen, spitzte die Ohren und lauschte angestrengt nach Hundegebell. Aber der Abend war so still, als wären selbst die Geräusche eingefroren. Dämmerung und Kälte hüllten mich ein, Hunger und Müdigkeit taten das Ihre, weshalb ich schon bald dachte, ich würde schlafwandeln. Ich hatte jegliches Zeitgefühl verloren, konnte beim besten Willen nicht sagen, wie lange wir wohl schon so liefen. Der Mann vor mir, unsere Fußspuren hinter uns, das war das Einzige, was sich echt anfühlte.

Ich hatte längst damit gerechnet, dass mir die Kräfte versagten, und keinen weiteren Schritt mehr machen zu können, als der Mann endlich stehen blieb. Um uns herum war es mittlerweile fast pechschwarz, einzig vor uns zwischen den Bäumen funkelte ein warmes und helles Licht.

»Die Bergherrin«, sagte der Mann und deutete zu dem Licht. »Wieder hast du Glück, sie ist zu Hause und hat Feuer im Herd gemacht, siehst du?«

Zu mehr als gucken und nicken war ich nicht mehr fähig.

»Am Tag ist die Hütte manchmal schwer zu finden, aber jetzt musst du nur dem Lichtschein folgen. Das letzte Stück ist ziemlich steil, aber der Boden ist fest und der Schnee liegt durch den Fichtenwald nicht sehr hoch.«

Er war schon einige Schritte zurück in den Wald gelaufen, bevor ich begriff, was er meinte.

»Gehst du etwa?«

Er drehte sich zu mir um und schaute mich belustigt an.

Und dann verschwand er wirklich zwischen den Fichten. Plötzlich drängten alle Fragen, die ich bisher nicht hatte stellen können, zu meiner Zunge vor und wollten hinaus. Die einzige, die sich erfolgreich befreite war:

»Wie heißt du?«

Aus der Dunkelheit hörte ich die Antwort:

»Wunan.«

Und dann:

»Und nun lauf!«

Der Weg den Hügel hinauf war wirklich ziemlich steil, aber mit jedem Schritt wuchs der kleine Lichtfleck ein bisschen, und schon bald erkannte ich, dass es der Widerschein eines Feuers war, der durch ein Fenster fiel. Die Fichten waren hochgewachsen und standen dicht, sodass der Schnee höchstens knöcheltief lag. Trotzdem war jeder Schritt schwerer als der vorherige und als ich endlich auf der Lichtung ankam, auf der die Hütte stand, war ich vollends erschöpft und musste erst einmal stehen bleiben, um wieder zu Atem zu kommen.

Und während ich dort stand, die eiskalte Luft tief einatmete und darauf wartete, dass das Herz aufhörte so sehr zu rasen, sah ich, wie die Tür sich öffnete und eine dunkle Gestalt heraustrat. Noch konnte ich von der Hütte selbst nicht viel erkennen, aber im Licht, das durch die offene Tür fiel, ließ sich ein kleiner Hof erahnen. Es gab ein paar Schuppen und einen Hackklotz neben einem Stapel Brennholz.

Bei der Gestalt, die aus der Hütte gekommen war, handelte es sich um eine Frau. Sie schritt schnell und bestimmt zu dem Holzstapel, nahm ein paar Scheite und legte sie in einen Korb, den sie mitführte. Dann lief sie zurück zur Stube, in der es sicher warm war. Im Türrahmen blieb sie stehen und schaute eine Weile in die Nacht hinaus. Ich fand, sie hatte etwas Majestätisches, wie sie so mit ganz geradem Rücken dastand und langsam den Blick über Schnee und Fichten gleiten ließ. Ich konnte ihr Gesicht nicht erkennen, aber stellte mir vor, dass sie sich nicht beunruhigt nach drohenden Gefahren umsah, sondern sich in aller Ruhe davon überzeugte, dass niemand Unbefugtes ihren Grund und Boden betreten hatte. Wie eine Herrscherin, die über ihr Reich blickte.

Und dann geschah etwas Sonderbares. Die Frau erstarrte und es war mir, als würde sie direkt zu mir schauen. Im selben Augenblick war ich mir plötzlich nicht mehr sicher, was ich vorhin gesehen hatte. Hatte ich nicht gedacht, ihre Haltung war stolz und aufgerichtet gewesen? Wo sie doch eindeutig krumm dort stand und mit großer Anstrengung den schweren Korb hielt. Ich spürte ihren Blick auf mir lasten, aber es war nicht der stolze Blick einer Königin, sondern der einer neugierigen alten Frau. Das verwirrte mich. Spielten mir hier Kälte und Müdigkeit einen Streich?

»Du kannst gerne näherkommen«, rief die Frau. Die Stimme passte eindeutig besser zu der buckligen Gestalt, die ich nun sah. Sie war klar und bestimmt, hatte aber gleichzeitig einen heiseren und verbrauchten Klang.

»Keine Sorge. Außerdem kann ich dich wesentlich besser erkennen als du mich, insofern kannst du genauso gut herkommen und dich vorstellen.«

Ich trat aus dem Schatten des Waldes. Der Schnee, so fiel mir nun auf, war nicht mehr als eine leichte Puderschicht auf dem Boden des Hofs. Und während ich auf die Frau und die Tür zuging, war mir, als würde mich etwas Schweres und Hartes loslassen und im Wald zurückbleiben. Mein müder Kopf mahnte mich, dass es sicher dort auf mich warten würde. Dass es seine Krallen erneut in mich schlagen würde, sobald ich mich wieder in die Winternacht begab. Aber für den Moment spürte ich nichts als eine warme Müdigkeit und eine wundersame Dankbarkeit darüber, hier sein zu dürfen.

Die Frau trug ein schwarzes Kopftuch und ihre Kleider waren dunkel und einfach. Aber ihre Augen waren klar und ihr Blick so stark, dass es schwierig war, den Rest ihres Gesichts auszumachen.

Sie stellte den Korb innen neben die Tür und legte mir dann eine Hand unters Kinn. Ihre Finger waren sanft und warm, ihr Griff jedoch unnachgiebig, ganz so als wollte sie genau prüfen, ob mein Gesicht ausreichte.

»Und wen haben wir hier?«, fragte sie streng.

»Sunia«, antwortete ich schüchtern. »Ich heiße Sunia.«

»Wie gut!«, sagte die Frau und schnalzte mit der Zunge. »Wir warten nämlich schon auf dich.«

Und mit diesen Worten fasste sie mich bei den Schultern und schob mich vor sich her in die Hütte. Ich stolperte weiter in die Herdwärme, während die Frau die Tür hinter uns schloss. Die Stube war klein, aber sehr gemütlich. An den Wänden hingen Stoffe und auf dem Boden lagen Felle. Eine Menge sonderbarer Gegenstände, für die ich keine Worte kannte, standen auf Regalbrettern oder hingen von der Decke.

Und am Tisch – die Füße auf einem Stuhl, einen großen Teller voll dampfender Suppe vor sich und einen Ausdruck auf dem Gesicht, als hätte er nie auch nur eine Sorge gekannt – saß Wulf.

»Sunia!«, rief er und fuhr hoch. »Sie sagte, du würdest kommen, aber ich hätte nicht erwartet, dass es so lange dauert.«

Er war satt und trocken und aufgewärmt und dafür hätte ich ihn am liebsten geschlagen, denn all das war ich nicht. Mir kam es so vor, als hätte ich die gesamte Unterwelt durchquert, um hierher zu gelangen, während er einfach nur in der warmen Stube gehockt und gewartet hatte. Aber es war Wulf und er war hier, und wenn man alles zusammennahm, konnte ich mir doch nichts Besseres vorstellen.

12

Der Abschied

»Nun ist es aber mal genug. Ihr könnt euch nicht bis ans Ende aller Tage in den Armen halten. Außerdem ist das Mädchen hungrig und völlig durchgefroren. Setz dich ans Feuer, Sunia, dann bringe ich auch dir einen Teller Suppe.«

Wir ließen einander los. Ich konnte nicht sagen, wie lange wir dort gestanden und uns gehalten hatten, aber es fühlte sich an wie eine Ewigkeit. Eine bittersüße Ewigkeit, denn obwohl ich über und über glücklich war, dass Wulf lebte, hatte ich damit gerechnet, dass sich auch die Verbindung zwischen uns wiederherstellen würde.

Doch selbst nachdem wir uns voneinander gelöst hatten, war nichts dergleichen geschehen. Der Zugang zueinander blieb uns noch immer verwehrt. Allmählich konnte ich das aber hinnehmen. Wulf überhaupt wiederzuhaben, war schon Wunder genug und mehr als ich zu hoffen gewagt hatte. Trotzdem wurde ich ein wenig ungehalten – ich hatte nach wie vor keine Ahnung, was ihm zugestoßen und wie er hierher gelangt war, ich musste gezwungenermaßen warten, bis er mir alles erzählte.

Wulf verstand das, nahm ich an. Auch er wollte wissen, wie es mir ergangen war. Er trommelte ungeduldig mit den Fingern auf den Tisch, während ich die Suppe löffelte, die die Frau vor mich gestellt hatte.

»Hör auf damit«, schalt sie ihn. Sie klang streng, sah dabei aber freundlich aus. »Mir ist bewusst, dass ihr einander viel zu erzählen habt, aber es muss warten. Erst Essen und Aufwärmen, dann eure Geschichten.«

Sie stellte Brot und Käse neben den Suppenteller und ich aß mit großem Appetit. Die Suppe war eine klare Brühe mit Wurzelgemüse und ein paar Fleischstückchen. Das Brot grob und einfach. Aber ich hatte wohl nie etwas Leckereres gegessen. Je mehr ich aß, desto mehr wich die Kälte aus mir, Stück für Stück. Die Kälte hatte sich regelrecht in meinen Körper geschlichen und sich dort festgesetzt. Doch die Suppe wärmte mich, wie der Frühling einen gefrorenen Fluss wärmt. Wenn er nach einem langen Winter das Eis taut, das allmählich in großen Schollen davontreibt.

Die Frau legte ein paar Holzscheite nach und setzte sich dann gegenüber von Wulf und mir an den Tisch. Alles Alte und Krumme war aus ihr gewichen, sie war wieder die gleiche imposante aufrechte Erscheinung wie vorhin, als ich sie das erste Mal gesehen hatte. Und genau wie beim letzten Mal war ich plötzlich unsicher. Hatte sie davor wirklich alt und krumm gewirkt? Ich versuchte, mich an ihr Aussehen zu erinnern, aber vergebens. Ich konnte sie mir nicht anders vorstellen, als so, wie sie gerade vor mir saß: Mit stolzem, gebieterischen Blick, der aus hellblauen, fast weißen Augen stach. Kohlrabenschwarzes Haar umrahmte ihr Gesicht, das weder jung noch alt war, sondern merkwürdig zeitlos. Blasse, glatte Haut – feine, scharfe Gesichtszüge. Mittlerweile kannte ich die Kennzeichen dieser sonderbaren Blütigen. Vater, der Fremde, der ihn besucht hatte, Wunan, die schwarz gekleideten Galgenmänner, Wulf – sie hatten etwas an sich, das sie von allen anderen Menschen unterschied, denen ich bisher begegnet war. Und zwar nicht nur die auffällige Farbe von Haut und Haaren, sondern etwas anderes, schwer Greifbares. Hier sah ich es zum ersten Mal bei einer Frau und ich fragte mich, ob man sie wohl schön finden konnte oder aber nur unheimlich. Und ob die Kennzeichen der Blütigen wohl auch auf meinem Gesicht so wirkten wie bei ihr.

»Ich habe dich noch gar nicht richtig begrüßt, Sunia«, sagte die Frau. »Und mich auch nicht vorgestellt. In dieser Gegend werde ich die Bergherrin genannt. Du kannst aber gern einfach Herrin zu mir sagen.«

Ihre Stimme war dunkel und melodisch. Es war angenehm, ihr zuzuhören, selbst wenn alles, was sie sagte, wie ein Befehl klang.

»Gerne, Herrin«, erwiderte ich zwischen zwei Löffeln Suppe. Die Bergherrin lächelte.

»Wulf hat mir bereits erzählt, wie ihr euch verloren habt. Ich habe ihn gestern gefunden und hierher mitgenommen. Seither warten wir auf deine Ankunft.«

Ich schaute sie und Wulf fragend an, während ich Käse und Brot in mich hineinstopfte.

»Die Herrin hat gesagt, du findest selbst her«, erklärte Wulf.

»Ich war mir nicht ganz sicher«, fügte die Bergherrin hinzu. »Aber ich habe es gehofft. Ich nehme an, du hast Wunan getroffen?«

Ich nickte.

»Ich wusste, dass er gerade in der Gegend ist. Wulf hat mir von dem Kobold berichtet und von dem, was er euch mitgegeben hat. Da habe ich verstanden, dass große Hoffnung besteht. Aber wenn du Wunan begegnet bist, heißt das außerdem, dass die Leibjäger nun wissen, wo ihr seid. Dann wird es vermutlich nicht lange dauern, bis wir von ihnen Besuch bekommen.«

Das Letzte sagte sie mehr zu sich selbst und nicht wirklich an Wulf oder mich gerichtet. Sie wirkte mit einem Mal nachdenklich. Nicht beunruhigt, eher so, als fände sie die ganze Situation zu gleichen Teilen lustig und verwirrend. Dann blieb sie eine ganze Weile still und schaute an uns vorbei ins Feuer.

Als ich so viel gegessen hatte, wie ich konnte, und wir unsere Teller, Brot und Käse abgeräumt hatten, wollte ich Wulf von meinen Erlebnissen erzählen und seine Geschichte hören, doch die Bergherrin sagte:

»Wir haben heute Abend nur Zeit für die Geschichte von einem von euch. Wenn ihr euch später zum Schlafen gebettet habt, darf Wulf berichten, wie er hierhergekommen ist. Und wir heben uns Sunias Erlebnisse bis zum Morgen auf.«

Wulf sah enttäuscht aus, aber die Worte der Bergherrin, so freundlich sie auch klangen, waren eben Befehle. Trotzdem setzte er an, um zu widersprechen.

»So spät ist es noch gar nicht. Wenn wir uns beeilen, schaffen wir beide Geschichten heute Abend. Ich kann mich kurzfassen.«

Darüber schnaubte die Bergherrin bloß.

»Das glaube ich dir gern, aber die arme Geschichte verdient es, in Gänze und Ruhe erzählt und nicht eilig heruntergerasselt zu werden. Außerdem haben wir noch etwas zu tun, bevor wir schlafen gehen können. Wir haben zwei Menschen verloren, die uns nahestanden – euren Vater und Maja. Wir sind es ihnen schuldig, an sie zu denken und uns angemessen von ihnen zu verabschieden.«

Mit diesen Worten senkte sich eine tiefe Ernsthaftigkeit über die Hütte. Wir wurden still und sahen einander an. Vielleicht hatte Wulf so wie ich gehofft, dass sie noch ein bisschen auf sich warten lassen würde. Ich war so glücklich darüber gewesen, Wulf wiedergefunden zu haben, dass ich dieses Gefühl gern noch länger genossen hätte. Darüber schämte ich mich jetzt und bekam ganz heiße Wangen. Natürlich durften wir das Geschehene nicht vergessen, wir sollten uns immerfort an Vater erinnern, der in der dunklen Stube gestorben, an Maja, die dem weißen Hund zum Opfer gefallen, an den Hof, der niedergebrannt war. Es war nicht richtig, so weiterzumachen, als wäre das alles nicht geschehen. Wir sollten uns stets bewusst machen, was wir verloren hatten, und die Erinnerungen an die Verstorbenen wachhalten.

Es fühlte sich gut an, so zu denken. In mir wurde alles dunkel und leer, der Situation angemessen, wie ich fand.

Die Bergherrin legte sich einen dicken Mantel um die Schultern, nahm eine kleine Kiste von einem der Regalbretter und öffnete die Tür.

Der Himmel war aufgeklart, der Mond hing schwer und rund kurz über den Baumkronen. Bibbernd folgten wir der Bergherrin, die schon um die Hütte gelaufen und in einen kleinen Pfad eingebogen war, der zwischen zwei gewaltigen Felsblöcken den Hang hinaufführte. Die Luft war klar und kalt, die Sterne funkelten. Ich spürte nach, ob die tiefe Hoffnungslosigkeit, die vorhin im Wald von mir Besitz ergriffen hatte, zu mir zurückkehren wollte. Doch nichts geschah. Ich schielte zu Wulf, der neben mir ging. Er war blass, biss die Zähne zusammen und ich fragte mich, ob es ihm wohl ähnlich ergangen war wie mir – ob auch er einsam und allein durch den Wald geirrt war, während in ihm jeder Funke Hoffnung und jedes bisschen eigener Wille langsam einfror. Er bemerkte meinen Blick und lächelte verlegen.

»Was meinst du, wird das eine richtige Beerdigung?«, fragte er. Wir waren noch nie auf einer gewesen, weil uns nie jemand eingeladen hatte. »Weißt du noch, wie sehr wir uns als Kinder gewünscht haben, zu einer gehen zu dürfen? Wir dachten, das ist etwas sehr Lustiges, und dass Vater es uns genau deshalb verboten hat.«

»Aber wir haben Vater doch schon begraben«, sagte ich. »Ich glaube, das hier ist noch etwas viel Wichtigeres.«

Wir blieben an einer Stelle stehen, an der die Felswände lotrecht um eine kleine Lache aus schwarzem Eis standen. Dort gab es fast nicht genug Platz für drei Menschen, Wulf und ich pressten uns dicht aneinander. Hinter uns hatte sich der Mond langsam vom Wald gelöst und leuchtete nun auf uns hinab, tauchte die Felsen in silbriges Licht und entzündete Sterne tief im Inneren des Eises.

Die Bergherrin nahm vier dicke Kerzen aus der kleinen Kiste und stellte sie auf einen schmalen Vorsprung im hinteren Teil der Felsen. Dann holte sie ein Feuereisen aus der Kiste und schlug damit Funken, bis ein geteertes Holzstäbchen Feuer fing. Dieses Stäbchen klemmte sie in eine kleine Felsspalte, kam dann zu uns und beugte sich so tief, dass sie uns direkt in die Augen sehen konnte.

»Wir sind hier, um uns zu verabschieden«, sagte sie. »Vielleicht begreift ihr das noch nicht, aber die Toten begleiten uns, egal was wir auch tun. Wir tragen sie in unseren Herzen und vergessen sie nie.«

Bei diesen Worten schaute sie mich streng an.

»Wir vergessen sie nie«, wiederholte sie. »Aber wir denken auch nicht fortwährend an sie. Die Toten begleiten uns durchs Leben, aber wir dürfen uns nicht von den Toten durch das Leben führen lassen. Unsere Gedanken sind nicht die der Toten, wir atmen nicht für sie. Wenn wir das tun, leben wir unser Leben nicht.«

Da erst wandte sie den Blick von mir ab und sah nun Wulf an.

»Die Toten hinterlassen uns stets etwas Unabgeschlossenes, manchmal bürden sie uns sogar Lasten auf. Aber wir können nichts an ihrer statt zu Ende bringen, weil wir nicht in ihrem Namen handeln können. Alles, was wir tun, machen wir, weil das Leben es uns aufträgt. Wenn wir etwas vollbringen, tun wir das für die Lebenden. Wenn wir Lasten auf uns nehmen, tun wir das den Lebenden zuliebe.«

Sie drehte uns so, dass wir zwischen den Felsen hindurch den Mond betrachten konnten.

»Seht euch den Mond an. Er ist stets im Wandel, wieder und wieder verschwindet er in der Dunkelheit, aber wieder und wieder taucht er auch ins Licht. Daran sollten wir uns ein Beispiel nehmen. Manchmal fallen die Schatten des Todes auf unser Leben, aber auch diese Schatten wandern und wenn sie verschwunden sind, müssen wir das Licht begrüßen und uns nicht ständig an die Dunkelheit erinnern, die uns beherrscht hat.«

Schweigend blieb sie noch einen Augenblick so mit uns stehen. Der Mond war kreisrund. Er schien schimmernd und gewaltig auf die drei Menschen hinunterzublicken, die zwischen den Felswänden mitten in der Dunkelheit des Winters standen. So leise, dass ich es fast nicht verstehen konnte, flüsterte mir die Bergherrin etwas ins Ohr.

»Der Mond, *sa Mena*, sie ist eine strahlende Mutter, die auch du in dir trägst, im Rhythmus deines Blutes. Wenn sich die Wandlung in dir vollzieht, wirst du sie kennenlernen. Folgst du ihrem Weg, wirst du dort großen Schutz erfahren, aber behalte eins im Gedächtnis: Du *musst* diesen Weg nicht beschreiten, du darfst selbst über dich bestimmen.«

Verwirrt starrte ich sie an, doch sie hielt ihren Blick weiter auf den Mond gerichtet. Wulf hatte ihre Worte nicht gehört, sondern stand in Gedanken versunken neben mir.

Dann drehte sie uns erneut und schob uns vor sich her zu dem Felsvorsprung, wo sie jeden von uns hieß, zwei der Kerzen anzuzünden und uns dabei von Vater und Maja zu verabschieden.

»Was sollen wir denn sagen?«, fragte Wulf mit ungewohnt rauer und brüchiger Stimme.

»Du kannst sagen, was immer du möchtest«, antwortete die Bergherrin. »Du musst es nicht einmal laut aussprechen, einzig wichtig ist, dass du so Abschied nimmst, wie es sich für dich richtig anfühlt.«

Wir wechselten uns beim Anzünden der Kerzen ab. Eine für Vater. Eine für Maja. Wulf murmelte etwas, das ich nicht verstehen konnte. Ich selbst sagte nichts, sondern stellte mir nur vor, dass ich den beiden gegenüberstand und ihnen zuwinkte. Die Verabschiedung war nichts Besonderes, eher so, als würde ich irgendwohin aufbrechen und sie zurücklassen. Ich wusste, dass ich sie nie wiedersehen würde, aber es waren nicht sie, die mich verließen, sondern ich, die weitermusste. Sie würden immer bleiben – in allem, was geschehen war, in allem, was ich für sie empfunden hatte, in allem, an das ich mich erinnern konnte –, bloß ich würde nicht zurückkehren.

Ich weinte und spürte dabei, wie es in mir leichter und lichter wurde. Das lag jetzt hinter mir. Jetzt konnte ich mich auf das einstellen, was mich erwartete. Wulf weinte nicht, aber sein Kiefer arbeitete und er zog sich an den Haaren. Ich nahm seine Hand und dann wandten wir uns wieder dem Mond zu.

Die Bergherrin legte jedem von uns eine Hand auf den Kopf und lächelte flüchtig, dann holte sie zwei weitere Kerzen aus der Kiste und ging selbst zu dem Felsvorsprung, um sie zu entzünden. Sie sagte ein paar Worte in der Sprache, die wir nicht verstanden, und blieb dann lange still, mit gesenktem Kopf, vor den sechs Flammen stehen. Ihr Gesicht war zwar abgewandt, aber ich hatte den Eindruck, ihre Schultern bebten, so als würde sie weinen. Nach einer ganzen Weile richtete sie sich auf, streckte sich und kam zu uns zurück. Ihre Gesichtszüge waren genauso scharf und bestimmt wie zuvor, aber auf den Wangen glänzten die Spuren ihrer Tränen.

Ich wollte etwas fragen, wusste aber nicht, wie. Aber jetzt war ja Wulf wieder bei mir, und er sprach aus, was wir beide dachten:

»Habt Ihr Vater gekannt?«

»Ich kannte sie beide und zwar lange bevor ihr auf die Welt

gekommen seid. Maja kannte ich ihr Leben lang und euren Vater seit er so alt war wie ihr.«

Wulf wollte zu einer weiteren Frage ansetzen, doch ein Blick der Bergherrin ließ ihn verstummen, bevor er überhaupt etwas gesagt hatte.

»Zu gegebener Zeit werdet ihr alles erfahren. Aber es ist eine lange verzwickte Geschichte und noch seid ihr nicht bereit dafür. Jetzt wartet zu Hause das Feuer auf uns. Das Feuer und Wulfs Erzählung.«

13

Das Kaisermesser

Wir lagen beide unter warmen Schaffellen auf dem Boden. Das Feuer war heruntergebrannt, nur die Reste glühten noch auf der Feuerstelle. Die Bergherrin saß in einer Ecke und spann. Der Spinnwirtel drehte und senkte sich langsam zum Boden, ohne ihn jedoch je zu berühren, während sich allmählich ein Faden zwischen den Fingerspitzen der Herrin bildete.

»Du kannst jetzt anfangen mit deiner Geschichte«, sagte sie zu Wulf.

Wulf biss sich auf die Lippe und schien darüber nachzudenken, wo er ansetzen wollte. Ich zog das Fell bis zur Nasenspitze hoch und schaute zu ihm hinüber – durch die Glut hinter ihm sah ich von ihm nicht mehr als eine dunkle Silhouette. Er hatte den Blick an die Decke gerichtet und fing an zu erzählen. Ich schloss die Augen und versuchte, mir alles, was er sagte, genau vorzustellen.

Wulf lief hinunter zum Hof. Mich ließ er zurück und machte sich dabei gar keine Gedanken darüber, dass er mich verlieren könnte. In seiner Vorstellung würde er nur schnell in die Stube rennen, sich das rote Kästchen vom Tisch schnappen und dann schon wieder bei mir sein.

Doch kaum war er über den Zaun und zwischen den Häusern, verlor er die Orientierung. Rauch und Feuer vermischten sich mit dem noch immer wild fallenden Schnee und verwandelten den Hof in eine fremde Welt aus Flammen und Eis. Die Hitze von den brennenden Häusern glühte auf Wulfs

Gesicht, während der Schneesturm ihm den Schweiß im Nacken zu Eiskristallen gefrieren ließ. So torkelte er vorwärts, bald schwitzend, bald frierend, durch einen Albtraum aus schwarz, rot und weiß. Trotz Brüllen des Feuers und Heulen des Windes konnte er die Schreie der Galgenmänner hören und begriff, dass die Zeit drängte.

»Natürlich wusste ich da noch nicht, dass sie Galgenmänner genannt werden«, flüsterte Wulf zur Decke der Hütte. »Das hat mir die Bergherrin erst hier erzählt.«

Blind rannte Wulf in die Richtung, in der er das Wohnhaus vermutete. Der Wind blies ihm Rauch ins Gesicht. Wulfs Augen brannten, er hustete und sog dann die eiskalte Luft tief ein. Im nächsten Augenblick stolperte er über die Schwelle zum Vorraum und fiel kopfüber zu Boden.

Das geschah so plötzlich, er hatte den Eindruck, die Dunkelheit und Stille des Hauses hätten ihn verschluckt. Er blieb eine ganze Weile liegen und keuchte, bevor er wieder auf die Beine kam. Noch hatte das Feuer den Weg nicht ins Haus gefunden, aber durch das Fenster der Wohnstube sah er, dass es bereits an den Außenwänden fraß. Die Luft war trocken und warm und durch alle Löcher und Ritzen drang Rauch hinein.

Wulf atmete die heiße Luft tief ein, dabei legte sich ein metallischer Geschmack auf seine Zunge. Das lackierte Kästchen befand sich noch wie am Vorabend auf dem Tisch in der Stube. Er griff hastig danach und stopfte es sich unters Hemd. Seine Augen brannten und tränten, das Atmen fiel ihm immer schwerer. Den Mantel vor den Mund gepresst stürzte er wieder zur Tür.

Doch im Türrahmen war die dunkle Gestalt eines Galgenmannes aufgetaucht. Wulf konnte nicht mehr ausweichen und fiel rücklings zu Boden, als er versuchte, einen Zusammenprall mit dem Mann zu verhindern. Er schlug so hart auf, dass ihm die Luft wegblieb, und er einen Moment lang völlig hilflos dalag und verzweifelt zu atmen versuchte, während der Rauch im Vorraum dichter und dichter wurde.

Der Galgenmann wirkte vom Rauch gänzlich unbeeinträchtigt. Er schritt langsam auf Wulf zu und zog dabei ein Seil aus dem Ärmel. Dann beugte er sich blitzschnell zu ihm hinunter und legte ihm die Schlinge um den Hals. Wulf rang ja noch immer nach Atem, konnte nicht einmal darüber nachdenken, sich zu wehren, da zog der Galgenmann schon an den Seilenden. Sofort tanzten Wulf schwarze Punkte vor den Augen. Sie wurden größer und größer und schon bald verschmolzen sie mit der schwarzen Kleidung des Galgenmannes, sodass Wulf nichts mehr als Dunkelheit sah, einzig gebrochen von dem roten Schein des Feuers, das die goldenen Mantelverzierungen zurückwarfen.

Gerade als er dachte, für immer in den dunklen Schatten zu versinken, riss ihn ein kalter, klarer Schmerz, der ihm durch die Brust fuhr, zurück in die Wirklichkeit. Unbeholfen griff er unter sein Hemd und ertastete das Messer, das er dort verstaut hatte, bevor er mir in den Sturm gefolgt war. Das Tuch, in das er es geschlagen hatte, war verrutscht, die eiskalte Klinge lag direkt an seiner Haut. Der Schmerz war so intensiv, dass Wulf unwillkürlich einatmete und wirklich endlich wieder Luft in die Lunge bekam. Ohne nachzudenken, umschloss er den Griff des Messers, zog es unter dem Hemd hervor und hieb damit blind um sich.

Erst geschah nichts, doch dann gab der Galgenmann ein gurgelndes Geräusch von sich und der Druck auf Wulfs Hals ließ nach. Der Galgenmann fiel rücklings hin und blieb reglos liegen. Keuchend nach Luft ringend kroch Wulf auf allen vieren weg vom Rauch, Richtung Tür. Als er auf der Höhe des Galgenmannes war, zog er ihm das Messer aus dem Bauch. Es steckte genau unterhalb der Rippen tief im Fleisch, und kaum hatte Wulf es herausgezogen, quoll Blut aus der Wunde über die goldene Stickerei. Wulf wandte sich ab und hielt weiter auf die Tür zu, als der Galgenmann sich auf die Seite rollte und nach seinem Arm griff. Wulf wehrte sich, bis er den Gesichtsausdruck des Mannes sah.

Der Galgenmann starrte ihn mit einer Mischung aus Verwunderung und Schrecken an. Als wäre eine Maske von seinem Gesicht gefallen. Die Ausdruckslosigkeit und Ruhe war fort. Er drehte den Kopf hin und her und sein Blick irrte durch den Vorraum. Er sah verwirrt und verloren aus, als wäre er aus einem tiefen Schlaf hochgeschreckt und hätte festgestellt, dass er an einem völlig fremden Ort wieder erwacht war.

Dann schaute er erneut Wulf an und öffnete den Mund, als wollte er etwas fragen. Doch die Laute, die herauskamen, klangen kehlig und nicht menschlich. Wulf riss mit Wucht seinen Arm los. Es gelang ihm wirklich, sich zu befreien, der Mann konnte ihn nicht mehr halten. Noch immer strömte Blut aus der Stichwunde. Er kippte auf den Rücken, den Mund nach wie vor weit geöffnet. Im nächsten Augenblick rührte er sich nicht mehr und auch seine Augen hatten aufgehört, sich zu bewegen.

Wulf starrte angewidert auf die Leiche, auf das Blut und dann sah er, welches Geheimnis sich im Mund des Galgenmannes verbarg.

»Sie haben keine Zunge«, erklärte er mir. »Deshalb klingt es so fürchterlich, wenn sie schreien. Ihnen wurde die Zunge rausgeschnitten. Da sitzt noch ein kurzer Stumpf ganz hinten im Hals, aber der Rest ist fort.«

Ich bildete mir ein, den Schmerz zu spüren, während ein scharfes Messer mir die Zunge abtrennte. Wie fühlte es sich wohl an, keine Zunge mehr zu haben? Gewöhnte man sich daran? Oder behielt man das Gefühl, dass etwas fehlte?

Die Bergherrin meldete sich aus ihrer Ecke zu Wort. Sie klang ernst, aber auch gelassen und musste die Stimme nicht heben, um das Surren der Spindel zu übertönen.

»Sie haben sich alle die Zunge herausschneiden lassen, lange bevor sie Galgenmänner geworden sind. Es war ein freiwilliges Opfer, das sie erbracht haben, als sie in den Dienst traten.«

Wir warteten darauf, dass sie fortfuhr, doch außer dem Geräusch der Spindel war nichts zu hören. Die Bergherrin schien sich in ihren eigenen Gedanken verloren zu haben.

Nach einer Weile nahm Wulf seine Erzählung wieder auf.

Der Rauch füllte nun schon den gesamten Vorraum. Wulf kroch hustend hinaus ins Freie. Kälte und Wind schlugen ihm entgegen und pressten ihm die rauchige Luft aus den Lungenflügeln. Er kam auf die Füße und versuchte, sich zu orientieren.

Die Scheune stand in hohen Flammen und selbst in Rauch und Schneegestöber konnte Wulf mehrere Galgenmänner erahnen, die sich zwischen Scheune und Wohnhaus bewegten. Es wäre ihm womöglich gelungen sich im Schutze des Schnees an ihnen vorbeizuschleichen, aber er hatte weder die nötige Kraft noch den nötigen Mut, es auf einen Versuch ankommen zu lassen. Sein Hals brannte noch immer von der Schlinge und jetzt, da diese Gefahr vorbei war, merkte er erst, wie groß seine Angst gewesen war. Seine Arme und Beine fingen an, wie wild zu zittern, und Tränen liefen ihm über die Wangen, wo sie noch auf dem Weg zum Kinn zu Eis gefroren.

Langsam setzte er sich in Bewegung, fort von den Galgenmännern, hin zum Vorratsspeicher. Wulf hoffte, dass niemand zufällig in seine Richtung blicken würde, während er einen ausladenden Bogen lief, um allmählich dahin zurückzukehren, wo er mich zurückgelassen hatte. Der Vorratsspeicher war vollständig ausgebrannt. Von dem Gebäude war nichts als ein paar verkohlte Reste übrig, nur ein paar vereinzelte Flammen loderten noch im Kampf gegen den Schnee. Obwohl ihm die Kälte tief in den Nasenlöchern saß, konnte Wulf riechen, was da alles verbrannt und verkohlt war: Käse, Fleisch, Butter. In all dem Schutt lagen auch Vaters verzinkte Behälter für das Gemüse. Die Wachssiegel waren geschmolzen und sämtliche Rüben, Hackfrüchte und Erbsen lagen angeschwärzt im Schnee verstreut.

Und dann lief Wulf geradewegs in den Zaun. Lange blieb er gegen ihn gelehnt stehen, bis in Armen und Beinen Ruhe einkehrte. Als sie ihm endlich wieder gehorchten, kletterte er über den Zaun und lief in dessen Deckung vorsichtig um den Hof. Anfangs schützten ihn zusätzlich die Bäume, die an dieser Stelle bis an den Zaun grenzten, aber schon bald hatte er sie hinter sich gelassen und war nur noch von offenem Feld umgeben. Und dann passierte er das Tor zum Stall.

Hier erwarteten ihn die Hunde. Möglich, dass sie an allen Toren zum Hof abgestellt worden waren, um sie zu bewachen. Möglich, dass sie seine Witterung aufgenommen hatten. Jedenfalls hoben sich fünf dieser schmutzig grauen Bestien deutlich von der Schneedecke ab, kamen näher und umzingelten ihn mit gesenkten Köpfen.

Sie waren genauso groß wie das Tier, das die Sarg-Maja getötet hatte. Je näher sie kamen, desto deutlicher konnte Wulf die enormen Muskeln erkennen, die unter dem zotteligen Fell hervortraten. Außerdem spürte er ihren heißen Atem, den sie zwischen den starken Kiefern herauspressten. Bevor er sich überhaupt sammeln konnte, hatten sie ihm schon alle Fluchtwege abgeschnitten. Wie wild gewordene Wachhunde zogen sie den Kreis aus gefletschten Zähnen immer enger und enger um ihn.

Wulf war viel zu geschwächt, um zu kämpfen, aber selbst wenn er noch irgendwo Kraft hätte hernehmen können, hätte er nicht gewusst, wie er am besten vorgegangen wäre. Ein paar hungrige Füchse hätte er sicher noch vertreiben können und mit einem anständigen Speer rechnete er sich sogar Chancen gegen einen Wolf aus, wenn das Glück auf seiner Seite war. Aber diese weißen Hunde waren so groß wie Bären und ein Blick in ihre Augen genügte, um zu erkennen, dass sie keine scheuen Wildtiere waren. Das waren ausgebildete Jagdhunde, bereit, ihren Herrchen zu gehorchen ohne ein Fünkchen Angst oder Zurückhaltung.

Genau in dem Moment fielen Wulf die Worte des Kobolds ein:

Wenn du alles verloren hast,
wenn Schnee und Feuer sich mischen,
wird das Kaisermesser dich schützen
vor den Hunden des Winterkönigs.

Fast hätte er laut gelacht. Alles passte mit einem Mal zusammen. Das, was vage und rätselhaft gewirkt hatte, lag nun auf der Hand. Er war ganz allein, während der Hof in Flammen stand, die gegen den Schneesturm kämpften, und wurde von Hunden umringt. Dabei war der Gedanke so lächerlich, dass er sich vor ihnen schützen können sollte. Mit nichts als einem Messer.

»Dann musst du das Kaisermesser sein«, sagte er und zog das Messer hervor. »Ein anderes habe ich nämlich nicht bei mir und sonst passt alles haargenau zusammen.«

Das Messer war blank und rein, keine Spur mehr vom Blut des Galgenmannes. Wulf richtete es gegen den Hund, der ihm am nächsten war, und hätte fast wieder gelacht, so komisch wirkte die Geste auf ihn.

Der Hund fand sie jedoch alles andere als komisch. Kaum hatte er das Messer erblickt, hörte er sofort auf zu knurren, klemmte den kurzen Schwanz zwischen die Beine und kroch winselnd rückwärts, weg von Wulf. Die anderen Hunde taten genau das Gleiche, als Wulf das Messer auf sie richtete. Ein bedrohliches Raubtier nach dem anderen wandelte sich bei dessen Anblick in ein nervöses Schoßhündchen, das sich winselnd zurückzog und im Schnee verschwand, ohne wiederzukommen.

Und schon stand Wulf allein dort, das Messer in der Hand, ohne glauben zu können, was er da gerade erlebt hatte.

»Ich verstehe immer noch nicht, was da passiert ist«, sagte Wulf. »Vielleicht haben sie ja das Blut des Galgenmannes gewittert. Vielleicht war genau er derjenige, der sie abgerichtet hat, und als sie begriffen haben, dass er verletzt ist, haben sie Angst bekommen.«

Das kommentierte die Bergherrin mit einem lauten Schnauben, aber mehr sagte sie nicht.

»Und dann gibt es nicht mehr viel zu erzählen«, fuhr Wulf fort. »Ich habe versucht, dich zu finden, aber habe mich verirrt, kaum dass der Hof außer Sichtweite war. Ich bin lange umhergeirrt, wie lange kann ich gar nicht sagen. Es hat sich angefühlt, als wären es Stunden gewesen, aber das kann gar nicht sein. Müde war ich ja bereits und es dauerte nicht lange, bis ich anfing zu frieren. Die Kälte schien nicht nur auf meinen Körper zu wirken, sondern sogar meinen Lebenswillen einzufrieren. Ich war kurz davor, aufzugeben und mich ganz dem Schnee auszuliefern, als die Bergherrin mich fand.«

Ich schielte zur Bergherrin und schlang das Fell enger um mich.

»Du hast Glück gehabt«, sagte sie. »Ich war dort, weil ich euch beide gesucht habe. Schon im Wald gab es beunruhigende Vorzeichen, aber der Brandgeruch war eindeutig.«

Sie legte die Spindel beiseite, stand auf und ging zur Feuerstelle, um Asche über die Glut zu harken. Ich spürte, wie die Wärme mich immer müder machte und ich auf dem besten Wege war, einzuschlafen. Aber ein Detail von Wulfs Geschichte beunruhigte mich. Und als ich schon fast in den Schlaf geglitten war, fiel es mir plötzlich wieder ein.

»Die Schlinge um deinen Hals«, rief ich und war sofort wieder hellwach. »Vielleicht ist das ja Vater zugestoßen. Wulf, was ist, wenn du auch …« Aber ich konnte es einfach nicht aussprechen.

Schon saß Wulf kerzengerade auf seiner Bettstatt. Blass tastete er nach dem Mal an seinem Hals. Aber die Bergherrin legte ihn bestimmt wieder hin und deckte ihn zu.

»Um eine Schlinge zuziehen zu können, muss jemand die Enden des Seils festhalten. Es würde mich wundern, wenn dir just dieses Seil noch Beschwerden machen sollte, schließlich ist sein Besitzer nicht nur tot, sondern außerdem verbrannt. Und jetzt schlaft ihr, meine Lieben.«

Genau wie alles andere, was sie von sich gab, war das ein Befehl. Weder Wulf noch ich hatten die nötigen Kraftreserven, zu protestieren. Der Schlaf kam und wir ließen uns dankbar von ihm in die Arme schließen.

14

Der Unwinter

Dies war der Unwinter.

Von Tag zu Tag wurden wir besser darin, uns im Wald zu bewegen, ohne dass es der Hoffnungslosigkeit, die zwischen den Bäumen lauerte, gelang, uns zu lähmen. Zwar blieben wir am liebsten in der Nähe der Hütte, wo die Kälte machtlos zu sein schien – wo es nie kühler wurde, als wir es gewohnt waren und auch der Schnee nie übermäßig fiel. Hin und wieder machten wir aber trotzdem kleine Ausflüge und folgten dazu den schmalen, gut sichtbaren Trampelpfaden im Schnee, um die Fallen zu leeren oder Wasser aus der Quelle zu holen, die ein Stück den Berg hinauf lag. Und mit jedem Mal fiel es uns leichter, den Unwinter auszusperren. Die Bergherrin hatte uns beigebracht, wie das ging.

»Denkt nicht daran! Die Kälte überfällt euch heimlich und leise und schon bald könnt ihr an nichts Anderes mehr denken. Lasst euch davon nicht beeindrucken, verhaltet euch wie sonst auch. Schaut euch um. Denkt nach. Denkt an irgendetwas, das ihr gemacht habt. An etwas, das ihr vorhabt. Solange ihr die Gedanken in Bewegung haltet, bleibt euer Verstand warm und kann nicht einfrieren.«

Manchmal begleitete sie uns in den Wald, wo sie uns Dinge zeigte, die wir sonst niemals gesehen hätten.

»Unwinter nennt man ihn hier«, sagte sie dann zum Beispiel. »Vor langer Zeit nutzten wir einen anderen Namen dafür. Kommt und schaut euch das einmal an, Wulf und Sunia. Den Schnee dieser Wehe. Nehmt ein paar der Flocken auf die

Hand. Seht ihr, dass alle Flocken genau die gleiche Form haben? Dies ist kein richtiger Schnee, dies ist der Unwinter in seiner stärksten Form. Bisher liegt er erst an wenigen Stellen – aber wenn er nur will, werden es schnell viel mehr.«

Dann spuckte sie auf die Schneewehe und murmelte eine lange Tirade in der Sprache der Blütigen.

Sie sah alt aus, wie ein zahnloses Mütterchen, das spuckte, wenn eine schwarze Katze ihren Weg kreuzte. Immer, wenn sie Wulf und mich in den Wald begleitete, war sie alt und lief gebeugt. Aber wenn ich Wulf hinterher darauf ansprach, konnte sich keiner von uns daran erinnern, ob sie sich verändert hatte und wenn ja, auf welche Weise: Sah sie immer krumm und steif aus wie dieses alte Mütterchen oder war sie stets diese stolze Frau mit dem geraden Rücken?

Ansonsten erzählte uns die Bergherrin nicht viel. Wulf und ich versuchten, sie zum Reden zu bewegen, kitzelten sie mit Fragen, wollten ihr Hinweise entlocken und bemühten uns, ihre Andeutungen zu einem verständlichen Ganzen zusammenzufügen. Aber es war nicht leicht, das alles zu begreifen. Immerhin verschloss sie sich nicht vor uns oder tat so, als hätte sie uns gar nicht gehört, so wie Vater es getan hatte. Ich war mir sicher, dass sie uns zu einem späteren Zeitpunkt mehr erzählen würde. Bisher antwortete sie jedoch nur knapp und hinderte uns sofort daran, weitere Fragen zu stellen.

»Fragt nicht so viel«, sagte sie dann. Und wie alles, was sie sagte, klang auch das wie ein Befehl, den wir nicht zu missachten wagten. Dabei steckte in ihren Worten keine Drohung. Ich hörte nie ein ›sonst‹ mitschwingen. Vielmehr schien für sie einfach selbstverständlich zu sein, dass man ihre Aufforderungen befolgte, deshalb tat es wohl auch jeder.

Während einer unserer ersten Ausflüge zur Wasserquelle blieben wir vor einer ungewöhnlich hohen Steinmauer stehen, die den Pfad kreuzte. Jemand hatte eine kleine Leiter aus kurzen, groben Stöcken gebaut, damit man auf die andere Seite klettern konnte.

»Hier stehen viel mehr dieser alten Mauern als unten beim Hof«, stellte Wulf fest. »Die sind mir von Anfang an aufgefallen. Oben am Berg kann man sogar noch mehr davon erkennen. Dort verlaufen sie weit oberhalb der Baumgrenze wie schwarze Linien im Schnee. Oft sogar mehrere nebeneinander. Ob dort wohl jemand Tiere gehalten hat? Und wieso gibt es hier mehr solcher Umzäunungen als im Flachland? Wer hat hier gewohnt?«

»Stell nicht so viele Fragen«, murmelte die Bergherrin und sofort verstummte Wulf, obwohl ich ihm ansehen konnte, dass in ihm noch viele weitere brodelten.

Wenn Wulf erst einmal mit dem Fragen angefangen hatte, wartete er selten darauf, dass ihm jemand antwortete. Ich glaube sogar, dass er eigentlich gar keine Antworten brauchte, sondern sein Verstand einfach auf diese Weise funktionierte. Meistens war er vollends zufrieden, wenn er über die Dinge nachdenken konnte und sie trotzdem ungelöste Rätsel und Wunder blieben.

Ich hingegen wollte lieber handfeste Erklärungen und diesmal bekam ich sogar eine. Als die Bergherrin mich hinter Wulf her zur Leiter schob, sah ich deutlich, dass sie grübelte. Sie schaute sich nachdenklich um, auch noch als sie nach mir hinaufkletterte, und kaum hatte sie auf der anderen Seite wieder festen Boden unter den Füßen, blieb sie erst einmal stehen.

»Weiter unten im Tal, Richtung Flachland, am Fluss, dort, wo der Ackerboden gut ist, gab es früher viel mehr dieser Steinmauern. Aber man hat sie nach und nach abgetragen und damit Häuser in der Stadt gebaut. Oder sie eingerissen, wo sie im Weg waren. Nur hier oben, im unwegsamen Gelände, an den Hängen, sind sie weitestgehend erhalten geblieben.«

Sie verstummte für einen Augenblick und schaute uns an.

»Vor langer Zeit verlief hier die Grenze eines mächtigen Reiches«, fuhr sie fort. »Es war so groß, weil es sich zahllose Ländereien unterworfen hatte. Die Menschen nannten es schlicht und ergreifend das Blutreich. Im Auftrag des Blutreichs wurden allerorten Wege und Städte und Mauern angelegt und ständig die Grenzen weiter ausgedehnt. In diese Region kamen die Soldaten des Blutreichs erst, als das Reich schon sehr groß, sehr alt und sehr mächtig war. Aber hier fand es sein Ende. Auf der anderen Seite der Berge öffnet sich nach Westen hin der Ozean und Schiffe, die hinaus auf die offene See fahren konnten, gab es noch nicht.

Deshalb wurden große Festungen auf die Berge gebaut, von deren Aussichtstürmen man weit über das Meer Richtung Westen blicken konnte, damit man früh genug wusste, ob jemand von dort einzufallen drohte. Denn obwohl das Blutreich so mächtig war, fürchtete man trotzdem, dass es jemanden gab, der noch mächtiger war und es eines Tages besiegen würde. Und so wurden in den Buchten jenseits der Berge gewaltige Häfen angelegt und Schiffe in Werften gebaut, die die Soldaten des Blutreichs über den Ozean bringen sollten, in Länder, die man jenseits des Wassers vermutete.«

»Und was ist dann passiert?«, unterbrach Wulf sie. »Haben sie es geschafft? Konnten sie ablegen und neues Land finden? Kehrten sie je zurück?«

Die Bergherrin schaute hinauf zur Kuppe.

»Würdest du dich auf die andere Seite der Berge begeben«, sagte sie, »und dort auf ein paar der alten Wege stoßen, die noch nicht vollends verfallen sind, dann würdest du leere Hafenbecken vorfinden, Ruinen der Hafenanlagen und enorme, verrottete Schiffe in verlassenen Werften. Die Flotte des Blutreichs wurde nie fertiggestellt. Das Reich ist lange vorher zusammengebrochen. Es kamen keine Meldungen mehr aus der kaiserlichen Hauptstadt, die Werftarbeiter wurden nicht mehr bezahlt, die Festungen und Aussichtstürme in den Bergen verlassen. Allmählich vergaßen die Menschen, dass diese Gegend einst zu einem großen Reich gehört hatte. Und dann vergaßen sie, wovon die Ruinen zeugten. Und schlussendlich vergaßen sie, dass es das Blutreich je gegeben hat.«

Wulf blinzelte zum Berg hinauf. Durch die Bäume hindurch konnte ich erkennen, wovon er gesprochen hatte. Dunkle Linien, die parallel zueinander verliefen, oft drei oder sogar mehr, ganz weit oben an den schneebedeckten Hängen.

»Dann sind das Überreste alter Festungen?«, fragte er.

Die Bergherrin schnaubte, wie sie es immer tat, wenn wir etwas von uns gaben, das sie außergewöhnlich dumm fand.

»Das sind Lawinenschutzwälle«, sagte sie knapp und setzte sich wieder in Bewegung. »Wenn so große Wege so hoch oben durch die Berge führen, ist es wichtig, dass sie nicht von Schneemassen unbenutzbar gemacht werden. Dafür wurden sie angelegt. Aber ihr habt vermutlich noch nie eine Festung gesehen. Vermutlich nicht mal einen Schutzwall.«

Da hatte sie recht. Ich konnte mir zudem unter der Hälfte der Dinge, von denen sie sprach, nicht einmal etwas vorstellen. Blutreich, große Wege, Schiffe in Werften, Ozean. Das alles waren Begriffe wie aus einer Sagenwelt, wenngleich es so klang, als wäre die Bergherrin selbst dort gewesen.

Die Hütte, in der die Bergherrin wohnte, stand auf einer kleinen Lichtung im Fichtenwald. Hinter der Hütte kletterten Bäume und Felsbrocken den Hang hinauf und neben dem aufgeschichteten Feuerholz war ein kleiner Eschenhain gewachsen, dessen Bäume mit den letzten, vergessenen Blättern raschelten.

Das Haus schien sich an den Berg zu lehnen, flach und schräg, mit grasbewachsenem Dach, das hier und da durch den Schnee schimmerte. Wenn man es zum ersten Mal sah, wirkte es nicht größer als eine kleine Scheune, ein Ort, an dem Wandersleute übernachten konnten, die einen zu langen Heimweg hatten. Doch sobald man genauer hinsah, merkte man recht schnell, dass man sich verschätzt hatte. Ein paar der Außenwände wurden von den Fichten verborgen, die sich an die Hütte schmiegten. Und da, wo man schon längst mit dem Berghang rechnete, verlief noch immer das grasbewachsene Dach. Das, was man als Erstes erkannte, war eigentlich nicht viel mehr als der Vorraum. Der Rest des Hauses entfaltete sich dahinter in alle erdenklichen Richtungen – versteckte sich hinter Stämmen und Steinbrocken, verschmolz mit den steilen Hängen und wenn man erst im Haus stand, stellte man fest, dass mehrere der Zimmer sogar in den Berg hineingeschlagen worden waren, also unterirdisch lagen.

Selbst nach mehreren Wochen bei der Bergherrin entdeckten wir immer noch neue Zimmer, Nischen und Eckchen, sodass ich mir, als wir die Hütte irgendwann endgültig verließen, nicht sicher war, ob ich überhaupt alle gesehen hatte.

»Die Hütte ist wie die Herrin«, sagte Wulf. »Man weiß einfach nicht, wie sie wirklich aussieht. Auf den ersten Blick meint man, eine notdürftige Unterkunft für Holzfäller vor sich zu haben, und dann entdeckt man, dass sich dahinter noch viel mehr verbirgt.«

Aber ich teilte seine Auffassung nicht. Wer immer das Haus gebaut hatte, schien großen Wert darauf gelegt zu haben, dass es auf den ersten Blick wie eine Hütte wirkte. Dabei konnte jeder schon auf den zweiten Blick erkennen, dass er sich getäuscht hatte.

Bei der Bergherrin war das anders. Die Ungewissheit, die sie umgab, lag nicht an ihrer Art sich zu bewegen, sich zu halten oder die Stimme zu verstellen. Sie schien vielmehr tatsächlich ihr Aussehen zu verändern. Man konnte sich einfach nicht daran erinnern, dass sie je anders ausgesehen hatte als in dem Moment, in dem man sie gerade betrachtete.

Selbst wenn die Bezeichnung nicht wirklich passte, sprachen Wulf und ich dennoch immer von ›der Hütte‹. Denn obwohl sie so unheimlich groß war, fühlte sie sich doch wohnlich und winzig an und diesen Eindruck konnten wir einfach nicht abschütteln. Die Bergherrin nannte ihr Heim »Morgengabe«. Warum, wussten wir nicht. Wulf hatte natürlich gefragt, aber eine Antwort hatte er nicht bekommen.

Abgesehen von den Ausflügen in den Wald drehte sich das Leben bei der Bergherrin hauptsächlich um das häusliche Wirken. Wulf und ich lernten den Gebrauch der Spindel und beschäftigten uns dann viel mit dem Spinnen. Anfangs waren unsere Ergebnisse ungleichmäßig und voller Knötchen, aber mit der Zeit brachten wir sogar gleichmäßige, ziemlich dünne Fäden zustande. Vater hatte nie selbst gesponnen und es uns vermutlich auch nicht beibringen können. Unsere Kleider hatten wir stets ertauscht oder sie aus Fellen oder Leder selbst genäht. Wolle hatte es bei uns auf dem Hof nicht gegeben, wir hielten auch nie Schafe.

Auch die Bergherrin besaß keine Schafe, aber die Menschen aus der Region brachten ihre Rohwolle zu ihr. Den Grund dafür musste man nicht lange suchen. Die Bergherrin arbeitete schnell und spann die Wolle zu einem Faden, der stärker, gleichmäßiger und dünner war, als alle, die wir bisher zu Gesicht bekommen hatten.

Als Wulf und ich besser mit der Spule zurechtkamen, nahm die Herrin uns mit in die Webstube – ein Zimmer, das wir bis dahin noch nie gesehen hatten – und setzte jeden von uns an einen Webstuhl. Das Weben war leichter als das Spinnen, zumindest am Anfang. Doch dann offenbarte sich ziemlich schnell, dass Wulf ein wahres Talent besaß, Stoffe zu fertigen.

Ich selbst arbeitete zwar gar nicht so langsam und die Ergebnisse waren fest und gut. Wulf aber konnte den Webstuhl dazu bringen, genau das zu tun, was er wollte. Seine Stoffe waren so fest und gleichmäßig, dass man fast nicht mehr erkennen konnte, dass sie aus einzelnen Fäden gefertigt waren.

Und trotzdem wurden auch seine Stoffe nicht mal annähernd so perfekt wie die der Bergherrin. Ihre Hände bewegten sich so schnell, dass sie fast unsichtbar wurden, während sie das Schiffchen hin- und hergleiten ließ oder mit dem Webkamm gegen das entstehende Gewebe schlug. Ihre Stoffe konnten schwer und fest, dünn und leicht oder dick und warm sein, aber sie waren immer gleichmäßig und völlig fehlerfrei.

Manchmal nahm sie gefärbtes Garn zur Hand und webte an einem großen Wandteppich weiter, der in einem speziellen Webstuhl aufgespannt war. Dann erweckte sie unter ihren schnellen, geschickten Händen alte Sagen zum Leben, während Gestalten und ganze Szenen mehr und mehr an Form gewannen.

Natürlich hofften wir, dass die Bergherrin uns bei den Fragen behilflich sein würde, auf die Vater uns seit jeher eine Antwort schuldig geblieben war. Manches konnten wir uns mittlerweile selbst erklären. Dass wir alle von Geblüt waren – Vater, die Bergherrin, der Fremde, der uns besucht hatte, Wunan und selbst die Galgenmänner, uns alle verband etwas. Außerdem hatte ganz offensichtlich auch die fremde Sprache etwas mit den Blütigen zu tun.

Und wenngleich wir allmählich mehr und mehr verstanden, tauchten immer wieder neue Rätsel auf. Vergeblich versuchten wir, mehr über die sonderbaren Worte des Kobolds herauszufinden. Konnten Kobolde in die Zukunft blicken? Wieso hatte er sich dann in Wulfs Falle verfangen? Welche Verbindung gab es zwischen den Menschen von Geblüt und den Kobolden? Und was hatte es mit diesem Bund auf sich, von dem er gesprochen hatte?

Aber die Bergherrin wollte nicht antworten, obwohl deutlich spürbar war, dass sie mehr wusste, als sie erzählte. Genauso wenig wollte sie uns mehr über den Winterkönig oder Unwinter berichten. Wenn Wulf sie auf solcherlei Themen ansprach, murmelte sie nur »zu gegebener Zeit« und presste die Lippen zusammen.

Immerhin einmal bekamen wir etwas aus ihr heraus. Eines Abends unterhielten Wulf und ich uns beim Abendbrot über Vaters Aufzeichnungen über die Bestellung des Hofes. Als die Bergherrin davon hörte, spitzte sie die Ohren, und fragte schließlich:

»Wo sind sie jetzt, diese Aufzeichnungen eures Vaters?«

»Verbrannt«, antwortete ich.

»Als ich ins brennende Haus lief, lagen sie noch auf dem Tisch in der Stube«, sagte Wulf. »Aber ich habe nur das rote Kästchen mitgenommen, ich wusste nicht, dass sie wichtig waren.«

Die Nasenflügel der Bergherrin bebten und ich rechnete fest mit ihrem typischen Schnauben, aber ihre Gesichtszüge wurden weich.

»Nein, wie solltest du auch«, sagte sie mit einem Seufzer. »Ich hätte sie nur gern gesehen. Man könnte sagen, dass sie euer ganzes Leben dort dokumentiert haben, das von euch und eurem Vater. Das hätte ich einfach gern gelesen.«

»Aber da stand doch nichts über uns«, entfuhr es Wulf. »Das waren nur endlose Listen über das Wetter, den Boden, Ernteerträge, alles langweilige Aufzählungen.«

»Vielleicht in deinen Augen«, sagte die Bergherrin, die jetzt mit einem Mal müde aussah. »Dein Vater hat sich kein anderes Leben gewünscht. Der Wechsel der Jahreszeiten, ausreichend Brot auf dem Tisch – braucht man mehr zum Leben?«

Wulf schaute zu mir und verdrehte die Augen. Am liebsten hätte ich über ihn gelacht, aber die Herrin wirkte so sonderbar bedrückt, dass ich es nicht wagte. Insgeheim hoffte ich, er würde noch weiterfragen, aber er schien zufrieden zu sein. Deshalb nahm ich meinen Mut zusammen, um selbst nachzuhaken.

»Wir haben ziemlich viele Aufzeichnungen gefunden, ganze Bücher voll. Sie erfassten viele Jahre, vielleicht sogar Jahrhunderte ...«

Die Bergherrin blickte zu mir, für einen kurzen Moment umspielte ein amüsiertes Lächeln ihren Mund.

»Manchmal setze ich wohl zu viel voraus und nehme an, dass ihr Dinge wisst, die ihr gar nicht wissen könnt. Wie dem auch sei, du möchtest wissen, wie alt dein Vater war, nicht wahr?«

Ich nickte.

»Vermutlich interessiert euch darüber hinaus, wie alt ich bin? Ich habe viele Generationen kommen und gehen sehen«, fuhr sie fort, ohne eine Antwort abzuwarten, »seit die Grenze des Blutreichs bis hierher vorgerückt ist. Erbfolge folgte auf Erbfolge, seit der Kaiser fiel und die westlichen Festungen sich selbst überlassen wurden. Ich war dabei, als die Ecksteine der ältesten Burgen auf dem Berg gelegt wurden. Ich war bereits da, als euer Vater geboren wurde, ein Menschenalter später, als die Aussichtstürme längst auf den Felsen standen und weit über den Ozean blickten. Und die ersten Pläne für eine Flotte aufkamen.«

Wulf war kurz davor, die Bergherrin mit einer Frage zu unterbrechen, doch diese hielt nur abwehrend die Hand hoch, um ihn zum Schweigen zu bringen, bevor er überhaupt etwas gesagt hatte.

»Wir leben lange, wir, die von Geblüt sind. Wenn uns nicht Krankheiten, Unglücke oder Waffen das Leben kosten, können wir bezeugen, wie Flüsse ihre Betten wechseln, neues Land aus dem Meer steigt und scharfe Felskanten von Wind und Wetter weich geschliffen werden. Die meisten von uns sind bereits wesentlich älter als gewöhnliche Menschen zu hoffen wagen. Wir altern nur sehr langsam und wenn wir erst erwachsen sind, macht uns die Zeit nicht mehr aus als den Felskanten, von denen ich gerade gesprochen habe. Und ich sehe, dass ich viel zu lange geredet haben muss, denn Wulf kann nicht einen Augenblick länger den Mund halten.«

»Wie ist das denn, so alt zu sein?«, platzte es auch schon aus ihm heraus. »Wird man sehr weise? Oder hat man irgendwann von allem genug?«

Jetzt kam das Schnauben, das die Herrin kurz zuvor unterdrückt hatte.

»Das wirst du zu gegebener Zeit selbst erfahren. Wenn du Glück hast.«

Und dann ging sie in die Speisekammer, um den Käse zu wenden.

Die Tage, Wochen und Monate vergingen in der Hütte der Bergherrin, während der Winter die Dörfer hart im Griff hatte. Und allmählich gewöhnte ich mich an ein paar Dinge.

Ich begann, zu begreifen, richtig zu begreifen, dass sie fort waren: Vater und Maja. Abschied von ihnen zu nehmen, hatte geholfen, und ab und zu schlich ich mich hinauf zu dem kleinen Felsvorsprung und zündete neue Kerzen an. Doch erst als nach und nach der Alltag einkehrte, begriff ich, was es hieß, sie zu vermissen. Es war kein anhaltender Schmerz, kein großes Leid, das permanent an mir zerrte und riss. Zu meiner eigenen Überraschung konnten sogar mehrere Stunden vergehen, in denen ich gar nicht an Vater oder Maja dachte, bis irgendetwas mich wieder erinnerte. Manchmal wunderte ich mich über etwas, das ich später Maja fragen wollte. Oder ich bekam kalte Füße und hoffte, dass Vater bereits Feuer gemacht hatte, damit ich mich aufwärmen konnte, sobald ich wieder zu Hause war. Und schon im nächsten Moment traf mich stechend der Kummer, weil ich für einen Augenblick wirklich vergessen hatte, dass sie tot waren. Wenn man weiterleben möchte, muss die Erinnerung an die Verstorbenen wehtun. Täte sie das nicht, wäre das Leben viel angenehmer, aber ich glaube nicht, dass man dann noch menschlich wäre. Vielleicht eher ein Galgenmann, der ungerührt im Schneesturm stehen kann und keine menschliche Stimme mehr hat.

Ich versuchte, mit Wulf darüber zu sprechen, aber der schien nicht zuhören zu wollen. Meist zögerte er kurz, wechselte dann das Thema und redete heiter über ganz andere Dinge. Man hätte denken können, er traute sich nicht, genauer dorthin zu spüren, weil er Angst davor hatte, es nicht bewältigen zu können. Aber ich kannte ihn ja schon mein Leben lang, deshalb wusste ich, dass etwas anderes im Argen lag. Etwas nagte an Wulf. Etwas, über das er wohl selbst lieber nicht nachdenken wollte.

Noch vor ein paar Wochen war ich völlig missmutig darüber gewesen, nun plötzlich ausgesperrt zu sein aus seiner Welt. Mittlerweile hatte ich mich auch daran gewöhnt, wie an so vieles andere, das neu war in meinem Leben. Obwohl das Band zwischen uns verschwunden war, obwohl wir nicht länger wirklich wussten, was der andere dachte und fühlte, konnten wir uns trotzdem aufeinander verlassen. Und als die Enttäuschung und der Unmut darüber, uns jetzt nur noch über Worte austauschen zu können, versiegt waren, fand ich sogar Gefallen daran. Zum ersten Mal in meinem Leben dachte ich darüber nach, wer ich war, ohne Wulf. Das war neu und aufregend.

Wir führten kein abgeschottetes Dasein in der Hütte, denn ab und zu kamen Besucher zur Bergherrin. Meistens brachten sie etwas mit – Wolle, Milch oder Garn –, um das die Bergherrin sich kümmern sollte. Dafür erhielten sie dann im Tausch Stoffe, Kleider, Käse oder Butter. Wir begriffen schnell, dass die Bergherrin nicht nur wegen ihrer Geschicklichkeit als Weberin oder Schneiderin sehr gefragt war. Die Leute waren bereit, weite Strecken für ihren Käse zurückzulegen.

Die Besucher brachten immer auch Neuigkeiten mit. Sie setzten sich zu uns an den Tisch in der Stube, aßen mit uns und erzählten, was sich in der Zwischenzeit im Flachland ereignet hatte. Meist berichteten sie davon, wie hart der Winter war, wer sich im Schnee verlaufen hatte und dann steif gefroren gefunden worden war und dass die Wölfe immer enger um die Höfe strichen. Selten sprachen sie von der Hoffnungslosigkeit – von der lähmenden Wirkung des Unwinters.

»Merken sie nicht, was die Kälte mit ihnen macht?«, fragte ich die Bergherrin einmal.

»Die meisten Menschen spüren den Unwinter nicht so wie wir Blütige. Die Tage sind kalt, die Nächte dunkel und Furcht einflößend, die Kälte beißend, aber nur Wenige erkennen darin mehr als einen außergewöhnlich harten Winter.«

»Und warum ist das so?«

»Euer Vater hat sich die gleiche Frage gestellt«, sagte die Herrin und schaute von mir zu Wulf. »Selbst ich weiß es nicht.«

Keiner der Besucher stammte aus unserem Dorf. Die meisten schienen aus Siedlungen an einem Flussarm zu kommen, den wir nicht kannten. Einem, der wesentlich weiter nördlich verlief. Manche fanden aus einem noch weiter entlegenen Dorf hierher, einem, das noch jenseits des Flusses lag, in einem Teil des Flachlandes, den wir noch nie zu Gesicht bekommen hatten. Es war unmöglich, dabei nicht an ›das Dorf nordwestlich des Berges‹ zu denken, von dem Vater gesprochen hatte, und wir spitzten immer sogleich die Ohren, aber niemand erwähnte jemanden mit dem Namen Atlevis.

»Wir sollten die Bergherrin fragen«, sagte Wulf eines Abends zu mir, als wir uns nach einem solchen Besuch schlafen legten. »Sie wird ihn sicher kennen. Atlevis muss auch von Geblüt sein, den Namen habe ich nämlich nie zuvor gehört. Und die Herrin ist doch mit jedem Blütigen bekannt, der hier in der Gegend wohnt.«

»Wieso haben wir sie nicht längst gefragt?«, grübelte ich. »Und warum fragen wir nicht mal einen der Besucher? Das Dorf kann ja eigentlich nicht so groß sein – sie werden doch auch von ihm gehört haben.«

»Stimmt, wieso haben wir sie nicht längst gefragt?«, sagte nun auch Wulf und sah verdutzt aus. »Das mache ich morgen gleich als Erstes.«

Aber er tat es nicht und ich genauso wenig. Und obwohl wir uns viele Male fest vornahmen, von Vaters letzten Worten zu erzählen, von Atlevis und den Kartenteilen, kam es nie dazu. Jedes Mal überlegten wir es uns doch noch anders und fragten uns hinterher, wieso eigentlich. Dabei gab es keinen Grund, die Bergherrin oder den gerade anwesenden Gast nicht zu fragen und dennoch passierte es nie.

»Jetzt habe ich es wieder vergessen«, sagte Wulf dann manchmal. »Aber nächstes Mal! Nächstes Mal erinnere ich mich daran.«

Aber ich glaubte nicht daran. Irgendwie wollten die Worte über Atlevis und die drei Teile nicht gehört werden. Sie waren eingeschlossen in unsere Gedanken und ich fragte mich, wer sie wohl daran hinderte, ausgesprochen zu werden.

Und so verstrich die Zeit. Die Tage wurden kürzer und kürzer und ich fühlte mich in der Hütte immer heimischer. Manchmal, wenn Wulf und die Bergherrin beide draußen Besorgungen machten, wanderte ich allein von Zimmer zu Zimmer und sog die Stimmung in mich auf.

Verschiedenste Gerüche kamen und gingen. Manchmal roch es am stärksten nach dem frisch gebohnerten Boden, dann wieder nach frisch gebackenem Brot oder gewaschener, feuchter Wolle. Doch egal, welcher Geruch vorherrschte, er wurde stets von zwei anderen begleitet: immer roch es außerdem scharf und streng nach Qualm vom brennenden Holz und schwer und feucht nach Erde – was daran lag, dass mehr als die Hälfte der Hütte im Inneren des Bergs verschwand.

Deshalb war es in der Hütte auch nicht sonderlich hell. Selbst in den wenigen Stunden, an denen die Wintersonne am höchsten stand, fand nicht besonders viel Licht durch die Fenster herein. Ich lief durch ein Dunkel, das hier und da vom Schein kleiner Öllaternen durchbrochen wurde, die unterschiedlicher nicht hätten sein können. Kaum eine ähnelte der anderen. Es gab Schalen aus Lehm mit dicken Dochten, Lampen aus Glas und Metall, schmale, hohle Zylinder aus dünnem, weißen Stein, durch die der Kerzenschein sanft und milchweich wurde, und komplexe Konstruktionen aus Messing, bei denen sich die Dicke des Dochts und der Fluss des Öls durch Schrauben und Röhrchen regulieren ließ. Mit vereinten Kräften tauchten die Laternen die Zimmer in ein warmes Halbdunkel. Die Schatten jagten einander über die Wände und versuchten, sich zu überlagern.

Wenn ich durch die Hütte streifte, betrachtete ich am liebsten die außergewöhnlichen Dinge, mit denen die Bergherrin sich umgeben hatte. Besonders die Wandteppiche hatten es mir angetan, ich konnte mich stundenlang darin verlieren. Viele Wände waren mit ausladenden Bildwirkereien behängt, auf denen farbenfrohe Gestalten Auszüge aus Mythen oder Legenden nachstellten, die ich nie zuvor gehört hatte. Davon abgesehen gab es ein ganzes Sammelsurium verschiedenster wunderlicher und fremdartiger Gegenstände. Auf dem Boden stehend, in Regalen an den Wänden und an Ketten oder

Schnüren von der Decke hängend. Zum Teil waren es wohl Werkzeuge aus Holz oder Metall, kleine Messer, Dosen und Eisenstifte, aber ich hätte nicht sagen können, wozu sie verwendet wurden. Außerdem gab es eine Menge ausgeklügelter Instrumente mit Gewichten, Schrauben und Federn, die Gerätschaften ähnelten, die ich schon einmal gesehen hatte. Das, was mir am besten gefiel, waren die Gegenstände, die keinen anderen Nutzen zu haben schienen, als schön zu sein. Kleine, aus Knochen geschnitzte Figuren, die tanzten oder um die Wette einen flachen, dunklen Holzkegel hinaufkletterten. Oder die drei dünnen Goldketten, die in einem Kistchen lagen und an denen runde Miniaturgemälde hingen, die mit solch leuchtenden Farben gemalt waren, dass sie fast lebendig wirkten. Oder die lange Messingstange, die an der Decke des Vorraums hing. Geziert wurde sie von einem filigranen Muster, das sich um funkelnde Kristalle schlängelte, die rot, weiß und blau schimmerten.

Ich hätte stundenlang davorstehen und diese oder ähnliche Gegenstände betrachten können. Viel Zeit blieb dafür natürlich nie, aber ich liebte es, mir vorzustellen, woher die Bergherrin diese Dinge mitgebracht, wie viel sie wohl schon gesehen und erlebt hatte in ihrem verwirrend langen Leben. Als es schließlich nicht mehr dunkler werden konnte, war Mittwinter.

Und an diesem Abend nahm die Bergherrin uns mit hinaus, statt uns zu Bett zu bringen.

»Die längste Nacht des Jahres«, sagte sie. »In dieser Gegend hört man viel über diese Nacht. Dass die Tiere sprechen können. Dass die Toten ihre Gräber verlassen und die Nähe der warmen Stuben suchen. Dass Geister und Wunderwesen sich frei in der Dunkelheit bewegen können.«

»Und ist das wahr?«, wollte Wulf wissen.

»Vermag ich, das zu beantworten?«, murmelte die Bergherrin abwesend. »Beeilt euch. Wir haben einen weiten Weg vor uns und müssen noch vor Mitternacht dort sein.«

»Aber wo denn nur?«

»Am Wegekreuz. Wir begeben uns auf einen Jahresgang.«

15

Der Jahresgang

»Man kann Wege auf allerlei Weisen wecken«, sagte die Bergherrin, während sie am Waldesrand vor ihrer Hütte in die Knie ging. Die Nacht war bereits hereingebrochen, doch die Dämmerung verweilte noch als blauer Schimmer über den Bergen im Westen. So war von der Bergherrin nur wenig mehr als ein dunkler Schatten auszumachen, der sich kaum vom Schnee abhob.

»So geht es jedoch am schnellsten«, fuhr sie fort. »Die Leibjäger machen das auch so, denn meist haben sie keine Zeit für lange, komplizierte Zeremonien. Sicher würden sie darauf bestehen, dass es nur ihnen gestattet ist, so zu verfahren. Ich werde mich aber hüten, sie je darauf anzusprechen.«

Wulf sah mich ratlos an, aber ich schüttelte nur den Kopf. Auch ich hatte keine Ahnung, wovon die Bergherrin redete.

»›Leibfeuer‹ sagen sie dazu. Es eignet sich zu allerlei: zum Wärmen, als Lichtquelle oder zum Entfachen von richtigen Feuern – und nicht zuletzt eben auch zum Wecken von Wegen.«

Sie streifte die Fäustlinge ab und begann, ihre Handflächen aneinanderzureiben. Erst langsam, dann allmählich immer schneller. Ihre Hände waren glatt und geschmeidig. Sie war also gerade nicht die alte, gebeugte Frau wie sonst, wenn wir uns im Freien aufhielten. Doch schon zweifelte ich wieder, ob sie je alt ausgesehen hatte. Inzwischen war mir allerdings klar, dass es half, nicht so viel darüber nachzudenken. Je länger man grübelte, wie die Bergherrin aussah, desto unsicherer wurde man, ob es beide Erscheinungen wirklich gab. Ließ man jedoch nur kurz die Gedanken darüberstreifen, konnte man sich leicht beide Gestalten gleichzeitig vorstellen: die gekrümmte Greisin und die ewig junge Frau. Und beide waren die Bergherrin, ganz gleich wie unterschiedlich sie auch schienen.

»Besinnt euch auf euer Blut«, flüsterte die Herrin, presste die Hände stärker gegeneinander und rieb schneller und schneller. »Spürt, wie es durch eure Finger strömt und dem Körper Wärme schenkt. Denkt an diese Wärme, stellt sie euch in euren Händen vor, wie sie sich auf der Haut ausbreitet, wie es immer wärmer wird zwischen den Händen, und dann …«

Unvermittelt löste sie die Handflächen voneinander und die Nacht wich hastig einen Schritt zurück. In den Händen hielt die Bergherrin eine Kugel aus weißen Flammen. Sie bewegten sich langsam, wie im Traum, und ihr Licht war gleißend. Aber sie schienen die Herrin nicht zu verletzen. Sie nahm den Feuerball in eine Hand und hielt ihn hoch.

»Leibfeuer«, sagte sie und gab uns Zeit, es zu betrachten. Inzwischen schwebte der Feuerball eine Handbreit über ihren Fingern.

Dann ließ sie ihn in den Schnee sinken und als sie daraufblies, bewegte er sich auf den Wald zu. Unsere Blicke folgten ihm über die Schneewehen, bis er zwischen den Fichten verschwunden war. Wie lautlose Blitze flackerte sein Licht ab und zu noch in den Tiefen des Waldes auf, dann war es erneut ganz dunkel.

Erst nach einer Weile hatten sich unsere Augen abermals an die Dunkelheit gewöhnt. Als wir endlich wieder sehen konnten, war die Bergherrin schon auf dem Weg in den Wald. Sie folgte der Spur des Leibfeuers.

Wir eilten ihr nach und sofort bemerkte ich eine Veränderung. Der Schnee war auf einmal nicht mehr so tief und das

Laufen fiel leichter. Der Winter umklammerte mein Herz nicht mehr und bei jedem Schritt fühlte es sich so an, als könnte ich schneller gehen, ohne mich mehr anstrengen zu müssen. Wulf sah völlig verblüfft aus, doch ich wusste, woran das lag.

»Der Weg ist erwacht«, sagte ich. »Genau so war das auch in der Nacht, als unser Hof abgebrannt ist und ich das Wegekreuz hinter mir ließ.«

»Aber du hast gar nichts von einem Feuer erzählt«, erwiderte Wulf.

»Ich muss den Weg anders geweckt haben. Das lag bestimmt am Wegekreuz und am Blut. Wunan hat gesagt, ich habe Glück gehabt.«

»Das ist ja fantastisch«, sagte Wulf. »Man geht wie mit starkem Rückenwind. Ich kann die Kälte und den Schnee zwar spüren, aber nur leicht. Und vom Unwinter merke ich gar nichts. Warum wecken wir nicht immer solche Wege?«

»Vermutlich gibt es die nicht überall.« Und dann fiel mir noch etwas anderes ein. »Außerdem soll man sie nicht ohne Not wecken. Das hat Wunan gesagt.«

Wulf überzeugten diese Worte nicht, das war offensichtlich, aber er erwiderte nichts. Stattdessen beeilten wir uns, die Bergherrin einzuholen, die schon hinter der Böschung verschwunden war.

Wir folgten dem Weg, der Wunan und mich vor ein paar Monaten hergeführt hatte, als der Winter gerade angebrochen war. Nachdem wir den Steilhang hinter uns gebracht hatten, gelang es uns, die Bergherrin auf der Lichtung mit den jungen Bäumen einzuholen, von wo man einen guten Überblick über den Wald und das Flachland hatte. Dann kletterten wir über den gefrorenen Fluss und liefen weiter den Berg hinunter, durch Felsspalten und über Gesteinsbrocken, bis wir endlich wieder flacheren Boden unter den Füßen hatten.

Wulf hatte recht. Das Laufen auf dem erwachten Weg war wie Laufen mit Rückenwind. Beim letzten Mal hatte ich nur ein kurzes Stück zurückgelegt, ehe der Weg wieder eingeschlafen war, diesmal konnte ich einfach gehen und gehen, ohne dass ich überhaupt einen Anflug von Erschöpfung spürte. Im Gegenteil, jeder neue Schritt schien mir sogar neue Kraft zu verleihen. Außerdem führte uns der Weg sicher durch die Dunkelheit – wie von selbst setzte sich Fuß vor Fuß, obwohl ich die Hand fast nicht vor Augen erkennen konnte, und falls ich doch einmal vom Weg abzukommen drohte, merkte ich das sofort.

Bald wurde es wieder steiler und der Weg schnurgerade. Hier irgendwo musste Wunan mich aufgestöbert haben. Kurz darauf erreichten wir das Wegekreuz, wo das Leibfeuer auf uns wartete. Wie ein gefallener Stern kauerte es am Fuße des Wegweisers und erhellte die Nacht. Die Bergherrin hob es auf und platzierte es in der Schale des Wegweisers. Dort legte es sich zurecht, bis es vielleicht einen Fingerbreit über dem Stein schwebte, und strahlte mit unverminderter Kraft weiter.

»Wie lange kann das denn …«, setzte Wulf an, doch die Bergherrin legte ihm schnell die Hand über den Mund, weshalb er sogleich verstummte.

»Es ist wichtig, dass ihr mir nun gut zuhört«, flüsterte sie und wir traten näher an sie heran, damit wir sie besser verstehen konnten.

»Was wir vorhaben, ist gefährlich. Einen Jahresgang machen nur die Furchtlosen. Wir setzen heute Nacht Leben und Verstand aufs Spiel. Habt ihr schon mal vom Jahresgang gehört?«

Wir schüttelten die Köpfe.

»Das wundert mich nicht. Heutzutage weiß kaum noch jemand, wie genau das geht, und fast alle, die glauben, es zu wissen, machen Fehler.«

An dieser Stelle kicherte sie auf ihre ganz eigene Art. Ich fand, sie sah dabei beinahe selbstgefällig aus.

»Die Einzige, die ich kannte und die außer mir diese Kunst beherrschte, war Maja. Und ich selbst habe es ihr beigebracht. Nun, einen Jahresgang kann man nur unternehmen, wenn das alte Jahr dem neuen Platz macht. Wenn die Winterdunkelheit am längsten ist, also zum Mittwinter um Mitternacht. Da gibt es einen kurzen Augenblick, der weder zum Alten noch zum Neuen gehört. Einen Augenblick, in dem die Gesetze und Bünde, die sonst gelten, kurz aufgehoben sind. Es ist gewagt, sich zu dieser Zeit im Freien aufzuhalten – Kreaturen, die sich normalerweise nicht frei im Wald bewegen, können plötzlich alles tun, was sie wollen. Etliche sind nur unterwegs, um zu erschrecken, anderen dürstet es nach Blut.«

Ich spürte, wie es mir langsam kalt über den Rücken lief. Das Licht vom Leibfeuer wirkte auf einmal wie ein kläglicher Schutz vor all dem Dunkel, das sich dicht um uns drängte.

»Für diejenigen, die sie zu nutzen vermögen«, setzte die Bergherrin fort, »birgt die Mittwinternacht eine seltene Gelegenheit. Wer sich auf einen Jahresgang wagt, kann für einen Augenblick den Schleier lüften, der damals von heute trennt und heute von morgen. Das Gegenwärtige, das Vergangene und das Zukünftige vereint sich kurz zu einem Ganzen. Wer seine Karten gut spielt, kann etwas über das erfahren, was ihm bevorsteht. Über Gefahren, die man vermeiden kann, Katastrophen, die man verhindern kann, oder über Möglichkeiten, die man sonst verpassen würde.«

Sie verstummte und sah uns ernst an. Die Nacht war still, nur das Blut rauschte mir laut in den Ohren. Obwohl mich eine leise Angst beschlich, war die Aufregung größer. Ich schaute Wulf an und erkannte auf seinem Gesicht, dass es in ihm ähnlich aussah.

»Zuerst müssen wir das Wegekreuz richtig wecken«, sagte

die Bergherrin. »Bald ist Mitternacht und dann müssen wir schnell fort von hier. Lauft, so schnell ihr könnt! Und seht euch nicht um! Sucht euch einen der Wege aus, am besten wählt jeder einen eigenen, dann muss er sich erst einmal entscheiden, wem von uns er folgen will. Bis er seine Wahl getroffen hat, sind wir schon ein gutes Stück weit gekommen.«

»Aber wer denn?«, fragte Wulf atemlos.

»Unter uns liegt ein Grimm. Um Mitternacht kann er sich frei bewegen und stellt dann jedem vom Geblüt nach, den er finden kann.«

»Was ist ein Grimm? Warum liegt er unter dem Wegekreuz?«, fragte Wulf, aber die Bergherrin schüttelte nur den Kopf.

»Das musst du nicht wissen. Und das willst du auch gar nicht wissen. Und stell nicht so viele Fragen. Gerade heute Nacht könnte es dich das Leben kosten. Viele der Kreaturen, die im Schutze der Mittwinternacht hervorkriechen, warten nur darauf, dass jemand auf sie zeigt und fragt, was sie sind, was sie machen oder was sie wollen. In dem Moment hast du ihnen zugestanden, dass es sie gibt. Das verbindet euch und dieses Band werden sie ausnutzen, dich aufspüren und töten. Habt ihr beiden mich verstanden? Ihr werdet Dinge zu Gesicht bekommen, die ihr durchaus anschauen dürft, aber macht nicht viel Aufhebens darum. Denn wenn es Erscheinungen oder Visionen sind, verscheucht ihr sie damit nur. Und wenn es etwas Schlimmeres ist, lockt ihr es an. Vergesst das bloß nicht!«

Sie ging um das Wegekreuz herum und stampfte mit dem rechten Fuß einmal kräftig auf jeden der vier Pfade. Gleichzeitig flüsterte sie etwas zum Boden, das wir nicht verstanden. Bei jedem Stampfen loderte das Leibfeuer oberhalb des Wegweisers auf und wurde jedes Mal ein bisschen größer. Dann wandte die Bergherrin sich wieder uns zu.

»Noch ein Letztes: Presst die Beine fest zusammen.«

Keiner von uns verstand, was sie damit meinte, aber es blieb keine Zeit mehr, nachzufragen. Das Leibfeuer wechselte plötzlich die Farbe und war mit einem Mal ein wildes loderndes glühend rotes Feuer, das zischte, toste und mit Funken um sich spuckte. Die Bergherrin rannte sofort am Wegweiser vorbei, nahm den Weg nach Norden und während sie immer schneller wurde, rief sie uns noch zu:

»Lauft!«

Wulf stürzte ohne zu zögern nach Süden, ich war nicht so schnell entschlossen. Kurz folgte ich dem Pfad nach Westen, entschied mich aber im letzten Moment um. Irgendetwas sagte mir, dass es nicht richtig war, den gleichen Weg einzuschlagen, der uns hergebracht hatte. Also lief ich zurück und diesmal nach Osten, zweifelte aber nach ein paar Schritten gleich wieder. Dieser Pfad führte den Hang hinunter ins Flachland und es war genau der Weg, den ich bei meinem letzten Besuch hier nicht hatte nehmen wollen. Siedend heiß fiel mir das Bild von dem Wegweiser wieder ein – das Tor mit dem Raubvogel. Und genau wie damals überkam mich ein unerklärlicher Widerwille. Vielleicht wäre es doch am besten, nach Westen zu laufen.

Doch nun hatte ich zu lange gezögert. Im Schein des wildflackernden Feuers wirbelte der Schnee am Fuße des Wegweisers auf, als etwas den gepflasterten Boden von unten hochdrückte. Ich konnte mich gerade noch darüber wundern, wie merkwürdig der Boden sich dort gebärdete – ganz so, als bestünde er nicht aus Erde und Steinen, sondern aus schwerem Stoff, der sich beulte und hob, weil etwas von unten dagegenpresste – und dann war auch ich endlich unterwegs. Ich rannte, so schnell ich vermochte, dem östlichen Pfad folgend. Hinter mir tönten kratzende und fauchende Geräusche, die nichts ähnelten, was ich bisher je gehört hatte. Aber sie klangen so fremd und ungezähmt, dass allein der Schrecken darüber meinen Füßen Flügel verlieh.

Schon bald hörte ich nichts als mein atemloses Keuchen und das Knirschen meiner Stiefel im Schnee. Je weiter ich mich vom Feuer am Wegekreuz entfernte, desto dunkler wurde der Wald. Die Fichten ließen ihre Äste tief über den Pfad hängen, um mir das Gesicht aufzukratzen und mich mit Schnee zu bestäuben. Ich wusste nicht, wie weit oder lange ich laufen sollte, aber mein überstürzter Start hatte mich so viel Kraft gekostet, dass ich anhalten und mich gegen einen Baumstamm lehnen musste, um ein bisschen zu verschnaufen.

Schon spürte ich, dass sich etwas näherte. Hinter mir hörte ich ein knirschendes, knackendes Geräusch. Erst war es noch weit weg, doch es kam immer näher. Ich zwang mich, ruhiger zu atmen, meine Angst hinunterzuschlucken und die Ohren zu spitzen.

Das Geräusch erinnerte mich daran, wie einmal ein plötzlicher Frost die Pfützen auf dem Hof mit einer Eisschicht überzogen hatte und die Hühner versuchten, darüberzulaufen. Das war ein Lärm gewesen, der vergeblich seinesgleichen suchte, und dabei war es gar nicht das Gegacker, an das ich denken musste, sondern das Geräusch von Krallen. Krallen, die über Eis kratzten und schabten.

Nun näherten sich scharfe Krallen über den Steinpfad und ich blieb wie angewurzelt stehen, lauschte und wartete darauf, dass sie sich auf mich stürzen und sich in mein Fleisch bohren würden.

Stattdessen verstummte das Geräusch. Das Herz schlug mir bis zum Hals, aber ich stand weiter reglos, schloss die Augen und hielt die Luft an. Aber nichts weiter geschah. Langsam, ganz langsam löste ich die Hände vom Baumstamm, gegen den ich mich gelehnt hatte, und blieb eine Weile still mitten auf dem Pfad stehen. Dann machte ich einen vorsichtigen

Schritt vorwärts. Und noch einen. Und noch einen. Noch immer geschah nichts, abgesehen davon, dass sich mir die Nackenhaare aufstellten und ich am liebsten die Augen im Kopf nach hinten gedreht hätte, um zu sehen, was in meinem Rücken lauerte.

Als ich ein paar weitere Schritte gemacht hatte, überwältigte mich meine Neugier. Ich konnte einfach nicht länger weitergehen, ohne zu wissen, ob da noch immer etwas Unbekanntes, etwas mit scharfen Krallen hinter mir lauerte oder ob ich auf wundersame Weise entkommen war. Deshalb drehte ich mich um.

Ich war nicht entkommen.

Das Wesen saß mitten auf dem Weg, ungefähr zwanzig Schritte entfernt. Es war ein toter Marder – anders konnte ich ihn gar nicht beschreiben. Ein Marder, dessen Pelz schon ausgefallen und dessen Haut so eingetrocknet war, dass sie eng um sein Skelett lag. Sein Körper sah dadurch unnatürlich mager aus, wie ein Haufen trockener Zweige, die der Wind zusammengetragen hatte. Er bewegte sich ruckartig, mit knirschenden Gelenken. Der lange Schwanz schwang hinter ihm, die einzelnen Wirbel standen hervor wie knöcherne Dornen.

Als ich mich umdrehte, hob er den blanken Schädel. Zwei Reihen schiefer, abstehender Zähne grinsten mich an, die Augen leere Höhlen. Ich hatte einen Fehler gemacht. Ich hatte die Weisung der Bergherrin vergessen und der Grimm hatte nur darauf gewartet. Jetzt zog er sich zusammen zu einem spinnengliedrigen Durcheinander morscher Knochen und raste im nächsten Augenblick mit großen Sprüngen direkt auf mich zu. Eingerissene Krallen und braun angelaufene Reißzähne schossen geradewegs auf mein Gesicht zu.

Und ich blieb einfach wie festgenagelt stehen, schloss die Augen und schrie so laut, als wäre es das Böse selbst, das auf mich zustürzte.

Ich wappnete mich, doch statt des Schmerzes kam ein Geräusch. Ein Krachen – kurz und durchdringend wie ein Donnerschlag, gefolgt von feinem Knacken, als wäre ein Reisigbündel im Schnee gelandet.

Vorsichtig öffnete ich die Augen. Die Bergherrin stand neben mir und der Grimm war nicht mehr als ein zusammengesacktes Häufchen rechts von uns am Wegesrand. Stolz sah die Herrin aus, noch gerader aufgerichtet, als ich sie bisher gesehen hatte. In der Hand hielt sie einen Ast und deutete damit auf den Grimm.

»Wurm!«, rief sie. Ihre Stimme war tief und wurde von den Baumstämmen zurückgeworfen. »Wurm! Du hast vergessen, wohin du gehörst. Kriech da hin, wo du hergekommen bist! Vergrab dich schleunigst wieder zwischen den Wurzeln! Trink das, was fault, iss das, was tot ist. Das Mädchen steht unter meinem Schutz. Zieh dich zurück, du gehörst nicht hierher!«

Der Grimm ordnete seine Knochen und kam wieder auf alle viere. Die Bergherrin schien ihm mit dem Ast das Rückgrat und mehrere Rippen gebrochen zu haben. Er bewegte sich noch ruckartiger und schiefer als vorher, wirkte darüber hinaus aber nicht weiter versehrt. Sein Kopf zuckte vor und zurück, drehte und wand sich, als würde der Grimm die Bergherrin von allen Seiten betrachten. Als würde er hoffen, so auch hinter sie blicken, sie durchschauen zu können. Dann öffnete er das Maul und fauchte durch die toten Zähne:

»Hast du hier etwas zu sagen? Haben Blütige hier etwas zu sagen? Es herrscht Mittwinter. Der Bund ist gelöst. Gerade gibt es nichts, das dich oder das Mädchen schützt.«

Er presste die Worte durch die Lücken zwischen den Zahnstümpfen, seine Stimme klang wie Staub, wie die trockenen Atemzüge eines Verdurstenden. Die leeren Augenhöhlen waren unendlich tief, fiele man hinein, man würde niemals wieder herausfinden. Der kleine, ausgemergelte Körper strahlte so viel Hass, so viel Wut aus, dass sie fast greifbar wurden. Ich war wie betäubt und überzeugt davon, dass es keine Hoffnung mehr gab. Dass wir so gut wie tot waren, alle beide.

Aber die Bergherrin verzog keine Miene. Sie hielt noch immer den Ast auf den Grimm gerichtet und rief, noch lauter als zuvor:

»Ich bin nicht blütig. Ich bin die Mutter. Ich bin Frühling, Sommer und Herbst. Das sind meine fauligen Blätter, durch die du kriechst, Wurm! Und deine Mutter befielt dir: Zieh dich zurück, du gehörst nicht hierher!«

Zu meiner großen Verwunderung gehorchte der Grimm. Fauchend zog er ab, der Schwanz peitschte durch den Schnee. Ein paarmal wandte er sich nach uns um, doch die Herrin wartete mit erhobenem Ast, bis der Grimm vollends verschwunden war. Das Letzte, was ich von ihm sah, war, wie er sich zusammenkauerte und dann mit einem Satz zwischen den Bäumen nördlich des Weges in der Dunkelheit verschwand.

Die Bergherrin stand wartend, ohne auch nur einen Finger zu rühren, bis es im Wald wieder ganz still geworden war. Dann sackte sie auf die Knie und nutzte den Ast, um sich abzustützen. Etwas schien sie zu verlassen. Sie wirkte plötzlich kleiner und schwächer, ohne jedoch zu der gekrümmten Alten zu werden. Sie atmete schwer und endlich konnte ich mich aus meiner Schreckstarre lösen, rannte zu ihr, um ihr zu helfen.

Als ich ihr den Arm um die Schultern legte, spürte ich, dass sie am ganzen Körper zitterte. Sie hängte sich schwer an mich, als ich ihr aufhalf.

»Ich habe mich umgesehen«, flüsterte ich und war kurz davor, in Tränen auszubrechen. »Entschuldigung. Ihr habt gesagt, wir sollen uns nicht umsehen, und ich habe es trotzdem getan.«

Die Bergherrin klopfte mir unbeholfen auf die Schulter und da sah ich, dass der Grimm sie verletzt hatte. Der linke

Ärmel ihres Gewandes war zerrissen und gab den Blick auf ihren Unterarm frei, wo tiefe, dunkle Kratzer prangten.

»Schön, schön«, sagte sie abwesend. »Jetzt ist er weg. Gut.«

Aber mir war klar, dass es so einfach nicht sein konnte. Die Bergherrin war völlig erschöpft. Was auch immer sie getan hatte, um den Grimm zu vertreiben, es hatte sie fast all ihre Kraft gekostet. Irgendetwas sagte mir, dass das, was geschehen war, seinen Preis forderte. Die Wundränder auf dem Arm der Bergherrin begannen bereits, feuerrot zu glühen.

»Habt Ihr wirklich gesagt, Ihr seid seine Mutter?«, fragte ich.

»Das war natürlich gelogen.« Sie lächelte matt. »Oder auch nicht. Manchen Dingen wohnt eine viel mächtigere Kraft inne, als wir Blütige ihnen für gewöhnlich zugestehen wollen. Die Mutter ist ein gutes Beispiel dafür. Alles, was geboren wurde, kommt von einer Mutter. Und alles, was geboren wurde, wird eines Tages sterben. So schenkt die Mutter bei der Geburt sowohl das Leben als auch den Tod. Man fühlt sich bei ihr sicher und gleichzeitig fürchtet man sie.«

Ich konnte ihr nicht folgen und das merkte die Bergherrin, doch statt auf meine Fragen zu warten, um sie dann doch nur abzutun, fuhr sie fort:

»Stell dir die Mutter als eine Maske vor, die du aufsetzen kannst. Wenn du sie trägst, bist du nicht nur du selbst, sondern zusätzlich alles, was eine Mutter auszeichnet. Wenn du weißt, was du zu tun hast und die Mutter in dir trägst, kannst du für einen Augenblick die Mutter aller Dinge sein. Aller Wesen Mutter.«

»Selbst die des Grimms?«

»Selbst die des Grimms. Der wurde ja auch einmal geboren. Nun ist er nur noch ein sonderbares Geschöpf, mehr tot als lebendig, aber tief in ihm drin steckt noch ein Funke der Kreatur, die er zu Lebzeiten war.«

»Was war er denn?«

»Dieser Grimm? Ein Kobold, würde ich meinen. Ein alter, listiger Kobold. Sicher älter als ich selbst. Der Grimm gibt dem Wegekreuz die Kraft, die dem Ort innewohnt – oder aber die Kraft des Wegekreuzes liegt im Grimm. Unter jedem Wegekreuz befindet sich ein Grimm, aber nur zur Mittwinternacht kann er sich von dort lösen.«

Die Bergherrin verstummte und wagte einen zaghaften Schritt, sank aber sofort wieder auf die Knie. Ich half ihr auf und dann gingen wir langsam und schweigend zurück zum Wegekreuz. Ich versuchte, all das zu verstehen, was sie gesagt hatte. Einen Teil konnte ich mir erklären, beim Rest fiel mir das sehr schwer. Jede noch so kleine Geschichte zeigte mir nur auf ein Neues, wie wenig ich wusste. Ich betrachtete die Herrin, ihre alterslosen Gesichtszüge und dachte: Vielleicht bleibt mir ja genug Zeit, das alles noch zu lernen. Vielleicht habe ich ja mehr Zeit, als ich je für möglich hielt.

»›Wenn du die Mutter in dir trägst‹, habt Ihr gesagt. Was meintet Ihr damit? Muss ich dafür selbst ein Kind zur Welt gebracht haben? Seid Ihr Mutter?«

»Ich habe Kinder geboren, ja. Aber sie sind nicht bei mir aufgewachsen.«

Ihr Gesicht war abgewandt, während sie antwortete, aber ich konnte hören, dass sie allmählich wieder zu Kräften kam. Die Schärfe war in ihre Stimme zurückgekehrt, was nur eins bedeutete: Mehr würde ich darüber nicht von ihr erfahren. Kurz hatte sie sich in ihrer Erschöpfung geöffnet, mehr erzählt als gewöhnlich, doch nun war sie fast wieder die Alte.

»Sei nun still!«, zischte sie. »Du hast deinen Jahresgang noch nicht vollzogen. Halte die Augen offen und den Mund geschlossen, sonst sind wir vergebens hergekommen.«

Wir gingen sehr langsam, da die Bergherrin sich noch immer auf mich stützte. Noch dazu dauerte der Rückweg sonderbar lange. Viel länger, als er eigentlich hätte dauern müssen. Das Feuer oberhalb des Wegweisers leuchtete vor uns, wir schienen uns aber kein Stück zu nähern.

Ich wollte die Herrin danach fragen, doch als ich mich zu ihr wandte, stellte ich fest, dass sie sich mit geschlossenen Augen von mir stützen und führen ließ.

»Sieh dich um«, flüsterte sie. »Das ist dein Jahresgang, er ist nicht für meine Augen bestimmt.«

Ich tat, wie mir geheißen und schaute mich im Wald um, aber es war nichts weiter zu sehen als weißer Schnee zwischen dunklen Stämmen. Dann fand ich es merkwürdig, in dieser dunklen Nacht überhaupt etwas erkennen zu können. Die Flammen des Leibfeuers warfen nämlich nicht besonders viel Licht, der Mond war noch nicht aufgegangen und am Himmel strahlten erst ein paar wenige Sterne. Trotzdem herrschte ein leichtes Dämmerlicht im Wald. Vielleicht war das schon die ganze Zeit so, ohne dass es mir vorher aufgefallen war. Wie hätte ich sonst den Grimm erkennen können? Oder überhaupt erst den Weg?

Kaum hatte ich das gedacht, sah ich, dass der Wald voller Bewegung war, voller Menschen und Tiere. Zwischen den Bäumen lagen Gebäude, ganze Landschaften breiteten sich dazwischen aus, die ich ebenfalls bisher nicht bemerkt hatte. Im Nachhinein staunte ich über alles, was ich in dieser Nacht zu sehen bekommen hatte, aber genau in dem Moment waren das einfach nur Dinge, die mir bis dahin entgangen waren. Etwas, das immer schon dort gewesen war. Etwas, das mir zwar nicht aufgefallen war, aber ganz natürlich dorthin gehörte.

Hinter einem dichten Streifen flacher Wacholderbüsche stand unser Hof, in Flammen, und Wulf stürmte gerade in die Stube, um Vaters Kästchen zu holen. Ein bisschen näher zum Weg hin gelegen, hockten Wulf und ich auf einem Baumstamm und angelten in einem Bach, der sachte an uns vorbeifloss. Wir waren vielleicht sieben Jahre alt und Maja saß neben uns auf einem Stein und erzählte uns irgendetwas. Ich versuchte zu verstehen, was sie da sagte, aber ihre Lippen bewegten sich tonlos.

Auf der anderen Seite des Wegs konnte ich eine hohe Mauer erkennen. Sehr weit in der Ferne, noch hinter einer Senke. In der Mauer klaffte ein riesengroßes Portal, viel breiter als hoch, und mir war, als könne ich zwei kleine Gestalten ausmachen, die gerade durch den Torbogen schritten und von den dahinterliegenden Schatten verschluckt wurden. Noch weiter weg, auf einem kleinen Hügel, auf dem sehr groß gewachsene Kiefern standen, sah ich einen leeren Stuhl oder Thron. Ein Raubvogel aus Holz oder Stein breitete im obersten Teil der Rückenlehne seine Flügel aus.

Plötzlich sprang eine Herde sonderbarer Tiere über den Weg. Graubraune, hirschähnliche Wesen mit merkwürdig geformten Geweihen zogen in einem nicht enden wollenden Strom vorüber. Ich blieb stehen und betrachtete sie. Die Bergherrin hielt ebenfalls inne, ließ aber schwer die Hand auf meiner Schulter liegen. Ihre Augen waren noch immer geschlossen.

Ein paar der Tiere trugen gewebte Bänder mit Schellen um den Hals und alle waren an den Ohren mit unterschiedlichen Schnitten und Kerben markiert worden. Mir war, als würde der Boden unter all den Hufen beben und die Luft förmlich von dem Getrampel zittern. Ich stellte mir vor, wie fremdartige Schäfer einander Kommandos zuriefen, um die Herde beisammenzuhalten. Dabei war in Wirklichkeit weder etwas zu hören noch zu spüren. Die Tiere strömten völlig lautlos vorüber. Kälber, Kühe und Bullen. Sie wackelten mit den Ohren, hoben die Köpfe mit diesen merkwürdigen Geweihen und dann waren sie auch schon wieder fort.

Und plötzlich waren wir mit einem Mal fast beim Wegekreuz angelangt. Direkt neben der Senke, in deren Mitte sich der Wegweiser befand, waren Steine zu einer schmalen Linie aufgestellt worden, die rechts vom Weg in den Wald führte. Sie schienen nur ein winziger Bruchteil eines gewaltigen Steinkreises zu sein. Neben einem dieser Steine kniete Wulf. Ich wollte zu ihm laufen, doch die schwere Hand der Bergherrin auf meiner Schulter hielt mich zurück. Nun sah ich, dass er über den Körper eines Mannes gebeugt war. Das Gesicht des Mannes war abgewandt, aber ich erkannte ihn an seinem zotteligen Pelzmantel – es war der Fremde, der Vater besucht und uns danach im Wald aufgelauert hatte.

Wulf hielt das Kaisermesser in der Hand. Blut tropfte von der Klinge, die Kleidung des Fremden war löchrig und fleckig von unzähligen blutigen Wunden. Wulf starrte ihn mit einer Mischung aus Hass und Verzweiflung an. Hinter ihm in der Ferne näherten sich Galgenmänner. Sie hielten die Seile schon zwischen den Händen gespannt.

»Sunia!«

Ich zuckte zusammen, schaute mich um und sah nun Wulf, winkend, in der Senke neben dem Wegekreuz. Als ich wieder zurückblickte, waren Steine, Galgenmänner und der andere Wulf verschwunden. Der Wald lag wieder in Stille und Dunkelheit getaucht um uns, nur der flackernde Schein des Leibfeuers warf gelbes Licht gegen die Baumstämme.

»Sunia!«, rief Wulf erneut. Ich führte die Bergherrin zu ihm in die Senke. Als wir bei ihm waren, ließ sie mich los, stützte sich aber weiter auf den Ast, mit dem sie nach dem Grimm geschlagen hatte.

Wulf fasste mich an den Schultern und starrte mich gehetzt an.

»Ich habe … Dinge gesehen«, presste er hervor. »Ich weiß nicht, was … Du warst da … und ich … Wir waren noch klein … und schon groß … Und eine Fläche aus purem Eis … und einen Wald.«

Dann schaute er zur Bergherrin.

»Ich habe die Beine zusammengepresst, wie Ihr gesagt habt!«

Jetzt erst sah ich, dass seine Kleider an einigen Stellen zerrissen waren. Grobe Borsten hingen hier und dort an ihm. Im Gesicht schillerten blaue Flecken und Kratzer.

»Gut gemacht!«, antwortete die Bergherrin kurz. »Nun müssen wir weiter, bevor die Mittwinternacht vorbei ist und der Weg wieder einschläft. Meine Kraft reicht nicht, ihn ein weiteres Mal zu wecken.«

Und schon schlug sie humpelnd den Weg nach Westen ein. Wir folgten ihr noch immer aufgekratzt, mit zittrigen Beinen. Obwohl die Bergherrin verletzt war, mussten wir uns anstrengen, mit ihr Schritt zu halten.

»Was habt Ihr gesehen?«, brachte Wulf keuchend hervor, als er sie eingeholt hatte. »Die Zukunft? Ich habe so viel gesehen und ich begreife nicht einmal die Hälfte davon.«

»Ich habe gesehen, was ich musste«, murmelte die Bergfrau. »Den Grimm, der seine Zähne und Klauen in Sunia versenkt. So hatte ich genug Zeit, mir einen geeigneten Knüppel von einem Baum zu brechen und das Ganze zu verhindern.«

Dann blieb sie plötzlich stehen und wandte sich zu uns um.

»Spürt ihr das?«, fragte sie und wirkte mit einem Mal freudig erregt.

Wir spürten nichts und das sah sie uns an.

»Es taut!«, platzte es aus ihr heraus. »Der Unwinter hat keine Macht über den Mittwinter und der Mittwinter wartet mit Tauwetter auf.«

Sie beugte sich hinunter und formte eilig einen Schneeball, den sie dann fortschleuderte, tief in die Dunkelheit.

»Mit dem Morgen kehrt die Kälte zurück«, stellte sie fest und schritt mit neu gefundenen Kräften davon.

»Aber Kälte und angetauter Schnee ergeben Harsch.«

16

Harschschnee und Schwertspiel

Genau wie die Bergherrin vorhergesagt hatte, erwartete uns am nächsten Morgen eine feste Harschschicht. Wulf schlug so lange mit den Handschuhen darauf ein, bis sie brach, und hielt dann ein Stück davon hoch – es war gut und gerne einen Zoll dick.

Beste Bedingungen fürs Gleiten.

Aus einem der vielen Winkel und Nischen ihrer Hütte zauberte die Bergherrin zwei Paar Gleitkufen hervor, die wir an unseren Stiefeln befestigen konnten – und schon begaben wir uns damit auf direktem Wege in den Wald. Für mich bedeuteten Gleitkufen und Harschschnee Freiheit, so war das schon immer gewesen. Vater hatte stets betont, wie praktisch es war, einfach über den Schnee gleitend jagen zu können, wenn sich das Beutetier mühsam hindurchquälen musste. Ich hingegen fand es am spannendsten, wie sehr der Schnee den Winter und das Leben an sich beeinflusste.

Ohne Kufen oder wenn der Schnee zu locker war, um zu tragen, glich der Winter einem Gefängnis. Rund um den Hof standen die Bäume dann dicht wie die Stäbe eines Käfigs und man kam höchstens auf schmalen, ausgetrampelten Pfaden vorwärts. Trug der Schnee jedoch oder wurde sogar von einer dicken Harschschicht gekrönt, war der Wald wie verwandelt. Mit Gleitkufen unter den Füßen gab es fast kein Hindernis mehr. Pfade waren plötzlich überflüssig, man konnte einfach überall hin, sogar an Orte, die selbst im Sommer unerreichbar waren. Ins Moor, auf die Seen, den Fluss – alles war mit einem Mal befahrbar. Ich liebte nichts mehr, als über die Sümpfe zu fahren, wo ich zur Sommerzeit im Schlamm stecken geblieben oder von den Insekten zerstochen worden wäre. So konnte ich direkt auf einem Sumpfloch stehen bleiben und den Wald aus einem völlig neuen Blickwinkel betrachten. Ihn sehen, wie es sonst nur Mücken und Libellen möglich war.

Wir genossen diese Freiheit in den Tagen nach Mittwinter sehr, Wulf und ich. Inzwischen waren wir so gut darin, uns vor der Wirkung des Unwinters zu schützen, dass wir es sogar wagten, längere Touren in die Wälder zu unternehmen. An manchen Orten war der Unwinter stärker als an anderen. Wenn man sich dort länger aufhielt, verlor man schnell Hoffnung und Kraft, wir wurden jedoch immer besser darin, diese Orte zu erkennen und zu meiden. Oft gab es deutliche Zeichen, auf die man nur achten musste. Wo die Kälte so intensiv vorherrschte, dass selbst das Holz gefror, waren die Baumstämme aufgeplatzt und gesplittert. Wo Licht und Farben blass und leblos wirkten, trachtete der Unwinter am heftigsten nach Gedanken und Gefühlen. Und nach einer Weile ließ sich selbst der unnatürliche Schnee mit seinen immer gleichen Flocken vom echten unterscheiden – meist lag er mit einer unangenehmen Regelmäßigkeit auf dem Boden verteilt oder zu Wehen zusammengeschoben.

Selbstverständlich drehten sich unsere Gespräche während der ersten Ausflüge fast ausschließlich um das, was wir in der Mittwinternacht gesehen hatten.

»Sie war groß wie ein Pferd«, erzählte Wulf. »Eine schwarze Sau mit milchweißen Augen. Ich glaube, sie war alt, ihre Haut war nämlich voller Beulen und Falten, und einer der Hauer fehlte.«

»War das eine Erscheinung?«, fragte ich, lehnte mich auf

meine Stöcke und atmete aus. Wir standen auf einem Felsvorsprung oberhalb der Hütte, von dem aus man einen guten Überblick über die Hütte und ein gutes Stück des Waldes hatte. In der Ferne lag das Flachland und ich konnte den Rauch mehrerer Feuer erkennen. Vielleicht brannten sie im Dorf, vielleicht im Nachbardorf, vielleicht aber auch ganz woanders, an einem Ort, den wir nicht kannten.

»Nein, ich glaube, das war eins dieser Wesen, von denen die Herrin gesprochen hatte. Die zum Mittwinter hervorkriechen können. So wie der Grimm, den du gesehen hast.«

Allein bei dem Gedanken an den Grimm und wie er sich bewegt hatte, schüttelte es mich. Wie eine Spinne aus trockenen Zweigen. Die Bergherrin hatte bisher nicht über das gesprochen, was geschehen war. Aber mir war aufgefallen, dass die Wunden an ihrem Arm noch immer nicht verheilt waren. Manchmal, wenn sie sich unbeobachtet fühlte, lehnte sie sich sogar schwer gegen die Wand und verzog vor Schmerz das Gesicht.

»Wie bist du davongekommen?«, wollte ich wissen.

»Ich habe genau das gemacht, was die Herrin gesagt hat. Ich habe so getan, als gäbe es dieses Vieh nicht. Was mir nicht unbedingt leichtfiel, schließlich war sie so wahnsinnig groß und in ihrer Nähe stank es geradezu nach Gefahr. Ich hätte sie nur zu gern angeschaut oder wäre sogar noch lieber einfach weggerannt. Stattdessen habe ich die Beine zusammengepresst.«

»Und das hat geholfen?«

»Ich glaube, sie wollte mich mitnehmen. Mich auf ihren Rücken setzen und mitnehmen. Keine Ahnung, warum sie nicht einfach zugebissen und mich weggeschleppt hat, aber sie konnte mir wohl nur etwas anhaben, wenn ich auf ihrem Rücken saß. Sie drückte und knuffte mich mit dem Rüssel, ich landete auf dem Boden, sie trampelte auf mir herum und ihre Borsten streiften mich überall. Sie waren hart und kratzten mir tief in die Haut. Aber ich tat so, als würde ich gar nichts merken, und dann gab sie irgendwann auf.«

»Und lief einfach davon?«

Wulf nickte.

»Aber ich hatte unglaubliche Angst, dass sie zurückkommen würde. Mir brach richtig der Schweiß aus. Ich glaube, ich hatte noch nie so große Angst wie da, mit diesem heißen Atem über mir.«

Einen Augenblick standen wir schweigend dort und dachten an die Mittwinternacht. Dann zeigte Wulf zu einer Anhöhe nordwestlich von uns und schon machten wir uns auf den Weg dorthin.

»Ich habe die Herrin gefragt, was das gewesen sein könnte«, sagte Wulf, während wir uns den Berg hinaufkämpften. »›Eine Pechsau‹, hat sie geantwortet. ›Manche nennen sie auch Schwarzschwein oder Glutbrut.‹ Weißt du noch, was Maja uns über die Glutbrut erzählt hat?«

»Ja, das ist eine Sau mit glühendem Blick und so scharfen Borsten, dass sie einen nicht nur äußerlich, sondern auch innerlich aufschlitzen, wenn einem die Sau durch die Beine läuft. Hat Maja nicht außerdem gesagt, dass sie die Geister von totgeborenen Kindern sind?«

»Ich glaube nicht, dass sie sich wirklich so genau damit auskannte«, sagte Wulf. »So scharf waren die Borsten nämlich nicht. Und die Augen haben auch nicht direkt geglüht. Von der Sache mit den totgeborenen Kindern wusste die Herrin nichts, aber sie hat noch etwas viel Furchteinflößenderes hinzugefügt: ›Die Pechsau ernährt sich in der Unterwelt von den Gebeinen der Verstorbenen.‹ Ich kann nicht sagen, ob sie mir damit nur noch mehr Angst einjagen wollte oder ob sie das wirklich ernst gemeint hat. Was meinst du?«

»Das weiß ich nicht«, antwortete ich, musste aber gleich wieder an den Grimm denken. Er hatte wie etwas gewirkt, das längst tot war und sich trotzdem wieder ins Leben gescharrt hatte.

»Ich glaube, wir haben Glück gehabt«, sagte Wulf. »Ich kann mir nicht vorstellen, dass es viele gibt, die so einen Jahresgang bewältigen können. Selbst dann nicht, wenn sie wissen, wie sie sich verhalten müssen. Ohne die Herrin wärst du …«

Er ließ den Rest des Satzes unausgesprochen. Allein darüber nachzudenken, war schon schlimm genug.

»Das hat sich alles so uralt angefühlt«, fuhr Wulf irgendwann fort. »Als wären wir geradewegs in einen alten Traum geraten. Einen Traum, den jemand vor langer Zeit geträumt hat, als sich der Berg gerade aus dem Boden erhob und der Fluss zu fließen begann. Stellenweise war es für uns ein Albtraum, aber vielleicht nicht für denjenigen, der ihn eigentlich träumte. Ist doch möglich, dass es für die Steine und Bäume keinen großen Unterschied macht, ob Tag oder Nacht herrscht, ob etwas lebendig oder tot ist.«

»Die Herrin wusste jedenfalls, dass es gefährlich wird. Ich frage mich, warum sie uns überhaupt mitgenommen hat.«

»Wahrscheinlich, weil es wichtig für uns ist. Vielleicht wird uns das, was wir gesehen haben, ja irgendwann einmal nützlich sein.«

Und so drehten und wendeten wir auf dem Heimweg das, was wir gesehen hatten, hin und her. Keinem von uns gelang es jedoch, eine rechte Deutung dafür zu finden. Ich erzählte Wulf von dem Thron, dem Portal, der gewaltigen Tierherde und natürlich von den kurzen Erinnerungsstücken, in denen wir beide aufgetaucht waren. Den toten Mann, neben dem Wulf gehockt hatte, erwähnte ich jedoch nicht. Genauso wenig die Galgenmänner, die aus der Ferne herangeschritten waren. Und ich ahnte, dass auch Wulf mir ein paar Einzelheiten verschwieg. Ich konnte mir nicht erklären, warum, aber vermutlich war es gefährlich, zu viel über bestimmte Dinge zu wissen. Vielleicht sollte ich ja verhindern, dass es zu der Situation mit Wulf und dem blutigen Messer kam. Und das wäre unmöglich, wenn ich ihm jetzt davon erzählte.

»Wie lange werden wir wohl hierbleiben dürfen?«, fragte Wulf, als wir bei der Hütte angekommen waren und die Gleitkufen gegen den Brennholzstapel gelehnt hatten.

»Weiß ich nicht. Wunan hat damals ›fürs Erste‹ gesagt. Keine Ahnung, was er damit meinte.«

»Ich will hierbleiben. Wenn wir denn dürfen. Aber wir müssen auch tun, was Vater uns aufgetragen hat. Das Dorf suchen. Und diesen Atlevis finden.«

Sofort dachte ich an das lackierte Kästchen, das unter Wulfs Decken in der Stube lag. Wir hatten es der Bergherrin noch immer nicht gezeigt, geschweige denn mit ihr über das gesprochen, was Vater gesagt hatte. Es schien ganz einfach nicht zu gehen.

In den Nächten träumte ich oft vom Grimm und saß beim Aufwachen meist kerzengerade im Bett, schweißnass mit klopfendem Herzen. Dabei war das Gefühl, hilflos zu sein, das Schlimmste. Wieder und wieder überkam es mich. Ich hatte mich noch nie so ausgeliefert gefühlt wie in der letzten Zeit. Dem Fremden, der im Wald über uns herfiel, den weißen Hunden, den Galgenmännern am Wegekreuz, der mörderischen Kälte des Unwinters, dem Grimm. All diese Vorfälle schmeckten nach Niederlage, nach Hoffnungslosigkeit. Nicht immer gleich stark und meist gepaart mit einem anderen Maß an Angst und Schrecken, dennoch war das Grundgefühl stets dasselbe.

Dabei war ich nicht hilflos. Und es auch nie gewesen. Bisher hatte ich in einer Welt gelebt, in der ich wusste, wie ich zurechtkam. Ich wusste, was ich konnte. Und was ich nicht konnte, wusste ich zu meiden. Das war jetzt anders. Bei all diesen Vorfällen – bei jedem einzelnen von ihnen – war mir jemand zu Hilfe gekommen. Vater mit dem Knüppel, die Sarg-Maja, die sich geopfert hatte, das Wegekreuz und die Worte des Kobolds, Wunan, die Bergherrin – im letzten Moment war stets jemand oder etwas aufgetaucht, das mir geholfen hatte. Aber ich konnte mich nicht darauf verlassen, dass dies immer so bleiben würde. Ich bewegte mich jetzt in einer neuen Welt, einer weit weniger vorhersehbaren und wesentlich gewalttätigeren Welt, und ich musste mich irgendwie wappnen, um darin zu überleben.

Deshalb zog ich mich jeden Tag mit Vaters Schwert auf eine schneebedeckte Wiese oberhalb der Baumgrenze zurück und übte.

Warum ich gerade diesen Ort wählte, konnte ich gar nicht begründen. Wulf und ich hatten ihn bei einem unserer Gleitausflüge entdeckt und irgendwie passte er. Die Luft war kalt und klar, der Unwinter jedoch kaum zu spüren. Die Wiese erstreckte sich breit und offen und wurde auf der einen Seite von Himmel und Bergkamm, auf der anderen Seite von Wald und Flachland eingerahmt. Nichts behinderte mich dort und niemand konnte sich unbemerkt nähern. Sobald ich das Schwert gezogen und angefangen hatte, damit imaginäre Feinde abzuwehren, kam ich innerlich zur Ruhe. Vielleicht das erste Mal seit dieser Nacht, in der Vater krank auf den Hof zurückgekehrt war. Ich versuchte, Wulf zum Mitkommen zu bewegen, damit wir zusammen üben konnten, aber er wollte nicht. Seine Erlebnisse beim Jahresgang hatten ihn nachhaltiger beeindruckt als meine mich und er verbrachte seine Zeit viel häufiger allein.

Ich hatte das Gefühl, mich endlich mit offenen Augen der Zukunft zu stellen und freute mich so sehr auf meine Übungseinheiten, dass mich eine unbändige Rastlosigkeit und Ungeduld überkam, wenn es doch einmal zu schrecklich kalt war oder der Schnee zu heftig fiel, um die Hütte zu verlassen.

Jedes Mal, wenn ich die Wiese erreichte, ging ich nach derselben Gewohnheit vor. Erst trampelte ich an einer Stelle den Schnee fest, dann zog ich den Mantel aus, nahm Vaters Schwert in die Hand und betrachtete es eine Weile. Die geschwungene Klinge war noch immer scharf, aber die Zeit hatte ihre Spuren in Form von Kratzern und Dellen hinterlassen. Ich hätte gerne gewusst, in wie vielen Kämpfen Vater sich mit diesem Schwert behauptet hatte. Wie viele Gegner er getötet hatte.

Dann ging ich ein paar der Bewegungen durch, die Vater uns mit den sonderbaren Sicheln beigebracht hatte. Es fiel mir nicht schwer, mir vorzustellen, wo die Hiebe beim Gegner landen würden, und ich vollzog sie mal langsam, mal schnell, aber immer nach dem gleichen Muster. Nicht selten kam mir im Laufe einer solchen Übung eine weitere Idee, wie ich das Schwert noch schwingen konnte. Je länger ich damit übte, desto mehr Erinnerungen meldeten sich. Erinnerungen an Züge, die Vater mir über die Jahre beigebracht hatte, ohne dass mir ihr Nutzen bewusst gewesen wäre. Bei so vielem, was Vater von uns verlangt hatte, schien er Hintergedanken gehabt zu haben. Zwar hatte Vater sich sicher weder gewünscht, geschweige denn daran geglaubt, dass Wulf und ich je in die Lage kommen würden, in der wir uns nun befanden, aber offenbar hatte er dennoch vorgesorgt. Und zwar, ohne uns damit zu beunruhigen. Ohne unser Wissen hatte er uns all das beigebracht, was wir dringend brauchen würden, sobald das eintrat, was er am meisten fürchtete.

Als ich das zweite Mal zum Üben auf die Wiese kam, merkte ich, dass ich dort gar nicht ganz allein war. Die Sonne stand hoch am Himmel und der Schnee strahlte so weiß, dass mir die Augen brannten. Aber hoch oben vom Berg funkelte noch etwas anderes und mir war nicht gleich klar, was. Ich hielt mir eine Hand vor die Augen und linste zwischen den Fingern hindurch, aber das Licht blendete so stark, dass ich nichts erkennen konnte. Erst als sich ein breites Wolkenband vor die Sonne schob, ahnte ich, was es war.

Auf einem Felsen – einem steil zulaufenden Keil, der aus dem Schatten herausstach, den die bucklige Bergkuppe warf – erhob sich spitz eine schmale Nadel aus Stein. Es war nicht leicht, zu erahnen, wie groß sie war. Aber nachdem ich mich fast blind gestarrt hatte, meinte ich, kurz unterhalb der Spitze Bogenfenster ausmachen zu können. Sie erschienen durch die Entfernung winzig, der eigentliche Turm musste jedoch um einiges höher sein, als das höchste Gebäude, das ich jemals gesehen hatte, höher noch als der riesigste Baum im Wald.

Das musste einer der alten, verlassenen Wachtürme des Blutreichs sein, von denen die Bergherrin gesprochen hatte. Er streckte sich nordwestlich von mir und meiner Wiese in die Höhe, fast unsichtbar vor dem dahinterliegenden Berg.

Vielleicht wurden damals von dort heute längst vergessene Strecken bewacht, als der Wald noch nicht so hoch stand und viele Reisende darüberschritten, auf ihrem Weg zu den gewaltigen Schiffswerften des Blutreichs.

Die Spitze des Turms hatte mich geblendet. Eine große Kuppel, durchsichtig und in der Sonne glitzernd, thronte wie die Frucht der Vierblättrigen Einbeere hoch oben auf ihrem schmalen Stängel. Vielleicht war sie aus Glas oder Kristall oder einem anderen Material, das mir gänzlich unbekannt war. Die Kuppel war viel zu groß, um einfach nur als Fenster gedient zu haben, aber ein anderer Nutzen wollte sich mir nicht erschließen.

Der Turm wurde mein Beschützer. Jemand, der über mich und mein Schwertspiel wachte, und wenn er im Halbdunkel eines bewölkten Tages kaum zu erkennen war oder sogar ganz von einer tief hängenden Wolkendecke verborgen wurde, fühlte ich mich einsam und beendete meine Übungen früher als sonst.

Ich versuchte, Wulf von all dem zu berichten, er wollte allerdings nur selten zuhören. Das fiel mir anfangs gar nicht so sehr auf, schließlich hatten wir so viele Jahre miteinander verlebt, in denen wir uns fast nichts erzählen mussten. Doch schon bald erinnerte ich mich daran, dass die Dinge sich geändert hatten. Früher hatten wir trotzdem immer alles gewusst, jetzt aber war jeder für sich, und dennoch schien Wulf nicht im Geringsten an dem interessiert zu sein, was ich tagsüber oben auf dem Berg machte.

Doch dann musste ich mir eingestehen, dass ich genauso wenig darüber nachgedacht hatte, womit er seine Zeit verbrachte, während ich fort war. Ich war davon ausgegangen, dass es nichts Wichtiges sein konnte – sonst hätte ich darüber Bescheid gewusst. Mit einem Mal war ich mir da nicht mehr so sicher.

»Was machst du eigentlich, während ich weg bin?«, fragte ich ihn eines Abends, als wir zusammen Wolle kämmten. Am Vorabend hatte ein uralter Knecht sie von einem der Höfe aus dem Flachland heraufgeschleppt. In der Stube roch es schwer nach warmem Wollwachs und wenn ich die Fingerspitzen aneinanderrieb, fühlten sie sich grobkörnig fettig an.

Wulf zuckte mit den Schultern.

»Ich helfe der Herrin. Beim Weben, Backen. Mit dem Käse. Bei allem ein bisschen.«

Während er das sagte, schaute er mich nicht an, was nur heißen konnte, dass er mir etwas verheimlichte. Selbst ohne unsere Verbindung konnte ich ihn besser lesen als jeden anderen Menschen. Aber diesmal war es fast so, als würde sich etwas von ihm vor mir verstecken. Etwas Fremdes, und ich wusste nicht, wie ich damit umgehen sollte. Wulfs Augen ruhten auf der Wolle zwischen den Kämmen, er schien jedoch glatt hindurchzuschauen, den Blick auf ein unbestimmtes Ziel gerichtet. Und zum ersten Mal in meinem Leben konnte ich nicht sagen, ob ich ihm bedingungslos überallhin folgen würde, welche Richtung er auch einschlug. Und das machte mir eine Heidenangst.

Ich musste einfach herausfinden, was in der Hütte vor sich ging, wenn ich nicht da war. Am nächsten Tag brach ich wie üblich auf, machte aber nach einer Weile kehrt und nahm einen anderen Weg zurück. Ich lehnte die Gleitkufen gegen eine Pappel, die noch ein Stück hinter dem Brennholzstapel stand, schlich um die Hütte und lugte in alle ihre Fenster, die ich erreichen konnte, um dem auf die Schliche zu kommen, womit Wulf seine Zeit zubrachte.

Das Einzige, was ich jedoch beobachten konnte, war, wie er der Bergherrin auf Schritt und Tritt folgte, egal wohin sie ging. Ab und zu stellte er ihr eine Frage, die sie mit geduldiger Miene beantwortete, ganz so als rechnete sie gar nicht damit, dass er sie verstand. Sobald die Herrin etwas gesagt hatte, blieb Wulf stehen. Seine Lippen bewegten sich, als würde er ihre Worte nachsprechen, die Stirn dabei in tiefe Falten gelegt. So ein merkwürdiges Verhalten hatte ich noch nie bei ihm gesehen und erklären konnte ich es mir auch nicht. Ein fast besessener Ausdruck zeigte sich auf seinem Gesicht, er schien die ganze Zeit zu prüfen, ob sich noch etwas hinter den Worten der Herrin verbarg.

Mehr konnte ich nicht beobachten, denn als die Herrin mit Wulf durch die Stube lief, schaute sie plötzlich direkt zu mir und schenkte mir einen Blick, der mich sofort mit vor Scham glühenden Wangen zu meinen Gleitkufen und dann den Berg hinauf trieb. In diesem Blick lag aber nicht nur eine stumme

Anklage dafür, dass ich ihr und Wulf hinterherspionierte, sondern – was noch viel schwerer wog – dass ich überhaupt davon ausgegangen war, dabei unbemerkt zu bleiben.

Am selben Tag beim Abendessen verhielt sie sich, als wäre gar nichts geschehen. Nur während sie das Brot schnitt, starrte sie mich an und schnaubte leise. So leise, dass es zwar fast unhörbar war, aber trotzdem eine gewisse Genugtuung mitschwang. Ihre ganze Haltung schalt mich dafür, dass ich geglaubt hatte, ich könnte sie überlisten, sie, die alt und weise war.

Ich war jedoch noch nicht bereit, aufzugeben. Ich fühlte mich außen vor, eifersüchtig auf das, was die Herrin und Wulf teilten – was auch immer das nun war. Und Wulfs sonderbares Verhalten machte mir nach wie vor Angst. Ich überlegte mir einen Plan, wie ich mich unbemerkt in der Hütte verstecken und belauschen konnte, was die beiden sprachen.

Weit kam ich mit meiner Planung allerdings nicht, denn schon am nächsten Tag tauchten die Leibjäger auf und danach änderte sich alles.

17

Die Leibjäger

Vor uns standen alle Laternen der Hütte aufgereiht. Wulf und ich waren damit beschäftigt, das Öl aufzufüllen. Keine leichte Aufgabe, schließlich ähnelte keine Laterne der anderen und jede einzelne erforderte ihre ganz eigene Befüllungsmethode. Die Bergherrin bewahrte das Lampenöl in großen getöpferten Fässern auf. Es hatte ein starkes Aroma, wenn es brannte, roch aber nicht unangenehm, sondern wie eine Mischung aus Erlenrinde und Fichtenzapfen. Kalt stank es hingegen ganz erbärmlich, weshalb wir versuchten, so lange wie möglich die Luft anzuhalten, wenn wir einen Schöpflöffel voll in der Hand hatten, bevor wir herausfinden konnten, wie die Laterne überhaupt zu befüllen war. Die Herrin saß mit der Spule am Feuer und schnaubte amüsiert, wenn wir wegen des Gestanks allzu grässliche Grimassen zogen, murmelte, dass wir uns nicht so anstellen sollten, wirkte aber alles in allem eher erleichtert darüber, selbst nicht die Nase über den Tonkrug halten zu müssen.

Draußen auf dem Hof hatte sich ein Dohlenschwarm niedergelassen. Stumm saßen die Vögel dort und zuckten nur mit den Köpfen, glotzten mal hierhin, mal dorthin, rührten sich sonst aber nicht. Das geschah in letzter Zeit oft und es gefiel mir gar nicht, hinauszugehen, wenn Hunderte pechschwarzer Augen mich auf Schritt und Tritt beobachteten und die Vögel dabei keinen einzigen Laut von sich gaben. Diesmal jedoch stob der gesamte Schwarm plötzlich wild krächzend auseinander. Vor den Fenstern zur Stube sah man kurzzeitig nichts als schwarze Federn und dann waren die Tiere plötzlich fort. Wulf und ich stürzten zur Scheibe, um nachzuschauen, was geschehen war.

Mitten auf dem Hof saß ein Turmfalke. Er hatte seine Krallen tief in den Nacken einer Dohle gebohrt. Sie lebte noch und versuchte zappelnd, sich zu befreien, aber obwohl sie fast genauso groß war wie ihr Angreifer, gelang es ihr nicht. Im Gegenteil, der Turmfalke grub seine Krallen nur noch tiefer in ihr Fleisch und hackte mit seinem krummen Schnabel auf sie ein. Der Kampf währte nicht lange, die Dohle gab schnell auf und schon rupfte der Falke ihr triumphierend erst Federn und dann Fleischstückchen aus. Aus einiger Entfernung war immer noch das Krächzen der anderen Dohlen zu hören, sie schienen voll und ganz die Selbstbeherrschung verloren zu haben. In vereinzelten Grüppchen flatterten sie, gerade noch über den Baumkronen zu erkennen, in alle erdenklichen Richtungen davon.

»Ich habe noch nie gesehen, dass ein Turmfalke etwas so Großes erlegt«, staunte Wulf. »Oder sich überhaupt in so einen großen Schwarm stürzt, um auf Beutefang zu gehen. Und die anderen Dohlen haben gar nichts getan, sind nur weggeflogen. Sie waren außer sich vor Furcht!«

Es war nicht zu überhören, wie beeindruckt Wulf war. Aber da lag auch noch etwas anderes in seiner Stimme – eine Art Verlangen, eine neue Seite des Fremden, das sich in ihn geschlichen hatte und das ich nicht verstand.

»Häng den Topf übers Feuer, Wulf«, sagte die Bergherrin. Sie hatte bisher noch nicht von der Spule aufgeblickt. »Sunia, räum den Tisch frei und die Laternen fort. Wir bekommen Besuch.«

Ich hatte die Stube kaum verlassen, als es auch schon an der Tür klopfte. Ich brachte die Laternen zu Wulf in die Küche und stellte sie auf den Deckel einer Kiste. Wulf schaute von dem Topf auf, den er gerade über die Feuerstelle gehängt hatte, und wollte etwas fragen, doch ich machte ihm ein Zeichen, still zu sein.

Die Tür zum Vorraum wurde geöffnet. Ich hatte die Bergherrin ihr gewohntes ›Herein‹ nicht rufen hören, trotzdem waren deutlich Schritte von mehreren Paaren schwerer Stiefel zu vernehmen, die sich in die Stube bewegten, und außerdem ein schriller Schrei – ein zorniges, abgehacktes Kreischen.

»Der Turmfalke«, flüsterte Wulf und ich nickte.

Das Geräusch von Stiefeln, die durch den Vorraum trampelten, hielt an. Ich versuchte zu zählen, wie viele Personen sich da wohl sammelten, aber ich kam nicht mit. Irgendwann schloss endlich jemand die Tür, ich schaute Wulf an.

»Wie viele sind da gekommen?«

»Keine Ahnung. Mehr als zehn auf jeden Fall, danach habe ich mich verzählt. Ich glaube, der Falke ist auch hereingeflogen.«

Aus der Stube drang ein unbestimmtes Gemurmel in die Küche und ich sah vor meinem geistigen Auge, wie die Bergherrin umringt von einer Vielzahl stiefeltragender Fremder noch immer am Feuer saß. Die Vorstellung, zurück in die Stube zu gehen, behagte mir nicht. So als hätten die Besucher unseren sicheren Zufluchtsort, an dem wir die vergangenen Monate gegessen und geschlafen hatten, in ein fremdes Gebiet verwandelt.

Weil Wulf jedoch schon den Topf vom Feuer hob, riss ich mich zusammen, griff nach dem zweiten Henkel und half ihm dabei, ihn hinüberzutragen. Bereits vor der Tür zur Stube schlugen uns laute Stimmen entgegen, jemand sprach schnell und wütend, worauf die Herrin zwar gelassen, aber laut antwortete. So, als würde sie ihre Worte an eine große Menschenmenge richten. Als wir die Tür öffneten, verstummten alle und schauten uns an.

Die Stube wurde beherrscht von fremden Männern, grimmigen Gesichtern, angespanntem Schweigen und der Bergherrin, die mit geradem Rücken an der gegenüberliegenden Wand stand. Und dem Turmfalken, der bei einem der Männer auf der Schulter saß, die der Bergherrin direkt zugewandt waren. Alle schienen darauf zu warten, dass wir etwas taten, und so trugen wir schweigend den Topf zum Tisch, während wir unter den stechenden Blicken rot anliefen.

Ich schielte zum Turmfalken, nachdem ich den Henkel losgelassen hatte, und erkannte den Mann, auf dessen Schulter er hockte. Es war Wunan, der dort am Fensterbrett lehnte und den Falken mit Streifen getrockneten Fleischs fütterte. Kurz blitzte etwas in seinem Gesicht auf, als er mich sah. Eine Mischung aus einem Zwinkern und einem flüchtigen Lächeln, dann schaute er schnell fort und sein Gesicht wurde wieder zu einer strengen Maske.

Ich zählte zwanzig solcher Gesichter in der Stube. Zwanzig Männer von Geblüt mit kohlrabenschwarzem Haar und den typischen alterslosen Zügen saßen verteilt auf Stühlen und Tischen oder hatten sich an die Wände der Stube gelehnt. Ihre Kleider ähnelten denen Wunans. Knielange, pelzbesetzte Langhemden, abgetragen, aber gestopft und geflickt. Hohe Stiefel, Schwerter in langen, gebogenen Scheiden. Ihre großzügigen Mäntel aus Bären- oder Wolfsfell hatten sie auf den Boden oder über Stuhllehnen geworfen, zusammen mit ihren Pelzmützen und weichen Fellhandschuhen. Manche trugen Voll-, manche Schnurrbärte, während anderen nur Bartstoppeln auf Wangen und Kinn standen. Das Haupthaar war lang, bis zu den Schultern und länger – ein Teil der Männer hatte es hoch am Hinterkopf zu Pferdeschwänzen zusammengefasst, ein anderer Teil ließ es einfach offen fallen.

Das waren die Leibjäger. Schon damals, als ich gerade in der Hütte eingetroffen war, hatte die Bergherrin gesagt, dass sie herkommen würden, und etwas tief in mir hatte ihr Eintreffen gefürchtet. Ich konnte es mir nicht erklären, aber während ich mich umsah, beschlich mich das Gefühl, klein und unbedeutend zu sein. Ein Gefühl, als hätte die Außenwelt angeklopft, um dann in starken Sturmböen durch die nun offene Tür zu dringen, so stark, dass sie drohten, mich vom Boden aufzuwirbeln und weit, weit fortzutragen, dorthin, wo alles fremd und bedrohlich war. Instinktiv griff ich nach Vaters Schwert, nicht, um es zu ziehen, sondern um Halt und Sicherheit zu finden. Doch das Schwert lehnte im Vorraum an der Wand, Wulf und ich mussten also allein in einem wortlosen Schlagabtausch aus finsteren Blicken und unergründlichen Gesichtern bestehen.

»Awo!«, rief einer der Leibjäger und schien sich damit an die Bergherrin zu richten. Er zeigte auf uns und sprach weiter mit ihr. Kurze, scharfe Sätze in der unergründlichen Sprache der Blütigen. Es ging um uns, so viel stand fest, und der Mann wirkte unzufrieden, fast ärgerlich.

»Nein«, erwiderte sie. Freundlich, vorsichtig, auf eine Art, die ich bei ihr noch nie gehört hatte. »Sunia und Wulf bleiben. Ich will, dass sie anwesend sind, wenn wir über sie sprechen.«

Darauf folgte eine ziemlich lange Litanei des Mannes. Ich verstand einzig, dass er nicht ihrer Meinung war. Er hatte die Hände auf die Rückenlehne eines Stuhls an der Schmalseite des Tischs gelegt. Erst jetzt fiel mir auf, dass die anderen Leibjäger einen lockeren Halbkreis um ihn bildeten. Sie standen oder saßen an die Wände gelehnt hinter und neben ihm, damit teilte sich die Stube ganz klar in zwei Bereiche. In dem einen stand die Bergherrin allein und in dem anderen der Mann, alle Leibjäger um sich versammelt. Dies war ein Kampf zwischen zwei Oberhäuptern – der eine führte die Leibjäger an, die andere herrschte über die Hütte – und die Stube war zu ihrem Schlachtfeld geworden, auf dem sie die Worte wie Waffen führten.

»Das war keine Bitte«, sagte die Bergherrin knapp, ihre Stimme hatte fast wieder den typischen Befehlston. Aus irgendeinem Grund schien sie sich zu beherrschen. Sie wirkte allein, dort mit dem Rücken zur Wand, aber ich hatte den Eindruck, sie hielt sich zurück. Sie zügelte sich, um ihren Gegnern eine Chance einzuräumen.

»Außerdem will ich, dass wir nicht in dieser Zunge sprechen«, fuhr sie fort und klang dabei wieder milder und zugänglicher. »Wulf und Sunia«, sie betonte jeden unserer Namen, »haben nie *so Razda* gelernt. Aber sie müssen verstehen, worüber wir reden.«

Der Mann fluchte. Das Wort war mir kein Begriff, aber was er damit sagen wollte, lag auf der Hand. Er fuhr sich durch den Bart, zupfte daran und legte die Stirn in Falten. Allem Anschein nach wog er ab, ob er dem Wunsch der Herrin nachkommen wollte, dabei war schon jetzt offensichtlich, dass er den ersten Schlagabtausch verloren hatte.

Die Bergherrin wandte sich an uns.

»Sunia. Wulf. Das ist Fauho, er ist *skarja* – Scharführer – der Männer, die ihr hier seht. Sie sind hergekommen, um mit uns über eure Zukunft zu sprechen.«

Fauho war groß und kräftig. Sein Hals war sehr breit, und der Kopf ruhte schwer darauf. Seine Hände waren riesig, die Finger stark und er stand breitbeinig hinter dem Stuhl auf Beinen, die Baumstämmen ähnelten. Im Vergleich zu seinem Körper sah sein Gesicht sonderbar klein aus. Kurz oberhalb seines dichten und mattschwarzen Vollbarts, der wie eine Bürste von seinem Kinn abstand, saß eine kurze klobige Nase, flankiert von einem Paar wässrig blauer Augen. Sie erinnerten ein wenig an sanfte Kuhaugen, was wiederum im starken

Kontrast zum Rest des Körpers stand, der mehr von einem Stier hatte. Die Haare hatte Fauho mit karmesinroten Bändern zu einem Pferdeschwanz gebunden, die sich bis zur Spitze hin mehrfach kreuzten. Abgesehen davon unterschied sich seine Kleidung nicht von der der anderen. Daraus schloss ich, dass diese Farbe wohl seinen Status markierte.

Fauho schien nun lange genug so getan zu haben, als würde er nachdenken.

»Wir machen, was Ihr geheißt, Awo«, sagte er an die Bergherrin gerichtet. »Die Kinder können bleiben und wir sprechen *gamains*, Gemeinsprache, damit sie uns verstehen.«

»Gut«, erwiderte die Bergherrin. Sie hatte mit keiner anderen Antwort gerechnet.

Fauho verschränkte die Hände hinter dem Rücken und warf sich in die Brust.

»Also erkläre ich diese Versammlung der Leibjäger noch einmal für eröffnet«, sagte er mit lauter Stimme und ließ den Blick über die anwesenden Männer gleiten. Über Wulf und mich sah er hinweg.

»Wie vorhin schon gesagt, sind viele Jahre verstrichen, seit wir uns versammelt haben, sämtliche Leibjäger der *So Authida* oder Wildmark, wie die Bewohner dieses Traktes zu sagen pflegten, ehe das Blutreich zerfiel und diese Bezeichnung in Vergessenheit geriet. Wir sind hergekommen, um über zwei Kinder zu sprechen – zwei Kinder von Geblüt –, die nicht bei uns aufgewachsen sind und deshalb keine Kenntnis der Tradition haben.«

»Oder des Rhythmus«, warf die Herrin ein. »Wobei ich mir nicht sicher bin, ob ich verstehe, was das überhaupt damit zu tun haben soll. Dies geschieht schließlich nicht zum ersten und sicher nicht zum letzten Mal.«

Ein Murmeln fuhr wie ein Windhauch durch die Stube. Aber niemand sagte laut etwas oder wechselte einen Blick, alle starrten stur geradeaus oder auf den Boden. Fauho räusperte sich und fuhr fort:

»Und ohne Kenntnis des Rhythmus … Das heißt aber nicht … Ich will sagen … Geblüt gehört zu Geblüt! So war das schon immer, seit wir zurückdenken können. Das ist der Kern der Tradition!«

Nun bewegte er sich wieder auf sicherem Boden, das war deutlich spürbar. Wenngleich ich nichts von dem verstand, was er da sprach, musste es sich doch um Wahrheiten handeln, die gewissermaßen als in Stein gemeißelt galten, etwas, das man nicht infrage stellte.

Die Bergherrin schnaubte nur.

»Als hättet ihr, als hätte nicht jeder Einzelne von euch in allen Teilen des Landes, zu allen Zeiten Kinder gezeugt. Kinder, die nie auch nur in die Nähe von Blütigen gekommen sind, die *weder* Tradition *noch* Rhythmus kennen. Kinder, die ganz gewöhnlich aufwachsen, vielleicht ein wenig länger leben als andere Menschen, aber deshalb nicht gleich den Blütigen zugehörig sind.«

Die Leibjäger rangen bei diesen Worten deutlich mit sich und pressten die Lippen aufeinander, doch Fauho dachte nicht daran, sich geschlagen zu geben. Er meinte, diesmal das Recht auf seiner Seite zu haben.

»Halbblute!«, entfuhr es ihm. »Freilich sind sie durch die Tradition verboten, aber jeder begeht mal einen Fehler. Und selbst in solchen Fällen verwässern die Anlagen der Blütigen in gewöhnlichen Menschen schnell und verschwinden bald ganz. Ihr wisst genau, dass ich nicht von solchen Kindern spreche, sondern von Kindern die durch und durch von Geblüt sind. Es gibt die Tradition, um sie zu schützen, um ihnen Wissen und Können zu vermitteln, um sie zu leiten und auf das Leben vorzubereiten, das von ihnen erwartet wird.«

»Und wer sagt, dass Wulf und Sunia keine Halbblute sind?« Sie wandte sich an uns. »Kennt ihr eure Mutter?«

»Sie ist tot. Glauben wir«, antwortete Wulf und schaute sich schüchtern um, weil plötzlich die Blicke aller Leibjäger auf ihm lasteten.

»Seht sie euch bloß mal an«, sagte Fauho, dabei taten das ohnehin schon alle. »Besteht etwa der geringste Zweifel daran, dass reines Geblüt in ihren Adern fließt? Was macht es schon, wenn wir nicht wissen, wer ihre Mutter ist? Sie war ganz offensichtlich von Geblüt. Und ihr Vater …«

»Ich habe mich schon gefragt, wann du darauf zu sprechen kommen würdest«, murmelte die Herrin.

»Das Mädchen …«

»Sunia«, sagte die Herrin übertrieben ruhig.

»Das Mädchen«, setzte Fauho erneut an, »verriet Wunan den Namen ihres Vaters: Atta.«

»Das ist keine ungewöhnliche Bezeichnung für einen Vater. Ganz gleich, ob sie die Sprache nun beherrschen oder nicht, ihr Vater kann ihnen ja bewusst dieses eine Wort beigebracht haben.«

Nun war es Fauho, der schnaubte, und aus dem Gemurmel, das unter den Leibjägern anhob, schloss ich, dass es nun die Bergherrin war, die sich auf dünnem Eis bewegte.

»Das Mädchen hat Wunan ein Schwert gezeigt. Und dieses Schwert war Attas Schwert – nicht irgendeines Vaters Schwert, sondern das Schwert des *Atta*, der verschwand und von dem wir alle glaubten, er sei tot. Denn gewiss dachten wir das alle?«

An dieser Stelle sah er die Bergherrin scharf an, seine Stimme klang herausfordernd.

Diese verlor jedoch allmählich die Geduld. Sie streckte sich und schien zu wachsen. Genau wie sonst, wenn sie sich in das alte Mütterchen verwandelte, war sie mit einem Mal so stolz und hart und gebieterisch, dass sie fast nicht mehr menschlich wirkte. Selbst die Schatten hinter ihr an der Wand zogen sich zurück und drängten sich aus lauter Respekt vor ihr in die Ecken. Die Leibjäger setzten sich unwillkürlich, aber auch fast unbewusst, ein bisschen gerader, legten die Hände in die Schöße und senkten die Köpfe. Mit einem Mal verhielten sie sich wie kleine Jungen, die bei etwas Verbotenem ertappt worden waren. Fauho machte einen Schritt zurück und geriet dabei ins Wanken, als hätte ihn ein Windstoß unerwartet getroffen und aus dem Gleichgewicht gebracht.

»Du hast gesagt, was du zu sagen hattest, Fauho. Und jetzt wirst du mir zuhören! Es ist möglich, dass der Vater der Kinder wirklich der Mann war, den ihr und ich vor langer Zeit und weit weg von hier als Atta kannten. Es ist möglich, dass es ihn in die Wildmark verschlagen hat und er nicht mit dem Blutreich gefallen ist, so wie wir es geglaubt haben. Darüber hinaus ist es möglich, dass die Mutter der Kinder ebenfalls eine Blütige war und reines Blut in ihren Adern fließt. *Aber das alles macht keinen Unterschied!* Sunia und Wulf werden von nun an bei mir bleiben. Ich werde ihnen alles beibringen, was sie wissen müssen, und dann werden sie selbst bestimmen, wie sie ihr Leben weiterführen wollen. Und nun genug!«

Die Bergherrin beschloss ihre Rede mit ziemlicher Endgültigkeit. Niemand sollte es wagen, zu widersprechen oder etwas zu fragen. Für einen kurzen Moment behielt sie die lange, gebieterische Gestalt, dann nahm sie wieder ihr gewöhnliches Aussehen an und schon konnte niemand der Anwesenden sich mehr entsinnen, ob sie sich wirklich verändert hatte und wenn ja, wann.

Ohne einen Laut von sich zu geben, machten die Leibjäger sich bereit zum Aufbruch. Der Turmfalke trippelte ungeduldig auf Wunans Schulter hin und her, als könnte er es kaum erwarten, wieder hinauszukommen. Aber Fauho war noch nicht fertig. Er sah zwar so aus, als würde er auch liebend gern die Stube verlassen, aber ihm lag offenbar noch etwas Wichtiges auf der Zunge. Er zog den Stuhl unter dem Tisch hervor und setzte sich darauf, als ließen sich seine Beine nur auf diese Weise daran hindern, ihn aus der Stube zu tragen. Dann legte er die Hände gefaltet vor sich auf die Tischplatte und schaute die Bergherrin fast flehend an.

»Wenn Ihr das Beste für die Kinder wollt«, setzte er an, sein Ton ruhig und weich, »wenn Ihr nur ihr Wohl im Sinn habt, ist dann etwa unser Weg nicht der richtige?«

»Viele Kinder von Geblüt sind ohne die Tradition aufgewachsen. Oder zumindest mit einem anderen Verständnis davon. Die Zeiten ändern sich, unsere Bräuche und Gesetze müssen sich anpassen.«

»Aber es war die Tradition, die uns damals vor den Machenschaften der Kälte geschützt hat. Die Tradition kann man nicht verändern, denn in ihrer Unveränderlichkeit liegt ihre Stärke. Wenn wir uns über die Jahrhunderte angepasst hätten, wären wir schon mit dem Blutreich untergegangen.«

»Das kann man nicht vergleichen, die derzeitige Lage ist doch eine ganz andere. Das Blutreich ist in Vergessenheit geraten. Niemand kann sich heute noch daran erinnern. Diese grauenvollen Jahre sind vorbei.«

»Awo, Ihr wisst selbst, dass das nicht stimmt.« Fauho klang nun noch ruhiger. In seiner Stimme lag ein Flehen, das ich erst jetzt zu begreifen glaubte. Er wollte gar nicht, dass die Bergherrin ihm zuhörte, im Gegenteil. Es ging um etwas, das er nicht sagen wollte. ›Zwingt mich nicht, es auszusprechen‹, schrien sein Blick und sein Tonfall förmlich, doch die Bergherrin wollte ihn nicht verstehen.

»Diesmal sind wir weit davon entfernt. Wir müssen einfach vorsichtig sein, ausharren und warten, bis der Winter vorüber ist.«

Fauho schüttelte den Kopf.

»Die Galgenmänner haben den Thronsaal verlassen. Die Palasthunde laufen frei herum. Der leere Thron ist nicht länger leer, etwas sitzt darauf und streckt seine Finger aus, selbst bis in die Wildmark. Niemand ist mehr sicher, und wenn die Kälte erst richtig zurückkehrt – wer behütet dann die Kinder, die ohne den Schutz der Tradition aufgewachsen sind?«

»Was immer Wulf und Sunia wissen müssen, können sie hier lernen«, wiederholte die Herrin, klang nun jedoch weniger überzeugt.

Fauho holte tief Luft, schaute die Bergherrin lange an und sagte dann:

»Awo, wir haben Attas Hof besucht.«

Die Leibjäger, die bereits auf dem Weg aus der Stube waren, erstarrten und blieben reglos stehen. Fauho senkte den Blick auf seine Hände. Die Bergherrin wollte etwas sagen, ihr Mund war schon halb offen, doch sie zügelte sich und schloss ihn wortlos wieder. Trotzig starrte sie Fauho an, dessen Kopf noch immer gesenkt war, gleichzeitig ließ sie die Schultern hängen und sah mit einem Mal einsam und niedergeschlagen aus.

»Keiner von uns wollte es erwähnen«, fuhr Fauho fort, ohne den Blick zu heben. »Aber Ihr lasst mir keine andere Wahl.«

Er sammelte sich und schaute dann vom Tisch auf.

»Wir waren verstört«, setzte er an. »Nachdem Wunan das Mädchen vor Eurem Heim zurückgelassen hatte, wollten wir selbstverständlich prüfen, ob das, was es erzählt hatte, zutraf: Galgenmänner im Wald, ein Mann, der seit so langer Zeit totgeglaubt war, lebte angeblich mitten unter uns. Wir folgten den Fußspuren des Mädchens und fanden den niedergebrannten Hof. Da gab es also einen ganzen Hof, den niemand von uns kannte. Und noch obendrein ein Wegekreuz, von dem ebenfalls keiner von uns wusste. Das ist doch gewiss völlig unmöglich. Wir bewegen uns seit jeher über die gesamte Wildmark, wir kennen jeden Stein, jeden Baum. Wie sollte uns also in all den Jahrhunderten ein Hof entgangen sein, noch dazu ein Hof, der direkt an einem Wegekreuz gelegen war?

Anfangs dachten wir, dass wir diesen Ort vielleicht wirklich übersehen hatten, dass wir aus unerfindlichen Gründen niemals dort vorbeigekommen waren. Schlussendlich brachte uns das Wegekreuz auf die richtige Spur. Wir nutzen diese Wege seit Jahrhunderten, wie hätte uns dabei entgehen sollen, dass sie sich kreuzen? Die einzige plausible Erklärung war, dass wir zwar bereits dort gewesen waren, den Ort aber nie im Gedächtnis verankert hatten, weil er nicht erinnerungswürdig schien.«

Fauho verstummte und seufzte schwer, so als würde ihn das Sprechen anstrengen, als müsste er erst einmal wieder zu Atem kommen.

»Unser Blick wurde abgelenkt«, fuhr er fort. »Das ist die einzig mögliche Erklärung. Jemand hat den Hof und das Wegekreuz vor unseren Augen verborgen. Jemand von Geblüt. Jemand Mächtiges, mächtig genug, einen Hof mit all seinen Bewohnern und den umliegenden Ländereien zu verstecken. Ich kenne in dieser Gegend nur eine Person, die dazu in der Lage wäre.«

Er schaute demonstrativ zur Herrin, die trotzig zurückstarrte.

»Wenn ich denn wirklich getan hätte, was du mir vorwirfst …«, setzte sie an, doch Fauho hob nur die Hand und brachte sie damit zum Schweigen.

»Das war meine erste Erklärung. Dass jemand dabei geholfen hat, den Hof vor uns zu verbergen, so etwas würde ja nicht zum ersten Mal geschehen. Doch dann fiel mir noch etwas anderes ein. Ich habe noch nie davon gehört, dass jemand den Rhythmus genutzt hat, um etwas anderes damit zu verstecken als sich selbst, den Ort an dem er sich selbst befindet oder andere Menschen ganz in der Nähe. Awo, Ihr wohnt viel zu weit von dem Hof entfernt, als dass Ihr mich glauben machen könnt, ihn vor unseren Augen versteckt zu haben. Das Mädchen«, an dieser Stelle gestikulierte er in meine Richtung, »ist noch zu jung und nicht mit dem Rhythmus vertraut. Insofern bleibt nur eine Erklärung übrig: Atta selbst hat den Hof verborgen. Was bedeutet, er muss diese Fertigkeit von jemandem gelernt haben, der sie beherrscht. Eine Frau hat also einen Mann in die Geheimnisse des Rhythmus eingeweiht und ein Mann hat sich der Geheimnisse des Rhythmus bedient, um sich vor uns zu verstecken!«

Der letzte Satz hing schwer und schicksalsträchtig im Raum. Zwar konnte ich mit den Worten nicht viel anfangen, und Wulf sah ähnlich ratlos aus wie ich, die Leibjäger und Fauho hingegen warteten gespannt auf die Antwort der Herrin, der es zum ersten Mal die Sprache verschlagen zu haben schien. Sie biss die Zähne zusammen und schaute jeden der Anwesenden kurz an. Vielleicht wollte sie auf diese Weise trotzig Überlegenheit beweisen, dabei vermied sie jedoch den direkten Blickkontakt und griff nach ihrem rechten Arm, an dem der Grimm sie verletzt hatte.

»Das ist lächerlich«, murmelte sie. »Rhythmus und Tradition, Männer und Frauen! Wieso sollen wir denn nicht voneinander lernen?«

Ein paar der Leibjäger sahen schockiert, fast angewidert aus, und Fauho schüttelte betrübt den Kopf.

»So geht das nicht«, sagte er. »Die Wege für Männer und Frauen von Geblüt unterscheiden sich, selbst diejenigen, die nicht stetswährend nach der Tradition leben, wissen das. Den Blick abzulenken, ist Frauengeschick. Die Strafe für einen Mann, der sich dieser Praktik bedient, ist hoch. Genauso muss die Frau, die sie ihm beigebracht hat, mit einer Strafe rechnen.«

An diesem Punkt schwieg die Bergherrin. Dies war nun ihre Niederlage, und das wusste sie.

»Wir werden nicht über Euch richten, Awo«, fuhr Fauho fort. »Das ist nicht unsere Aufgabe. Aber eins steht fest, der Junge kommt mit uns. Wir haben noch etwas in den Bergen zu erledigen, aber in drei Tagen kehren wir hierher zurück und dann nehmen wir ihn mit. Das Mädchen kann bleiben, wenn Ihr ihm den Rhythmus lehrt. Andernfalls werden die Mondpriesterinnen des Flachlands sie sicher gern in Empfang nehmen.«

Die Herrin schloss ihre Hand fest um den rechten Arm und verzog vor Schmerz das Gesicht.

»Sunia kann hierbleiben«, presste sie durch zusammengebissene Zähne hervor. »Ich werde ihr den Rhythmus beibringen, wie er einst mir beigebracht wurde.«

»Gut«, sagte Fauho und lächelte erleichtert. »Dann sind wir uns einig. Wie ich sehe, steht das Essen auf dem Tisch und keiner von uns würde im Traum daran denken, Eure Gastfreundschaft auszuschlagen, Awo. Lasst uns zusammen das Brot brechen und in Erinnerungen über die alten Zeiten schwelgen.«

Zögernd traten die Leibjäger an den Tisch zurück, setzten sich und schauten sich nach Schalen für die Suppe um. Sie warfen der Herrin nervöse Blicke zu, die wie versteinert am Kopfende des Tisches stand und schwieg. Wulf eilte in die Küche und kehrte kurz darauf mit Schalen und Brot zurück. Wir setzten uns in eine der Fensternischen und beobachteten die merkwürdige Mahlzeit.

Niemand verlor ein weiteres Wort über das, was soeben geschehen war. Die Leibjäger sprachen leise miteinander oder richteten sich mit ehrfurchtsvollen Höflichkeiten an die Herrin. Fauho fing ein Gespräch mit ihr an, bekam jedoch nur einsilbige Antworten, weshalb er sein Bemühen schnell einstellte. Schon bald hatten sich alle satt gegessen und verließen nach und nach schweigend die Stube. Jeder blieb an der Tür noch einmal stehen und verbeugte sich leicht in Richtung der Herrin, bevor er eilig verschwand.

Die Bergherrin presste die Lippen nun noch fester aufeinander, bis sie nur noch ein schmaler Strich waren. Die Knöchel der linken Hand wurden weiß, so fest hielt sie ihren rechten Arm umklammert. Als der letzte Leibjäger gegangen war, fuhr sie vom Stuhl auf, stürmte aus der Stube und warf die Tür hinter sich zu.

Wulf und ich blieben still sitzen und lauschten einem schier endlosen Schwall schillernder Schimpfwörter und Verwünschungen in der Sprache der Blütigen, der aus dem Vorraum bis an unsere Ohren drang. Irgendwann versiegte er und die Herrin kehrte zu uns zurück.

»Seid so lieb und deckt den Tisch ab«, sagte sie zu uns. »Und dann müsst auch ihr dringend etwas Warmes in den Bauch bekommen.«

»Muss ich wirklich mit denen mit?«, fragte Wulf. »Muss Sunia tatsächlich hierbleiben?«

Die Herrin nickte und schnaubte zornig.

»Ja, leider. Ich war eingebildet und dumm, weil ich davon ausgegangen bin, dass sich die Dinge gewandelt haben. Doch nun hat mich die Vergangenheit eingeholt. Mich und euch beide auch. Wenn ihr gegessen habt, werde ich eure Fragen beantworten. Ich habe so einiges aufgeschoben, in dem Glauben, wir haben keine Eile. Aber nun wird es höchste Zeit, dass ihr alles erfahrt.«

Mit diesen Worten stapfte sie grimmig in die Küche, um etwas zu essen für uns zu holen.

Wulf schaute mich an.

»Alles?«, fragte er und klang so, als würde er sich das gar nicht vorstellen können.

Auch ich war mir da nicht sicher.

»Das wäre ganz schön viel«, sagte ich. »Jedes Mal, wenn wir etwas erfahren, wirft das ja nur wieder neue Fragen auf. Was will sie uns wohl alles erzählen? Das, was sie über Vater weiß? Wer die Galgenmänner überhaupt sind und wieso sie uns verfolgen? Was genau der Unwinter bedeutet?«

»Ich möchte wissen, warum Vater sterben musste«, sagte Wulf. »Du hast doch gehört, was Fauho gesagt hat. Der Hof war irgendwie geschützt. Die Leibjäger haben all die Jahre nicht gewusst, dass es ihn gibt. Wie konnten die Galgenmänner ihn dann finden? Oder der Fremde?«

»Er war ja nicht für alle unsichtbar. Die Dorfbewohner wussten, wo er liegt. Und Maja.«

Ich verstand nicht, worauf Wulf hinauswollte. Mich verwirrte etwas ganz anderes, nämlich das, worüber Fauho und die Herrin als Letztes gesprochen hatten.

»Ich begreife nicht, was die Herrin falsch gemacht hat«, sagte ich. »Zuerst hat niemand gewagt, das Wort gegen sie zu erheben. Alle haben auf sie gehört. Sie hatte schon gewonnen.«

»Gewonnen?« Nun konnte Wulf nicht folgen. Ganz offensichtlich hatte er das Gespräch nicht wie ich als Schlacht gesehen. Außerdem hörte er mir schon gar nicht mehr richtig zu. Er stand am Fenster und schaute hinaus. Bevor er sich abgewandt hatte, war mir eine Leidenschaft in seinen Augen aufgefallen, die ich gar nicht von ihm kannte. Wulf war in Gedanken verloren, an denen ich nicht teilhaben konnte.

18

Die drei Verräter

»Das Geschlecht der Blütigen ist alt«, fing die Bergherrin an, nachdem wir Suppe und Brot aufgegessen hatten. »Viel älter als das Blutreich, der Bund und vielleicht sogar älter als die Berge und das Meer. Das Blutreich wurde von Blütigen gegründet und geführt. Und es wurde von Blütigen gestürzt.«

Gespannt warteten wir darauf, dass die Herrin fortfuhr, doch sie blieb stumm und schien in Erinnerungen zu versinken. Draußen dämmerte es, Dunkelheit breitete sich vor den Fenstern aus, trotzdem konnte ich die zerrupften Überreste der Dohle noch im Schnee vor der Hütte erkennen. Große, leichte Flocken sanken durch die Nachtluft. Nicht mehr lang und sie würden den gefrorenen Körper unter sich verbergen.

Irgendwann räusperte sich die Bergherrin und setzte noch einmal an.

»Nein, so ist das nicht richtig«, sagte sie. »Ich sollte nicht mit dem Blutreich anfangen. Ihr werdet mir viel besser folgen können, wenn ihr erst einmal verstanden habt, was genau das Geblüt ist.«

In der Urzeit bestimmten und regelten Rhythmus und Tradition das Leben der Blütigen. Damals lebten Männer und Frauen getrennt und trafen nur ein paar Mal im Jahr aufeinander. Die Männer zogen zum Jagen über das Land und ließen sich dabei von der Tradition leiten. Und dadurch, dass die Frauen ihre Lager umsetzten, wenn das Vieh zu neuen Weideflächen gewandert war, formte der Rhythmus ihr Leben.

Rhythmus und Tradition waren zwar nicht schriftlich festgehalten, trotzdem wurden sie unverändert von Generation zu Generation weitervererbt und weitergeführt. Jeden Lebensabschnitt schrieben Rhythmus oder Tradition vor: Geburt und Tod, Arbeits- und Ruhetag, die Suche nach Lebensmitteln und deren Zubereitung. Es waren wilde und beschwerliche Zeiten, in denen die Gesetze der Blütigen das Überleben sicherten.

Aber die Zeiten änderten sich. Vielleicht nahmen diese Veränderungen bei den Frauen ihren Anfang, als sie herausfanden, dass sie das Futter für das Vieh selbst ziehen konnten. Denn dann brachen sie immer seltener ihre Lager ab und schlussendlich gar nicht mehr, als sie feststellten, dass auch sie sich von den Feldfrüchten ernähren konnten. So wurden sie zu Bäuerinnen, die Lager zu Dörfern und die Dörfer nach und nach zu Städten.

Doch Städte sind schwierige Orte. Sie erfordern mehr – viel mehr – Regeln und Gesetze, als der Rhythmus bieten konnte. Außerdem sind Äcker und Vorratsspeicher unbeweglich. Sie brauchen jemanden, der sie schützt – vor Räubern, Bränden und Nagetieren. Die Frauen baten die Männer um Hilfe, so wurden auch die Männer sesshaft, weshalb Rhythmus und Tradition miteinander und den vielen neuen Vorschriften der Städte in Einklang gebracht werden mussten.

Im Grunde genommen hatte niemand vor, sich vollends von Rhythmus und Tradition abzuwenden, aber es wurde immer schwieriger, nach deren Maßgaben zu leben. Natürlich gab es diejenigen, die fest an den alten Bräuchen festhielten, die meisten glaubten jedoch, es wäre wichtiger, die neuen Regeln zu befolgen, die für das Leben in den Städten geschaffen worden waren.

Und dann kamen die großen Hungerjahre. Sämtliche Ernten schlugen fehl, die Bewässerungswege verschlammten, die Brunnen versiegten und das Vieh starb. Das Land lag öde und brach da, die Blütigen waren gezwungen, weiterzuziehen. Männer und Frauen wanderten zusammen und ernährten sich von dem, was sie unterwegs fanden, gingen aber nicht vollständig zu den alten Bräuchen über. Die ganze Zeit hofften sie, neue Orte zu finden, an denen sie sich niederlassen, weitere Städte bauen und den Boden bestellen konnten.

Die Wanderung dauerte lange. Länger als die meisten Menschenleben, und dann noch einmal genauso lang. Zu guter Letzt erreichten die Blütigen ein Land im Norden mit endlosen Weiten und kalten, dunklen Wintern, dafür aber milden, hellen Sommern und fruchtbarem Land. Hier ließen sie sich nieder und errichteten eine große Stadt.

Die Bergherrin verstummte und starrte eine Weile ins Feuer. Wulf traute sich, eine Frage zu stellen.

»Wart Ihr bei der Wanderung dabei?«

Wie ich erwartet hatte, schnaubte die Bergherrin zur Antwort. Aber sie lächelte gleichzeitig.

»Nein«, sagte sie. »Das ist wirklich schon sehr, sehr lange her. Heute lebt niemand mehr, der sie miterlebt hat. Nicht einmal diejenigen, die jemanden getroffen haben, der sie miterlebt hat – und das heißt wirklich etwas, wenn man bedenkt, wie lange wir leben. Ich erzähle euch das, was ich selbst nur gehört habe. An die erste Stadt kann ich mich jedoch erinnern. Natürlich nicht zu der Zeit, als sie gegründet wurde, sondern erst viel, viel später, da bildete sie längst den Kern des Blutreichs …«

Sie lächelte, wohl beim Gedanken an ihre Erinnerungen, und plötzlich sah sie jung und mädchenhaft aus. Diesmal war es nicht die merkwürdige Wandlung, die sie sonst durchlief – ich erkannte nur mit einem Mal, wie sie wohl als Kind ausgesehen hatte. Außerdem wurde mir klar, dass sie dort aufgewachsen sein musste – in der Stadt, von der sie gesprochen hatte, in dieser Stadt weit oben im Norden. Dorthin schien sie gedanklich zu reisen, wenn sie von ihrer Kindheit träumte.

»Es war von Anfang an eine große Stadt«, fuhr die Bergherrin mit ihrer Geschichte fort.

Der Abstand zwischen Städten war für Blütige seit jeher eine Nebensächlichkeit. Für jemanden, der so lange lebt, fällt die Strecke, die man zwischen zwei Orten zurücklegen muss, nicht weiter ins Gewicht. Die Stadt bekam den Namen Miduma, was so viel heißt wie »Mittelpunkt« oder »Nabel« – denn sie war das Zentrum, von dem alles ausging. Aber dieser Name ist längst in Vergessenheit geraten. Und wer sich noch an diese Stadt erinnert, kennt sie unter dem Namen, den sie erst später bekommen hatte.

Die Straßen in Miduma waren weitläufig und hell, die Gebäude offen und schön. Breite Kanäle durchzogen das Stadtbild, es gab einen riesigen Marktplatz, auf dem sich gewaltige Volksmassen zu festlichen Anlässen versammeln konnten, und über allem thronte der kaiserliche Palast mit seinen schneeweißen Mauern und kristallklaren Burggräben.

Anfangs war es wahrlich nur ein einfacher Palast, da das Oberhaupt der Blütigen noch kein Kaiser war. Doch die Stadt wurde allmählich mächtiger, ihr Geltungsbereich erstreckte sich über immer größere Distanzen, bis die Blütigen über alle Teile des kalten Nordens herrschten. Mehr und mehr Städte entstanden und das Leben dort in dem neuen Land glich allmählich dem früherer Zeiten.

Und genau das beunruhigte viele. Was würde geschehen, wenn sich erneut Hungerjahre einstellten? War man diesmal wirklich besser vorbereitet? Oder waren die Blütigen dazu verdammt, von gefallenem Reich zu gefallenem Reich zu wandern, bis die Sonne erstarb und alles Land zu Eis gefror?

Aus Furcht, die neu gewonnene Heimat zu verlieren, eroberten die Blütigen immer mehr Länder, in immer größerer Entfernung. Sie hofften, sich auf diese Weise die ganze Welt zu eigen machen zu können, sodass sie sich nie mehr sorgen mussten, ihre Heimat zu verlieren. Miduma wurde schnell zum Zentrum des

Blutreichs – eines Reichs, das größer war als alle Reiche zuvor, eines Reichs, dessen Ausmaße bisher nie übertroffen wurden. Vom Ozean im Westen bis zu den endlosen Wüsten im Osten, von den Gletschern im Norden bis zu den undurchdringlichen Wäldern im Süden – so weit erstreckten sich die Grenzen des Blutreichs, als es am mächtigsten war.

»Was ist schief gegangen?«, fragte Wulf.

»Wieso schief gegangen?«, rief die Bergherrin. »Habe ich behauptet, dass etwas schief gegangen ist? Wie kommst du darauf?«

»Das Blutreich ist doch untergegangen«, verteidigte sich Wulf. »Und irgendetwas läuft in den Sagen und Legenden immer schief. Es muss erst richtig schlimm werden, bevor es besser werden kann.«

»Dies ist aber keine Legende«, schnaubte die Bergherrin. »Dies ist die Geschichte deiner Vorfahren und du tätest gut daran, still zu sein, während ich sie erzähle.«

Sie murmelte ein Weilchen vor sich hin, bis sie fortfuhr, und zwar mit einer eher widerwilligen Bekenntnis:

»Also, damals lief tatsächlich etwas schief. Ich wollte gerade dazu kommen.«

»Aber warum erzählt Ihr uns das alles? Was hat das mit uns zu tun? Wir haben nie zum Blutreich gehört. Vater hat nie davon gesprochen. Was hat all das damit zu tun, dass die Leibjäger Wulf mitnehmen wollen? Was hat all das mit Vaters Tod zu tun?«

Ich verstummte. Die Sätze waren einfach aus mir herausgesprudelt, ich war selbst gar nicht auf sie gefasst gewesen. Der Kopf schwirrte mir von allem, was die Bergherrin erzählt hatte, und aus dem Wirrwarr blubberten plötzlich Gedanken und Fragen an die Oberfläche und hinaus aus meinem Mund. Ich spürte, wie mir die Wangen brannten und hätte am liebsten den Blick auf den Boden gesenkt, aber ich zwang mich, den Blick der Bergherrin zu halten, sie trotzig anzustarren, bis es schlussendlich sie war, die sich abwandte, wenngleich sie dabei lächelte.

»Du hast völlig recht, Sunia«, sagte sie. »Das, was ich bisher erzählt habe, kommt euch sicher längst vergangen und unwichtig vor. Ihr meint vermutlich, ich erzähle nur alte Sagen oder verliere mich in meinen Erinnerungen. Aber du musst ein wenig Geduld mit mir haben. Es gibt einfach so vieles, das ihr noch nicht wisst. Und dabei sind die Zusammenhänge so groß, dass es mir schwer fällt, im Blick zu behalten, was ihr noch gar nicht verstehen könnt.

Zwei deiner Fragen kann ich dir jedoch sofort beantworten: Euer Vater ist tot, weil er sich etwas hat zuschulden kommen lassen, als das Blutreich vor ein paar hundert Jahren untergegangen ist. Und Wulf muss sich den Leibjägern anschließen, weil das die Regeln vorschreiben, die vor mehreren tausend Jahren festgelegt worden sind, und gegen die ich verstoßen habe. Verstehst du? All das, was vor so vielen Jahrtausenden geschah, ist noch immer gegenwärtig. Wir – ihr und ich – befinden uns in dieser Lage wegen ein paar Grundsätzen, die vor langer Zeit und weit weg von hier ihren Anfang nahmen. Und genau deshalb möchte ich euch das alles erzählen. Damit ihr begreift, dass ihr euch nicht nur den Anforderungen der Gegenwart stellen müsst, sondern dass euer Leben vollständig verwoben ist mit der verzwickten und komplizierten Geschichte der Blütigen.

Und wenn es euch recht ist, fahre ich jetzt fort.«

Etwas schlummerte tief im Boden unter Miduma. Etwas, das noch viel älter war als die Blütigen, älter als die Erde und die Felsen, die die Stadt umgaben. Vielleicht war es schon so alt wie die Sterne am Himmel, ganz sicher jedenfalls genauso kalt und unbeweglich.

Es stammte aus einer Zeit, in der Worte wie Leben, Tod und Liebe noch keine Bedeutung hatten. In der Sprache der Blütigen gab es keinen Begriff, mit dem man es hätte beschreiben können. Es hatte keine Gestalt, keinen Willen und kein Ziel. Vielleicht könnte man es als Gefühl bezeichnen. Oder als Gedanken.

Wir nannten es thata Frius *– die Kälte.*

Diese Kälte beschlich uns vorsichtig, fast unmerklich. Vielleicht hatten der Lärm und das Leben von Miduma sie geweckt. Weil sie so langsam erwachte, bemerkten wir erst, als es schon fast zu spät war, was vor sich ging. Denn die Kälte kroch in die Herzen der Menschen, in eins nach dem anderen, und wenn sie sich dort erst einmal festgesetzt hatte, wurde man sie nicht mehr los.

Das Schlimmste war, dass sich oberflächlich kaum etwas veränderte. Alle gingen ihren üblichen Beschäftigungen nach, als wäre nichts geschehen. Die Weberin webte, der Schlachter schlachtete und der Waffenschmied schmiedete auf seinem Amboss Metall zu messerscharfen Waffen. Sonst geschah nichts. Diejenigen, die der Kälte zum Opfer fielen, veränderten sich zwar durch und durch und trotzdem kein bisschen.

Die Weberin webte die gleichen starken und gleichmäßigen Stoffe wie zuvor, doch sie sahen alle identisch aus. Das Muster änderte sich nicht mehr. Es festigte sich, verlor jede Lebendigkeit und war zum Schluss so perfekt, aber dabei auf so unmenschliche Weise makellos, dass es richtig schmerzte, die Stoffe zu betrachten.

Den Schlachter kümmerte nicht mehr, warum und wofür er eigentlich schlachtete. Er zerlegte Tier um Tier, sortierte Fleisch und Knochen und selbst wenn niemand die Ware kaufte, hörte er nicht auf. In seinem Hinterhof wuchsen die Haufen verwesender Abfälle.

Der Waffenschmied machte sich nicht länger Gedanken über Verzierungen und Ornamente der Schwerter und Messer. Er schlug einfach so lange auf das glühende Metall, bis es so scharf war, dass es selbst die Flammen hätte zerteilen können. Und dann warf er das fertige Stück achtlos beiseite und widmete sich dem nächsten. Als müsste er Scharen unersättlicher Krieger ausstatten, die so unermüdlich kämpften, dass sie jeden Tag neue Waffen brauchten.

Kein Opfer der Kälte zeigte noch Gefühle, niemand kannte mehr Träume oder Hoffnung. Äußerlich schienen sie, noch die Alten zu sein. Sie sprachen, sie aßen und sie schliefen. Sie waren höflich, wenn es geboten war, höflich zu sein. Aber ihre Herzen waren steif gefroren und nur eines zählte noch in ihrem Leben: Die Kälte weiterzugeben.

Aber wie bekämpft man etwas, das nicht sichtbar ist? Etwas, das sich langsam ausbreitet wie Raureif auf der Fensterscheibe, jedoch nirgendwo herzukommen scheint? Die meisten von uns bemerkten erst, dass etwas nicht stimmte, als Miduma bereits einen neuen Namen hatte. In den angrenzenden Ländern nannte man sie nur noch ›Lieblos‹. Die Stadt Lieblos, so nachhaltig schien auch noch das letzte menschliche Gefühl ausgerottet zu sein. Und den Namen behielt die Stadt: Unhulthabaurgs, *was sich allmählich zu* Unbaurgs *verkürzte, und das ist auch der Name, den diejenigen für die Hauptstadt verwenden, die sich noch an das Blutreich erinnern können.*

»*Unbaurgs*«, flüsterte ich und schaute Wulf an. Das Wort hatten wir beide schon einmal gehört. Damals hatten wir in der Dunkelheit auf den Holzscheiten gekauert und Vater und den Fremden in der Stube belauscht.

Wulf nickte.

»Sie haben also auch von der Kälte gesprochen«, antwortete er. »Wir hatten *Vatafrius* verstanden, aber sie haben *thata Frius* gesagt!«

Die Bergherrin beachtete uns nicht weiter, sondern erzählte einfach weiter.

Unbaurgs herrschte nun über ein erkaltetes Blutreich, denn die Kälte breitete sich schnell entlang der Reichsgrenzen aus. Während wir in der Stadt erst zu ahnen begannen, was vor sich ging, hatte die Kälte den Rest des Landes bereits fest im Griff. Und es waren nicht nur die Menschen von ihr betroffen. Die Dohlen Unbaurgs' waren die ersten Tiere, die der Kälte zum Opfer fielen. Plötzlich kreisten sie stumm über der Stadt, formierten sich zu immer größeren Schwärmen und flogen in die Gebiete, in die die Kälte bisher noch nicht vorgedrungen war. Dort saßen sie und taten nichts weiter, als die Menschen zu beobachten, die zu verstehen versuchten, was überhaupt geschah. Man munkelte, dass sie so etwas wie Spitzel waren, die jemandem oder irgendetwas Meldung machten – aber niemand wusste, wer oder was das sein konnte.

Nach den Dohlen folgten weitere Tierarten und allmählich auch Bäume, Wege und Plätze. Und schlussendlich war selbst das Wetter in der Gewalt der Kälte. Die Temperatur fiel, es schneite unnatürliche Flocken vom Himmel, Sturm kam auf, fuhr direkt in die Herzen der Menschen und löschte selbst bei den noch nicht Betroffenen das letzte bisschen Hoffnung und Kraft.

Das war der erste Unwinter und erst als er anbrach, begriffen wir, dass etwas nicht stimmte.

»Ihr habt erwähnt, dass er damals nicht Unwinter genannt wurde«, warf Wulf ein. »Was habt Ihr denn dazu gesagt?«

»Unwinter ist die Bezeichnung der Bauern und einfachen Leute, die nicht so massiv unter seinem Einfluss litten wie die Blütigen. In Unbaurgs sprachen wir vom *Fimbulwintrus* – dem Großen Winter, denn er herrschte drei aufeinanderfolgende Jahre lang, in denen es keinen Sommer gab. Und vielleicht hätte er sogar noch länger geherrscht, wenn euer Vater nicht getan hätte, was er getan hat.«

»Was hat er denn getan?«

»Er hat sein Land verraten«, antwortete die Bergherrin und schaute uns direkt an. »Sein Land, sein Volk und alle Gesetze, nach denen die Blütigen leben.«

Sie sagte das mit einem solchen Ernst, dass wir beide nur stumm sitzen blieben und abwarteten, bis sie mit ihrer Erzählung fortfuhr.

Unter dem Einfluss der Kälte wurde das Blutreich zu einem unbarmherzigen Ort. Es gab nur noch ein einziges Ziel: Immer größer zu werden. Diejenigen, die sich dem Blutreich in den Weg stellten oder versuchten, ihm entgegenzuwirken, wurden hingerichtet. Ohne Prozess, ohne Vorwarnung. Es ist davon auszugehen, dass auch die Blütigen einst bei ihren Eroberungszügen kaltblütig vorgegangen waren, trotzdem war diese Kaltblütigkeit immer noch irgendwie menschlich gewesen. In den gefrorenen Herzen der Armeen, die im Namen des Blutreichs vormarschierten, suchte man jedoch vergebens nach Menschlichkeit. In einem fort und in immer schnellerem Tempo wurden weitere Länder im Süden und Osten einverleibt, und im Westen wurde mit doppeltem und fieberhaftem Einsatz an der Flotte gearbeitet. Bald sollte die Kälte sogar fremde Länder erreichen, jenseits des Ozeans.

Für diejenigen von uns, die der Kälte noch nicht zum Opfer gefallen waren, wurde das Überleben unablässig schwieriger und schwieriger – schließlich konnte jeder Versuch, sich gegen die Kälte zur Wehr zu setzen, mit dem Tode enden. Die nahezu einzige Schutzmöglichkeit war, sich nicht anmerken zu lassen, ob man ihr schon zum Opfer gefallen war oder sich noch gegen sie stemmte. Doch dieses Spiel machte es fast unmöglich, zu überblicken, wie viele sich noch widersetzen konnten. Dohlen, die sich tonlos stundenlang vor einem Haus aufhielten, waren ein gutes Indiz dafür, dass sein Bewohner unberührt war. Allerdings konnte es lebensgefährlich sein, ein solches Haus aufzusuchen, denn jederzeit konnten die Handlanger der Kälte zugreifen. Die Galgenmänner mit ihren

Seilen. Oder die Jagdhunde des Palastes, die ebenfalls von der Kälte befallen waren und sich in blutrünstige Bestien verwandelt hatten.

Genauso war es gewagt, mit anderen zu sprechen, um herauszufinden, auf welcher Seite sie standen. Befand sich der andere in den Klauen der Kälte, riskierte man, verraten zu werden. Und selbst wenn sie noch nicht befallen waren, woher sollte man ahnen, ob die Kälte sie oder ihn nicht doch noch beschlich und vom Verbündeten zum Verräter machte?

»Wir lebten in ständiger Angst«, sagte die Bergherrin finster. »Jeder für sich allein, denn niemand konnte die gesamte Situation überblicken. Wer war der Feind? Wo war der Feind? Waren längst alle befallen oder gab es noch mehr, die widerstehen konnten?«

Sie schaute hinaus in die Nacht, die sich langsam über den Wald vor dem Fenster legte.

»Ich habe wirklich ganz fest daran geglaubt, dass diese Gefahr für immer gebannt ist. Und jetzt herrscht dieser Winter, freilich nur ein blasser Schatten des Großen Winters, der trotzdem bereits ein wenig nach seiner Kälte schmeckt und der schweigende Dohlen, Galgenmänner und Winterhunde mit sich bringt.«

»Vater war kein Opfer der Kälte, nicht wahr?«, fragte Wulf. »Er hat widerstanden.«

»Ja, euer Vater gehörte zu denen, die nicht betroffen waren«, bestätigte die Bergherrin. »Obendrein war er derjenige, der von uns allen am klarsten sah. Er erkannte die Ursache und zögerte nicht. Euer Vater erklärte, was zu tun notwendig war und warum. Und dann führten sie es zu dritt aus.«

Wir waren zu dritt. Ich habe damals etwas getan, was ich nicht hätte tun dürfen. Das hatte Vater gesagt. Und später auf dem Totenbett noch: *Ich habe mich geirrt. Sie kehrt zurück.* Hatte er von der Kälte gesprochen?

»Aber was hat Vater denn getan?«, fragte ich. »Ihr habt vorhin etwas von Verrat gesagt.«

»Er hat den Kaiser ermordet«, antwortete die Bergherrin schlicht. »Und zwar mit diesem Messer.« Sie deutete zum Kaisermesser, das Wulf auf das Kaminsims gelegt hatte.

Von allen Bewohnern des Blutreichs hielt sich die Leibgarde des Kaisers am strengsten an die Vorgaben der Tradition. Und vielleicht war es genau die Tradition, die sie schützte, denn keiner von ihnen fiel der Kälte zum Opfer.

Zu den Aufgaben der Leibgarde zählte, Unbaurgs und den Kaiser zu verteidigen. Dabei wohnte sie nicht in der Stadt, sondern schritt unablässig alle Wege des Blutreichs ab. Sie befolgte die Tradition haargenau und setzte nie einen Fuß in eine Stadt. Die Steppen, Wälder und Wege waren ihr Zuhause. Nur eine kleine Gruppe hielt permanent Stellung vor den Toren Unbaurgs und jeden Tag musste einer von ihnen in den kaiserlichen Palast, um das Leibfeuer zu füttern, das im Thronsaal brannte.

Weil die Leibgarde sich weigerte, durch die Stadt zu laufen, gab es einen gesonderten Eingang im Schutzwall des Palastes und einen speziellen Weg, den nur die Leibgarde betreten durfte und der direkt zum Palast führte. Das Tor trug deshalb den Namen ›Leibpforte‹. In dessen Schatten versammelten sich ein paar von uns, um zu beraten und zu beschließen, was als Nächstes zu tun war.

»Das Herz des Blutreichs ist gefroren«, sagte euer Vater. »Die Kälte hat Menschen befallen, die Kälte hat Blütige befallen, aber das allein erklärt nicht, was hier gerade vor sich geht. Die Macht und Wirkung des Blutreichs ist nicht beeinträchtigt, sondern es wächst beständig weiter und wird immer gewaltiger.«

Wir anderen verstanden nicht, was er meinte.

»Es gibt nur noch den einen Willen, die eine führende Hand. Und das ist nur damit zu erklären, dass die Kälte sich schon längst

in den Kern gefressen hat, der dieses Blutreich und alles, was damit zusammenhängt, ausmacht.«

»Viele der Berater sind befallen«, sagten wir, weil wir nicht richtig begreifen wollten, was er da sagte. »Durch sie wird vieles innerhalb des Blutreichs gesteuert.«

»Ihr wollt es einfach nicht erkennen«, sagte euer Vater. »Das Blutreich selbst ist befallen und dient der Kälte. Und wer ist das Herz und Hirn des Blutreichs? Der Kaiser. Der Kaiser muss der Nabel sein, von dem aus die Kälte sich weiter verbreitet, denn durch den Kaiser vergrößert sich das Blutreich und damit vergrößern sich auch die Möglichkeiten der Kälte.«

Daraufhin schwiegen wir anderen. Uns war bewusst, dass euer Vater recht haben musste. Aber niemand wollte es glauben. Wenn Tradition, Rhythmus und alle Gesetze des Blutreichs sich in einem einig waren, dann darin, dass das Oberhaupt des Geblüts heilig und unantastbar war. Der Kaiser war mittlerweile das Symbol sowohl für das Blutreich als auch unser Geschlecht der Blütigen. In ihm lag unsere gesamte Macht und Stärke vereint. Genau deshalb hatten wir insgeheim gehofft und geglaubt, dass er immun war.

»Uns bleibt keine andere Wahl«, sagte euer Vater. »Der Kaiser muss sterben!«

Und so geschah es.

Es ist nicht leicht, jemanden zu töten, dessen Blut so stark ist wie das des Kaisers. Also wurde ein Messer von einem der letzten nicht betroffenen Schmiede geformt, in das das Blut dreier mächtiger Geschlechter von Geblüt eingegossen wurde. Drei Männer wurden bestimmt, die den Mord durchführen sollten, und während eines Empfangs im Thronsaal stürzten sie sich auf den Kaiser. Zwei hielten ihn fest, damit euer Vater ihm das Messer ins Herz rammen konnte. Dreimal versenkte er die Klinge in der Brust des Kaisers, und beim dritten Mal hörte dieser auf zu atmen.

Ich war auch dort und mithilfe einer der Fähigkeiten, die ich durch den Rhythmus habe, gelang es mir, den Blick der Anwesen-

den abzulenken und den drei Verrätern zur Flucht zu verhelfen. Natürlich war der Thronsaal bald wie leer gefegt, denn in dem ganzen Trubel nach dem Mord waren alle aus dem Palast gestürmt, auf der Suche nach den Mördern oder um die Neuigkeit zu verbreiten, dass der Kaiser getötet worden war. Ich verließ den Saal als Letzte. Nur die Leiche des Kaisers befand sich noch dort, tot zusammengesackt auf dem Thron. Die Kälte kroch tatsächlich aus seinem zerstochenen Herzen, verteilte sich über dem Leichnam und zerfraß ihn. Ich verließ Unbaurgs durch die Leibpforte und habe die Stadt seither nicht wieder betreten.

»Nach dem Mord am Kaiser brach das Blutreich zusammen«, sagte die Bergherrin. »Die Kälte zog sich zurück und diejenigen, die ihr zum Opfer gefallen waren, schienen langsam wieder aufzutauen und zu sich zu kommen. Ein Teil konnte sich an gar nichts erinnern, andere wiederum an viel zu viel und litten sehr unter den Erinnerungen. Viele verloren für immer den Verstand. Die Frauen und Männer von Geblüt zogen sich zurück. Aus der Leibgarde wurde die Gruppe der Leibjäger und die Frauen, die nach dem Rhythmus lebten, nannten sich Mondpriesterinnen und lebten fortan als Hebammen, Heilerinnen und weise Frauen.

Der Frühling kehrte zurück und allmählich gerieten die schlimmen Jahre in Vergessenheit, zumindest bei den Menschen der Landbevölkerung. Schlussendlich glich die Erinnerung an den Unwinter nichts als einer blassen Bedrohung und man sprach nur noch vom Winterkönig und seinen Hunden, ohne mehr zu wissen, dass es sich dabei um den Kaiser von Unbaurgs und dessen Jagdhunde handelte.«

»Ist jemand in der Stadt geblieben?«, fragte Wulf.

»Unbaurgs ist, soweit ich weiß, verlassen. Ein ewiger Frost liegt über der Stadt und der gesamten Umgebung. Nichts wächst oder lebt mehr dort. Die Leibjäger, die auf ihren Wanderungen so weit kommen, berichten, dass ein ständiger Eiswind um die ehemalige Hauptstadt weht, aber alle Mauern und der Palast stehen noch.«

Nie waren wir der Auflösung von Vaters rätselhaften letzten Worten näher.

›Bringt alles zu Atlevis, in das Dorf nordwestlich des Berges. Den Bund. Das Messer. Er weiß, was zu tun ist. Sagt ihm, dass alle drei Teile gebraucht werden. Er muss das dritte wiederfinden. Sie kommt mit dem Winter.‹

Das hatte er gesagt und selbst wenn mir immer noch unklar war, was es mit diesem »Bund« auf sich hatte, so musste doch alles mit dem Mord am Kaiser und den dreien zusammenhängen, die ihn damals ausführten. Bisher hatten wir die Bergherrin nicht auf das angesprochen, was Vater uns aufgetragen hatte, aber nun war der Moment gekommen.

»Was ist mit den anderen beiden geschehen? Den beiden, die Vater geholfen haben?«, fragte ich.

»Sie sind verschwunden. Sie haben sich versteckt, genau wie euer Vater. Aus Angst, von den Blütigen verstoßen und der Leibgarde getötet zu werden. Ihr müsst das verstehen – obwohl sie nur getan haben, was getan werden musste, war es dennoch ein Bruch mit der Tradition. Und auf Hochverrat steht der Tod. Doch die Leibgarde konnte sich nicht darauf einigen, was die Tradition eigentlich in diesem speziellen Fall vorgab. Viele waren der Meinung, dass der Kaiser zum Zeitpunkt seines Todes gar nicht mehr er selbst, sondern durch und durch die Kälte gewesen war. Dass deshalb niemand von Geblüt ermordet worden sei.

Deshalb wagten es die drei auch, sich allmählich wieder zu zeigen. Nur wählte jeder dazu einen anderen Weg. Euer Vater hielt sich weiter im Verborgenen und zeigte sich nur ein paar wenigen. Er hatte seine ganz eigenen Vorstellungen vom Leben und wollte nicht länger, dass die Blütigen und das Blutreich ihre Schatten über ihn warfen. Ich brachte ihm bei, wie er die Blicke derer abwenden konnte, die nach ihm suchten, weshalb die meisten davon ausgingen, dass er kurz nach dem Untergang Unbaurgs gestorben war. Damit brach ich eine der ältesten und heiligsten Regeln von Rhythmus und Tradition: Das Wissen von Frauen und Männern darf nicht vermischt werden. Sie dürfen ihr Können nicht teilen. Weil ich einmal große Macht am Hofe Unbaurgs genoss, wiegen meine Worte schwerer als die der Leibgarde. Trotzdem ist das, was ich getan habe, in den Augen der Leibgarde unverzeihlich. Deshalb muss ich schweigend zusehen, wie sie dich, Wulf, mitnehmen, wenn ich weiterhin Einfluss auf die Geschicke der Blütigen haben will.«

Die Bergherrin verstummte und starrte eine Weile grimmig aus dem Fenster, ehe sie fortfuhr:

»Atlevis war einer der verbliebenen beiden und er entschied, das Leben unter den Blütigen wieder aufzunehmen und weiterzuführen. Er gehörte nie selbst zu den Leibjägern, verfügte aber über starke Bande zu ihnen. Er ließ sich in einem Dorf unweit von hier nieder, wo die Leibjäger ihn oft besuchten. Es ist lange her, dass ich ihn selbst zu Gesicht bekam. Von dem letzten Verräter weiß ich nur sehr wenig. Man munkelt, er sei als Berater in den Dienst eines der Fürsten der Grenzländer getreten – alte Gebiete, die sich am Rande der ersten Grenzen des Blutreichs befinden.«

Das reichte nicht, ich spürte deutlich, dass ich noch mehr wissen wollte. Was hatte es mit dem Kartenstück in dem lackierten Kästchen auf sich? War es eins der drei Teile, von denen Vater gesprochen hatte? Ich versuchte, an Wulfs Miene abzulesen, ob er ähnliche Fragen wälzte, doch der bewegte nur pausenlos den Kopf hin und her, so als würde er etwas suchen.

Irgendwann verstand ich, dass er zu dem kleinen lackierten Kästchen deuten wollte, das zwischen den Decken seiner Schlafstatt verborgen lag. Dass er aber ständig davon abgelenkt wurde und vergaß, was er tat. Also versuchte ich, die Bergherrin auf Wulf aufmerksam zu machen, doch auch ich konnte mich nicht lange genug konzentrieren, um etwas zu sagen oder wenigstens auf Wulf zu zeigen.

Das musste sehr sonderbar ausgesehen haben, wie wir beide wortlos der Bergherrin gegenübersaßen und mit uns rangen und uns wanden, ohne auch nur einen Ton herauszubringen. Das wirkte sicher so, als wäre uns die ganze Situation so unangenehm, dass wir verzweifelt nach einer Ausrede suchten, um die Stube zu verlassen.

Die Bergherrin betrachtete uns aufmerksam.

»Wollt ihr mir etwas sagen?«

Ich wollte nicken, senkte aber stattdessen den Blick. Wulf schien ebenso wenig antworten zu können.

»Müht euch nicht weiter damit ab«, sagte die Bergherrin. »Wenn ihr nicht aufhört, fallt ihr noch von den Stühlen. Vergesst, was ihr sagen wollt, und hört mir lieber weiter zu.

Es gibt etwas, das sich ›Blutsband‹ nennt. Das hat nichts mit Blutsverwandtschaft zu tun, sondern ist eine alte Methode, die Blütige anwenden können, um gewisse Dinge geheim zu halten. Derjenige, der mit einem Blutsband gebunden wird, kann eine Botschaft nur dem richtigen Adressaten überbringen. Versucht man, jemand anderem davon zu erzählen, vergisst man, was man sagen wollte, wird abgelenkt und begreift erst im Nachhinein, dass man nichts davon ausgesprochen hat. Wenn ich mir euer Gebaren gerade ansehe, kann ich mir sehr gut vorstellen, dass euer Vater eure Zungen gebunden hat. Vielleicht hat er das schon vor langer Zeit getan oder aber erst als er merkte, dass sein Ende naht …«

»Aber wozu?«, platzte es aus mir heraus. »Wieso will er verhindern, dass wir etwas fragen? Ich bin mir sicher, Ihr könntet uns helfen, wenn wir Euch nur erzählen könnten, was wir immer noch nicht verstehen.«

Ich fand es ungerecht und grausam, dass wir nach wie vor unter Vaters Geheimnistuerei und seinem Unwillen, Dinge zu erklären, leiden mussten. Warum hatte er uns nicht einfach alles erzählt?

Die Bergherrin schaute mich kummervoll an.

»Es ist schwer, so etwas allein tragen zu müssen, das weiß ich. Aber euer Vater konnte unmöglich ahnen, wem ihr begegnen würdet. Er wird euch etwas erzählt oder euch einen Auftrag gegeben haben, der so wichtig ist, dass niemand sonst davon erfahren darf. Er wollte verhindern, dass ihr euch dem Falschen anvertraut und so vielleicht selbst in Gefahr bringt.

Ich kann nur raten, worum es sich handelt. Es ist möglich, dass ihr etwas für ihn zu Ende bringen sollt. Vielleicht wusste er, was uns bevorsteht – in Bezug auf die Kälte und den Unwinter. Vielleicht hat er auch einen Namen genannt, als er euch die Worte band. Wenn dem so ist, kann ich euch zumindest mit der Aussicht trösten, dass ihr ihm oder ihr alles berichten könnt, was euch aufgetragen wurde.«

Wir schauten einander an und dann die Bergherrin, ohne etwas zu sagen. Es war ein schwacher Trost, schließlich wollte ich am liebsten sofort über alles sprechen. Aber immerhin bestand die Möglichkeit, dass wir Atlevis, einen der Verräter, aufspüren und ihm alles erzählen konnten. Wenn jemand wissen würde, warum Vater uns zu ihm schickte, dann wohl er.

Ich versuchte, mich mit diesem Gedanken zufriedenzugeben, und schaute Wulf an. Er nickte und lächelte ein bisschen verkniffen. Vermutlich dachte er etwas ganz Ähnliches.

Dann traf es mich: Wann sollten wir Atlevis denn finden? In drei Tagen würden die Leibjäger hier eintreffen, um uns wieder zu trennen. Ich griff unter dem Tisch nach Wulfs

Hand und drückte sie, aber er nickte einfach nur stumm. Verstand er denn nicht, dass uns keine Zeit blieb?

Als die Bergherrin sich kurz abwandte, formte er tonlos mit den Lippen:

»Heute Nacht!«

19

Der Aufbruch

»Sie schläft!«

Ruckartig setzte ich mich auf, aus einem Traum von einer Stadt mit hohen Mauern und eisbedeckten Straßen gerissen. Im Zimmer war es dunkel und still. Ein paar Augenblicke lang wusste ich nicht, wo ich war. Dann kam die Erinnerung. Ich saß auf einer Bettstatt neben dem Kamin in der Hütte der Bergherrin und die Stimme, die ich gehört hatte, war die von Wulf.

Er war genau hinter mir und flüsterte mir fast lautlos ins Ohr.

»Beeil dich, wir müssen schon ein gewaltiges Stück hinter uns gebracht haben, ehe die Sonne aufgeht.«

»Warum? Und wohin überhaupt?«

»Wir müssen hier weg, bevor die Leibjäger zurückkommen«, flüsterte Wulf. »Und sei still, damit du die Herrin nicht weckst. Ich sammle unsere Sachen zusammen. Schleich du in die Küche und pack ein wenig Proviant ein, dann treffen wir uns im Vorraum.«

Noch benommen torkelte ich so leise, wie ich vermochte in die Küche. Mir fiel es schwer, die Gedanken beisammenzuhalten und richtig zu begreifen, was gerade vor sich ging. In der Küche kippte ich etwas Wasser in eine Schüssel und tauchte mit dem Gesicht hinein. Die Kälte weckte meinen schläfrigen Verstand, weshalb ich endlich anfing, Lebensmittel in einen kleinen Beutel zu füllen.

Trotzdem dachte ich zuerst über das eiskalte Wasser in der

Schüssel nach und darüber, wie merkwürdig es war, dass es eine Kälte gab, die einem die Gedanken und Sinne schärfen konnte, während eine andere genau das Gegenteil bewirkte. Die Kälte, von der die Bergherrin berichtet hatte, war erschreckend und mir zugleich nur zu bekannt. Alles, was ich gespürt hatte in meinem Ringen mit dem Unwinter, leuchtete mir plötzlich ein. Zwischen all der Angst, dem Schnee und der Hoffnungslosigkeit gab es einen eiskalten Willen, der sich in meine Seele schleichen und mich in etwas Gefühlskaltes hatte verwandeln wollen. Wenn Wunan mich damals nicht im Schnee gefunden hätte – wäre ich dann von der Kälte überwältigt worden und nun so wie die Galgenmänner? Völlig unberührt von allem und nur noch ein Werkzeug, nichts als ein Schatten meiner selbst?

Bevor ich am Vorabend zu Bett gegangen war, hatte ich der Bergherrin eine letzte Frage gestellt. Denn es gab da etwas, das mich seit ihrer Erzählung zutiefst beunruhigte.

»Woran erkennt man, dass jemand der Kälte zum Opfer gefallen ist?«

»Manchmal erkennt man es gar nicht«, hatte sie geantwortet. *»Oft geschieht es so langsam, dass man gar nicht richtig bemerkt, was genau sich verändert. Die ersten Anzeichen dafür, dass die Kälte sich in das Herz von jemandem geschlichen hat, sind kleine Veränderungen der Persönlichkeit. Ein Mangel an Gefühlen zum Beispiel. Oder eine regelrechte Besessenheit von einer bestimmten Aufgabe oder einem Vorhaben.«*

Im Vorraum erwartete Wulf mich bereits ungeduldig. Ich betrachtete ihn heimlich, aber sehr genau. Hatte er sich verändert? Was ging ihm durch den Kopf und wieso konnte ich es nicht nachvollziehen?

»Zieh dich an, schnell!«, flüsterte er mit Nachdruck und lauschte angespannt, ob die Bergherrin aufzuwachen drohte.

Ich beeilte mich, so gut es ging, aber das schien Wulf nicht zu genügen.

»Bald ist Mitternacht«, zischte er. »Ich will unbedingt vorher die Hütte verlassen haben.«

»Was sind das hier für Kleider?«, fragte ich und wendete das Langhemd in den Händen, das Wulf mir gegeben hatte. »Sie sehen aus wie meine, aber wirken unbenutzt.«

»Sie sind ja auch unbenutzt, die Herrin hat sie gerade erst genäht. Könntest du aufhören, sie anzustarren und sie stattdessen anziehen?«

Ich tat, wie mir geheißen, war aber nach wie vor verdutzt.

»Warum hat sie uns neue Sachen genäht?«, fragte ich. »Und wo hast du sie her?«

»Aus der Webstube. Da war auch alles andere, was sie für uns genäht hat. Nimm das hier.«

Er hängte mir einen Beutel über die Schulter und legte mir dann einen dicken Wollmantel um, bevor er mich unsanft durch die Tür schob.

»Hat sie viel für uns genäht?«, fragte ich, doch Wulf wurde ungeduldig.

»Nicht jetzt! Wenn wir unterwegs sind.«

Schon kurze Zeit später hatten wir die Hütte ein gutes Stück hinter uns gelassen. Die Nacht war rabenschwarz, die Baumkronen ließen sich nur als dunkle Flecken vor dem Sternenhimmel ausmachen. Keuchend blieben wir neben einem Felsen stehen. Wulf hatte mich am Arm gefasst und mitgezogen, sodass wir in schwindelerregendem Tempo mit den Gleitkufen auf den Wald zusteuerten. Obwohl wir vollkommen blind unterwegs waren, gelang es uns unerklärlicherweise, zwischen den vielen Bäumen hindurchzukurven, ohne uns Arme und Beine zu brechen. Doch nun mussten wir kurz verweilen, um wieder zu Atem zu kommen.

»Wulf«, keuchte ich. »Jetzt erklär doch, was wir hier machen. Und das mit den Kleidern, wie hast du das gemeint?«

Ich hörte, wie er sich in der Dunkelheit räusperte. Er klang enttäuscht.

»Ich hatte gedacht, du verstehst das«, sagte er. »Oder dass es ausreichend ist, wenn ich es verstehe. Vor dem Unwinter war das schließlich so.«

»Aber jetzt müssen wir miteinander sprechen, um uns zu verstehen«, sagte ich. »Noch dazu bist doch du derjenige von uns, der das mit dem Reden so gut kann. Erklär es mir.«

»Dann fang ich mit den Kleidern an. Ich habe mehr oder weniger direkt verstanden, dass die Winterkleider von der Herrin gekommen sein mussten. Sie war die Frau, die sie für uns bei Lars Hök abgegeben hat. Kannst du dich daran erinnern, dass er uns weder sagen konnte, wie sie aussah, noch wohin sie danach gegangen ist? Die Herrin hat seinen Blick abgewendet, ganz offensichtlich.«

Natürlich wusste ich noch, wie Lars Hök vor seiner Schmiede gestanden und sich an der Wange gekratzt hatte, ein wenig beschämt darüber, dass er sich an nichts erinnern konnte. Damals hatte ich mich neugierig gefragt, wer diese mysteriöse Frau gewesen war, aber dann war so viel passiert, dass ich sie völlig vergessen hatte. An dem Abend war der Fremde bei Vater zu Besuch gewesen und danach hatten Wulf und ich genug andere Gründe zum Nachdenken gehabt.

»Die Herrin kannte Vater«, fuhr Wulf fort. »Und Maja kannte sie auch. Ich glaube, sie hat über Vater und uns gewacht, seit es uns gibt. Vielleicht konnte sie sich nie direkt an uns wenden, da sie sonst den Schutz aufgehoben hätte, den Vater über den Hof gelegt hatte. Aber wie dem auch sei, es steht jedenfalls ein ganzer Schrank voll mit Kleidern in unserer Größe in der Webstube. Ich habe diese hier und einen Satz zum Wechseln mitgenommen. Aus unseren alten wachsen wir langsam heraus.«

Es stimmte und war mir doch vollends entgangen. Wir waren in den Wintermonaten erheblich in die Höhe geschossen. Diese Erkenntnis ärgerte mich. Und es ärgerte mich umso mehr, dass Wulf das alles aufgefallen war und mir nicht. Bislang war ich diejenige gewesen, die Einzelheiten verknüpfte und die richtigen Schlüsse zog, und nun wurde mir bewusst, wie sehr ich dabei auf Wulfs Beobachtungen und seine Neugierde angewiesen gewesen war. Gleichzeitig erkannte ich, dass ich Wulf auf diese Weise früher oft die Möglichkeit genommen hatte, selbst nachzudenken. Ich war immer schneller gewesen, weshalb er nur warten musste, bis ich eins und eins zusammengezählt hatte.

»Und wohin sind wir unterwegs?«

»Wir müssen Atlevis finden«, sagte Wulf, als wäre es das Offensichtlichste der Welt. »Wenn Vater unsere Zungen gebunden hat, damit wir niemandem von diesem Rindenstück«, er klopfte sich gegen die Brust, wo sich das kleine Lackkästchen unter seinem Hemd verbarg, »und den drei Teilen erzählen können, ganz egal, worum es sich dabei handelt, dann muss das sehr wichtig sein. Ich denke nicht daran, tatenlos abzuwarten, bis die Leibjäger kommen, um mich mitzunehmen und dich zurückzulassen. Denn dann bleibt uns niemand mehr, mit dem wir sprechen können.«

Ich würde es nicht überstehen, noch einmal von Wulf getrennt zu sein. Und wie sollten uns die Leibjäger oder die Bergherrin helfen, wenn wir ihnen nicht mitteilen konnten, was uns aufgetragen worden war? Ich hatte mich bloß schon so sehr daran gewöhnt, dass sich jemand um uns kümmerte. Ich hatte mich sicher gefühlt, dort, in der Nähe der Bergherrin, aber gleichzeitig hatte mich dieses Gefühl machtlos gemacht. Obwohl ich mir vorgenommen hatte, selbstständig zu sein, hatte ich mich nur zu gern auf die Geborgenheit eingelassen, die mir in der Hütte geboten wurde. Wulf hatte recht. Wir mussten losziehen und uns allein der Aufgabe stellen. Und zwar sofort. Ich hätte nur gern vollends darauf vertraut, dass er durch und durch er selbst war.

»Aber wie sollen wir das Dorf finden, in dem Atlevis wohnt? Ich kann kaum die Hand vor Augen sehen.«

»Ich habe mich mit ein paar Besuchern unterhalten, die zur Bergherrin gekommen sind. Sie haben mir ein paar Fingerzeige gegeben. Und was die Dunkelheit angeht ...«

Er verstummte, aber ich hörte, wie er die Handschuhe abstreifte und etwas durch zusammengebissene Zähne hervorstieß. Nichts geschah, was ihn mehr und mehr zu verwirren schien. Doch dann schlug mir plötzlich ein grellweißes Licht entgegen, sodass ich die Hände vors Gesicht reißen musste, um nicht geblendet zu werden.

In Wulfs Händen tanzte eine kleine Kugel aus Leibfeuer. Sie war kleiner als der Ball, den die Bergherrin in der Nacht des Jahresgangs hervorgezaubert hatte, strahlte aber genauso hell und klar. Um uns standen die Bäume im weißen Glanz der kühlen Flammen. Sie wirkten platt, wie die Verzierungen eines Teppichs vor einer unendlichen Dunkelheit. Wir befanden uns in einer kleinen Blase aus weißem Licht und Wulf sah mich zufrieden an.

»Ich war mir nicht sicher, ob ich das hinbekommen würde«, sagte er und klang ein bisschen stolz. »Ich hatte noch keine Gelegenheit, es mal zu versuchen, aber trotzdem habe ich daran geglaubt, dass ich es schaffen kann. Ich habe die Bergherrin seit dem Jahresgang über alle besonderen Fähigkeiten ausgehorcht, über die Blütige verfügen.«

Ein paar Stunden später fing es an zu schneien. Im Schein des Leibfeuers zeichnete sich jede Flocke kreideweiß vor dem dunklen Wald ab. Hinter Wulf durch den wirbelnden Schnee zu fahren, war, wie langsam in einen sternenklaren Nachthimmel zu fallen. Das Feuer, das Wulf am ausgestreckten Arm vor sich hielt, strahlte in alle Richtungen. Und während ich in seiner Spur fuhr, erschien es mir, als wäre es Wulf selbst, der dort so weiß glühte. All das war so traumgleich und unwirklich, dass ich fürchtete, der Unwinter könnte die Gelegenheit nutzen und sich heimlich in mein Herz schleichen, wenn ich mich von diesen Gefühlen mitreißen ließ.

»Zwar werden jetzt unsere Spuren verdeckt«, sagte ich zu Wulf, »aber gleichzeitig können wir nicht sehen, ob wir uns im Kreis bewegen. Bist du dir ganz sicher, dass wir noch auf dem richtigen Weg sind?«

Wulf hielt an und den kleinen Feuerball hoch über den Kopf.

»Ich war mir ziemlich sicher«, antwortete er und blickte sich um. »Wir sollen einem Bach folgen, der zwischen zwei eher flachen Berggipfeln hindurch nach Norden fließt. Auf der anderen Seite, ungefähr am Fuße des Berges soll er in einen Fluss münden und dort gegenüber liegt das Dorf. Aber wir hätten den Bach längst erreichen müssen.«

Er bewegte das Leibfeuer hin und her.

»Ich kann den Berg einfach nicht erkennen«, sagte er enttäuscht. »Stell dir mal vor, wir wären im Kreis gefahren und nähern uns nun wieder der Hütte, statt uns von ihr zu entfernen!«

»Der Abhang war die ganze Zeit links von uns«, beruhigte ich ihn. »Wir können unmöglich ganz gewendet haben. Vielleicht sind wir nur zu weit nach Osten abgekommen. Im schlimmsten Fall haben wir den Pass zwischen den beiden Gipfeln verfehlt. Dann müssen wir sie eben umrunden.«

»Sollen wir also einfach weiterfahren?«, fragte Wulf.

»Ja, wir haben die Hütte sicher bereits ein gutes Stück hinter uns gelassen. Kann sein, dass das schon reicht. Wenn wir jetzt einen Ort finden, an dem wir den Rest der Nacht verbringen können, sehen wir den Berg ja, sobald die Sonne aufgeht.«

Wulf dachte einen Moment lang nach, dann nickte er.

»Ich habe Decken mitgebracht«, sagte er. »Wenn wir unter einer der Fichten eine Kuhle graben, können wir mit den Gleitkufen einen Windschutz bauen.«

Allerdings blieb uns diese Mühe erspart, denn während wir nach einem geeigneten Baum suchten, stießen wir auf einen eingeschneiten Bretterverschlag. Er wurde auf drei Seiten von steilen Abhängen eingepfercht und war von solchen Schneemassen bedeckt, dass wir ihn fast übersahen. Mir waren vier sehr regelmäßige und eigenartig geformte Hügel im Schnee aufgefallen und als ich Wulf bat, mit dem Licht näher zu kommen, erkannten wir beide, dass es die Ecken eines schneebedeckten Dachs waren. Da der Verschlag nur sehr flach und viel Schnee vom Dach gerutscht oder vom Wind gegen die Wände gedrückt worden war, konnten wir nur mit Müh und Not unterscheiden, wo es sich um ein Fenster und wo um die Tür handelte. Dann gruben wir die Tür gerade so weit frei, dass wir uns hineinquetschen konnten.

Im Inneren war es bitterkalt, trotzdem war diese Zuflucht weit besser als eine Kuhle unter einer Fichte. Wulf legte das Leibfeuer auf die Feuerstelle. Es wärmte zwar nicht, schenkte uns jedoch ausreichend Licht bei der Suche nach Pritschen und altem Stroh, auf das wir uns legen konnten. Feuerholz gab es keines, aber der Rauchfang in der Decke war sicher ohnehin wegen der Jahreszeit verschlossen worden. Es dauerte nicht lang, bis das Leibfeuer nachließ und dann ganz erlosch. Wulf und ich breiteten die Decken über uns aus und kuschelten uns eng aneinander, um so wenig Wärme wie möglich zu verlieren. Ich lauschte, wie Wulfs Atemzüge immer tiefer und langsamer wurden, und kurz darauf war auch ich eingeschlafen.

Ich kann nicht sagen, wie lange ich geschlafen hatte, aber es war noch immer dunkel, als ich erwachte. Mit der Hand tastete ich nach Wulf und schüttelte ihn wach.

»Hörst du das?«, fragte ich.

Von der Tür her kam ein regelmäßiges Kratzen. Dreimal schabte etwas am Holz, dann Stille, dann wieder dreimal. Ab und zu auch ein hackendes Geräusch.

»Ist das ein Vogel?«, fragte Wulf zurück. »Das klingt nach Krallen und einem Schnabel.«

»Der will hier rein«, flüsterte ich.

In diesem Augenblick verdoppelte sich das Geräusch. Auf das Kratzen an der einen Stelle antwortete Kratzen von anderer Stelle. Der Rhythmus änderte sich, aber der Ton blieb gleich. Und auch hier wurde immer wieder innegehalten, um zu picken, denn es klang nahezu sicher nach einem Schnabel.

»Jetzt sind es schon zwei«, sagte Wulf.

Kaum hatte er das ausgesprochen, machte sich ein weiterer Vogel an der Tür zu schaffen. Und kurz darauf noch einer. In Windeseile war die Dunkelheit erfüllt von Kratzen, Picken und dem Geräusch von splitterndem Holz.

Ich schlug die Decke zurück, schlich zur Tür und legte die Hand daran. Sie vibrierte zwar unter dem beständigen Angriff, aber die Bretter waren dick und sowohl Riegel als auch Türangel aus Gusseisen.

»Die werden sie nicht überwinden«, sagte ich und versuchte dabei, überzeugend zu klingen.

Zur Sicherheit tastete ich nach der rostigen Schafschere, die ich im Schein des Leibfeuers in einer der Ecken gesehen hatte, und rammte sie in den Holzrahmen oberhalb der Tür. Vielleicht würde Majas alter Kniff die Eindringlinge ja aufhalten, sollte es ihnen doch gelingen, die Tür zu überwinden. Es konnte aber auch sein, dass es gar keinen Unterschied machte. Ich wünschte, ich hätte Vaters Schwert dabei. Diesem

Stück scharfen Stahls hätte ich mehr vertraut, als einer alten, stumpfen Schere.

Mehr konnte ich nicht tun, also kroch ich zurück zu Wulf und legte mich wieder zu ihm unter die Decken. Lange lag ich wach und lauschte den Krallen und Schnäbeln, die unaufhörlich an der Tür kratzten, hackten und schabten. Bis ich irgendwann wieder einschlief.

20

Der Tunnel

Als ich das nächste Mal aufwachte, war es still im Verschlag. Das Sonnenlicht bahnte sich seinen Weg durch die Ritzen der Tür und fiel schimmernd auf Decke und Wände. Ich stand auf, ging zur Tür und legte mein Ohr daran. Weil dahinter nichts zu hören war, öffnete ich sie.

Draußen kletterte die Sonne gerade im Osten über die Baumspitzen, der Tag war klar und kalt. Im Schnee vor der Tür zeigten sich deutliche Spuren der Nacht. Schwarze Federn lagen überall verstreut und unzählige Abdrücke von Krallen im Schnee zeugten davon, dass die Dohlen rastlos vor und zurück und übereinander gelaufen waren. Wenn ich daran gezweifelt hätte, dass wir in der Nacht Besuch von Dohlen hatten, wären die Zweifel damit beseitigt gewesen. Die Federn waren unverkennbar.

»Bösensschiet«, fluchte Wulf, der nun ebenfalls erwacht war und über meine Schulter hinausblickte. »Wie viele waren das wohl?«

Darauf konnte ich nur ratlos die Schultern heben. Bei all den Spuren, die kreuz und quer übereinander verliefen, war es unmöglich, die Zahl auch nur ansatzweise zu schätzen. Ich verließ den Verschlag, um die Tür von außen zu betrachten.

Die Tür war übersäht von Kratzern und Rissen, weiße Wunden in dem altersgrauen Holz. Unmengen von hellen Holzsplittern hatten sich über den Schnee ergossen. In dieser Nacht war es den Dohlen nicht gelungen, sich durch die Tür zu hacken. Wenn sie jedoch noch eine weitere Nacht lang die

Möglichkeit bekämen, würde das Holz sie vermutlich nicht mehr abhalten können.

»Schiet!«, fluchte Wulf erneut, diesmal als er die Schäden an der Tür sah. »Das sieht ja so aus, als wäre ein Hund darüber hergefallen. Warum um alles in der Welt haben sie das nur getan?«

»Ich habe keine Ahnung«, sagte ich, denn ich fragte mich genau das Gleiche. Dabei jagte mir ein Gedanke ganz fürchterliche Angst ein: Was hätten sie wohl mit uns angestellt, wenn die Tür nicht standgehalten hätte?

Wulf blinzelte über das Dach des Verschlags zum Berg hinauf.

»Du hattest recht«, sagte er. »Wir sind nach Osten abgekommen. Direkt über uns ist der eine Gipfel und dort drüben der andere. Wenn wir dem Hang hier einfach Richtung Westen folgen, müssten wir auf den Bach treffen, von dem ich gesprochen habe. Ich hole unsere Säcke, damit wir gleich weiterfahren können.«

Ich betrachtete die Spuren der Dohlen und dann den Wald, der uns umgab. Wenn die Dohlen uns gefunden hatten, konnten die Galgenmänner das dann nicht auch? Streiften sie hier noch durch die Gegend? Hatten sie nur darauf gewartet, dass wir die Hütte der Bergfrau verließen und damit schutzlos waren?

»Ich wünschte, ich hätte Vaters Schwert dabei«, dachte ich erneut, diesmal jedoch laut.

»Aber das habe ich doch mitgebracht«, sagte Wulf, der gerade den Verschlag verließ. »Es ist hier im Sack.«

Er zog ein langes Stoffbündel hervor, wickelte das Schwert aus und gab es mir. Ich band es mir um. Sofort juckte es mich in den Fingern, am liebsten hätte ich es sogleich gezogen, doch ich beherrschte mich. Aber allein sein Gewicht an meiner Seite zu spüren, beruhigte mich.

Wulf trug bereits die Gleitkufen an den Füßen und machte sich an den Aufstieg in den Wald. Und ich fragte mich, warum er das Schwert bisher nicht erwähnt hatte.

Dies war der erste von drei Tagen, die verblieben, bis die Leibjäger zur Bergherrin zurückkehren und entdecken würden, dass wir fort waren. Wir hofften, das Dorf, in dem Atlevis lebte, am späten Abend des kommenden Tages zur erreichen, was uns hoffentlich genug Zeit ließ, in Ruhe mit ihm zu sprechen, bevor die Leibjäger uns aufspürten. Keiner von uns wagte, darüber nachzudenken, was uns danach drohte.

Wir hielten ein gutes Tempo und erreichten bald den Bach, von dem Wulf gesprochen hatte. Er war vielleicht zehn Klafter breit, eine dicke Eisschicht hatte sich darauf gebildet. Genau wie Wulf beschrieben hatte, lag er zwischen zwei flachen, bewaldeten Berggipfeln. Der Wind, der durch den Pass blies, hatte den meisten Schnee vom Eis gefegt, darunter gluckerte und strömte das Wasser.

Wir ließen uns auf den gefrorenen Bach gleiten. Erst vorsichtig, um zu testen, ob das Eis trug, doch dann immer schneller. Wir kamen nicht so zügig voran wie auf einem geweckten Weg, aber trotzdem wesentlich besser, als wenn wir uns durch den Tiefschnee, über Felsbrocken oder umgestürzte Bäume hätten kämpfen müssen.

Zur Mittagszeit hatten uns die Dohlen erneut aufgespürt. Ein großer Schwarm senkte sich lautlos vom Himmel und setzte sich in die Bäume zu beiden Seiten des Bachs. Sie verfolgten uns mit Blicken, bis wir fast außer Sichtweite waren, erhoben sich von den Ästen, flogen uns hinterher, um sich abermals in den Bäumen niederzulassen und uns nachzuschauen, bis wir wieder fast verschwunden waren.

Sie griffen uns nicht an, trotzdem zog ich jedes Mal den Kopf ein, wenn ich hörte, wie sie hinter uns ihre Plätze verließen und über uns hinwegschwebten, nur manchmal begleitet vom Schlagen unzähliger Flügel. Wie leicht es sein musste, uns zu finden. Wir hinterließen offensichtliche Spuren im Schnee, der fleckenweise auf dem Eis lag, und die Dohlen glichen deutlichen Rauchsignalen, die regelmäßig in die Luft stoben, um unseren Weg zu markieren.

Wulf schien das nicht zu bekümmern. Oder zumindest die Dohlen scherten ihn nicht. Er fuhr vor mir her, den Blick fest auf den vor uns liegenden Weg gerichtet.

Am Abend hatten wir den Pass erreicht und folgten dem Bach in westlicher Richtung. Rechts von uns musste sich nun das Flachland erstrecken, das wir aufgrund von Dämmerung und Wald jedoch nicht einmal erahnen konnten. Wulf entfachte ein Leibfeuer, damit wir noch eine Weile weiterfahren konnten. Ich beobachtete ihn wie gebannt dabei.

»Versuch es doch selbst einmal«, ermutigte er mich. »So schwer ist das gar nicht.«

Also versuchte ich es, bekam jedoch nicht den kleinsten Funken zustande, ganz egal wie viel Mühe ich mir gab. Wulf sah ratlos aus.

»Vielleicht denkst du nicht an das Richtige«, sagte er. »Es ist ganz leicht, wenn man weiß, was man machen muss. Hier, nimm es mal in die Hand, vielleicht geht es dann.«

Er reichte mir den Feuerball.

Es war ein merkwürdiges Gefühl, das Leibfeuer in den Händen zu halten. Es fühlte sich nicht warm an und es berührte mich nicht, sondern schwebte unbeweglich ein Stückchen über meinen Handflächen. Aber es kribbelte und stach in den Fingern, wenn sie den Flammen zu nahe kamen. Und mein Pulsschlag beschleunigte sich, was wiederum Wärme in Arme und Beine schickte. Ich versuchte, den Feuerball in eine Hand zu verlagern, wo er sich schnell zurechtlegte, ganz so als wäre er ein Teil von mir. Als ich ihn Wulf zurückgeben wollte und den Arm ausstreckte, kullerte er jedoch auf den Boden und rollte geradewegs in den Wald.

Ich fürchtete, Wulf würde nun ärgerlich sein, weil ich das Licht fallen gelassen hatte, aber stattdessen wirkte er sogar richtig aufgeregt und folgte dem Feuerball mit aufmerksamen Blicken.

»Da muss ein alter Weg verlaufen«, entfuhr es ihm. »Schau mal, wie der Ball zwischen den Bäumen hindurchrollt. So war das auch in der Mittwinternacht.«

Und es stimmte. Das Leibfeuer hatte an Geschwindigkeit aufgenommen und verhielt sich ganz so, wie der Feuerball, mit dem die Bergherrin den Weg vor der Hütte geweckt hatte.

»Komm«, rief Wulf. »Wir sehen uns mal an, wohin dieser Weg führt!«

Er stieß sich schwungvoll mit den Stöcken ab und glitt in rasendem Tempo den Abhang hinunter. Ich tat mein Bestes, mitzuhalten. Anfangs wäre ich ein paarmal fast in Baumstümpfe oder Stämme gekracht, weil ich so jagend schnell auf den Gleitkufen den Berg hinunterschoss, doch schon bald hatte ich das Leibfeuer eingeholt und konnte wieder sehen, wohin ich fuhr.

Wulf war immer noch vor mir, er stand vornübergebeugt auf seinen Gleitkufen und nutzte ab und zu die Stöcke, um noch schneller zu werden. Ein Stück vor uns öffnete sich der Wald zu einer kleinen Lichtung. Das Leibfeuer rollte in einem weiten Bogen darauf zu.

Wulf hingegen steuerte die Lichtung direkt an, wollte den Feuerball durch die Abkürzung überholen. Der Hang wurde sehr steil und barg eine Vielzahl Findlinge, denen wir ausweichen mussten. Ich war sehr froh, dass Wulf vor mir fuhr und mir so die Wegwahl abnahm. Ich musste mich nur in seiner Spur halten, um den Hügel hinunterzukommen, was mir genug Zeit gab, einen Blick auf das zu werfen, was uns auf der Lichtung erwartete.

Das Leibfeuer rollte gerade aus dem Wald und auf die offene Fläche hinaus. Die ganze Lichtung erstrahlte sogleich in grellem Weiß, während sich auf der gegenüberliegenden Seite eine klaffende dunkle Öffnung zeigte, ein schwarzes Loch, das den Feuerball zu schlucken drohte. Dort musste eine Höhle sein oder der Eingang zu einer Grotte. Der Weg, auf dem das Leibfeuer kullerte, führte direkt hinein, denn dorthin rollte es. Wulf umrundete gerade den letzten großen Felsbrocken und war kurz davor, auf die Lichtung zu fahren, als ich eine Bewegung in der dunklen Öffnung wahrnahm.

Mit all meiner Kraft riss ich meine Gleitkufen herum und stieß mich vom Boden ab, sodass ich auf den Brocken kam, den Wulf gerade umfahren hatte. Dabei sammelte ich so viel Schwung, dass ich in die Luft gewirbelt wurde und als ein einziges Knäuel aus Gleitkufen, Armen und Beinen glücklicherweise genau auf Wulf plumpste und ihn so zu Boden riss. Ihm ging die Luft aus und bevor er sich sammeln konnte, hatte ich ihm bereits die Hand auf den Mund gelegt.

So ineinander verschränkt wurden wir gerade so von einer gestürzten Kiefer verborgen. Ich deutete mit den Augen zur Lichtung und wir beobachteten reglos, wie das Leibfeuer mit ziemlichem Tempo in der dunklen Öffnung verschwand.

Erst wurde es pechschwarz. Das Loch hatte, bis auf einen blassen Widerschein im Schnee direkt vor der Öffnung, alles Licht verschluckt. Dann wurde es wieder heller, denn das Leibfeuer kam wieder heraus.

Aber es war nicht allein. Eine düstere Gestalt trug Wulfs Feuerball in der Hand und hielt ihn hoch in die Luft, um mit seiner Hilfe in die Nacht zu blicken. Es war ein Mann, der etwas von einem zotteligen Tier hatte. Einem gejagten Tier, das nervös nach seinen Verfolgern witterte. Als er die Hand mit dem Feuerball in Richtung Steilhang führte, fiel der Lichtschein auf sein Gesicht und wir erkannten ihn. Strähniges Haupt- und Barthaar, wilde gelbbraune Augen, die für Blütige typische blasse Haut – es war der Fremde, der Vater besucht hatte.

Ich war davon überzeugt, dass er direkt zu uns schaute, trotzdem gehorchte mir mein Körper nicht, wollte sich nicht hinter die Kiefer ducken. Eine halbe Ewigkeit lang fühlte es sich so an, als würden wir uns gegenseitig in die Augen starren. Innerlich bereitete ich mich darauf vor, dass der Fremde auf uns zustürzen und aus unserem Versteck zerren würde. Doch irgendwann wandte er nur den Kopf ab und verschwand wieder in der Höhlenöffnung, nur um kurz darauf erneut zu erscheinen. Diesmal trug er einen Sack über der Schulter. Das Leibfeuer hatte er durch eine Laterne ersetzt, die viel schwächer, aber auch viel wärmer leuchtete. Ich folgte dem goldenen Schein mit den Augen, bis er weit im Norden zwischen den Bäumen im Wald verschwand.

Sogleich schob Wulf mich unsanft von sich, entwirrte unsere Gliedmaßen, band sich die Gleitkufen ab und rannte zur Höhle.

»Warte«, zischte ich ihm nach, unsicher, ob der Fremde wirklich außer Hörweite war. Doch Wulf wartete nicht.

Als ich endlich auf die Füße kam und selbst von den Gleitkufen steigen konnte, war Wulf längst fort. Ein schwacher Lichtschein tief im Innern des Dunkels ließ mich vermuten, dass Wulf eine weitere Laterne gefunden hatte. Also tastete ich selbst eine Weile im dunklen Höhleneingang, bis auch ich eine in die Finger bekam und den Docht entzünden konnte.

Ich hielt die Laterne hoch, während die Flamme gemütlich größer wurde, und sah mich um. Ich hatte mich getäuscht. Dies war keine natürliche Öffnung in einem Berg, kein Eingang zu einer Grotte, es war ein Tunnel.

Er musste in diesem Bereich einmal sehr aufwendig dekoriert gewesen sein, davon zeugten Reste von Reliefs in den Steinen an der Decke und den Seiten, aber ich konnte nicht sagen, was sie einmal dargestellt hatten. Der Tunnel machte zunächst einen niedrigen Eindruck, was aber nur daran lag, dass er so breit war. Er wirkte wie ein gewaltiges Gewölbe, das bis zum Deckenansatz in die Erde eingesunken war. Am höchsten Punkt betrug der Abstand zum Boden sicher vier Ellen. Den alten Weg, dem Wulfs Leibfeuer gefolgt war, konnte man hier sehr gut erkennen. Im Schutze des Tunnels hatten die Pflastersteine die vielen Jahrhunderte seit dem Sturz des Blutreichs fast unbeschadet überstanden.

Ich warf kurz einen Blick hinaus und stellte fest, dass die Dohlen verschwunden waren. Man konnte vor dem schon abendblauen Himmel noch die Baumkronen erkennen, doch kein einziger Vogel saß mehr dort und beobachtete mich. Mir war nicht klar, wann sie davongeflogen waren oder was sie mitunter vertrieben hatte. Wulf vielleicht, als er das Leibfeuer entzündet hatte? Als wir den Weg gefunden hatten? Als der Fremde aufgetaucht war? Oder lag es an diesem Ort? Beschützten sie ihn? Ihre plötzliche Abwesenheit minderte das unangenehme Gefühl, das die ständige Beschattung ausgelöst hatte, keineswegs.

Erst nachdem ich tiefer in den Tunnel gelaufen und er eine weite Biegung nach rechts gemacht hatte, stieß ich wieder auf Wulf. Er hatte die Laterne an einen Eisenhaken gehängt, der in die Wand geschlagen worden war, und schaute sich um.

Kaum war ich bei ihm, erkannte ich, dass wir geradewegs in einen Unterschlupf geraten waren. In einer Seitenwand befand sich ein Durchbruch, dahinter eine Nische, in der Bücherregale, ein großer, runder Tisch und ein hoher Lehnstuhl standen. An der Decke hing ein gewaltiger schmiedeeiserner

Kerzenleuchter. Es gab sogar eine Feuerstelle. Ein ungeschliffenes Kupferrohr war dazu in einen Schacht montiert worden, der vermutlich einst als Lichtschacht gedient hatte. Das untere Ende mündete über einer gusseisernen Feuerschale.

Wer immer hier hauste, schien das noch nicht lange zu tun. Eine abgetragene, zerlumpte Strohmatratze mit ein paar Decken erweckte den Eindruck, kürzlich erst eher achtlos in einen der hinteren Winkel geworfen worden zu sein. Möglicherweise diente dieser Ort schon länger als Schreibkammer oder Bibliothek und neuerdings zusätzlich als Schlafplatz.

»Wer wohnt denn so?«, fragte ich laut.

Wulf antwortete nicht. Er schaute sich um, als würde er etwas Bestimmtes suchen, dabei war es dazu viel zu dunkel. Das Licht unserer Laternen war schwach und reichte nicht weit hinein in die Bleibe, sondern warf nur finstere Schatten kreuz und quer auf Boden und Wände.

»Wir könnten die Kerzen anzünden«, schlug ich vor, doch Wulf hörte nicht zu. Er murmelte nur Unverständliches, ging zu einem der Regale und zog nacheinander Bücher heraus.

»Wonach suchst du?«, fragte ich, bekam aber noch immer keine Antwort.

Ich kletterte auf die Armlehnen des Stuhls und entzündete die Kerzen des großen Leuchters mithilfe eines langen Pechhölzchens. Über jeder Flamme befand sich ein kleiner Metallspiegel, der das Licht nach unten ableitete, Richtung Tischoberfläche. Mit jeder Kerze, die ich entfachte, wuchs das Bild dort unten ein Stück weiter. Als alle Kerzen brannten, verharrte ich noch einen Moment auf den Stuhllehnen, um auf den Tisch zu schauen.

Die gesamte Oberfläche war von einer riesigen Karte bedeckt. Spinnfadendünne Linien und grelle Farben formten eine Landschaft, die mir immer bekannter vorkam, je länger ich darauf schaute. Die Berge, die Wälder, das Flachland – das war meine Heimat. Dort war der Fluss, da lag das Dorf. Die Moore, Anhöhen, Wasserläufe, alte Mauern – auf der Karte war die gesamte Welt abgebildet, in der ich aufgewachsen war, und ich schwebte darüber wie ein Falke. Dort hatte ich oft mit Wulf geangelt. Dort hatten wir Enten gejagt. Dort lag der Hof, dort die Hütte der Sarg-Maja. Jeder Bach und jeder Hügel, an dem ich seit Kindertagen gespielt hatte, war eingezeichnet.

Aber die Karte war noch umfangreicher. Abgesehen von unserem Gebiet zeigte sie weitere mir bekannte wie unbekannte Orte. Die Hütte der Bergherrin, meinen Aussichtsturm, den Verschlag, in dem wir übernachtet hatten, und unzählige kleine Dörfer und Höfe, die sich über Flachland und Täler verteilten und von denen ich bisher nichts gewusst hatte.

»Ha!«, entfuhr es Wulf, der plötzlich an den Tisch getreten war und sich über die Karte gebeugt hatte. Er wirkte aberwitzig groß – wie ein Riese, der mit seinem Schatten ganze Welten verdunkeln konnte.

»Sieh dir das mal an«, sagte er und deutete mit dem Finger auf den Tisch.

Ich war so sehr von der Karte gebannt gewesen, dass mir die Holzfigürchen gar nicht aufgefallen waren, die überall darauf standen. Es waren sehr grob geschnitzte kleine Stumpen mit angedeuteten Köpfen, dafür aber mit leuchtenden Farben bemalt. Sie waren hier und dort zu kleinen Grüppchen zusammengestellt, die meisten sammelten sich an Orten, die ich kannte: beim Hof, bei der Hütte der Bergherrin, auf den alten Wegen und in einem Dorf, das nicht weit von hier entfernt war, und das Dorf sein musste, zu dem wir unterwegs waren.

»Was ist das?«, dachte ich laut. »So etwas wie ein Spiel? Was meinst du? Hat der Fremde das gemacht?«

Wulf schnaubte ähnlich ungeduldig, wie ich es sonst von der Bergherrin gewohnt war.

»Das sind Truppen«, stieß er fassungslos hervor. »Er hat einen Angriff und dessen Verteidigung geplant.«

Weil ich ihm nicht sogleich zustimmte, machte er mit der Hand eine einschließende Geste über der gesamten Karte.

»Siehst du nicht, welche Orte hier verzeichnet sind? Wie viele kennen die denn? Die Hütte der Herrin. Den Hof! Der soll doch eigentlich im Verborgenen liegen.«

»Der Fremde muss doch gewusst haben, wo der Hof ist, sonst hätte er Vater nicht besuchen können«, sagte ich.

»Er hat den Überfall auf Vater geplant!« Jetzt schrie Wulf fast. »Siehst du das denn nicht?«

Er nahm eine der Figuren, die bei unserem Hof stand, von der Karte und hielt sie mir hin. Sie war mit schwarzer Farbe angemalt, einzig ein gelber Strich mit dem Pinsel verlief senkrecht über die Brust. Mit einem bisschen Fantasie konnte man das als einen langen Mantel mit einer goldenen Stickerei deuten. Zweifellos stand dieses Holzstück für einen Galgenmann.

»Galgenmänner auf dem Hof, Galgenmänner bei der Hütte der Bergherrin«, fuhr Wulf fort. »Und hier sind die Leibjäger.«

Er hielt eine andere Figur hoch. Schwarze Haare, graubraune Körper, die so bemalt waren, dass sie wie in Pelze gehüllt wirkten. Die Leibjäger waren in kleinen Gruppen überall auf der Karte zu finden, doch egal, wo sie standen, sie waren von mindestens drei schwarzen Galgenmännern umringt. Außerdem gab es ein paar liegende Holzstummel, die weiß angemalt waren und schwarze Flecken als Augen und Nasen hatten. Die Hunde!

»Was willst du damit sagen?«, fragte ich. »Dass der Fremde das alles geplant hat? Aber wieso hat er Vater dann erst besucht? Und wieso hat er uns im Wald aufgelauert?«

»Weil er wollte, dass wir die Seiten wechseln«, sagte Wulf, als wäre das so klar wie ein strahlender Sonnentag. »Da ihm das nicht gelungen ist und Vater ihn noch dazu vertrieben hat, muss er ihn im Wald aufgespürt haben. Er hat Vater umgebracht, Sunia!«

»Bist du dir da wirklich sicher …«, setzte ich an, um ihn zu beruhigen.

»Ich habe es gesehen!«, schrie er fast. »Beim Jahresgang! Ich habe gesehen, wie sie Vater angegriffen haben. Er hatte den Speer dabei und sah genauso aus, wie an dem Tag, an dem er von uns fort in die Berge gegangen ist. Drei Galgenmänner überfielen ihn hinterrücks. Die Schlinge lag um seinen Hals, ehe er überhaupt wusste, was geschehen war. Und dann sah ich ihn. Den Fremden. Er stand einfach da und schaute zu. Er hat Vater auf dem Gewissen!«

»Vielleicht hat er nur …«, setzte ich an, wusste aber dann nicht mehr, was ich sagen sollte. Etwas an Wulfs Worten wirkte falsch, aber ich konnte nicht ausmachen, was.

»Glaubst du mir etwa nicht?«, schleuderte er mir entgegen und starrte zu mir hinauf. »Dann sieh dir mal an, was ich noch gefunden habe.«

Er warf ein schwarzes Bündel auf den Tisch, das die kleinen Figuren zum Teil vom Tisch wirbelte.

Ich kletterte vom Stuhl und schaute es mir genauer an. Wulf hatte einen ganzen Haufen schwarzen Stoffs auf die Karte geworfen. Als ich ihn auseinanderwickelte, kam ein Mantel zum Vorschein. Ein langer, schwarzer Mantel, dessen Brust eine große aufwendige Goldstickerei zierte.

»Er ist einer von ihnen«, presste Wulf zwischen zusammengebissenen Kiefern hervor. »All das ist seine Schuld. All das ist passiert, nachdem er auf dem Hof war.«

Tränen liefen ihm über die Wangen, zu gleichen Teilen aus Zorn wie aus Trauer, schätzte ich. Noch nie hatte ich Wulf so wütend gesehen.

»Erst müssen wir diesen Atlevis finden«, sagte er. »Aber

dann kehren wir sofort hierher zurück und warten auf ihn. Damit wir ihn jagen und töten können.«

Er starrte mich mit irrem Blick an, schien jedoch die Überraschung in meinem Gesicht zu lesen, denn er sah schnell zu Boden.

»Wir müssen Vaters Tod rächen«, murmelte er. »Das müssen wir einfach.«

Ich betrachtete wieder den Mantel. In meinem Kopf wirbelten die Gedanken wie Schneeflocken im Sturm. Wieso hatte der Fremde das getan? War er der Kälte zum Opfer gefallen? Dabei hatte er sich doch nicht im Geringsten wie ein Galgenmann aufgeführt, verfügte nicht über diese unmenschliche, ihnen eigene Ruhe. Ihre Gefühlskälte. Aber was wusste ich schon davon, wie sich die Kälte äußerte? Die Worte der Bergherrin hallten in meinen Gedanken wider:

»*Oft geschieht es so langsam, dass man gar nicht richtig bemerkt, was genau sich verändert. Die ersten Anzeichen dafür, dass die Kälte sich in das Herz von jemandem geschlichen hat, sind kleine Veränderungen der Persönlichkeit.*«

Ich schielte zu Wulf und wusste nicht mehr, was ich denken sollte.

»Genau darauf hast du dich doch vorbereitet, Sunia«, sagte Wulf. »Dafür hast du mit dem Schwert geübt.«

Als ich nichts erwiderte, ging er zu der Laterne und nahm sie von der Wand.

»Komm, wir gehen«, sagte er knapp.

Ich nickte geistesabwesend, blieb aber noch einen Moment dort stehen, drehte und wendete den Mantel in den Händen. Die goldenen Stickereien an den Manschetten waren beschädigt. Schillernde, schimmernde Verfärbungen säumten die Ärmel. Als ich mit der Hand darüberfuhr, stach es mir eisig in die Fingerspitzen und eine kühle Taubheit kroch mir den Arm hinauf.

21

Das Dorf mit den Laternen

Gegen Mitternacht erreichten wir das Dorf, in dem Atlevis angeblich wohnte. Bis dorthin ging es fast die ganze Zeit bergab. Wulf hatte ein Leibfeuer entfacht, um uns den Weg zu leuchten. Auf dem letzten Stückchen hatten wir es jedoch nicht mehr gebraucht, denn das Dorf war anders als alles, was wir bis dahin je zu Gesicht bekommen hatten.

Das wurde uns schon klar, als wir aus dem Wald kamen. Vor uns in der Nacht erstreckte sich eine schnurgerade Allee aus hohen Ahornbäumen, in deren Zweigen flackernde Laternen hingen. Sie warfen sanftes Licht aus den Bäumen und verwandelten die Allee in eine Perlschnur aus aneinandergereihten, weichen kleinen Feuern. Fast andächtig fuhren wir unter den vielen Lichtern hindurch, schläfrig und still, und gleichzeitig überwältigt davon, wie schön das aussah. Und dann erschien das Dorf vor uns wie ein Sternenhimmel, der sich auf einem stillen See spiegelt. Überall leuchteten kleine und große Laternen – in Bäumen, in Hauseingängen, hoch oben in Dachgiebeln oder auf dem Boden in kleinen Kuppeln aus klarem Eis.

Wulf hatte kein Wort gesprochen, seit wir den Tunnel verlassen hatten. Ich hätte gerne mit ihm geredet, ich wollte ihn verstehen und ihm erzählen, was *ich* während des Jahresgangs gesehen hatte. Wie er über die Leiche des Fremden gebeugt dagesessen hatte und die Galgenmänner immer näher gekommen waren.

Im Schein der vielen Laternen erkannte ich jedoch, dass er vor Müdigkeit schon nicht mehr wirklich ansprechbar war. Also klopfte ich beim erstbesten Hof an die Tür und bat darum, in der Scheune übernachten zu dürfen. Zu meiner großen Überraschung, schließlich hatte ich die Hausbewohner zu dieser späten Stunde geweckt, wurden wir stattdessen hereingebeten. Suppe wurde erwärmt und uns ein Nachtlager auf den Holzbänken der Stube bereitet. Kurz darauf lagen wir satt und aufgewärmt, jeder unter seinem Schaffell, und sanken sanft in einen tiefen, traumlosen Schlaf.

Als ich erwachte, blickte die Sonne bereits durch die Stubenfenster. Wulf war schon aufgestanden, Stimmen drangen aus der Küche. Ein wenig beschämt darüber, so lange geschlafen zu haben, und gleichzeitig verwundert, dass man mir das zugestanden hatte, verließ ich das Nachtlager und zog mich an.

In der Küche saß Wulf mit dem Rücken zur Ofentür und sah zufrieden und aufgewärmt aus. Um ihn herum waren all die Menschen versammelt, die ich gestern durch den Schleier der Müdigkeit nur flüchtig wahrgenommen hatte. Hausherr und Hausherrin erkannte ich wieder, genauso eine ältere Frau, die ich für die Mutter des Hausherrn hielt. Außerdem gab es noch zwei Mädchen, die ein wenig älter waren als ich, und einen jungen Mann. Es hätten die Kinder des Hauses sein können, aber irgendetwas sagte mir, dass sie eher Knecht und Mägde waren.

»Tritt ein, Sunia«, forderte die Hausherrin mich auf. »Wulf hat uns gerade erzählt, dass ihr den Winter bei der Bergherrin verbracht habt. Wir wussten von den Dorfbewohnern, die sie in der letzten Zeit aufgesucht haben, dass sie Gäste hat. Und wir hier im Dorf sind sehr neugierig, deshalb freuen wir uns sehr, euch mal mit eigenen Augen betrachten zu können.«

Und alle Anwesenden taten genau das, was mir ein wenig

peinlich war. Schüchtern stellte ich mich zu Wulf. Die Hausherrin reichte mir ein Stück Brot und einen Becher mit Malztrunk.

»Vielen Dank, meine Dame«, sagte ich und stürzte mich auf das Essen. Trotz der Suppe vom Vorabend war ich hungrig wie ein Wolf.

»Du hast den gleichen Appetit wie dein Bruder«, sagte die Frau belustigt. »Und bitte, nenn mich doch Mina. Es macht mich ganz verlegen, dass du so höflich bist. Das ist Hans«, fuhr sie fort und deutete auf ihren Mann. Dann stellte sie mir der Reihe nach auch noch alle anderen vor. Die alte Frau war wirklich Hans' Mutter und die drei jungen Menschen gehörten zum Dienstvolk. Alle hatten sie wohlbekannte, einfache Namen, wie sie in Dörfern üblich waren.

Ich nickte nacheinander allen zwischen den einzelnen Bissen zu und alle nickten zurück und lächelten dabei. Genau wie am gestrigen Abend überraschte es mich, wie offen und gastfreundlich sie waren. Und es freute mich sehr, mal wieder Menschen zu sehen, die nicht von Geblüt waren. Abgesehen von den seltenen Besuchern in der Hütte, hatten mich in den vergangenen Monaten nur Wulf, die Herrin und die Leibjäger umgeben. Weshalb ich mich fast daran gewöhnt hatte, dass alle so aussahen wie wir. Dabei war es so angenehm, mal wieder Gesichter zu sehen, in denen Wind und Wetter Spuren hinterlassen hatten. Gesichter, an denen man das wahre Alter ablesen konnte, weil der dazugehörige Mensch nicht insgeheim jahrhundertelang lebte und eine verworrene Geschichte mit sich herumtrug, die älter war als Menschengedenken.

Ihr Anblick erinnerte mich an das Leben, das ich selbst einmal kannte und für meine Zukunft gehalten hatte – Jahreszeiten, die kamen und gingen, Anforderungen, die sich mit ihnen wandelten. Eine Vergangenheit, die nur aus dem bestand, an das sich die Ältesten zu erinnern vermochten. Eine Zukunft, in der es erst galt, aufzuwachsen, nur um dann selbst Kinder zu bekommen, die den Hof irgendwann mit all seinen Aufgaben übernehmen würden. Tief in mir spürte ich noch immer den Wunsch nach genau diesem Leben – und nicht nach einem, in dem ich gefangen saß wie in einem riesigen Netz, dessen Fäden sich weiter spannten, als man sowohl in die eine als auch die andere Richtung sehen konnte, und in dem man sich mehr und mehr verfing, je stärker man versuchte, sich daraus zu befreien.

»Wulf hat uns noch nicht erzählt, warum ihr hergekommen seid«, sagte Hans. »Schickt euch die Bergherrin? Braucht sie etwas?«

Ich schüttelte den Kopf.

»Wir suchen jemanden, der auf den Namen Atlevis hört«, sagte Wulf. Langsam, unsicher darüber, wie viel das Blutsband ihn zu verraten erlauben würde. »Wir glauben, dass er hier im Dorf wohnt.«

Die Hausbewohner wechselten Blicke. Es war nicht leicht, sie zu deuten. Darin schien Mitleid zu liegen. Aber auch Anspannung.

»Es ist vielleicht am klügsten, dass ihr mitkommt und euch selbst umseht«, sagte Hans und stand auf.

Kurz darauf waren wir mit Hans und dem Hofhund, einem großen, struppigen Kettenhund namens Knurr, unterwegs durch das Dorf. Anfangs war Hans eher schweigsam und stapfte mit großen Schritten gedankenversunken voran. Wulf hingegen schien seit Langem mal wieder ganz er selbst zu sein und konnte gar nicht anders, als Hans in einer wahren Flut von Fragen über das Dorf zu ertränken. Schon bald wurde Hans langsamer und erzählte uns etwas über die Höfe und Wohnhäuser, die wir passierten.

»So lange wir zurückdenken können«, sagte er, »war unser Dorf bekannt für zwei Dinge: Lampenöl und Laternen. Es gibt noch ein paar wenige Dorfbewohner, die behaupten, dass in diesem Dorf einst Lampen und Laternen für die ganze Welt gefertigt wurden und darum große Reichtümer bei uns Einzug erhielten. Ich weiß nicht, ob das die Wahrheit ist, aber hier stehen jedenfalls eine Vielzahl an Häusern und Höfen, die größer und schöner sind als anderswo in dieser Gegend.«

Ich konnte mir sehr gut vorstellen, dass das stimmte. Natürlich hatte ich nur Erinnerungen an unser Heimatdorf, die zum Vergleich ausreichen mussten, und im Gegensatz zu den Häusern dort waren diese hier durchweg beeindruckend. Viele bestanden zu einem Großteil aus Stein und hatten drei oder vier Stockwerke. Im Dorf hatte ich manchmal Leute von den hohen Häusern der Stadt sprechen hören und wären die Bauwerke hier nicht von weitläufigen Feldern umgeben gewesen, hätte ich mir vorstellen können, dass wir in einer Stadt gelandet waren.

»Dieser Tage kann niemand von den Erträgen aus der Herstellung von Öl und Lampen leben«, erzählte Hans. »Aber wir sind nach wie vor sehr stolz auf das, was wir können. Und während der dunklen Wintermonate fertigen alle Familien im Dorf Laternen und Lampen an. Dabei hat jede ihre ganz eigene, geheime Methode und es gibt eine Art laufenden Wettstreit zwischen uns, weil wir alle ständig versuchen, die Brenndauer, die Leuchtstärke und den Lichtradius unserer Lampen zu verbessern. Mutter und ich wohnen auf dem Kleehof, weil die Lichtöffnungen unserer Laternen stets in der Form eines Kleeblatts angeordnet sind.«

»Ich glaube, ich habe schon mal ein paar davon gesehen«, sagte ich und hatte direkt die Laternen von der Bergherrin vor Augen. Einfache und trotzdem sehr schöne Kupferlaternen mit vielen kleinen vierblättrigen Löchern.

»Das kann ich mir gut vorstellen«, lachte Hans. »Die Bergherrin liebt Laternen und kann davon gar nicht genug bekommen. Die meisten Dorfbewohner zahlen für ihren Käse und ihre Stoffe mit Lampen oder Öl.«

Dann wurde er wieder ernst und zeigte auf einen Hof ein Stück vor uns.

»Wir sind da.«

Der Hof lag abgeschieden, abseits von den anderen des Dorfes, direkt am Rand des Waldes, der dort so wuchs, als wolle er das Dorf umarmen. Atlevis' Haus stand auf einem flachen Abhang und dahinter setzte das Flachland an.

Es bestand vollständig aus Stein, hatte aber nur ein Geschoss, weshalb es sehr niedrig wirkte im Vergleich zu den meisten anderen Häusern des Dorfes. Dafür dehnte es sich jedoch über eine sehr große Fläche aus. Es erstreckte sich vom Eingangsportal weit in beide Richtungen und wurde obendrein von zwei kleineren Seitenflügeln flankiert. Alle Gebäudeteile trugen die Zeichen der Baukunst aus der Zeit des Blutreichs. Ähnliche Formen hatte ich schon bei dem Stein am Wegekreuz und im Tunnel gesehen. Außerdem wirkte das Haus wesentlich älter als die anderen Gebäude im Dorf. Die Seitenflügel waren an mehreren Stellen eingestürzt und das eigentliche Wohnhaus verlangte ebenfalls eindeutig nach Ausbesserungen.

Die Fenster glotzten uns leer an, während wir uns langsam dem Portal näherten. Auf dem Hof lagen Gerätschaften achtlos und verschneit herum. Hans ging vor uns die Treppen zur Tür hinauf und drückte sie auf. Sie hing lose in der Angel und knirschte bedenklich, als er sie bewegte.

Er drehte sich im Türrahmen um und schaute auf uns hinunter.

»Wir haben das Haus vor einer Woche in diesem Zustand vorgefunden. Niemand im Ort hat vorher etwas bemerkt. Atlevis lebt sehr zurückgezogen. Deshalb wissen wir nicht, was genau hier geschehen ist.«

Er verschwand im Hausinnern und wir eilten hinter ihm her. An der Tür hielt Wulf mich fest und deutete darauf. Das Schloss war kaputt, es sah aus, als hätte es jemand eingetreten. Doch Wulf meinte etwas anderes, nämlich die Außenseite der Tür. Lange Kratzer und tiefe Hacklöcher überzogen sie von oben bis unten. Abgeblätterte Farbe und Holzsplitter lagen auf der Treppe verstreut.

»Die Dohlen!«, entfuhr es mir. »Sie waren hier.«

»Aber wohl kaum nur die Dohlen«, sagte Wulf finster. »Die können ja schlecht die Tür aufgebrochen haben.«

Die kalten Rachegelüste schienen ihn wieder völlig überkommen zu haben. Ohne ein weiteres Wort ging er an mir vorbei ins Haus. Ich verharrte noch einen Moment auf der Treppe und versuchte, meine Enttäuschung zu verdauen. Offensichtlich würden wir Atlevis nicht antreffen. Wir konnten nicht mal mehr sicher sein, dass er noch lebte.

Knurr war im Hof stehen geblieben, wollte das Haus nicht betreten. Er hatte die Ohren weit zurückgezogen, winselte nervös und witterte in der Luft. Und da erst fielen mir die vielen Spuren auf, die sich auf der dünnen Schneedecke entlang der Hauswände kreuzten und querten. Schwere Abdrücke von Stiefeln und dazwischen die von großen Tatzen.

Im Haus war es dunkel. Dichte Vorhänge hingen vor den Fenstern und ließen nur durch Mottenlöcher und Risse einzelne Sonnenstrahlen herein. Es herrschte ein heilloses Durcheinander. Möbel, Kleider und Bücher lagen wüst auf dem Boden verstreut. Glasscherben schimmerten schwach in dem Dämmerlicht. Hier und dort befanden sich große, dunkle Flecken auf dem Boden, bei denen es sich offenbar um Blutpfützen handelte.

Hans und Wulf standen in einem großen Saal, der direkt an den Flur grenzte. Hans zeigte gerade auf eine leblose Gestalt am Boden und sagte zu Wulf:

»Wir haben ihn erst einmal liegen lassen. Der Frost ist schon so tief in die Erde eingedrungen, dass wir kein Grab mehr ausheben können. Aber durch die Kälte wird ihm auch hier nichts weiter geschehen.«

Ich betrat nun auch den Saal und sah, wovon er sprach.

Dort lag ein Mann von Geblüt, gefällt von einem Hieb, der ihm fast den Kopf abgetrennt hatte. Sein Haar war steif vor gefrorenem Blut, das Gesicht jedoch sanft und friedlich, ganz so, als würde der Mann nur schlafen. Für einen Moment dachte ich, das wäre Atlevis und unsere Suche damit beendet, doch dann fiel mir der lange, schwarze Mantel mit der Goldstickerei an Brust und Armen auf. Ich fragte mich, wer dieser Mann wohl gewesen war, bevor er der Kälte zum Opfer fiel. Und ob er sich daran noch selbst hatte erinnern können, wenigstens am Schluss. Von allen Toten, die ich in diesem Winter gesehen hatte, betrübte mich dieser am meisten. In den Felsen hinter der Hütte der Bergherrin brannten Grablichter für Vater und Maja, aber niemand würde diesen Mann betrauern. Er lag, wo er gestorben war, vergessen in einem verlassenen Haus, und niemand wusste mehr, wie er hieß oder wer er gewesen war, bevor die Kälte ihn befallen hatte.

»Gehen wir«, sagte Hans. »Hier können wir nichts mehr ausrichten.«

Der Besuch auf Atlevis' verlassenem Hof hatte uns völlig ausgelaugt. Den Rest des Tages verbrachten wir in der Stube des Kleehofes und versteckten uns in unseren Gedanken. Ich war mir ziemlich sicher, dass Wulf liebend gern zum Tunnel aufbrechen und den Fremden zur Rede stellen wollte – um ihm vielleicht sogar das vorzuwerfen, was auf dem Hof geschehen war –, aber er konnte nicht genug Kraft aufbringen, wirklich etwas zu unternehmen.

Ich musste mir eingestehen, dass ich insgeheim darauf

wartete, von den Leibjägern aufgespürt zu werden. Morgen würden sie zur Hütte der Bergherrin zurückkehren und entdecken, dass wir fort waren. Ich konnte nicht einschätzen, ob die Herrin sich eher auf unsere Seite schlagen oder den Leibjägern helfen würde, uns zu finden. Dabei würde das letztendlich auch keinen großen Unterschied machen. Seit unserem überstürzten Aufbruch war kein neuer Schnee gefallen, unsere Spuren mussten leicht zu verfolgen sein. Eigentlich konnte ich den Gedanken gar nicht mehr so schlimm finden. Ich würde mich sicher bei der Bergherrin wohlfühlen und Wulf konnte vielleicht hin und wieder zu Besuch kommen.

Gleichzeitig schrie in mir ein neues Bedürfnis nach Selbstständigkeit auf und verlangte, gehört zu werden. Ich wollte mich nicht wieder auf andere verlassen müssen, mich bei der Herrin verstecken und darauf hoffen, dass sie mich beschützte. Wenn dieser Winter mir eines richtig bewusst gemacht hatte, dann dass nichts sicher war. Vater hatte sich nicht vor den Galgenmännern schützen können und die Herrin war nicht gegen Fauho und die alten Bräuche der Blütigen angekommen. Ich konnte mich nicht darauf verlassen, dass immer jemand da sein würde, um mir zu helfen.

Dabei hatte Vater mich gut vorbereitet. Er hatte Wulf und mir beigebracht, allein klarzukommen. Vieles, worin er uns geschult hatte, war uns nicht mal bewusst gewesen. Entschlossen umfasste ich das Heft des Schwertes. Ich musste einfach einen Weg finden, mich allein durchzuschlagen.

Der nächste Tag war der erste bitterkalte Tag seit Wochen. Die Bewohner des Kleehofes hielten sich so viel wie eben möglich im Haus auf. Der Knecht trug unzählige Holzscheite herein, bis die Kälte ihn überwältigte und er den Rest des Tages zitternd und bibbernd vor dem lodernden Feuer verbrachte.

Obwohl der Unwinter ihnen weit weniger zusetzte als Wulf und mir, herrschte eine gedrückte Stimmung. Alle gingen stumm ihren Beschäftigungen nach, schauten ab und an auf, um zu prüfen, ob sich schon ein Ende des Kälteeinbruchs abzeichnete. Wulf und ich saßen flüsternd in einer Ecke der Stube. Wir spürten beide, dass der Unwinter sich immer enger um das Dorf mit den Laternen legte. Es erforderte all unsere Willenskraft, die kriechende Hoffnungslosigkeit der Kälte abzuwehren, wie wir es bei der Bergherrin gelernt hatten.

Aber konnten wir überhaupt sicher sein, dass wir nicht doch langsam und schleichend der Kälte zum Opfer fielen? Mein plötzlicher Wunsch nach Selbstständigkeit – kam der wirklich aus mir? Und Wulfs verbissenes Brüten über Rache – wie viel davon beruhte auf dem, was uns zugestoßen war, und wie viel hatte sich durch Winter und Dunkelheit in ihn geschlichen?

Beim Abendbrot fragte Mina nach unseren Plänen. Darauf konnten wir gar nicht viel sagen, aber sie wirkte auch nicht sonderlich an einer Antwort interessiert. Ihr genügte es augenscheinlich, zu hören, dass wir noch nicht weiterziehen würden. Sie schaute oft nachdenklich zu ihrem Ehemann. Mit ihren Fragen öffnete sie uns eine Tür, durch die sie uns nur zu gern willkommen geheißen hätte. Sie und Hans waren kinderlos. Sie hatten einen Hof, eine alte Familientradition mit wunderschönen Laternen, aber niemanden, der beides für sie weiterführen konnte.

Ich hätte diese Einladung, die doch immer unausgesprochen blieb, nur zu gerne angenommen. Aber das würde bedeuten, dass wir uns wieder versteckten. Und gleichzeitig würden wir damit den Kleehof und seine Bewohner zur Angriffsfläche der Blütigen und ihrer vertrackten Geschichte machen und das könnte ich mir nie verzeihen.

22

Atlevis

Mitten in der Nacht schreckte ich aus dem Schlaf. Furcht presste mir den Brustkorb zusammen und ich wusste, dass etwas nicht stimmte. Ich wollte Wulf wach schütteln, doch er saß schon aufrecht neben mir.

»Das Feuer ist erloschen«, flüsterte er.

Das hatte der Knecht auch bemerkt. Ich hörte, wie er an der Feuerstelle raschelte und knisterte. Von seiner Bettstatt aus rief Hans ihm zu:

»Sieh zu, dass du das Feuer wieder in Gang bringst, was für eine Grabeskälte.«

»Sonderbar«, bekam er zur Antwort. »Ich kann das Pechstäbchen nicht entzünden.«

Ich griff nach Wulf, der seinerseits meine Hand suchte, fand und fest drückte. Das alles war so vertraut, dass es mir wie ein wiederkehrender Albtraum vorkam. Einer, den man gewöhnt war, weil er einen Nacht für Nacht auf ein Neues heimsuchte. Der manchmal vielleicht anders begann, bevor man feststellen musste, dass es doch wieder der gleiche Mahr war, der einen plagte. Man wusste zwar, was als Nächstes geschehen würde, vermochte aber nicht, aufzuwachen.

»Was soll das heißen?«, fragte Hans, schlang eine der Decken um sich und ging zum Knecht. »Ist etwas mit dem Feuerstahl?«

»Es kommen Funken«, sagte der Knecht. »Aber sie zünden nicht. So, als würden die Späne nicht mehr brennen können.«

Nun wurden auch die anderen Schlafenden wach. Ich konnte hören, wie sie die Decken enger um sich schlangen und aus dem Schlummer hochgeschreckt in der Kälte keuchten. Es klopfte dumpf an der Haustüre.

»Sieh nach, wer sich bei diesem Wetter noch draußen aufhält«, rief Mina einer der Mägde zu, doch Wulf und ich schrien wie aus einem Mund:

»Nein.«

Und: »Bloß nicht öffnen!«

Zwar konnte ich sie im Dunkeln nicht sehen, aber ich war mir sicher, Mina schaute verwirrt zu uns herüber.

»Da draußen ist nichts zu erkennen«, sagte eine der Mägde, die sich die Nase an der Fensterscheibe platt drückte. »Alle Laternen sind erloschen.«

Ein weiteres Klopfen ertönte. Dann noch eins. Und noch eins. Innerhalb kürzester Zeit war der Raum vom Geräusch hackender Schnäbel und kratzender Krallen erfüllt und es wurden immer mehr. Die Dohlen waren zurückgekehrt.

»Sind das Vögel?«, stieß die Magd hervor. »Was ist denn nur in sie gefahren?«

Jetzt reichte es mir. Wenn es auch unmöglich war, aus diesem Albtraum zu erwachen, so wollte ich diesmal dennoch den größtmöglichen Einfluss auf seinen Verlauf nehmen.

»Hört bitte gut zu!«, sagte ich, so bestimmt ich konnte.

Ich schien in diesem Moment eine ähnliche Autorität wie die Bergherrin auszustrahlen, denn alle verstummten und schenkten mir ihre ungeteilte Aufmerksamkeit. Nur die Dohlen machten sich noch vehementer über die Türe her.

»Wulf und ich müssen aufbrechen«, fuhr ich fort und versuchte dabei, gefasst und überzeugend zu klingen. »Keiner von euch ist sicher, solange wir hier sind. Dort draußen wartet ein noch viel größeres Übel als die Dohlen. Nicht mehr lang, dann sind auch sie da.«

»Was braucht ihr?«, wollte Hans wissen.

»Gleitkufen«, antwortete ich, verdutzt über diese direkte Frage. »Und eine Möglichkeit, das Haus zu verlassen, ohne dass die Dohlen es merken.«

»Proviant«, sagte Wulf.

Ohne unser Begehren infrage zu stellen, setzten sich alle in Bewegung, um uns zu helfen. Mina tastete sich zu uns herüber und umarmte uns fest. Sie sagte nichts, aber ihre Wangen waren tränennass. Mich überwältigten die Gefühle. Diese Fremden hatten uns nicht nur freundlich aufgenommen, sondern uns zwei Tage lang mit gutem Essen versorgt, uns bei unserer Suche unterstützt und gehofft, uns nicht wieder hergeben zu müssen. Nun weinten sie, weil unser Aufbruch bevorstand, und taten doch ihr Möglichstes, unsere Flucht zu erleichtern. All das trieb mich nur noch mehr zur Eile, denn eines war klar: Wenn wir nicht schnell von hier verschwanden, würde der Kleehof genauso brennen wie unser Zuhause.

Kurz darauf kletterten Wulf und ich durch ein kleines Fenster auf der Rückseite des Wohnhauses. Im Schutze eines Walls aus zusammengeschobenem Schnee liefen wir zum Schuppen des Nachbarhofes, wo mehrere Paar Gleitkufen an der Wand hingen. Unsere eigenen konnten wir nicht erreichen, ohne die Aufmerksamkeit der Dohlen zu erregen.

So schnell wir konnten, nahm jeder von uns ein Paar von der Wand und schnürte die Gleitkufen an den Füßen fest. Gerade als ich nach den Stöcken griff und mich zum Abfahren bereit machte, drückte Wulf mich gegen den Schuppen. Er deutete wortlos hinter mich und ich schaute mich um.

Ein Lichtschein näherte sich. Blutrot schimmerte der Schnee hinter der Schuppenecke und knirschende Schritte kamen näher. Wir pressten uns gegen die Wand und hofften, dass die Spitzen der Kufen uns nicht verrieten. Ich nahm beide Stöcke in eine Hand, damit ich die andere auf den Schwertgriff legen konnte.

Bald schon tauchte ein Feuerball hinter der Schuppenecke auf. Er strahlte nicht im hellen, klaren Glanz des Leibfeuers, sondern in den karmesinroten Flammen der Fackeln, die wir bei den Galgenmännern gesehen hatten. Ein solcher hielt auch diesmal den Holzstab mit dem Feuer in der Hand. Mit ausdruckslosem Gesicht, barhäuptig und völlig unbeeinträchtigt von der Eiseskälte, leuchtete er die Umgebung ab und erblickte uns fast augenblicklich. Einen schier endlosen Moment lang starrten wir reglos in die kalten Augen, in denen das blutrote Feuer tanzte und sich spiegelte.

Dann handelte ich, ohne zu denken. Hielt mit einem Mal Vaters Schwert in der Hand und ließ es auf den Galgenmann zuschnellen. Der Hieb war nicht bewusst geführt, trotzdem hätte er den Mann geradewegs in der Brust getroffen, wenn mir die Gleitkufen nicht weggeglitten wären und ich das Gleichgewicht verloren hätte. So traf das Schwert die Fackel und kappte sie kurz oberhalb der Hand des Galgenmannes.

Das Feuer landete im Schnee und erlosch dort fast unmittelbar. Als sich die Dunkelheit um uns schloss, fasste Wulf mich am Arm und zog mich mit. Wir machten uns so schnell wie möglich davon. Hinter uns vernahmen wir die wortlosen, abgehackten Schreie des Galgenmannes. Aus nicht allzu großer Ferne antworteten weitere zungenlose Stimmen. Wie viele genau, war unmöglich zu sagen. Fünf, vielleicht zehn, vielleicht sogar noch mehr. Aber etwas noch viel Schlimmeres war zu hören: Irgendwo aus dem Inneren des Dorfes erklang das Bellen großer Hunde.

Ich musste kurz langsamer werden, um das Schwert wieder zu verstauen und gegen einen der Stöcke zu tauschen. Deshalb holte ich Wulf erst wieder am Waldrand ein, wo er stand und schwer atmend zum Dorf hinunterblickte.

Wir waren ein gutes Stück hinter und oberhalb von Atlevis' verlassenem Hof. Von hier hatten wir einen passablen Überblick über einen Großteil des Dorfs. Alle Laternen waren erloschen, die Dunkelheit wurde nur vereinzelt von rotem Feuerschein durchbrochen. Ich kam auf rund zwanzig Galgenmänner, die sich mit ihren Fackeln zwischen den Höfen bewegten. Hier und da erahnte ich ein paar, die keine Fackeln trugen, und wieder andere, die von einem oder zweien dieser großen, weißen Hunde begleitet wurden.

Uns schien niemand zu folgen, stattdessen bewegten sich die schemenhaften Gestalten und Fackeln von den Außenkanten des Dorfes langsam, aber zielgerichtet auf eine dunkle Häuseransammlung zu, die nichts anderes sein konnte, als der Kleehof. Wulf war das auch gerade bewusst geworden.

»Hoffnungslos«, keuchte er. »Sie haben doch keine Waffen und Knurr kann wohl kaum etwas gegen die Palasthunde ausrichten. Wieso kommen die uns nicht hinterher?«

»Wahrscheinlich wollen sie keine Zeit mit der Suche nach uns vergeuden«, schätzte ich, »sondern lieber gleich das Volk vom Kleehof zwingen, ihnen zu erzählen, wohin wir wollen.«

»Aber die wissen doch nichts!«, sagte Wulf verzweifelt. »*Wir* wissen ja selbst nicht mal, wohin wir unterwegs sind. Wir sind Hals über Kopf aufgebrochen. Das ist alles meine Schuld, am besten hätten wir gar nicht erst die Hütte verlassen, sondern auf die Leibjäger warten und einfach alles vergessen sollen, was mit Atlevis zu tun hat. Dann wäre das alles nicht passiert.«

»Jetzt sei doch endlich mal still«, zischte ich. »Ich muss nachdenken.«

Also verstummte Wulf und blieb reglos neben mir stehen, den Blick aufs Dorf gerichtet, wo sich die Galgenmänner und weißen Hunde unaufhaltsam dem Kleehof näherten. Mir fiel recht schnell etwas ein. Eigentlich war dies ja auch nichts anderes als eine Jagd, bei der es um die Beute ging, um Ablenkungsmanöver und darum, den nächsten Schritt des Opfers vorauszusehen. Der einzige und größte Unterschied war diesmal nur, dass wir nicht die Jäger, sondern die Opfer waren.

»Mach ein Leibfeuer«, forderte ich Wulf auf.

»Aber warum?«, fragte er, ohne den Blick vom Dorf zu lösen.

»Wir müssen ihre Aufmerksamkeit auf uns ziehen«, antwortete ich. »Beeil dich.«

»Das nutzt doch nichts. Gleich stecken sie den Geräteschuppen in Brand. Gibt es denn niemanden im Dorf, der ihnen zur Hilfe kommen kann?«

Mir fehlte die nötige Geduld, abzuwarten, bis Wulf verstanden hatte, was ich wollte. Deshalb streifte ich selbst die Handschuhe ab und rieb die Handflächen aneinander. Gleichzeitig versuchte ich, mich an die Worte der Herrin zu erinnern, als sie uns in der Mittwinternacht erklärt hatte, wie man ein Leibfeuer entfacht.

»Besinnt euch auf euer Blut«, hatte sie gesagt. *»Spürt, wie es durch eure Finger strömt und dem Körper Wärme schenkt. Denkt an diese Wärme, stellt sie euch in euren Händen vor, wie sie sich auf der Haut ausbreitet, wie es immer wärmer wird zwischen den Händen.«*

Ich rieb die Hände immer schneller und fester aneinander, wollte, dass sich die Wärme meines Blutes dort sammelte. Erst einmal geschah nichts, ganz wie bei meinem ersten Versuch, doch dann beschleunigte sich mein Puls, die Hände fingen an zu pochen, immer stärker, bis es fast schmerzte. Ich musste mich zwingen, nicht aufzuhören, obwohl die Hände sich mittlerweile taub und geschwollen anfühlten, und dann folgte plötzlich das Gefühl, als würde etwas aus mir strömen, die Hände wurden sonderbar kühl. Das Gefühl verschwand fast sofort wieder, aber als ich die Finger spreizte, strahlte der helle Glanz des Leibfeuers durch die Spalten.

»Du hast es geschafft!«, freute sich Wulf. »Ich wusste, dass du es kannst.«

Unten im Dorf wurde das Leibfeuer sofort bemerkt. Hatten die Galgenmänner wirklich keine Zeit mit der Suche nach uns vergeuden wollen, so stand ihnen wohl genauso wenig der Sinn danach, sich mit dem Verhör der Hofbewohner aufzuhalten, solange wir noch in Sichtweite waren. Ihre abgehackten Rufe zerrissen die Stille der Nacht, die Hunde stimmten mit ihrem Gebell ein.

»Wir müssen sie von dort weglocken«, sagte ich. »Schnell! Wir haben schließlich Gleitkufen und sie nicht. Selbst wenn den Galgenmännern die Kälte nichts anhaben kann, den Schnee müssen sie trotzdem erst einmal überwinden.«

»Und dann?«, fragte Wulf. »Wie lange werden wir ihnen entkommen? Und selbst wenn es uns gelingt, sie abzuschütteln, woher wissen wir, dass sie nicht zum Dorf zurückkehren?«

»Bis dahin hatten Mina und Hans Gelegenheit genug, sich zu ihrer Verteidigung zu rüsten«, sagte ich und hoffte, damit recht zu behalten.

Anfangs fiel es uns leicht, die Verfolger auf Abstand zu halten. Die Gleitkufen verschafften uns einen bequemen Vorsprung, sodass wir sogar dann und wann stehenbleiben konnten, um uns davon zu überzeugen, dass die Galgenmänner und Hunde mitkamen.

Doch schon bald wurde uns ein Vorteil unserer Verfolger bewusst, mit dem wir nicht gerechnet hatten: Sie waren viel mehr als wir. Die Galgenmänner überließen den Hunden unsere direkte Verfolgung und scherten selbst in den Wald aus. Während wir nach befahrbaren Strecken suchen mussten, schoben sich die Galgenmänner durch Gestrüpp und Reisig und formierten sich zu einer halben Schlinge um uns, die sich immer weiter zuzog. Die Stunden vergingen und zehrten arg an unseren Kräften, die Galgenmänner hingegen schienen nicht ein einziges Mal anhalten, geschweige denn langsamer werden zu müssen. Irgendwann gestand ich mir ein, dass wir es nicht schaffen würden, und öffnete mich durch diesen Gedanken der Hoffnungslosigkeit des Unwinters. Ich spürte, wie die Kälte sich ihren Weg in mich bahnte.

Wir hatten mittlerweile ein gefrorenes Moor erreicht. Kriechfichten und Wacholdersträucher ragten immer mal wieder aus dem Schnee, abgesehen davon gab es nichts, was dem Wind Widerstand bot oder uns als Versteck hätte dienen können. Hinter uns im Wald konnten wir die Hunde hecheln und knurren hören und rund ums Moor tauchten rote Fackeln auf.

»Es gibt noch etwas, das ich bisher nicht ausprobiert habe«, keuchte Wulf. »Aber ich glaube, ich weiß, wie es geht.«

Ich konnte nicht einmal mehr antworten. Ich stützte mich auf die Stöcke, bemerkte den deutlichen Geschmack nach Blut, wenn ich ausatmete, und die Eiseskälte in der Lunge, wenn ich einatmete.

Und dann wusste ich plötzlich nicht mehr, wo Wulf war. Hatte er mich überhaupt in den Wald begleitet? War ich allein unterwegs? Allein und verfolgt von einer Vielzahl Galgenmänner. Nicht mehr lang, dann hätten sie mich eingeholt und alles wäre aus.

Ganz in meiner Nähe fuhr eine einsame Gestalt auf Gleitkufen Richtung Wald, aber das war niemand, der mir helfen konnte. Es war nicht mal jemand, an den es sich zu denken lohnte. Ich blickte von der Gestalt zu den rotbrennenden Fackeln, die nun das Moor erreicht hatten und sich auf mich zubewegten.

Ich schrie laut auf, dabei war es nur Wulf, der mich an der Schulter berührte.

»Wo warst du?«, rief ich. »Ich habe geglaubt, ich bin allein. Ich dachte, du wärst noch im Dorf.«

»Ich war hier«, sagte Wulf. »Ich bin nur ein Stückchen weggefahren, hab dann gewendet und bin wieder zu dir zurückgekommen.«

»Dann warst du die Gestalt mit den Kufen? Ich habe dich gesehen, aber nicht erkannt. Ich habe mich nicht mal gefragt, wer du bist.«

Wulf lächelte verschlagen und sah dabei aus, als würde er gleich vor Stolz platzen.

»Ich habe ausgeknobelt, wie das geht. Wie man den Blick abwendet. Ich hatte die Bergherrin gefragt, wie man das macht, habe aber erst jetzt verstanden, was genau sie meinte. Du hast mich gesehen, aber gleich wieder vergessen, nicht wahr?«

Ich nickte, woraufhin Wulf nur noch stolzer aussah.

Hinter uns knackten Äste und Reisig, als drei weiße Hunde durch eine gestürzte Kiefer brachen. Sie verharrten davor, reckten die Nasen in die Höhe und witterten in der Luft, die der Wind ihnen vom Moor entgegentrug, erblickten uns fast im gleichen Augenblick und rannten los.

»Schnell, nimm meine Hand!«, rief Wulf. Unbeholfen fummelte ich mit dem Stock herum, bevor ich seine rechte Hand zu greifen bekam.

Sofort blieben die Hunde stehen und wirkten verwirrt. Wir fuhren langsam weiter und als sie keinerlei Anstalten machten, uns zu folgen, an ihnen vorbei auf den Waldrand hinter ihnen zu. Einer von ihnen schaute mich zwar an, die große Schnauze offen, die Zunge heraushängend. Die Augen bewegten sich hin und her, nach oben und unten, während der Hund mich prüfend betrachtete. Aber er schien sich nicht entscheiden zu können, was ich war, gab schließlich auf und sprang hinter den anderen her, die schon weiter auf das Moor gelaufen waren.

Es war dunkel zwischen den Bäumen, weshalb wir nur langsam vorankamen. Mein Leibfeuer war erloschen, bevor wir das Moor erreicht hatten, und ich wagte nicht, ein neues zu entfachen. Keiner von uns beiden wusste, wie weit genau der Schutz des abgewendeten Blicks eigentlich reichte. Wir wagten es nicht einmal, zu flüstern, so sehr fürchteten wir uns davor, den Schutz einzubüßen.

Schon bald beunruhigten mich unsere Verfolger nicht mehr. Erst fühlte ich mich sicher, unsichtbar und unverwundbar, dann stellte ich fest, dass mich weder Galgenmänner noch Palasthunde mehr kümmerten. Je weiter wir in den Wald vordrangen, desto weniger Dinge erschienen mir überhaupt wichtig. An den Unwinter konnte ich nicht einmal mehr denken. Den gab es gewiss noch, aber warum sollte ich mich damit beschäftigen? Gleichzeitig wurde unser Ziel für mich immer uninteressanter. Wohin waren wir eigentlich unterwegs? Wieso waren wir überhaupt aufgebrochen? Vielleicht fuhren wir nur tiefer und tiefer in den Wald und verirrten uns mit jedem Stückchen mehr. Wenngleich – was machte das schon? Ich hatte Wulf an meiner Seite, nichts sonst zählte. Rechts von mir öffnete sich der Wald zu einer Senke. Ein steiler Abhang führte hinunter, überall ragten dort spitze Felsen aus dem Schnee. Mir schien, ich kam der Senke immer näher, konnte bald sogar hinunterblicken. Ein gefrorener Bach verlief dort unten, zehn bis fünfzehn Ellen in der Tiefe.

Nun steuerte ich über die Kante, sehr wahrscheinlich würde ich beim Sturz mein Leben verlieren, aber das war nicht weiter wichtig.

Ich begriff erst, was vor sich ging, als meine Gleitkufen schon über dem Abhang baumelten. Wulf hielt mich noch am Arm, hielt ihn so fest umklammert, dass es schmerzte. Seine Augen waren vor Schreck kreisrund aufgerissen.

»Alles ist gut«, keuchte ich. »Zieh mich ruhig hoch. Ich bin wieder ich selbst.«

»Ich hätte das nicht tun sollen«, sagte er, als ich nicht mehr in Gefahr schwebte. Seine Stimme klang belegt und heiser vor Angst. »Ich wusste, dass das passieren könnte.«

»Was meinst du?«, fragte ich. »Wenn du den Blick der Hunde und Galgenmänner nicht abgewandt hättest, wären wir niemals entkommen. Ich habe einfach geträumt, das war mein Fehler.«

»Nein, war es nicht.« Wulf schüttelte den Kopf. »Wenn man diese Gabe nicht richtig beherrscht, kann so etwas passieren. Den Blick abzuwenden heißt, alle – auch sich selbst – davon zu überzeugen, dass nichts ist, wie es ist. So hat die Herrin es mir erklärt. Aber das birgt eben auch eine Gefahr. Wenn du selbst so uninteressant bist, dass alle dich vergessen, sobald sie dich sehen, kann es sein, dass sich das auf dich überträgt und im Gegenzug alles für dich unwichtig wird. Ich hatte keine Zeit, dich darauf vorzubereiten, deshalb ist es so weit gekommen. Das war meine Schuld.«

Er ließ den Kopf hängen und starrte ausdruckslos in die Senke, in der ich jetzt hätte liegen können. Tot zwischen den Felsen.

»Du bist gut darin, dir unnötig Vorwürfe zu machen«, versuchte ich, ihn zu trösten. »Das Wichtigste ist doch, dass du uns das Leben gerettet hast. Und auch jetzt ist nichts passiert, du hast mich doch festgehalten. Und verfolgt werden wir auch nicht mehr.«

Er hörte mir zwar nicht zu, aber ich sprach trotzdem weiter. »Außerdem haben wir die Galgenmänner aus dem Dorf gelockt. Ich hoffe nur, die Bewohner des Kleehofs können sich in der Zwischenzeit bewaffnen. Ich schätze nämlich, dass die Galgenmänner bereits wieder dorthin unterwegs sind, seit sie uns verloren haben. Aber sie waren ja nicht mehr als zwanzig, glaube ich. Vielleicht irre ich mich auch. Wie viele Galgenmänner waren das, was meinst du?«

Aber Wulf hatte keins meiner Worte verstanden. Er stand wie versteinert dort und starrte in die Senke. Seine Ohren waren vor Wut ganz rot.

»Zieh das Schwert«, presste er zwischen zusammengebissenen Zähnen hervor.

»Warum …«, setzte ich an, dann folgte ich seinem Blick.

In der Senke stand der Fremde. Er war von Westen gekommen und direkt unterhalb von uns stehen geblieben, blinzelte nach Osten in den Himmel, wo die einsetzende Morgendämmerung den Winterhimmel schon leicht grau färbte. Ein kleiner Schatten bewegte sich hoch dort oben. Vielleicht eine vereinzelte Dohle oder ein Raubvogel, der früh unterwegs war.

»Zieh das Schwert, dann stürzen wir uns auf ihn«, zischte Wulf. Er zitterte am ganzen Körper. Langsam, ohne dabei den Fremden aus den Augen zu lassen, löste er die Gleitkufen von den Füßen.

»Willst du das wirklich?«, flüsterte ich zurück. »Ich bin mir nicht sicher, ob …«

»Wenn du nicht mitkommst, geh ich eben allein«, fauchte er mich an. Das Kaisermesser in der Hand ließ er sich prompt über die Kante gleiten und schlitterte dann in rasantem und lebensgefährlichen Tempo auf den Fremden zu.

Wulf konnte ihn unmöglich unbemerkt erreichen. Schnee und Steine lösten sich unter seinen Füßen und rutschten in die Tiefe. Trotzdem nahm der Fremde uns nicht sogleich wahr. Und als er sich dann doch nach der Ursache der Geräusche umsah, entdeckte er zuerst mich. Ich hockte vornübergebeugt an der Kante und versuchte gleichzeitig, die Gleitkufen zu lösen und Wulf dazu zu bewegen, wieder zurückzukommen. Unsere Blicke trafen sich und der Fremde erstarrte, schien seine Augen aber nicht von mir abwenden zu können. Seine überraschte Miene wandelte sich aber schon bald in Erleichterung. Er hob eine Hand zum Gruß und fing an zu lächeln.

Ich kam nicht dazu, darüber nachzudenken, was das wohl zu bedeuten hatte, denn im gleichen Augenblick sprang Wulf mit Schwung von einem kleinen Felsvorsprung auf den Fremden.

Sie stürzten zu Boden, ein Knäuel aus Armen und Beinen. Das Eis auf dem Bach brach, als sie sich in ihrem Kampf darüberwälzten. Gelbes Wasser trat durch die Risse im Eis oder stob in blassen Fontänen ins Dämmerlicht. Niemand schien die Oberhand gewinnen zu können, bis Wulf endlich eine Hand freibekam. Die Hand, in der er das Kaisermesser hielt. Scharf und kalt wie Eis sah es aus. Wulf riss es sogleich in die Höhe, um damit zuzustoßen.

Ich hatte mich endlich von den Gleitkufen befreien können und schwang gerade ein Bein über die Kante, da wurde mir bewusst, was ich da beobachtete. Vor meinem inneren Auge tauchte die Vision des Jahresgangs auf. Galgenmänner, die sich Wulf und dem toten Fremden näherten. Ich wollte Wulf warnen, ihn dazu bringen, sich zurückzuhalten, doch dazu blieb keine Zeit.

Was dann kam, geschah wahnsinnig schnell. Mit einem heiseren Schrei stürzte sich ein Turmfalke vom Himmel und landete auf einem Felsen neben mir. Ich konnte gerade noch denken, dass er mir bekannt vorkam, da wimmelte es in der Senke schon von Leibjägern, so als wären sie urplötzlich aus dem Schnee aufgetaucht.

Ein Mann, es war Wunan, griff nach Wulfs Arm und zog ihn daran fort, während Fauho den Fremden packte, ein Stück wegzerrte und festhielt. Wulf trat weiter um sich und fluchte, der Fremde hingegen leistete keinen Widerstand, betrachtete Wulf nur stumm, mit sorgenvollem Blick.

Der Turmfalke drehte und wendete den Kopf, um mich ganz genau zu betrachten. Dann stieß er sich ab und glitt lautlos hinunter in die Senke, wo er sich auf Wunans Schulter setzte. Ich folgte ihm, allerdings wesentlich weniger elegant und mit ziemlich viel Lärm. Wunan schaute zu mir hoch und zwinkerte. Und obwohl wir ja eigentlich vor diesen Männern auf der Flucht waren, freute ich mich, die Leibjäger zu sehen – nicht so sehr für mich selbst, mehr für die Bewohner des Kleehofs. Mir lag schon die Bitte auf der Zunge, Fauho ein paar seiner Männer ins Dorf mit den Laternen schicken zu lassen, als Wulf die Worte sprach, die alles verändern sollten.

Anfangs hatte er einfach nur geschrien und geflucht, so rasend vor Wut war er gewesen. Dann hatte er sich ein wenig beruhigt und die Leibjäger gebeten, ihn loszulassen. Als diese seiner Forderung nicht nachkamen, widmete er sich dem Fremden und warf ihm Anschuldigungen an den Kopf.

»Das alles ist seine Schuld! Er hat die Galgenmänner hergebracht! Seinetwegen haben sie den Hof gestürmt. Er war dabei, als sie Vater umgebracht haben. Er hat Vaters Blut an den Händen!«

Bei dem letzten Satz hob Fauho ruckartig den Kopf und durchbohrte Wulf mit Blicken. Er hatte gerade das Kaisermesser betrachtet, mit dem er jetzt auf den Fremden deutete.

»Junge, sagst du, dieser Mann trägt Schuld an Attas Tod? Sagst du, er hat sich mit Attas Blut besudelt?«

Wulf nickte wortlos.

»Ich muss Vaters Tod rächen«, flüsterte er dann leise.

Doch Fauho hörte ihm schon nicht mehr zu.

»Der Junge hat sich auf das Geblüt berufen!«, sagte er. »Die Herausforderung muss angenommen oder abgelehnt werden.«

Er wandte sich an den Fremden.

»Stimmt das, was der Junge sagt, Atlevis? Trägst du Schuld an Attas Tod?«

Und der Fremde, der Atlevis war, schaute Wulf betrübt an und dann nickte auch er.

23

Der Richtring

Das hätte ich längst begreifen können. Wer sonst sollte der Fremde sein, wenn nicht Atlevis? Wer sonst hätte Vater aufgesucht, um mit ihm über den Sturz des Blutreichs und den Tod des Kaisers zu sprechen? Wie viele wussten denn, dass Atta noch gelebt hatte und wo er anzutreffen gewesen war?

Ich hätte mich am liebsten für meine Dummheit geohrfeigt. Atlevis war in Reichweite gewesen, als wir uns vor dem Tunnel versteckt hatten. Hätten wir uns zu diesem Zeitpunkt zu erkennen gegeben, hätte die ganze Sache sich vielleicht längst geklärt. Jetzt war das wohl nicht mehr so einfach.

Wulf war es gelungen, sich ohne es zu wissen auf einen Teil der Tradition zu berufen, und weder Fauho noch einer der anderen Leibjäger schien auch nur eine ihrer uralten Regeln brechen zu wollen. Wulf und Atlevis wurden schwarze Hauben über die Köpfe gezogen und als ich sie endlich erreicht hatte, um mit ihnen zu sprechen, wurde ich von starken Armen ferngehalten.

»Niemand spricht mit den Kämpfern, kleines Mädchen«, grummelte ein riesiger Leibjäger, der einen Kopf größer war als der selbst schon große Fauho, noch dazu war er doppelt so breit wie der *skarja*.

Bevor wir in einer langen Reihe in westlicher Richtung dem Bach folgend loszogen, wurde Wulf und Atlevis je eine Geleitperson an die Seite gestellt. Die Leibjäger sorgten dafür, dass der Abstand zwischen den beiden größtmöglich war und blieb. Ich schlängelte mich nach vorn zu Wunan, der mitten im Zug lief, den Turmfalken auf der Schulter.

»Was passiert denn jetzt?«, fragte ich. »Wohin gehen wir?«

Wunan betrachtete mich belustigt.

»Gefällt sie dir?«, fragte er und zeigte auf den Turmfalken, der auf seinen Schultern hin und her lief. »Sie heißt Sigis.«

Der Falke beobachtete mich neugierig, während er fast zärtlich an Wunans Ohrläppchen knabberte.

»Wunan, bitte«, sagte ich. »Ich muss wissen, was hier vorgeht.«

Da wurde er ernst, wandte das Gesicht ab und kniff im Gegenwind die Augen zusammen.

»Dein Bruder hat sich auf das Geblüt berufen und zwar im Zusammenhang mit einem Mord«, erklärte er widerwillig. »Er hat Atlevis die Blutschuld vorgeworfen und Atlevis hat sie auf sich genommen. Dieser Konflikt kann nur durch einen *brakja* gelöst werden, einen Zweikampf. Das Schicksal bestimmt, was dann geschieht.«

»Und wohin sind wir unterwegs?«

»Ein *brakja* kann nur an einem bestimmten Ort stattfinden. Einem mächtigen, uralten Wegekreuz, wo niemand den Kampf stören kann. Wir nennen so einen Ort *Stauariggs*, Richtring. So ein Ring liegt nur ein paar Viertelmeilen nördlich von hier.«

»Und was passiert nach dem Zweikampf?«, wollte ich wissen. »Wird der Verlierer bestraft? Ist der Gewinner unschuldig?«

Wunan schüttelte den Kopf.

»Ein *brakja* ist ein Kampf auf Leben und Tod. Zwei Männer steigen in den Ring. Nur einer kommt heraus.«

Wir kamen nur langsam voran. Atlevis schien sich sehr ernst den Fuß verstaucht zu haben, als Wulf auf ihm gelandet war. Er stützte sich schwer auf seinen Geleitschutz. Dass er nichts sehen konnte, verbesserte seine Lage nicht gerade. Er stolperte unaufhörlich über Zweige und Äste oder lief gegen Steine. Ich fragte Wunan, wieso die beiden schwarze Hauben tragen mussten, bekam jedoch nur die Antwort, dass die Tradition dies so vorschrieb.

Die Morgendämmerung holte uns langsam ein. Erst setzte ein blasses Grau ein, spannte sich von Osten her über den Himmel, wechselte in ein leises Blau, bevor es ganz in einem weißen Frostnebel versank, der sich um uns verdichtete. Rechts von uns, am anderen Ufer des gefrorenen Bachs, erschien ein Hof, der sich wie eine schwarze Zahnreihe von dem weißen Hintergrund abhob, wo Himmel und Nebel zu einem Ganzen verschmolzen. Erst als ich ihn erblickte, fiel mir wieder das Dorf ein, das wir zurückgelassen hatten, genau wie die Bewohner des Kleehofs.

Ich griff nach Wunans Arm.

»Die Galgenmänner! Sie haben uns im Dorf mit den Laternen aufgespürt. Wir konnten sie von dort weglocken, aber jetzt befinden sie sich sicher wieder auf dem Weg dorthin!«

Sofort wandte sich Wunan an Fauho, rief ihm ein paar Worte in der Sprache der Blütigen zu. Fauho dachte einen Augenblick lang darüber nach und schickte dann zehn Leibjäger los, die nordöstlich von uns im Wald verschwanden. Wir anderen liefen weiter, als wäre nichts geschehen. Wunan legte mir eine Hand auf die Schulter.

»Mach dir keine Sorgen. Die Galgenmänner werden verschwinden, sobald sie die Leibmänner sehen. Sie ziehen den Hinterhalt oder Sackgassen vor, auf offenem Feld kämpfen sie nicht.«

»Woher kommen sie eigentlich?«, wollte ich von Wunan wissen. Seit der Nacht, in der die Galgenmänner unseren Hof in Brand gesteckt hatten, waren sie in allen meinen Albträumen aufgetaucht, aber wie sie eigentlich in die Geschichte der Blütigen passten, hatte ich bisher noch nicht entschlüsselt.

»Sie waren die Männer des Kaisers. Sie verfügten über Schlüssel zu allen Türen des Palastes. Sie waren für den Schutz des Kaisers und der kaiserlichen Familie verantwortlich. Auf Außenstehende haben sie vielleicht wie Dienstpersonal gewirkt, wie uniformierte Wächter, die still in jedem Zimmer des Palastes auf ihre Aufgabe warteten.«

»Aber sie trugen noch wichtigere Aufgaben?«

»Das Geblüt war bei ihnen stark ausgeprägt. Über viele Geheimnisse, die bei anderen Blütigen längst in Vergessenheit geraten waren, verfügten sie noch. Allem voran waren sie die Henker des Blutreichs, die Scharfrichter des Kaisers. Wer gegen eins der heiligen Gesetze des Blutreichs verstoßen hatte, musste jederzeit mit einem Besuch der Galgenmänner rechnen.«

Wunan verlor sich in Erinnerungen, auf seinem Gesicht mischten sich Grauen und Schrecken.

»Stumme Lohnmörder, die nachts mit ihren Schlingen auftauchten. Die Zungen waren ihnen abgeschnitten worden, damit sie niemals die Geschehnisse verraten konnten, die sie im Palast bezeugten. Ihre Seile konnten auch auf Entfernung töten. Wenn dir einmal ein Galgenmann ein solches Seil um den Hals gelegt hatte, musstest du jederzeit damit rechnen, dass es wieder zugezogen wurde, ganz egal wie weit du vor deinem Angreifer geflohen, wie weit du entkommen warst.«

Wunan zog den pelzbesetzen Kragen seines Mantels ein Stück herunter und entblößte seinen Hals. Eine blasse, dünne Linie verlief einmal komplett darum, die gespenstische Erinnerung an den Abdruck eines Seils.

»Um zu überleben, musst du den Galgenmann töten, der dir das Seil um den Hals gelegt hat.«

Ich dachte sofort an die Narbe, die immer noch an Wulfs

Hals sichtbar war, und war spürbar erleichtert, dass diese Gefahr für immer gebannt war.

»Die Galgenmänner standen dem Kaiser am nächsten und als er der Kälte zum Opfer fiel, dauerte es nicht lange, bis auch sie betroffen waren. Die Kälte gefror ihre Seelen, weshalb sie, wohin sie auch gingen, nur den Tod brachten. Jeder, der sich dem Blutreich oder dem Kaiser in den Weg stellte, wurde von ihnen aufgesucht und beseitigt. Die Galgenmänner waren seit jeher gefürchtet, doch die Kälte hatte sie in Albträume aus Fleisch und Blut verwandelt. Sie kannten weder Gewissen noch Gnade. Das Einzige, was zählte, war die Kälte.«

Der Nebel hatte sich gelichtet und der Winterhimmel zeigte einen blassen Grünton, als wir ankamen. Der Richtring lag auf einem flachen Bergkamm, der sich aus den Hügeln hervorschob, die einen gefrorenen See umgaben. Hohe Buchen wuchsen auf den steilen Abhängen bis hinauf zum Ring, der selbst jedoch unbewaldet war und auf dem eine leichte Schneedecke lag.

Der Richtring war eindeutig ein Wegekreuz und sah dabei trotzdem ganz anders aus als das, was ich bereits kannte. Vier Wege führten vom Ring fort, jeder in eine der vier Himmelsrichtungen. Allerdings stand kein Wegweiser in der Mitte und dieser Richtring umfasste ein viel größeres Gebiet. Ein Kreis aus aufgerichteten Steinen begrenzte es. Große Felsbrocken, die vermutlich aus den umliegenden Wäldern hergebracht worden und einfach kreisförmig aufgestellt worden waren, ohne sie vorher zu beschlagen oder zu dekorieren. Nichts, was ich bisher gesehen hatte, glich den Ruinen und Überbleibseln aus der Zeit des Blutreichs.

Je näher wir kamen, desto besser konnte ich erkennen, dass die Steine nach einem bestimmten Muster aufgestellt waren: Mannshohe, gerade Blöcke standen in regelmäßigen Abständen nebeneinander, dazwischen lagen jeweils flache, breite Brocken. An vier sich gegenüberliegenden Stellen des Rings waren runde, kopfgroße Steine auf die flachen Blöcke gelegt worden. Moose und Flechten bedeckten sie, außerdem neigten sich die großen Brocken mal hierhin, mal dorthin, sodass der Richtring wie ein offener Schlund mit schiefen und krummen Fangzähnen wirkte.

Mir wurde schwindelig bei dem Gedanken daran, dass ich hier vor etwas stand, das noch älter und noch mysteriöser war als das Blutreich selbst. Eine Macht schlummerte an dieser Stelle im Boden, aus einer Zeit weit bevor die ersten Blütigen in dieses Gebiet gekommen waren und ihre Wege darauf errichtet hatten.

Außerdem erkannte ich den Ort wieder! Diesen Steinkreis hatte ich bei meinem Jahresgang gesehen. Hier würde Wulf sich über Atlevis' leblosen Körper beugen. Hier würden die Galgenmänner uns finden.

Das zu wissen, war jedoch wenig hilfreich. Keins meiner Worte würde die Leibjäger davon abbringen, den Geboten der Tradition zu folgen.

Wulf und Atlevis wurden auf entgegengesetzte Seiten des Rings geführt, jeder zu einem der runden Felsbrocken. Ein Leibjäger nahm Atlevis' Arm, schnitt ihm in die Hand und hielt sie über den Stein, damit sein Blut direkt darauftropfte. Ein weiterer Leibjäger stand bereit und malte kurz darauf etwas mit einem Stöckchen in das Blut.

Kaum war er fertig und hob den Zweig vom Stein, geschah etwas. Es war nicht sichtbar, nur spürbar. Mir kam es vor, als hätte es ein gewaltiges Dröhnen gegeben, dabei hatte ich keinen Ton gehört. Mir zitterten die Beine, als hätte sich der Boden unter meinen Füßen bewegt wie Wellen auf einem See, dabei hatte sich nichts gerührt. Einen Moment lang empfand ich gleichzeitig eine tiefe Ruhe und eine durchdringende

Furcht. Ich wusste, ohne erklären zu können, woher, dass der Ort nun erwacht war und uns wahrnahm.

»Was ist passiert?«, wandte ich mich flüsternd an Wunan und versuchte, das Zittern in meiner Stimme zu unterdrücken.

»Der Richtring ist geschlossen«, antwortete er. Einer der Leibjäger nahm Atlevis die schwarze Haube ab und stieß ihn in den Ring. »Atlevis' Blut hat ihn geweckt und jetzt kann nur derjenige, der sich auf seine Blutschuld berufen hat, Atlevis in den Ring folgen. Egal, was dann im Ring geschieht, niemand kann zu ihnen. Nichts kann den Kämpfern dort helfen oder sie bedrohen, ganz egal ob Freund oder Feind. Und keiner kann den Ring verlassen, bevor einer von beiden tot ist. Erst wenn der Überlebende aus dem Steinkreis tritt, öffnet sich der Ring wieder.«

Auf meiner Seite des Rings nahm Fauho nun Wulf die Haube vom Kopf und gab ihm das Kaisermesser zurück. Wulf sah blass und verkniffen aus, weshalb ich hoffte, dass er wenigstens bedauerte, was er da aus Versehen in Gang gesetzt hatte. Doch kaum erblickte er Atlevis im Steinkreis, lag nichts als blanker Hass in seinen Augen. Allmählich fürchtete ich, keine Antworten mehr von Atlevis bekommen zu können oder sie ihm über Wulfs Leiche entlocken zu müssen.

»Junge, du kannst nicht nur mit einem Messer in den Richtring steigen«, brummte Fauho und wandte sich an mich. »Du hast jetzt lange genug das Schwert deines Bruders getragen, Mädchen. Gib es ihm zurück, damit er wie ein Leibmann kämpfen kann.«

Ich musste dieser Aufforderung Folge leisten, das war mir bewusst. Wulf konnte unmöglich allein mit dem Kaisermesser etwas gegen Atlevis' langes Schwert ausrichten. Trotzdem war das mein Schwert! Ich hatte damit geübt. Ich hatte es getragen, seit wir den Hof verlassen mussten. Ich hatte es in der Nacht gezogen und gegen den Galgenmann gerichtet. Doch ganz egal, wie wütend mich der Gedanke machte, ich musste es dennoch abgeben.

Ich band die Schwertscheide los und spürte, wie wütend ich wurde, weil ich das so ungerecht fand. Gleichzeitig schämte ich mich darüber, schließlich musste Wulf gleich allein den Richtring betreten, was ihn sogar das Leben kosten könnte, und hier stand ich und ärgerte mich darüber, wem es gestattet war, das Schwert zu tragen, und wem nicht.

Wulf nahm die Waffe entgegen, ohne etwas zu sagen. Er war leichenblass und schaute mich aus weit aufgerissenen Augen an. Doch die Lippen hatte er entschlossen aufeinandergepresst. Er würde nicht vor dem davonlaufen, was er heraufbeschworen hatte.

»Der *brakja* beginnt, wenn du den Ring betrittst, Junge«, sagte Fauho. »Dann bist du auf dich allein gestellt und musst dich darauf verlassen, dass das Geblüt in dir stark ist.«

Wulf schluckte schwer. Dann steuerte er die Felsblöcke an und machte einen Schritt zwischen zweien hindurch.

Kaum war er im Ring, griff er nach dem Schwert und stürzte auf Atlevis zu. Ich stöhnte unweigerlich auf, als ich sah, wie ungeschickt er damit umging. Das Schwert blieb fast in der Scheide stecken. Erst als Wulf schon fast bei Atlevis angelangt war, hatte er es endlich richtig in der Hand und holte zu einem wahnsinnigen Hieb aus.

Atlevis bewegte sich erst, als Wulf fast schon bei ihm war. Dann zog er so elegant und kontrolliert das Schwert, als wäre es etwas so Alltägliches wie das Anziehen von Stiefeln. Wulfs Schlag parierte er, ohne dass seine Klinge dabei überhaupt ins Schwingen kam. Wulf hingegen musste schnell mit der zweiten Hand nachfassen, damit er die Waffe nicht verlor, und machte unweigerlich ein paar Schritte zurück, um wieder ins Gleichgewicht zu kommen.

Es wäre der beste Moment für einen Gegenangriff gewesen,

doch Atlevis bewegte sich nicht von der Stelle, verlagerte nur langsam, sehr langsam das Gewicht vom einen Fuß auf den anderen und ließ Wulf dabei keine Sekunde aus den Augen. Seine Verletzung verhinderte wohl schnellere Bewegungen, was sich als Vorteil für Wulf herausstellen konnte. Aber allein ein Blick auf die Art, wie sie die Schwerter hielten, verriet mir, dass Atlevis meinen Bruder selbst mit zwei gebrochenen Beinen und einem auf den Rücken gefesselten Arm hätte besiegen können. Wenn Wulf sich nicht allmählich sammelte und an die Bewegungen erinnerte, die Vater uns beigebracht hatte, würde dieser Ringkampf nicht lange dauern.

Doch schon beim nächsten Schlag schien Wulf etwas eingefallen zu sein. Er hielt das Schwert so, wie wir die Sicheln hatten halten sollen und seine Bewegung war nicht mehr so unkontrolliert und wild. Aber er war noch immer voller Wut, was ihn unvorsichtig machte. Bei jedem Schlag ließ er die Flanken ungeschützt.

Wieder und wieder stürzte er sich auf Atlevis, wieder und wieder parierte dieser ohne große Anstrengung Wulfs Angriffe. Aber Wulf wurde von Mal zu Mal besser, brauchte immer weniger Zeit, um sich zwischen den Schlägen zu sammeln, sein Schwert schwang schneller und schneller nach Atlevis.

Ich hatte so gebannt verfolgt, was im Inneren des Rings geschah, dass mir entgangen war, wie sich die Zahl der Zuschauer vergrößert hatte. Die Leibjäger, die Fauho ins Dorf mit den Laternen gesandt hatte, waren zurückgekehrt. Einer von ihnen ging zu Fauho und sprach leise in der Sprache der Blütigen mit ihm, während der *skarja* den Blick nicht von den Kämpfenden löste.

»Was sagt er?«, flüsterte ich an Wunan gerichtet.

»Er erzählt, dass sie im Dorf keine Galgenmänner angetroffen haben. Auch in der direkten Umgebung haben sie keine

Spuren von ihnen gefunden. Es scheint ganz so, als hätten eure Verfolger aufgegeben.«

Ich beobachtete Wulf dabei, wie er etwas Neues probierte, um Atlevis zu überlisten. Aber auch dieser Versuch war unbeholfen und leicht vorherzusehen, selbst für mich. Atlevis wehrte ihn ohne Anstrengung ab.

Die Galgenmänner waren also nicht zum Kleehof zurückgekehrt. Wohin hatte es sie dann verschlagen? Ein einziger Wust an Gedanken kämpfte in meinem Kopf um Ordnung und Vorrecht. Es war lange her, dass ich wirklich darüber nachgedacht hatte, was eigentlich vor sich ging. Bis jetzt war es die ganze Zeit nur darum gegangen, zu reagieren. Ich hatte vergessen, die einzelnen Bruchstücke zusammenzusetzen.

Während Wulf vergeblich versuchte, etwas gegen Atlevis auszurichten, rumorte es in meinem Kopf, um einen Zusammenhang zu finden, etwas, das mir bisher entgangen war. Eine Sache verstand ich nicht. Hatte Atlevis wirklich die Schuld an Vaters Tod eingestanden? Es schien so. Aber wenn es so gewesen war, wie Wulf gesagt hatte, dass nämlich Atlevis dabei gewesen war, als die Galgenmänner über Vater hergefallen waren – warum hatte Vater uns dann ausgerechnet zu ihm geschickt?

Und was hatte es mit meiner Vision vom Jahresgang auf sich? Wie war es überhaupt möglich, dass die Galgenmänner sich Wulf nähern konnten? Wenn stimmte, was die Leibjäger sagten, konnte doch niemand den Richtring betreten, weil er sich um Wulf und Atlevis geschlossen hatte. Sicherheitshalber fragte ich noch einmal bei Wunan nach.

»Öffnet sich der Ring, sobald einer der beiden tot ist? Können wir ihn dann wieder betreten?«

Er schüttelte den Kopf. Sein Mienenspiel verriet mir, dass er sich Mühe gab, nachsichtig mit mir zu sein, es ihn aber insgeheim verunsicherte, wie wenig ich wusste.

»Nein, der Richtring öffnet sich erst, wenn einer der Kämpfer heraustritt. Wenn beide sterben, bleibt er so lange geschlossen, bis die Leichen vollständig verwest sind.«

Ich erschauderte, weil mir sofort bildlich vor Augen stand, wie Wulfs und Atlevis' Körper sich langsam auflösten, aber niemand zu ihnen konnte, um sie zu begraben. Trotzdem hatte ich die Antwort auf meine Frage bekommen. Meine Vision mit den Galgenmännern war unmöglich. Und trotzdem hatte ich sie gesehen.

In diesem Moment kamen die Dohlen. Völlig lautlos, abgesehen von dem Rascheln unzähliger Federn, erfüllten sie den Himmel, flatterten ein paarmal über uns und ließen sich dann in den kahlen Buchen nieder. Einen Augenblick lang blieben sie still dort sitzen und beobachteten uns. Sigis klapperte ungeduldig mit dem Schnabel und wanderte auf Wunans Schulter auf und ab.

Dann, es wirkte fast herausfordernd, erhob sich ein einzelner Vogel, flog ein Stück und landete kurz darauf mitten im Richtring.

»Unmöglich«, stieß Wunan hervor, auch die anderen Leibjäger wurden unruhig. Niemand schien glauben zu können, was er da sah. Oder zu wissen, was das bedeutete. Eine weitere Dohle flog in den Richtring, auf die schon bald eine weitere folgte. Innerhalb kürzester Zeit befanden sich über zehn dieser dunklen Vögel im Ring und sahen dabei zu, wie Wulf vergeblich versuchte, einen Schwachpunkt in Atlevis' Verteidigung zu finden.

Die Unsicherheit außerhalb des Rings war spürbar. Die Leibjäger stampften nervös auf und ab und warfen dabei immer wieder ungläubige Blicke durch die Lücken im Steinkreis. Niemand wusste, was zu tun war. Fauho war einer der Wenigen, die reglos verharrten, er wirkte fassungslos. Dann warf er Wunan einen fragenden Blick zu, woraufhin dieser nur mit den Schultern zuckte. Niemand konnte etwas tun. Der Ring war geschlossen. Die Kämpfer allein mit den Dohlen.

Atlevis bemerkte die Vögel nun ebenfalls, was ihn nur kurz unaufmerksam machte, aber lange genug für Wulf, die Gelegenheit zu nutzen. Er holte weit über dem Kopf aus, zielte auf Atlevis' Genick und stürzte mit voller Wucht los. Atlevis erkannte die Gefahr, jedoch erst in allerletzter Sekunde. Er wich aus – mit einem schnellen Schritt zur Seite, der resultierende Schmerz stand ihm ins Gesicht geschrieben – und wehrte mit einem wilden Hieb Wulfs Schlag ab.

Auf diesen heftigen Gegenhieb war Wulf nicht eingestellt. Das Schwert entglitt ihm und flog in hohem Bogen durch die Luft. Einen Moment lang sah es so aus, als würde das Schwert den Ring verlassen, aber kurz bevor es die steinerne Grenze erreichte, überlegte es sich es doch anders und fiel noch im Kreis zu Boden, nur wenige Schritte von mir entfernt. Der Richtring ließ offenbar nichts hinaus.

Statt sich den wehrlosen Wulf vorzuknöpfen, ließ Atlevis sich auf ein Knie sinken und stützte sich dabei mit beiden Händen auf dem Schwert ab. Wulf blieb unschlüssig stehen, bis Atlevis eine Handbewegung zu dem Schwert machte, als wollte er sagen: ›Hol es nur, ich warte solange‹. Dann legte er den Kopf auf den Knauf seines Schwerts und atmete schwer.

Doch Wulf lief nicht zum Schwert, sondern umkreiste Atlevis langsam, während er mit einer Hand nach dem Kaisermesser tastete.

»Dein Bruder hat ihn arg verletzt, als er auf ihn gestürzt ist«, brummte Wunan. »Atlevis hat so starke Schmerzen, dass er gar nicht merkt, was geschieht.«

Ich hingegen verstand plötzlich viel zu gut, was vor sich ging. Meine Vision würde sich bewahrheiten. Hieß das auch, die Galgenmänner waren nicht mehr weit?

»Er ist verletzt«, murmelte ich vor mich hin. »Wulf verletzte ihn am Bein. Ein Wolf verletzte …«

Da fiel es mir ein.

»Was bedeutet der Name ›Atlevis‹?«, fragte ich Wunan. »Schnell, ich muss es wissen.«

»Atlevis ist ein altes Wort für Verräter«, antwortete er verwundert.

Das hatte ich nicht erwartet.

»Er heißt ›Verräter‹?«, fragte ich weiter. »Wieso wird man auf so einen Namen getauft?«

»Es ist nicht sein Taufname, sondern so etwas wie ein Titel. Denn Verräter waren die drei, die den Kaiser getötet haben. Atlevis behielt ihn bloß als Namen. Als Erinnerung an den Verrat, der uns gerettet hat, könnte man vielleicht sagen.«

»Und wie heißt er wirklich?«, drängelte ich.

Im Ring näherte Wulf sich Atlevis mit gezogenem Messer. Die Dohlen schauten zu. Wunan dachte nach.

»Ich glaube, sein Name ist ›Agati‹«, sagte er schließlich. »Agati ist unser Wort für Elster.«

»Die Elster«, sagte ich leise und mit einem Mal verstand ich.

Die Elster steht im Ring aus Stein
Ein Wolf verletzte sie am Bein
Ihr Nest scheint gefroren zu sein
Genau da kommen die Dohlen herein
Ja, dann kommen die Dohlen herein.

Aus einem Grund, den ich nicht kannte, hatte Vater gewusst, was passieren würde. Und dieses Wissen hatte er in einem Kinderlied versteckt. In fünf Zeilen, deren Melodie Wulf und ich ein Leben lang gesummt hatten und deren Botschaft ich erst jetzt begriff.

»Er ist der Kälte zum Opfer gefallen«, sagte ich und Wunan

sah mich fragend an. »Atlevis ist der Kälte zum Opfer gefallen! Deshalb können die Dohlen in den Ring. Und deshalb wissen die Galgenmänner auch, wo wir sind.«

Plötzlich verstand ich, wie alles zusammenhing. Aber was nutzte das jetzt noch? Wulf war im Ring und ich davor. Sobald er Atlevis das Messer in den Rücken rammte, würde sich meine Vision bewahrheiten. Die Galgenmänner kämen auf allen vier Wegen heran und beträten den Ring und für Wulf gäbe es keine Hoffnung mehr.

»Es gibt noch eine Möglichkeit«, sprach mir eine wohlbekannte Stimme ins Ohr.

Ich schaute auf und dort, rechts von mir, stand die Bergherrin. Sie legte mir die Hand auf die Schulter, drückte kurz zu und sprach weiter.

»Beeil dich, denn Fauho hat sicher eine andere Vorstellung davon, was die Tradition dazu sagen würde. Zu dem, was Jungen und Mädchen dürfen und nicht dürfen. Aber der Richtring weiß von all dem nichts. Er lässt alle herein, die sich auf das Geblüt berufen. Alle, die mit an der Blutschuld tragen.«

Ich sah in die eisblauen Augen der Herrin, die meinen so sehr ähnelten, und wusste sofort, was sie mir damit sagen wollte.

»Atlevis hat Vaters Blut an den Händen!«, schrie ich und rannte zu dem Schwert, das immer noch nur ein paar Schritte entfernt von mir im Inneren des Kreises lag.

Der Richtring öffnete sich und ließ mich herein.

24

Im Ring

Es ist nicht leicht, zu erklären, wie es sich anfühlte, den Ring zu betreten. Ich hatte nicht den Eindruck, eine Grenze zu überschreiten oder durch ein unsichtbares Hindernis zu kommen. Trotzdem veränderte sich alles, als ich zwischen den Steinen hindurchtrat.

Erst bemerkte ich nur das, was verschwand. Alle Geräusche außerhalb des Steinkreises waren draußen geblieben – der Wind, der in den Bäumen raschelte, das Knirschen, das von den Stiefeln der Leibjäger stammte, die Stimmen, die überall zu hören gewesen waren –, all das verstummte. Außerdem konnte ich kaum noch erkennen, was auf der anderen Seite geschah. Alles, was hinter den Steinen lag, war verschwommen und blass, als würde ich durch trübes Wasser oder dichten Nebel schauen. Noch dazu wirkte die Welt da draußen viel weiter weg als die paar Schritte, die ich gemacht hatte. Und da erst fiel mir auf, dass der Ring von innen ebenfalls ganz anders aussah.

Der Richtring wirkte von innen viel größer, als er das von außen getan hatte. Da stand Wulf mit dem Messer in der Hand und da hockte Atlevis auf das Schwert gestützt, aber sie waren beide so weit weg, dass ich ernsthaft bezweifelte, noch rechtzeitig zu ihnen zu gelangen, um etwas zu verhindern. Der Steinkreis verlief in fast unendlicher Weite und verschmolz hinter ihnen mit dem Horizont. Und das Sonderbarste war dabei, dass die einzelnen Steine im gleichen Abstand zueinander standen und auch nicht mehr waren, als von draußen zu erkennen, aber dennoch das gesamte riesige Areal umfassten, das sich im Inneren des Richtrings befand.

Aber mir blieb keine Zeit, hier herumzustehen und über die Rätsel und Geheimnisse dieses Rings nachzugrübeln. Schnell klaubte ich Vaters Schwert aus dem Schnee und rannte zu Wulf und Atlevis.

Wulf hatte weit mit dem Kaisermesser ausgeholt und zielte damit auf Atlevis' Rücken. Schon nach ein paar Schritten musste ich einsehen, dass ich es nicht schaffen würde. Deshalb schrie ich, so laut ich konnte, Wulf solle aufhören.

Ich konnte nicht sagen, ob es auch auf Wulf zutraf, aber Atlevis hatte mich gehört. Er schnellte auf der Stelle herum, riss das Schwert mit und hoch, und traf Wulf damit über dem rechten Ohr. Zwar nur mit der flachen Seite der Klinge, aber trotzdem sank mir das Herz tief in den Bauch, als Wulf stolperte und in den Schnee fiel. Ich beschleunigte und hatte dennoch das Gefühl, eine Ewigkeit zu brauchen, bis ich Wulf endlich erreicht hatte.

Ich ließ mich neben ihm auf die Knie fallen und nahm seinen Kopf in beide Hände. Er blutete nicht. Das Schwert hatte zwar einen langen, roten Abdruck hinterlassen, aber Wulf atmete noch und das Herz schlug.

»Er wird es überstehen«, sagte Atlevis, der nun aufgestanden war und zu uns gehumpelt kam. »Aber er wird diesen Kampf kaum abschließen können. Bist du hier, um ihn abzulösen?«

Ohne eine Antwort abzuwarten, hieb er in einem langen, flüssigen Bogen mit dem Schwert nach mir.

Ich handelte instinktiv. Vaters Schwert parierte den Angriff im rechten Moment. Ich folgte dem Schwung und kam so auf die Füße. Ich schüttelte mir den Schnee aus den Haaren und wartete nicht erst auf Atlevis' nächsten Angriff. Ich hatte genug von dem Kampf mit Wulf beobachtet, um zu wissen, dass mein größter Vorteil meine Wendigkeit war. Außerdem wollte ich Atlevis vom bewusstlosen Wulf weglocken.

Ich machte ein paar Schritte nach rechts, dann einen schnellen Sprung nach links und war schräg hinter Atlevis, bevor dieser sich überhaupt hatte umdrehen können. Ich schlug nach ihm und er schaffte es gerade so, das Schwert rechtzeitig hochzureißen, um den Hieb abzuwehren. Während er noch versuchte, wieder das Gleichgewicht zu erlangen, ließ ich Schlag auf Schlag folgen, womit ich ihn immer weiter zurück trieb, weg von Wulf. Atlevis biss bei jedem Schritt mit dem verletzten Fuß die Zähne zusammen, aber außer Schmerz konnte ich Verwunderung in seinen Augen erahnen. Vielleicht hatte er damit gerechnet, dass die Schwester ein noch leichterer Gegner war als der Bruder.

Dieser Gedanke stachelte mich an, ich wurde nur noch angriffslustiger und eifriger. Ich versuchte, mich daran zu erinnern, wie er Wulfs Angriffe pariert hatte, damit ich meine Schläge anders platzieren konnte, um ihn zu einer anderen Verteidigung zu zwingen. Anfangs gelang mir das so gut, dass er trotz einiger Bemühungen nicht einen einzigen Gegenschlag vollziehen konnte. Aber dann fand er schließlich doch wieder Halt und ließ eine ganze Serie von Schlägen und Hieben auf mich niederregnen.

Ich war bereit und nutzte meinen klaren Vorteil. Ich bewegte mich, so schnell ich konnte, duckte mich oder hüpfte seitlich weg, damit er gezwungen war, den schlimmen Fuß zu nutzen, um mich zu erreichen. Ein paar Mal hätte er fast meine Verteidigung durchbrochen, aber nur fast, denn durch den verletzten Fuß konnte er nie seine ganze Kraft in einen Schlag legen.

Mittlerweile atmete ich schnell und das Blut pochte mir in den Schläfen. Das war etwas ganz anderes, als allein und in Ruhe oben am Berg mit dem Schwert zu üben. Mit einem echten Gegner zu kämpfen, erforderte so viel mehr. Ich musste blitzschnell sein und im Voraus denken, um ihn zu überlisten. Ich musste jede Bewegung so gut beherrschen, dass ich sie ausführen konnte, ohne erst darüber nachdenken zu müssen. Und selbst das würde nicht ausreichen, wenn ich meinen Gegner nicht immer wieder überraschen würde. Das war anstrengend, kostete Kraft und forderte meine ganze Aufmerksamkeit. Und ich musste mir eingestehen, dass ich es voll und ganz genoss.

Während ich vor- und zurücktanzte im Rhythmus unserer Klingen, stellte ich mir vor, wie die Leibjäger auf der anderen Seite des Nebels standen und mir zusahen. Was mochten sie wohl denken? Ich spürte einen leisen Triumph, als ich mich daran erinnerte, wie Fauho mich gezwungen hatte, das Schwert abzugeben. Jetzt konnte er sehen, zu wem es eigentlich gehörte.

Ich konnte unmöglich sagen, wie lange wir so kämpften – ich, die pfeilschnell vor- und zurückschoss und versuchte, Atlevis auszutricksen, und er, der sich so wenig wie möglich bewegte und jede meiner Schwächen nutzen wollte. Irgendwann wurde mir jedoch klar, dass auch dies nur ein Spiel war. Atlevis' Blick lastete die ganze Zeit auf mir, deutete und bewertete alles, was ich tat. Jeder seiner Angriffe, jeder seiner Schritte war eine Prüfung, um zu schauen, worauf ich einging.

Mir hätte vielleicht von Anfang an klar sein sollen, wie ungleich dieser Kampf sein würde. Ich war dreizehn und hatte mir selbst auf einem einsamen Berg das Kämpfen beigebracht. Dies war mein allererstes Gefecht. Und mein Gegner war älter, als er aussah. Zwar sicher jünger als die Steine, die den Richtring einfassten, aber älter als der Buchenwald, der ihn umstand. Außerdem hatte er wahrscheinlich mehr Kämpfe, mehr Blut und mehr Tode gesehen, als ich mir überhaupt vorstellen konnte. Ich würde ihn unmöglich besiegen können, selbst wenn er verletzt war.

Aber was konnte ich tun? Eines war mir nun klar: Ich hatte mich ohne nachzudenken in den Kampf gestürzt und dann war ich wie berauscht vom Schwertspiel gewesen. Jetzt war ich endlich wieder bei Sinnen und dachte nicht daran, noch länger mitzuspielen. Als Atlevis das nächste Mal ausholte, ließ ich die Waffe sinken und blieb reglos stehen, während sein Schwert auf mich zusauste.

Kurz fürchtete ich, mich getäuscht zu haben, und die Angst schnürte mir die Kehle zu. Doch Atlevis hielt im letzten Moment inne, die Klinge nur haaresbreit von meinem Hals entfernt. Auf seinem Gesicht lag ein Ausdruck absoluter Verwunderung.

»Ich werde nicht weiter mit dir kämpfen«, sagte ich und ließ das Schwert fallen.

»Das musst du aber.«

Seine Stimme klang heiser und belegt.

»Das glaube ich nicht«, entgegnete ich. »Zumindest nicht, solange du mir nicht erst einmal zugehört hast.«

Statt einer Antwort holte Atlevis erneut aus. Ich biss die Zähne zusammen und verharrte reglos. Und auch diesmal hielt Atlevis inne. Er starrte mich mit wildem Blick an, in seinen Augen brannte der Wahnsinn, den ich schon bei unserem ersten Aufeinandertreffen gesehen hatte.

»Die Tradition fordert, dass …«, setzte er an, aber da reichte es mir.

»Ich habe schon viel zu viel über diese Tradition gehört. Auch du folgst ihr nicht sklavisch, sonst wären Wulf und ich längst tot. Du spielst mit uns und das hat nur einen einzigen Grund. Du schindest Zeit, bis die Anderen hier sind.«

Atlevis betrachtete mich verständnislos. Was ich da sagte, musste für ihn wie blanker Unsinn klingen. Und trotzdem schien irgendwo in ihm eine Ahnung zu keimen, etwas, das tief in ihm geschlummert hatte und nun geweckt worden war.

Ich suchte nach den richtigen Worten, die ihn erreichen würden, sodass auch er verstand.

»Sieh dich doch mal um«, sagte ich. »Die Dohlen sind bereits hier. Die Galgenmänner können also nicht mehr weit sein. Und die Dohlen sind deinetwegen im Kreis. Die Kälte hat sich in dich geschlichen und du hast sie mit in den Richtring gebracht. Er ist nicht länger geschlossen, sondern eine Falle, eine Schlinge, die sich allmählich zuzieht. Wulf und ich sind die Beute. Und du bist der Köder, ein vergiftetes Lockmittel, das uns schwächen, aber an Ort und Stelle halten soll, bis die Jäger eintreffen.«

Erst starrte Atlevis die Dohlen an. Es war ihm anzusehen, dass ihm etwas bewusst wurde. Dann blickte er wieder zu mir, Angst und Schrecken spiegelten sich auf seinem Gesicht.

»Töte mich«, flüsterte er.

Ich blickte über seine Schulter, in die Ferne, die den alten Weg aus dem Norden heranführte.

»Es ist zu spät«, sagte ich und zeigte mit dem ausgestreckten Arm in diese Richtung.

Die Galgenmänner waren im Anmarsch. Auf allen vier Wegen näherten sie sich. Sie gingen langsam und trotzdem waren sie schneller als der Wind. Der Richtring und die Wege selbst schienen die Wahrnehmung zu beeinflussen – obwohl die Galgenmänner noch weit, weit weg waren, wirkten sie sehr nah. Und obwohl sie ohne Eile unterwegs waren, rauschte der Weg nur so unter ihren Stiefeln hinweg. Mir wurde allein vom Hinsehen ganz schwindelig. Die Wege hätten genauso gut schmale Schächte sein können, durch die die Galgenmänner ohne große Anstrengung geradewegs zu uns glitten.

Es waren viele. Mehr als ich je auf einmal gesehen hatte. Die genaue Zahl konnte ich schwer schätzen, aber ich vermutete mindestens zwei Dutzend aus jeder der vier Himmelsrichtungen. Ihre Blicke waren starr auf den Richtring und

Atlevis gerichtet. Die Männer, die ganz vorn gingen, hielten bereits die Seile zwischen den Händen gespannt und zu ihren Füßen liefen ganze Rudel geifernder, schmutzig grauer Bestien.

Gefühle suchte man in den starren Gesichtern der Galgenmänner vergeblich, aber alles andere sprach eine nur zu deutliche Sprache. Mal um Mal waren wir ihnen entkommen, Wulf und ich. Dieses Mal würden sie keine Fehler zulassen. Hier, gefangen im Richtring, vor den Augen der machtlosen Leibjäger, würden sie vollenden, was begonnen hatte, als sie Vater die Schlinge um den Hals legten.

Atlevis fasste mich ziemlich fest am Arm und schüttelte mich heftig.

»Töte mich«, schrie er mir diesmal direkt ins Gesicht.

Aber ich war wie gelähmt vom Anblick der herannahenden Galgenmänner. Ich spürte, was ich längst hätte spüren können: Der Unwinter hatte seinen Weg in den Ring gefunden. Er brannte mir mit seiner Frostkälte bis tief in die Lungenspitzen und griff mit Eisesklauen nach meinem Herzen.

Atlevis ließ mich los und rannte humpelnd zu Wulf, der noch immer lag, wo er hingefallen war.

»Tu es!«, rief er. »Sonst stirbt dein Bruder!«

Er meinte es ernst, das konnte ich hören. Die halbe Strecke hatte er bereits zurückgelegt, das Schwert schon erhoben. Es kostete mich all meine Willenskraft, die Kälte und Hoffnungslosigkeit aus meinen Gedanken zu vertreiben, dabei war es schon zu spät, Atlevis hinterherzulaufen. Aus reiner Verzweiflung schleuderte ich ihm das Schwert hinterher. Es schnitt im hohen Bogen durch die Luft, die scharfe Klinge zischte im Gegenwind – ein wilder, tödlicher Wirbel aus Stahl. Als Atlevis das Geräusch hörte, wandte er sich um. Er blieb stehen, breitete die Arme aus und empfing das Schwert mit geschlossenen Augen. Es klang fürchterlich, als die Klinge in seinen Hals eindrang und dort stecken blieb. Atlevis fiel sofort zu Boden und blieb reglos liegen.

Kaum war Atlevis in den Schnee gesunken, tauchte Wulf hinter ihm auf. Benommen und mit geschwollenem Gesicht rappelte er sich hoch. Das Kaisermesser hielt er noch immer mit der Hand umklammert und stürzte sich nun auf Atlevis, um es ihm wieder und wieder in die Brust zu rammen, bis ihn die Kraft verließ und er sich neben den Leichnam knien musste. Mit dem Hass und der Verzweiflung auf seinem Gesicht und den Galgenmännern, die hinter ihm heraneilten, bildete er genau meine Mittwintervision ab.

Hoffnungslosigkeit schwappte in einer unbarmherzigen Woge über mich. Ich konnte schon das dumpfe Knurren der Hunde hören, genauso das schleifende Geräusch, das die schwarzen Mäntel der Henker des gefallenen Blutreichs machten, während sie näher und näher kamen. Irgendwo hinter dem trüben Schleier, der den Steinkreis umgab, standen die Bergherrin, Fauho, Wunan und all die anderen Leibjäger, die das alles beobachteten. Unternahmen sie etwas – oder hatten sie schon aufgegeben? Eine entfernte Erinnerung meldete sich und flüsterte mir zu, dass ich den Ring für sie öffnen konnte. Ich musste nur hinaustreten, dann wäre der *brakja* beendet. Aber die Steine wirkten unendlich weit weg und aus mir schien jegliche Kraft gewichen zu sein. So blieb ich stehen und schaute dabei zu, wie der Untergang aus vier Richtungen in schwarzgoldenen Wogen mit schmutzig grauen Schaumkronen zotteliger Felle auf den Richtring zutrieb.

Und so wird es zu Ende gehen, dachte ich. Wir werden nie verstehen, warum das alles geschehen ist. Warum Vater nach all den Jahren sterben musste. Warum er uns mit einer Handvoll vager Hinweise auf die hoffnungslose Suche nach dem Mann geschickt hatte, von dem er verraten worden war. Was er eigentlich hatte erreichen wollen.

Meine Beine gaben nach und ich fiel auf die Knie. Nun glichen Wulf und ich wirklich Zwillingen. Zwei Kinder von Geblüt, die im Schnee knieten. In Erwartung ihrer Henker.

Eine warme Brise blies direkt durch mich hindurch. Sie war mild und sanft, hatte aber die Kraft eines unbändigen Sturms. Sie wärmte nicht, sondern fegte die Kälte aus mir, um mich dann leer und ängstlich zurückzulassen – denn nach dem Verschwinden der Kälte meldete sich die Hoffnung und mit der Hoffnung kam die Furcht.

Zitternd vor Angst öffnete ich die Augen und schaute mich um. Rund um den Richtring standen die Galgenmänner und Hunde bereit, um uns anzugreifen, aber aus irgendeinem Grund kamen sie nicht weiter. Der Weg flog nicht mehr wie von selbst unter ihren Füßen und Tatzen hinweg. Obwohl sie nur noch wenige Schritte vom Steinkreis trennten, kamen sie nicht näher. Eine Weile lang schien ihr Bemühen, vorankommen zu wollen, auszureichen, um auf der Stelle zu treten, doch bald reichte es selbst dafür nicht mehr. Die Kraft, die der Richtring ausstrahlte, gewann und je verbissener die Männer und Hunde versuchten, sich ihm zu nähern, desto weiter entfernten sie sich davon. Die Hunde bellten ungehalten und aus den zungenlosen Mündern der Galgenmänner kamen fürchterliche Schreie – voller Hass und Ohnmacht.

Und plötzlich ging alles ganz schnell. Der Richtring schrumpfte, während die vier Wege viel länger wurden. Die Dohlen wollten davonfliegen, wurden aber von etwas erfasst und entlang der Wege fortgeschleudert. Der Schwindel, den ich beim ersten Anblick der Galgenmänner gespürt hatte, kehrte zurück, allerdings hatte ich nun das Gefühl, zu stürzen – fort von ihren Seilen, den scharfen Reißzähnen, bis die Schergen der Kälte vollständig verschwunden waren und, so weit das Auge reichte, nichts mehr auf den vier Wegen zu erkennen war.

Im Ring selbst war der Wind immer noch mild und glich eher einer sanften Liebkosung, doch außerhalb wütete und dröhnte er ohrenbetäubend. Über den brüllenden Sturm hinweg hörte ich eine Stimme rufen. Sie war so warm und blendend wie die ersten Sonnenstrahlen im Frühling, weshalb ich bei ihrem Klang die Augen zukneifen musste.

»Alles ist beendet! Alles ist vollbracht! Nichts steht mehr aus – nur noch euer Rückweg. Kehrt zurück zur Kälte! Zurück in die gefrorene Stadt! Der leere Thron ruft euch nach Hause!«

25

Außerhalb des Rings

Vor dem Richtring tummelten sich die Leibjäger und betrachteten Sunia und Wulf, wie sie dort allein in der Mitte des Steinkreises saßen, Atlevis' Leiche zwischen sich. Es wurde immer schwieriger, sie zu erkennen. Sie mischten sich zu Flecken aus Sonnenlicht und Schatten dort im Schnee, verschmolzen mit der Landschaft, man konnte nur noch, wenn man die Augen zusammenkniff und den Kopf hin und her bewegte, die Konturen von zwei Kindern erahnen.

Die Bergherrin, Fauho und Wunan standen noch an der Stelle, an der Sunia in den Ring gelaufen war.

»Er hat sich geopfert«, sagte Fauho. »Er hat sein Blut vergossen, um Andere zu schützen. So etwas hat sich noch nie zuvor in einem Richtring zugetragen.«

Die Bergherrin schnaubte.

»Das hat es sich gewiss, du kannst dich nur nicht daran erinnern. Und die Tradition überliefert nichts dergleichen. Aber Atlevis ist es eingefallen und so konnte er noch das letzte bisschen Kraft wecken, das an diesem Ort schlummerte.«

»Aber was bedeutet das alles?«, fragte Wunan. »Wo sind die Galgenmänner? Die Kinder?«

»Die Galgenmänner hat er so weit weggeschickt, wie die Kraft des Richtrings vermochte. Sunia und Wulf hingegen sind noch dort. Sie sind jetzt Teil von etwas viel Größerem und Älterem, deshalb können wir sie nicht mehr sehen.«

»Er?«, hakte Wunan nach. »Ihr sprecht gerade so, als gäbe es Atlevis noch.«

»Das ist ja auch so«, war die einzige Antwort, die er darauf bekam.

Stumm standen die drei noch eine Weile dort beisammen und starrten in den leeren Steinkreis. Dann legte Fauho den Kopf in den Nacken und atmete tief ein.

»Der Wind verspricht Tauwetter«, sagte er. »Die Kälte hat die Wildmark aus ihrem Klammergriff entlassen.«

»Für den Moment«, sagte die Bergherrin. »Atlevis hat uns eine Verschnaufpause verschafft, mehr leider nicht. Anfangs wollte ich es nicht glauben, aber etwas ist wirklich erwacht in der frostigen Mark um Unbaurgs. Dies war nur der Vorgeschmack und wenn wir nichts unternehmen, dauert es nicht lang, bis der nächste Fimbulwintrus anbricht.«

Ihr Gesicht verzerrte sich plötzlich vor Schmerz, sie griff schnell nach ihrem rechten Arm.

»Plagt diese Verletzung Euch noch immer?«, fragte Fauho. »Jahresgänge hinterlassen tiefe Wunden, die nur langsam heilen. Nur Fahrlässige begeben sich in die Mittwinternacht.«

»Diese Verletzung werde ich bis zu meinem Todestag tragen«, presste die Bergherrin zwischen zusammengebissenen Zähnen hervor. »Und es ist ebenso gut möglich, dass sie meinen Tod herbeiführt. Aber das macht nichts, denn alles ist, wie es sein soll, denn diese Wunde haben wir selbst verschuldet. Sie ist eine Mahnung und steht für eine viel größere Wunde, die heilen muss, wenn wir die Kälte für immer besiegen wollen.«

Fauho schüttelte den Kopf und ließ die beiden zurück, um den anderen Leibjägern zu sagen, was als Nächstes zu tun war. Wunan blieb bei der Bergherrin.

»Was meint Ihr damit?«, fragte er. »Welche Wunde haben die Blütigen verschuldet?«

»Was hier soeben geschehen ist«, erklärte sie und zeigte auf den Steinkreis, »war einst die einzige Möglichkeit, Kraft an einen Ort zu binden, an dem die Wege zusammenliefen. Ein freiwilliges Opfer in einem aus Steinen errichteten Ring. Ein Leben musste gegeben werden, um einen Ort zu schaffen, der Schutz bot. Einen Zufluchtsort, an dem Treffen und Verhandlungen stattfinden konnten – einen Richtring.

Als wir Blütigen in dieses Gebiet hier vordrangen, wollten wir nicht länger auf freiwillige Opfer warten. Das Blutreich brauchte wache Wege. Deshalb opferten wir diejenigen an Wegekreuzen, die wir besiegt hatten, und banden sie zu unserem Zweck. Unter diesen Wegekreuzen liegen Blutopfer, die an den Knochen der Erde nagen und uns und alle hassen, die sich darauf bewegen.«

»Grimm!«, entfuhr es Wunan. »Ihr sprecht von einem Grimm.«

Die Bergherrin nickte.

»Und in so einen hat Atlevis sich nun verwandelt. Aber in einen Grimm aus freien Stücken, keinen, der im Namen des Blutreichs getötet wurde. Er ist jetzt mit diesem Ort verschmolzen und Sunia und Wulf sind bei ihm. Alles, was im Inneren dieses Steinkreises vor sich geht, folgt nun seinem Willen. Die Kinder bleiben so lange darin, bis er und der Richtring wieder eingeschlafen sind.«

»Und wann wird das sein?«

»Das weiß ich nicht«, antwortete die Bergherrin. »Aber ich könnte es schätzen. Vermutlich kommt der Grimm, der einst Atlevis war, erst dann zur Ruhe, wenn alles fort ist, was Atlevis zu Lebzeiten war. Wenn nur noch seine Knochen übrig sind, vielleicht. Oder aber es dauert noch länger – bis auch die Knochen wieder Erde sind.

Es lohnt also nicht, hier zu warten«, sagte sie heiter und lächelte Wunan an. »Und vor uns beiden liegt viel Arbeit. Wir müssen alle Blütigen zusammentrommeln, die noch verfügbar sind. Ich fürchte, wir müssen bald in den Krieg ziehen – oder untergehen. Ich muss über ein paar Dinge nachdenken, die ich während des Jahresgangs gesehen habe und noch nicht verstehe. Würdest du bei den anderen bleiben und Fauho für mich im Auge behalten?«

Wunan nickte kurz und drückte der Bergherrin zum Abschied die Hand. Dann folgte er ihr mit Blicken, bis sie über den Bergkamm verschwunden war.

26

Eingeschlossen

Wir waren allein im Richtring und schauten einander an, öffneten gleichzeitig den Mund, um etwas zu sagen, verstanden aber im selben Moment, dass sprechen gar nicht mehr nötig war: Wir wussten bereits, was im Anderen vor sich ging. Das Band zwischen uns war wieder da.

Trotzdem fühlte es sich nicht genauso an wie früher. Ganz tief im Inneren dieses Wirs gab es etwas Neues – etwas Verschlossenes und Persönliches. Dort drin war ich weiter Sunia und auch Wulf ganz er selbst. Aber davon abgesehen waren wir wieder durchweg eins.

Das war ein Gefühl, wie nach Hause zu kommen. Wulf griff nach meinen Händen, wollte mich umarmen, hielt aber inne, um all das zu erfassen, was zwischen uns unausgesprochen geblieben war. Endlich konnten wir einander wieder ohne Missverständnisse und Misstrauen begegnen. Nun konnte Wulf meine Sorge verstehen – dass er womöglich der Kälte zum Opfer gefallen war, weil ich fürchtete, er ging mir langsam verloren. Und ich verstand Wulfs Wunsch nach Rache – die Trauer um Vater und Maja hatte ihn komplett ausgehöhlt und er hatte gehofft, durch die Vergeltung die Leere wieder füllen zu können.

Wir verloren uns vollständig ineinander, alles andere um uns versank.

»Es wird nicht anhalten.«

Das war dieselbe Stimme, die mit den Galgenmännern gesprochen hatte, bevor sie vom Ring vertrieben worden waren.

Wir schauten auf. Um uns herum hatte sich alles verändert. Der Steinkreis, der Bergkamm, der Buchenwald, alles war verschwunden. Wir standen am Rand eines nebeligen Sumpfes. Vor unseren Füßen wandelte sich der Boden in schlammige Tümpel, halb von Wasser bedeckten Schlick und verrottete Baumstämme. Der Blick verlor sich in der Weite zwischen den laublosen Bäumen, die mit ihren Ästen im Nebel gespenstisch wirkten, und vereinzelten Inseln, die sich im dichten Dunst erahnen ließen. Es stank säuerlich nach Fäulnis, ein schwacher, eiskalter Windhauch blies uns entgegen und im braunen Wasser vor uns schoben sich kleine Eisschollen übereinander.

»Wo sind wir?«, fragte Wulf.

»Wir sind noch immer im Richtring«, antwortete die Stimme hinter uns. »Wir haben uns nur in meinen Erinnerungen verloren.«

Wir drehten uns um.

Hinter uns stand ein Galgenmann, über Atlevis' Leichnam gebeugt. Als er den Kopf hob, sahen wir, dass er ein Abbild des Toten war – allerdings glattrasiert, die Haare ordentlich auf Schulterlänge geschnitten und ohne den Wahnsinn im Blick. Aber dieselbe stumpfe Nase, dieselben bernsteinfarbenen Augen. Er bedachte uns mit einem milden, wehmütigen Blick.

»Ich muss euch leider mitteilen, dass ihr jetzt erst einmal mit mir hier eingeschlossen seid«, sagte er und beugte sich dann erneut über die Leiche, um sich selbst die Augen zu schließen.

»Was bist du?«, fragte Wulf.

»Ich war Atlevis«, antwortete der Galgenmann. »Oder Agati. Um nur zwei der Namen zu nennen, die ich in meinem Leben trug. Jetzt bin ich ein Wegekreuzgrimm. Ich bin mit dem Richtring verschmolzen.«

»Aber es muss doch schon einen Grimm gegeben haben«, sagte ich. »Was ist mit dem geschehen?«

»Er ist jetzt ein Teil von mir. Oder ich bin ein Teil von ihm.«

Während er sprach, wurden seine Augen dunkel, sein Gesicht wurde lang und schmal, Nase voran, und ein mächtiges Geweih wuchs ihm aus der Schädeldecke. Einen Moment lang hatte er den Kopf eines Damhirsches. Dann war er wieder Atlevis.

»Ich wusste nicht sicher, ob es gelingen würde«, sagte er. »Euer Vater hat es mir einmal erzählt, vor langer, langer Zeit. Wer sich freiwillig auf einem Wegekreuz opfert, bindet dessen Macht an sich. Dafür bleibt man auf ewig im Ring gefangen. Ich habe mich in letzter Sekunde daran erinnert, nachdem ich durch dich, Sunia, alles verstanden habe. Das hat mich endlich von der Kälte befreit. Ich frage mich, ob euer Vater das alles vorausgesehen hat.«

Eine Weile schwiegen wir drei. Wulf und ich sahen einander an und dachten darüber nach, was Vater wohl eigentlich alles gewusst hatte. Obwohl er nie über die Vergangenheit hatte sprechen wollen, obwohl er so tat, als würde die Welt hinter dem Dorf nicht weitergehen, hatte er trotzdem Vorbereitungen dafür getroffen, falls beide ihn doch einholen und alles, was er aufgebaut hatte, auf den Kopf stellen würden.

»Er war ein sonderbarer Mann, euer Vater«, sagte der Grimm, der einst Atlevis war. Ganz so, als hätte er unsere Gedanken gelesen.

Wulf blieb misstrauisch. Ich wusste, dass sein Wunsch nach Rache erloschen war, aber vergessen hatte er keinen seiner Vorwürfe an Atlevis.

»Wenn du von der Kälte befreit bist«, fragte er, »wieso siehst du dann aus wie ein Galgenmann? Wie können wir sicher sein, dass du nicht mehr in ihrem Dienst stehst?«

»Das könnt ihr nicht«, antwortete Atlevis gelassen. »Ihr müsst mir vertrauen, so einfach ist das. Vielleicht hilft es, wenn ich sage, dass ihr längst tot wärt, trüge ich die Kälte noch in mir. Statt euch zu töten, habe ich die Galgenmänner und

Palasthunde aus dem Richtring vertrieben. Außerdem habe ich ihre Erinnerung verändert, damit sie glauben, sie haben euch, mich, die Bergherrin und ein paar Weitere längst ermordet. Das wäre wirklich geschehen, hätte ich sie nicht aufgehalten. Seit dem Tod des Kaisers haben sie den Tag herbeigesehnt, die Verräter ausfindig zu machen und hinzurichten. Die Kälte konnte die Gesetze der Blütigen mit einer schonungslosen Logik nutzen. Wir, die in den Mord verwickelt waren, hätten sofort sterben müssen. Und nun ist die Kälte aus einem langen Schlummer erwacht – und alles, was wir seit dem Mord bewirkt haben, muss von den Galgenmännern ausgelöscht werden. Alles, was wir aufgebaut, alle Kinder, die wir bekommen, alles, was wir geplant haben. Nichts davon hätte geschehen dürfen, zumindest nicht aus Sicht der Kälte, die nur einen Weg kennt. Das muss alles fort.

Und was mein Erscheinungsbild betrifft …«

Er verstummte und streifte durch seine Erinnerungen. Gleichzeitig änderte sich die Landschaft. Aus dem Sumpf erhoben sich gewaltige Steinsäulen. Ein paar waren durch Gewölbe miteinander verbunden, andere standen frei. Aus dem Wasser zwischen dem Röhricht tauchte ein blank polierter Steinboden auf und aus dem Nebel hallten die Geräusche von Schritten vieler Menschen, die sich in einem großen Saal bewegten, der selbst nicht zu sehen war. Hinter Atlevis, auf einer kleinen Insel, halb vom Nebel verborgen, stand ein Thron. Ein geschnitzter Raubvogel breitete im obersten Teil der Rückenlehne seine Flügel aus.

Wulf schaute mich fragend an und ich nickte. Das war der Thron, den ich beim Jahresgang gesehen hatte. Diesmal war er bloß nicht leer. Es saß oder lag jemand darauf. Zusammengesackt über einer der Armlehnen. Das ließ sich von hier nicht genau erkennen, was nicht nur am Nebel lag. Irgendwie wirkte es verschwommen. So wie Schrift, über die man mit der Hand streift, bevor die Tinte trocknen konnte. Es war unangenehm, dorthin zu schauen. Die Augen konnten nicht erschließen, was das sein sollte. War das echt oder eine Täuschung, von Schatten und Dunst geworfen, aber eigentlich gar nicht da? War der Thron eigentlich leer?

»Genug!«, schrie Atlevis und der Thron, die Säulen und alles Weitere, was einen Saal angedeutet hatte, versank wieder im Sumpf.

»Das wollte ich euch noch gar nicht zeigen. Der Thronsaal und alles, was dort geschehen ist – dafür seid ihr noch nicht bereit. Dahin kommen wir noch.

Vielleicht reicht es euch, wenn ich sage, dass dies mein Arbeitsgewand war. Ich gehörte nie selbst zu den Galgenmännern, aber ich trug ihre Uniform. Ich war ihr Repräsentant am Hofe. War ihr Sprachrohr, wenn das nötig war. Man könnte sagen, ich war so etwas wie ihr Anführer, dabei unterstanden sie mir aber nie. Könnt ihr mir folgen?«

Er lächelte über unsere offensichtliche Verwirrung.

»Das Blutreich stand auf einem komplizierten Fundament. Die alten Traditionen der Blütigen verwoben sich mit den neuen Gesetzen und Regeln der Städte. Es wurde sehr ... unübersichtlich. Mein Titel war *atta*, ich war gewissermaßen der Vater der Galgenmänner.«

»Aber Atta ...«, sagten wir gleichzeitig. Wir mussten gar nicht weitersprechen, Atlevis hatte uns schon verstanden.

»Euer Vater war *atta* der Leibgarde. Das Band zwischen ihnen war stark. Die Leibgarde nannte ihn nie anders, immer nur ›Vater‹. Es wurde ganz automatisch sein Name. Die Galgenmänner hatten keinen Namen für mich ... Der Grund versteht sich von selbst.«

»Hast du Vater verraten?« Wulf musste es einfach wissen. Hatte er Atlevis zu Unrecht verdächtigt? Waren ihm diese Gedanken nur aus Rachsucht gekommen?

Atlevis betrachtete uns lange, bevor er antwortete.

»Alles, zumindest fast alles, was euch widerfahren ist, ist meine Schuld«, sagte er dann.

»Warte noch!« Er hob eine Hand, um Wulfs Fragenschwall noch vor Ausbruch zu stoppen. »Ich möchte euch erst etwas zeigen, dann werde ich alles erklären.«

Hinter uns näherten sich Stimmen im Nebel.

»Da kommen sie ja, auf sie haben wir gewartet«, sagte Atlevis.

Drei Gestalten lösten sich aus dem Dunst und näherten sich dem Sumpf. Voran lief Atlevis – bartlos und mit schulterlangem Haar –, ganz so, wie er zwischen uns stand und sein zweites Ich betrachtete. Unter seinem schwarzen Mantel verbarg sich ein Schwert und um die Schultern lag ihm ein dickes Bärenfell. Davon abgesehen sahen sie gleich aus.

»Das ist ein Jahr nach dem Mord am Kaiser«, erklärte unser Atlevis. »Wir waren seither auf der Flucht. Manchmal zusammen, manchmal getrennt. Aber die ganze Zeit über waren wir genau hierhin unterwegs.«

Den zweiten Mann kannten wir nicht, aber seine Kleider glichen der Uniform, die wir in Vaters Kiste auf dem Dachboden gefunden hatten. Der Mantel war zwar dunkelblau, an Kragen und Ärmeln mit hellem Fell besetzt und das lange Hemd schwarz, aber ansonsten hätten es die gleichen Kleidungsstücke sein können. Genau wie der erinnerte Atlevis trug auch dieser Mann ein Schwert an der Seite und einen Pelz über dem Mantel. Er hatte blassblaue Augen und der alterslose Gesichtsausdruck der Blütigen hatte bei ihm einen harten, scharfen Zug. Das Haar trug er im Nacken zu einem kurzen Pferdeschwanz zusammengefasst.

»Das ist Hug«, sagte Atlevis. »Er stand dem Kaiser am nächsten.«

Und dann erschien der Dritte.

Natürlich waren wir darauf gefasst gewesen, trotzdem konnten wir die Gefühle nicht unterdrücken, die uns bei seinem Anblick überkamen. Ich griff nach Wulfs Hand und dann standen wir dort, während uns die Tränen über die Wangen flossen – leise und hemmungslos, so als wäre in uns ein Damm gebrochen.

Denn dort stieg Vater aus dem Nebel und ging zu den anderen beiden, die auf ihn gewartet hatten. Er trug keinen Bart, die Haare waren lang und zu einem festen Zopf geflochten, der ihm bis tief auf den Rücken reichte. Sonst sah er genauso aus, wie wir ihn unser Leben lang gekannt hatten. Als er seinen Kameraden zulächelte, vertieften sich die Linien auf seinen Wangen. Es war unbegreiflich, dass er das eigentlich gar nicht wirklich war. Wir wussten, dies war nur eine Erinnerung, trotzdem fühlte es sich an, als hätten wir ihn wieder.

Unter einem Mantel aus Wolfsfell trug Vater die Sachen, die in der Kiste gelegen hatten. An seiner Seite hing das Schwert, das ich noch immer in der Hand hielt. Er sah müde aus – ausgemergelt und hungrig –, und er richtete sofort das Wort an die anderen beiden, allerdings so leise, dass wir ihn nicht verstehen konnten.

»Lasst uns zu ihnen gehen«, sagte Atlevis. »Und macht euch keine Sorgen, dass ihr nicht verfolgen könnt, was wir – also die drei – dort sprechen. Dies ist meine Erinnerung, und selbst wenn ihr kein *so Razda* versteht, so verstehe ich es sehr wohl.«

»Sie folgen uns nicht mehr«, war das Erste, was wir hörten. Gesagt hatte es Hug, der Mann in dunkelblau.

»Ich habe die Gegend gründlich abgesucht«, fuhr er fort. »Es gibt keinerlei Spuren, weder von Galgenmännern, Winterhunden, Frostgespenstern noch Hünenwölfen. Und die einzigen Dohlen, auf die ich gestoßen bin, kreischten und krächzten, als ich sie aufscheuchte. Ich glaube, wir brauchen uns keine Sorgen mehr zu machen.«

Vater nickte kurz. Trotzdem blieb er ernst.

»Wir dürfen uns nur nicht von dem Gedanken verleiten lassen, dass die Gefahr gebannt ist«, sagte er. »Wenn die Galgenmänner die Verletzung überstehen, die wir der Kälte zugefügt haben, werden sie uns bis ans Ende der Welt jagen. Solange die Kälte sie antreibt, werden sie nicht aufgeben.«

»Dann müssen wir weiter hoffen, dass das eintritt, was wir vorhergesehen haben«, antwortete Hug. »Dass die Kälte langsam eingeht, jetzt, da der Kaiser tot ist. Du sagst ja gar nichts, Atlevis. Was ist los?«

»Ich habe ein merkwürdiges Gefühl«, murmelte der Atlevis der Erinnerung und schaute durch uns hindurch in den Sumpf. »Es fing im Thronsaal an. Wie eine Vorahnung ... Als hätte ich vergessen, etwas zu tun, das ich dringend hätte tun müssen ...«

»Du bist erschöpft. So einfach ist das. Das gilt für uns alle drei.«

Vater sagte nichts und betrachtete Atlevis lange, so als wollte er ihn durchschauen. Doch dann räusperte er sich bloß, nahm seinen Beutel vom Rücken und holte vier lieblos eingeschlagene Bündel hervor – zwei längliche und zwei eher kompakte, rundliche.

»Das sind sie«, waren seine knappen Worte, während er die Bündel vor den Füßen der anderen beiden ablegte. Sie schauten mit offener Ehrfurcht auf die schmutzigen Tuchklumpen hinunter.

»Die Insignien«, sagte Hug. »Die heiligsten Schätze der Blütigen. Was wir hier machen, ist ungeheuerlich. Das ist das erste Mal, dass sie sich nicht mehr im Schutze der Leibgarde befinden.«

»Wir tun, was wir tun müssen«, sagte Vater. »Bevor wir nicht mit Sicherheit sagen können, dass die Kälte besiegt und fort ist, können die Blütigen kein Herz haben – keinen Mittelpunkt, in dem die Kälte sich erneut verbeißen und von dort weiter verbreiten kann. Kein neues Blutreich darf entstehen, ehe die Kälte nicht vollständig aus dieser Welt verbannt wurde. Und selbst dann vielleicht immer noch nicht.«

»Keine Insignien, kein neuer Kaiser, kein vereintes Reich der Blütigen«, sagte Atlevis. »Und nur wir drei werden wissen, wo sie versteckt sind. Wollen wir?«

Sie hoben die Bündel auf und machten sich auf den Weg in den Sumpf. Und dann geschah etwas Sonderbares. Erst schien nur der Nebel dichter zu werden und sich wie ein feuchter Schleier über die Szene zu legen, doch schon bald wurde klar, dass mehr dahintersteckte. Die drei Männer, der Sumpf, der Nebel – alles war plötzlich verschwunden. Übrig waren nur unscharfe, verwaschene Farben, die uns von allen Seiten umgaben – vom Himmel bis zum Boden. Bewegungen konnten wir noch wahrnehmen, Wechsel von hell zu dunkel, aber nichts mehr in der Tiefe oder Entfernung. Alles schien sich auf einer flachen Oberfläche abzuspielen, wie Schatten, die sich gegenseitig über ein aufgespanntes Tuch jagten.

Fragend schauten wir Atlevis an.

»Dieser Teil meiner Erinnerung wurde mir genommen«, erklärte er. »Ich weiß nicht mehr, was wir gemacht haben. Nur, dass wir die Insignien im Eismoor versteckten. Wir selbst haben diese Erinnerung ausgelöscht, dafür gibt es Wege. Wir wollten verhindern, dass uns jemand zwingen konnte, zu verraten, wo die Insignien liegen.«

»Aber wie wollt ihr sie finden, wenn sie wieder gebraucht werden?«, fragte Wulf.

»Wir haben eine Karte angelegt«, antwortete Atlevis. »Soviel müsstet ihr mittlerweile verstanden haben. Das Nächste, an das ich mich erinnere, ist das hier.«

Die Schatten und Farben stoben auseinander und schon

umgaben uns wieder klare, scharfe Strukturen. Wir waren am gleichen Ort wie zuvor und die drei Männer hockten zusammen um einen alten, umgestürzten Baum. Von den Stoffbündeln gab es keiner Spur mehr.

Vater zog etwas unter dem Mantel hervor, das aussah wie ein Stück Rinde. Wir erkannten es sofort wieder: Es war das gleiche wie das Kartenstück aus der Kiste, nur größer, noch nicht zerrissen.

»Der Bund, das ist ja …«, setzte Hug an.

»Ganz recht«, unterbrach Vater ihn ruhig.

»Aber … wir können doch nicht … Du willst ihn doch nicht in Stücke reißen?«

»Doch.« Vater klang immer noch ruhig. Er schaute seine beiden Kameraden an. »Vertraut mir«, sagte er. »Es hat nicht die Folgen, die ihr fürchtet. Ich habe mit dem Nolavolk gesprochen.«

Er breitete das Rindenstück auf dem Baumstamm aus, nahm Feder und Tinte aus seinem Beutel und zeichnete dann mit schnellen Strichen eine Karte auf. Wir versuchten, einen Blick darauf zu erhaschen, doch wie wir uns auch wendeten und drehten, wir konnten trotzdem immer nur dasselbe Drittel klar und deutlich erkennen, der Rest war verschwommen und unleserlich.

»Das ist mein Teil der Karte, das wir dort sehen«, erklärte Atlevis. »Das habe ich selbst oft genug betrachten können. Der Rest ist mit den anderen Erinnerungen verschwunden.«

Als Vater fertig war, nahm er die Karte wieder in die Hand. Sowohl Hug, als auch Atlevis wirkten besorgt, Vater hingegen riss die Rinde entschlossen in drei gleich große Stücke. Schweigend reichte er jedem der beiden eines.

Während er das tat, verblich Atlevis' Erinnerung. Aus den Nebeln des Sumpfes erhoben sich die Steine des Richtrings und der Wintertag, genau wie wir ihn zurückgelassen hatten. Der Schnee zeigte immer noch Spuren von Atlevis' Blut. Seine Leiche lag, wie sie im Sumpf gelegen hatte, doch nun umgeben von den vielen Fußstapfen des *brakja*.

»Dann haben wir uns getrennt«, sagte der Grimm, der einst Atlevis war oder gewesen ist. »Damals wusste ich es noch nicht, aber da trug ich schon die Kälte in mir. Ich war im Thronsaal unvorsichtig gewesen. Ein kleiner Same, ein Eiskristall hatte sich in meinen Gedanken verfangen. Es dauerte lange, bis er anfing zu wurzeln und zu keimen, und noch viel länger, bis ich selbst verstand, was da mit mir geschah. Seither habe ich gegen die Kälte in mir angekämpft. Versucht, meine Gedanken für mich zu behalten. Die Kälte in mir zu täuschen. Aber nun frage ich mich, ob ich mich damit nicht nur selbst getäuscht habe. In den letzten Jahren war ich wie besessen von der Idee, das Blutreich hier in der Wildmark wieder aufzubauen. Ich entwickelte Strategien, führte noch nicht vorhandene Truppen in erdachte Kämpfe.«

»Die Karte im Tunnel«, sagte ich. »Mit den vielen Holzfiguren.«

Atlevis nickte.

»Ich wurde immer unruhiger. Bildete mir ein, mein Leben sei in Gefahr. Deshalb errichtete ich draußen im Wald mein geheimes Hauptquartier – wie ich es nannte – in einem der alten Tunnel des Blutreichs. Ich glaube, ich befand mich nie ganz in der Macht der Kälte, trotzdem habe ich großen Schaden angerichtet.«

Mit ernster Miene sah er uns an und legte uns die Hände auf die Schultern.

»Meinetwegen konnten die Galgenmänner euren Vater und euren Hof finden. Hätte ich ihn nicht mit meinen wahnwitzigen Plänen von einem neuen Reich aufgesucht, hätten sie euch nie entdeckt. Ich habe die Kälte in euer Heim geführt, danach konnte es durch nichts mehr vor den Galgenmännern geschützt werden. Viel zu spät habe ich verstanden, was ich getan hatte. Im Wald wimmelte es von Galgenmännern, weshalb ich loseilte, euren Vater zu warnen, doch da konnte ich schon nichts mehr ausrichten. Als ich ihn fand, war er gerade dem Feind in die Hände gefallen. Die Schlinge lag schon um seinen Hals. Es gelang uns zwar, die Galgenmänner gemeinsam in die Flucht zu schlagen, aber da würgte ihn die Haut um seine Kehle bereits.

Voller Schuldgefühle floh ich nach Hause und versenkte mich in meinen immer verwirrenderen Vorstellungen von Feldzügen. Als die Galgenmänner auf meinem Hof auftauchten, empfand ich das wie eine Bestätigung, mein Krieg hatte begonnen. Ich zog mich nun vollständig in den Tunnel zurück und verlor mich restlos in diesem eiskalten Albtraum, aus dem ich nicht aufwachte, bis Sunia hier im Ring die Stimme gegen mich erhob. Bis zu diesem Zeitpunkt war ich felsenfest davon überzeugt, euch nur auf die Probe zu stellen, um dann zu entscheiden, ob ich euch in mein Heer aufnehmen will oder nicht.«

Nun wirkte er betrübt.

»Darin liegt die Heimtücke der Kälte. Sie findet sofort deine Schwächen und versteckt sich dort, wo du dich am sichersten wähnst. Aber man kann sich gegen sie wehren, vergesst das nicht. Ich habe widerstanden. Sehr lange habe ich widerstanden. Vielleicht war es leichter, weil der Kaiser gestürzt worden war und das Herz der Kälte schlief. Vergesst nicht, dass ich mich befreien konnte. Ich habe zwar mein Leben verloren, aber dafür etwas ganz anderes gewonnen.«

Er breitete die Arme aus, woraufhin plötzlich zahllose Bilder zwischen den Steinen des Richtrings auftauchten. Bilder von Menschen, Orten, Begebenheiten, die sich überlagerten wie Spiegelungen in einem wilden, strömenden Fluss.

In diesem Fluss von Erinnerungen würden wir die Antworten auf unsere Fragen finden, dessen waren wir uns sicher. Zum ersten Mal würde uns nichts stören oder ablenken können. Der Richtring gab uns Kraft, hier konnten wir bleiben, bis der Grimm, der einst Atlevis gewesen war, uns alles gezeigt hatte, was wir wissen mussten.

Und dann – dabei vermochten wir nicht zu sagen, wann das sein würde –, dann würden wir uns auf die Suche nach dem dritten Verräter begeben.

»Hug«, sagte Wulf und schaute mich an. »Aber wozu? Müssen wir die Insignien finden?«

»Warte ab«, antwortete ich. »Wir werden es schon noch erfahren. Ich glaube fest daran, dass wir jetzt alles verstehen werden.«

Um uns veränderte sich der Richtring erneut. Mauern aus weißem Stein wuchsen jenseits des Steinkreises. Ganz oben flatterten karmensinrote Banner im Wind.

»Folgt mir«, sagte Atlevis. »Ich habe euch so viel zu zeigen und ich denke nicht im Traum daran, noch länger zu schlafen.«

Er stieg über seine eigene Leiche und marschierte auf ein gewaltiges Portal zu.

Wir fassten einander an den Händen und folgten ihm.

27

Das Geschenk des Kobolds

Die Zeit folgte einem ganz eigenen Rhythmus im Richtring. Manchmal fühlte es sich an, als wäre man plötzlich aus dem Schlaf hochgeschreckt, nur um dann festzustellen, dass mehrere Tage vergangen waren, ohne dass man sich auch nur an einen einzelnen von ihnen hätte erinnern können.

Der Grimm, der einst Atlevis gewesen war, verwuchs immer mehr mit dem Ring. Während er uns durch seine Erinnerungen führte, spross ihm ein Hirschgeweih aus der Stirn, seine Augen wurden dunkel, bekamen etwas Endloses und Bestialisches.

»Wir waren auf der Jagd, als es geschah«, sagte er einmal und führte uns in eine weitere seiner Erinnerungen.

Immer seltener fragten wir, wo sie sich zutrugen. Denn alle Orte hatten Namen, die wir weder kannten noch einem Platz zuordnen konnten. Diesmal waren wir jedenfalls in einem Wald. Einem Wald aus Buchen, deren Stämme geraden Säulen ähnelten, die in der Erde wurzelten, als stünden sie auf einem weitläufigen, ebenen Boden, bedeckt von totem Laub.

Hier liefen Vater und Atlevis. Sie waren für die Jagd gerüstet, mit Speer, Pfeil und Bogen. Sie wollten ein Wildschwein erlegen. Oder einen Fuchs. Oder ein paar Wildvögel. Doch ganz in der Nähe einer der Buchen saß ein Marder in einer Schlingfalle. Vater beugte sich zu ihm hinunter.

»Seid ihr hier, um mich zu erlegen?«, fragte der Marder. »Ich ergebe mich ungern kampflos, aber Menschen von Geblüt darf ich nichts anhaben.«

»Ich habe diese Falle nicht ausgelegt«, sagte Vater. »Ich benutze keine Koboldfallen, ich jage dein Volk nicht.«

Darüber konnte der Marder nur verächtlich schnauben.

»Wenn du mich befreist, belohne ich dich«, sagte er. »Die Unterirdischen verfügen über große Reichtümer.«

»Ich brauche nichts«, sagte Vater und löste den Knoten der Schlinge.

Der Marder schoss sofort davon. Wie eine wilde, braunglänzende Windböe sauste er einen der Baumstämme hinauf und krallte sich dort fest, um zu Vater und Atlevis hinunterzuschauen.

»Du möchtest also nichts haben«, sagte er. »Es ist aber nicht die Sitte unseres Volkes, etwas mit nichts zu belohnen. Deshalb sollst du trotzdem ein Geschenk bekommen. Bewahre es gut auf. Merk es dir. Bring es deinen Kindern bei, dann wirst du seinen Wert erfahren.«

Und dann hüpfte der Marder weiter den Baum hinauf, verschwand im Geäst. Während er kletterte, sang er mit klarer, unmenschlicher Stimme:

Die Elster steht im Ring aus Stein
Ein Wolf verletzte sie am Bein
Ihr Nest scheint gefroren zu sein
Genau da kommen die Dohlen herein
Ja, dann kommen die Dohlen herein.

Für jede Form der Hilfe – sei es Zeit, Ideen, Halt
oder guter Rat – möchte der Verfasser Stina Björkelid,
Sven Söderkvist, Jonas Anderson, Martin Svahn und
Johan Nilsson danken.
Und auch Mats Rytther, der von Anfang an dabei war.

Danke!

Tom Pollock
Der Wolkenkratzer-thron

456 Seiten
Hardcover
ISBN 978-3-7641-7007-3

ebook **Auch als E-Book erhältlich!**

Die Stadt ist ein gefährlicher Ort, wenn man nicht aufpasst

Hinter dem bekannten London existiert eine Stadt, bevölkert mit Monstern und Wunderdingen. Als die junge Beth Bradley – Graffiti-Künstlerin – von ihrer besten Freundin Pen verpfiffen wird und von der Schule fliegt, reißt sie von zu Hause aus und gerät in den geheimen Teil der Stadt. Dort begegnet sie Filius Viae, dem wilden Kronprinzen der Stadt, der ihre Hilfe braucht: Ein alter Feind ist in die Dunkelheit unterhalb der St Paul's Cathedral zurückgekehrt, und ein jahrhundertealter Krieg droht dadurch wieder aufzuflammen. Beth und Fil irren in atemberaubendem Tempo durch das bizarre Wunderland auf der Suche nach Verbündeten und einem Weg, die Stadt, die sie beide so sehr lieben, zu retten.

www.ueberreuter.de
www.facebook.de/ueberreuter

Der Hof
und seine Umgebung
Der Fluss
Sarg-Maja